Klaus Pollmann

Die Kastelle des Drusus

Im Print

KLAUS · POLLMANN

DIE · KASTELLE · DES · DRUSUS

Bibliographische Information der Deutschen Bibliothek

Die Deutsche Bibliothek verzeichnet diese Publikation in der Deutschen Nationalbibliografie; detaillierte bibliographische Daten sind im Internet über http://dnb.ddb.de abrufbar.

2. Auflage Münster 2014

info@imprint-verlag.de
www.imprint-verlag.de

Umschlaggestaltung: Oliver Pröbstl

Druck: CPI – Ebner & Spiegel, Ulm
ISBN 978-3-936536-73-7

MIX
Papier aus verantwortungsvollen Quellen
FSC® C006701
FSC
www.fsc.org

INHALT

DIE · KASTELLE · DES · DRUSUS

PERSONENREGISTER

Lucius Justinius Marcellus	römischer Centurio
Gnaeus Justinius Marcellus	sein Vater, ehemaliger Primus Pilus
Gaius Justinius Marcellus	sein Bruder, Anwalt in Arausio
Gnaeus Pompeius Trogus	sein Onkel, Bruder der Mutter, Geograph und Historiker
Sextus Pompeius Trogus	sein Onkel, Bruder der Mutter, Geschäftsmann in Lugdunum
Faustus	sein Sklave
Appius Maestus	Freund, Geschäftsmann in Augusta Treverorum
Quintus Sicculus	Freund, Geschäftsmann in Arausio
Augustus	Herrscher des römischen Reiches
Livia Drusilla	seine Frau
Tiberius Claudius Nero	Sohn von Livia Drusilla, Augustus' Stiefsohn
Claudius **Drusus** Nero	jüngerer Sohn
Antonia	seine Frau
Iullus Antonius	ihr Bruder, Sohn von Augustus' Rivalen Marcus Antonius
Gaius Julius Licinius	Mitarbeiter von Drusus im Stab
Titus Valens	Centurio Supernumarius, Centurio mit Sonderaufgaben im Stab

In der XVIII Gallica

Gaius Furnius der Jüngere	Legat der XVIII Gallica
Gaius Sentius Saturninus der Jüngere	sein Stellvertreter, senatorischer Tribun
Gaius Pomponianus	ritterlicher Tribun, Befehlshaber der Ala Ubiorum
Decimus Paternus	ritterlicher Tribun
Marcus Silanus	ritterlicher Tribun
Gemellus	Primus Pilus
Potitus	Lagerpräfekt
Mucius	1. Piluscenturio der 3. Kohorte

In der 2. Hastatencenturie

Laberius	Optio
Gallus	Signifer
Publius Caedicius	Tesserarius
Marcus Caelius	Legionär
Titus Tarquinius	Legionär
Quintus Pompillus	Legionär

Die Ubierkohorten

Centurio Maternus	Ausbilder der Ubier
Centurio Florus	Ausbilder der Ubier, Lagerpräfekt
Gaius Julius Tasgetix	remischer Ausbilder
Gaius Julius Primus	Decurio Aldermann der Ubier
Marcus Vipsanius Hristo	Sohn des Haldavoo
Marcus Vipsanius Haldavoo, genannt Haldavoo	
Marcus Vipsanius Haldavoo der Jüngere, genannt Marcus Fugilo	ubischer Führer

Jenseits des Rheins

Sugambrer

Melon	Herzog der Sugambrer, Oberhaupt der Wolfssippe
Meinolf	sein Sohn
Ringolf	sein Sohn

Speersippe

Gerwin	Aldermann, Häuptling
Gomatrud	seine Frau
Germar	Neffe Sohn von Gomatruds Schwester; Eltern von Eburonen getötet
Gerda	Schwester, verheiratet mit Rickimer, Hunno der Tenkterer
Gerolf	ihr Sohn
Gernot	ihr jüngster Sohn
Rüdiger	Hunno der Syburg
Telma	Tochter
Rutger	Hunno
Ansgar	Schwertträger von Gerolf
Ranulf	Gefolgsmann von Gerwin

Teiwazzippe

Agilmar	Aldermann

Tenkterer

Makromer	Häuptling der Tenkterer, Gefolgsmann von Melon
Rickimer	sein Sohn

Tungerer

Mallobaudes	Händler

GERMANISCHE · TITEL · UND · GÖTTER

In diesem Roman tauchen bei den Germanen verschiedene Titel auf: Herzog, Aldermann und Hunno. Aldermann bzw. Eldermann und Hunno bezeichnen eigentlich ein und denselben Rang (siehe Glossar). Der Herzog befehligte den Stamm auf den Kriegszügen. Daneben gab es den Clanchef, das Familien- bzw. Sippenoberhaupt und die „Bürgermeister", die Dorfvorsteher. Schultheiss, der mittelalterliche Begriff, hat eine Wortherkunft, die aus dem Lehnswesen stammt und kann daher hier nicht verwendet werden. Daher hat der Autor zwischen Aldermann und Hunno eine Unterscheidung durchgeführt, die so nicht gegeben war. Die Römer nennen die Anführer der „Barbaren" unterschiedslos Häuptlinge oder den Herzog auch schon mal König.

Wotan und Tyr (Tiwaz, Teiwaz)

Das aus der germanischen Mythologie überlieferte Wotan- bzw. Odinbild als Göttervater ist wohl erst in der Zeit der Völkerwanderungen entstanden oder bei der Vereinigung zu den Großstämmen der Sachsen und Franken. Vorher war Tyr der germanische Hauptgott.

GEOGRAFISCHE · BEZEICHNUNGEN

Orte

Alteburg	Essen
Aduatuca	Tal bei Eschweiler
Augusta Treverorum	Trier
Augustodunum	Autun
Bagacum	Bavay
Basilia	Basel
Benesbure	Bensberg
Benesburg	Moitzfeld
Bonna	Bonn
Buruncum	Worringen
Caesarodunum	Tours
Castrum Batavorum	Nimwegen
Castrum Noveasium	Neuss
Castrum Ubiorum	Köln
Castrum Vetera	Xanten
Castrum Vindelicorum	Augsburg
Durnomagus	Dormagen
Durocortorum	Reims
Durum	Düren
Gelduba	Krefeld
Icorigium	Jünkerath
Juliacum	Jülich
Lugdunum	Lyon
Lutetia Parisiorum	Paris
Luviniacum	Köln- Lövenich
Massilia	Marseille
Mogontiacum	Mainz
Oppidum Antunnacum	Andernach
Porta	Übergang über den Rhein zwischen Xanten und Nimwegen
Portus Itius	Boulogne
Rigomagus	Remagen
Samarobriva	Amiens

Sugambrerfurt/Ubierfurt	Übergang bei Duisburg
Syburg der Speersippe	Siegburg
Syburg der Teiwazsippe	Dortmund
Tolbiacum	Zülpich
Treva	Hamburg
Tungorum	Tongeren
Vastus, das Verwüstete	Rhein zwischen Xanten und Nimwegen

Berge/Gebirge

Abnoba (Mons)	Schwarzwald
Arduenna (Silva)	Ardennen
Drachenwald	Bergisches Land
Rhetico (Mons)	Westerwald
Taunus (Mons)	Taunus
Sieben Riesen	Siebengebirge
Vosegus (Mons)	Vogesen

Flüsse

Albis	Elbe
Ara	Aar
Danuvius	Donau
Lupia	Lippe
Matrona	Marne
Moenus	Main
Mosa	Maas
Mosella	Mosel
Novesia	Erft
Rhenus	Rhein
Rhodanus	Rhone
Rura	Ruhr
Sequana	Seine
Visurgis	Weser

Mare Barbaricum	Nordsee

Mare
Barbaricum
N
W
O
S
Lupia
Castra Batavorum
Rura
Novaseium
Castra Ubiorum
Germania
Magna
Imperium
Romanum
Rhenus
Moenus
Mosella
Mogontiacum
Augusta Treverorum
Lugdunum

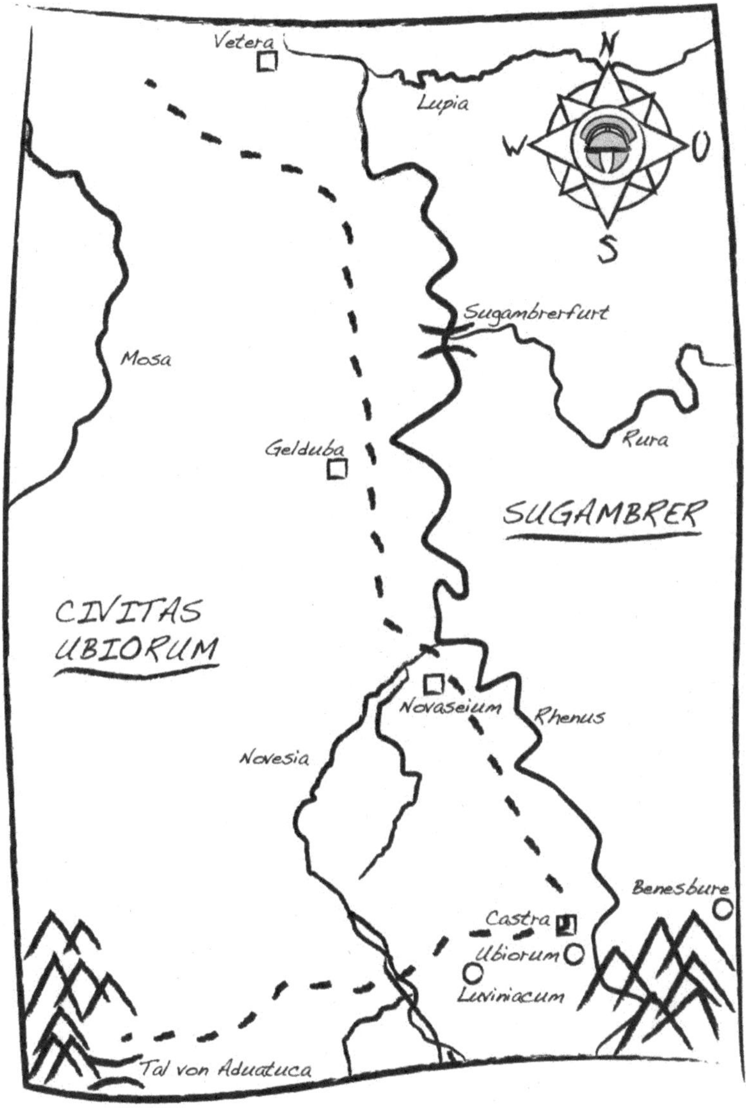
Vetera
Lupia
N
W
O
S
Sugambrerfurt
Mosa
Rura
Gelduba
SUGAMBRER
CIVITAS
UBIORUM
Novaseium
Rhenus
Novesia
Benesburc
Castra
Ubiorum
Luviniacum
Tal von Aduatuca

PROLOG · DER · PLAN · DES · DRUSUS

LUGDUNUM

„Ich werde den Beinamen Germanicus erhalten und dieser Name wird mein Vermächtnis an dich sein!" Drusus wiegte seinen Sohn auf dem Arm und kitzelte ihn unter dem Kinn. Der kleine Nero gluckste und quiekte vor Vergnügen. Drusus sah auf, als die gallische Amme den Raum betrat. Er hatte sie geschickt, um nach seiner Frau zu sehen. Sie brauchte heute Abend noch länger, als Frauen normalerweise brauchten, um sich für eine Abendgesellschaft fertig zu machen.

„Die Domina sich leider fühlt krank!", erklärte die gallische Amme in ihrem eigenwilligen Latein. Sie befreite Drusus geschickt von seinem sabbernden Sohn. Drusus hatte belustigt auf seine feuchte Tunica gesehen. Auf die Worte sah er auf. „Ist es etwas Ernstes? Soll ich nach dem Arzt schicken?" Die Amme schüttelte den Kopf. „Nur das, was normal ist in ersten Wochen einer Schwangerschaft! Dazu Wetter warm, kalt, schwül. Nicht gut für Frauen, die schwanger sind." Sie tupfte dem Kleinen den Mund ab. „Der Dominus soll aber Spaß haben für die Abendgesellschaft." Drusus gab es auf, den feuchten Fleck mit einem Tuch trocken zu reiben. „Dann sollte ich aufbrechen!" „Da ist jemand gekommen, um zu sprechen mit dir, der Sohn des Triumvir." Drusus erstarrte mitten in der Bewegung. „WER ist da?", fragte er scharf. Die Gallierin sah ihn verunsichert an. „Der Sohn des Triumvir!"

Triumvir? Das Triumvirat gab es schon seit vielen Jahren nicht mehr und die Bildung des Triumvirats hatte zum Bürgerkrieg geführt.

„Willst du mich zum Besten halten? Wenn das ein Scherz sein soll, so wirst du hier keinen Lacher finden!" „Er hieß sich selbst so!" Die Gallierin senkte verlegen den Kopf. „Ich erbitte Entschuldigung, wenn das nicht sein korrekter Titel ist."

„Er nannte sich selbst so?" Nun war Drusus vollends verwirrt. „Wo ist er?" „Er wartet in deinem Schreibgemach." Sie zeigte die Richtung an. „Er wollte nicht im Atrium bei deinen Klienten warten!" Drusus stürmte auf die Tür seines Schreibgemachs zu und riss sie auf. Wer forderte ihn auf diese Weise heraus? Schwungvoll betrat er den Raum und setzte zu einer geharnischten Ansprache an. Die Worte erstarben in seinem Mund, stattdessen starrte er verblüfft den gutaussehenden Mann Anfang Dreißig an, der an seinem Schreibtisch saß. Er war in Drusus' Karten und Aufzeichnungen vertieft und allem Anschein nach, hatte er sich auch an seinem Weinvorrat gütlich getan.

„Iullus!" Drusus rang um seine Fassung. Iullus Antonius hob nur kurz den Kopf, als wäre es das Selbstverständlichste, in den Aufzeichnungen des Statthalters zu blättern. Er nickte Drusus zu und deutete auf den Weinkrug. „Schenk dir ein! Der Falerner ist ausgezeichnet."

„Ich weiß! Ich habe ihn selbst ausgesucht." Drusus wartete einen Moment, aber Iullus Antonius machte keine Anstalten aufzustehen. Es schien ihn auch nicht in Verlegenheit zu bringen, dass er es sich hier in Drusus' Schreibgemach bequem gemacht hatte und ihn zu seinem eigenen Wein einlud. Drusus seufzte schließlich und schenkte sich auch von dem Wein ein.

„Der Sohn des Triumvir ... also wirklich!. Wenn ich gewusst hätte, dass du in der Stadt bist, dann hätte ich mir sofort gedacht, dass nur du dich so anmelden konntest."

Antonius tat erstaunt. „Aber, ich bin doch der Sohn des Triumvir?"

„Gewesen!"

„Gewesen? Ist Marcus Antonius nicht mehr mein Vater? Gab es darüber einen Beschluss?"

„Nein, aber dein Vater ist nicht mehr Triumvir." Drusus wusste nicht, ob er über die Frechheit lachen oder ob er brüllen sollte.

„Oh, das habe ich nicht bedacht, sonst hätte ich mich natürlich als Sohn des Ex-Triumvir anmelden lassen."

„Natürlich", sagte Drusus leichthin und wechselte entschlossen das Thema. Er hatte keine Lust mehr, mit Iullus dieses Spiel zu spielen. „In Plancus' Haus solltest du gleich solche Reden nicht führen."

„Wem könnte ich auf die Füße treten? Deinem Vater oder dem Sohn des alten Wendehalses?" „Dem Enkel! Der Sohn ist tot und der Enkel legt heute die Toga der Männer an!" Drusus seufzte. „Du änderst dich nie. Lass mich raten, du weißt auch gar nicht mehr, wo du die Einladung hast!"

Statt einer Antwort kramte Antonius in seiner Toga und zog eine Schriftrolle hervor und hielt sie Drusus hin. Dem fielen fast die Augen aus dem Kopf. „Das Siegel ist nicht mal erbrochen!"

„Wozu soll ich das Siegel brechen? Wenn es wichtig wäre, hätten es mir meine Sklaven berichtet!" Antonius hob eine von Drusus' Landkarten hoch. „Das finde ich viel spannender! Was ist das?"

Statt einer Antwort suchte Drusus etwas in seiner Kleidertruhe und hielt den Gegenstand Antonius hin.

„Weißt du, was das ist?"

„Eine Kette?", feixte Antonius, um dann sofort ernst zu werden:. „Bernstein?"

Drusus drehte den goldgelben Stein im Licht hin und her.

„Genau. Das Gold des Nordens! Und du weißt, dass die Bernsteinsstraße bei Aquileia endet?"

„Ich habe so etwas gehört. Gibt es aber nicht noch weitere Bernsteinstraßen?"

„Es gibt drei!" Drusus begann dozierend auf und ab zu gehen. „Die östliche durch das Land der Daker bis in das Mündungsgebiet des Danuvius, die mittlere die Albis entlang nach Aquileia und die westlich zum Rhenus nach Massilia!"

„Und?"

„Die westliche ist seit ein paar Jahren versiegt und die mittlere ist durch Kriege zwischen den germanischen Stämmen unzuverlässig geworden!"

„Und du hast einen Plan, das zu ändern!" Antonius' Bemerkung war eine Feststellung, keine Frage.

„Richtig!" Drusus zeigte auf eine der Landkarten, wo in der Nähe einer blauen Fläche ein Ort eingezeichnet war.

„Hier im Norden, an der Albis, liegt Treva. Von hier gehen die westliche und die mittlere Bernsteinstrasse ab!" Seine Finger fuhren auf der Karte hin und her.

„Die westliche führt durch das Land der Cherusker zur Visurgis, wo sie sich gabelt. Eine Route geht durch das Land der Sugambrer und die andere durch das Land der Chatten zum Rhenus!"

„Du willst die Sugambrer und die Chatten unterwerfen?"

„Die Chatten!" Drusus zeigte auf einen Punkt in der Nähe des Danuvius. „Hier leben Reste der Toutonen. Die werde ich mir dieses Jahr noch vornehmen!"

Seine Finger fuhren nach Norden.

Antonius machte eine Geste zur Abwehr des bösen Blicks, seine Stimme klang aber nach wie vor heiter. „Achtung, Senatoren, Achtung, in diesem hier erkenne ich mehr als nur einen Marius!"

Drusus lief rot an. „Das wird nur ein Erkundungsvorstoß, sobald es das Wetter zulässt. Wann das sein wird, wissen nur die Götter!"

„Ist das Wetter dort wirklich so schlimm, wie alle berichten?"

„Je weiter du nach Norden kommst, desto unberechenbarer wird es. Wie mag es da erst auf der Insel Thule sein?"

Antonius lächelte. „Mir scheint es ganz normal warm für Ende April zu sein. Bisschen schwül vielleicht!"

„Vor einer Woche war es noch so kalt, dass wir mit Schnee gerechnet hatten!" Genug vom Wetter, dachte Drusus und zeigte auf die Karte.

„Nachdem der Census in den Drei Gallien durchgeführt wurde, werde ich mir die Germanen zwischen Mogontiacum und Visurgis vornehmen. Wir stoßen entlang des Danuvius nach Osten vor. Damit haben wir einen kurzen Weg von Gallien nach Makedonien, denn Agrippa wird sich dem illyrischen Problem annehmen!"

„Wie lange wird die Lösung dieser Probleme dauern?" Antonius leerte den Weinbecher.

„Zwei Feldzüge, vielleicht drei Feldzüge." Drusus machte eine wegwerfende Handbewegung. „In fünf Jahren werden wir sagen können: Germania Capta, Germanien ist unterworfen und wir kontrollieren das Ende der westlichen Route!"

Antonius wiegte nachdenklich seinen Kopf.

„Trotzdem hast du das gleiche Problem wie in Aquileia. Irgendein Stamm kann die Bernsteinsstrasse blockieren. Oder willst du einen Stamm nach dem anderen unterwerfen, bis du im Norden angekommen bist?"

„Warum nicht?", fragte Drusus mit unterdrückter Heiterkeit. „Die Mattiaker und Chatten sind bereits halb unterworfen und sie vollends zu unterwerfen, wird nur ein halbes Jahr dauern. Danach die Cherusker und so weiter. Caesar hat fünf bis sechs Jahre gebraucht, um Gallien zu unterwerfen und er hatte nur den Süden als Ausgangsbasis!"

Er beugte sich über die Karte. Es machte ihm sichtlich Spaß, seine Pläne vor Antonius zu diskutieren und ihm seine Gedankengänge zu präsentieren. Er zeigte auf die Siedlungsgebiete der Stämme in der Nähe von Mogontiacum: „Diese Stämme kannst du als Socii oder sogar Foederati ansehen!" Jetzt deutete er auf zwei Kreuze.

„Ich werde mit je zwei Legionen von Mogontiacum und von Castrum Vindelicorum aufbrechen. Die Stämme zwischen Rhenus und Danuvius, die Kundschafter nennen sie Sueben, gehören einem Verbund an. Das bedeutet, sie werden sich gegenseitig zu Hilfe kommen und wir können sie mit einem oder zwei Schlägen niederwerfen! Sie werden entweder weichen oder sich unterwerfen!" Drusus hatte die Stimme erhoben und sprach eindringlich. Antonius schien etwas sagen zu wollen, überlegte es sich aber wieder anders. „Ich gehe davon aus, dass sie sich unterwerfen. Der herykanische Wald soll sehr unwirtlich sein. Dieses Gebiet hier, wird der Kern einer Provinz Germanien und da die Germanen keine Städte haben, werden wir in der Nähe von Mogontiacum eine bauen. Weitere werden folgen." Drusus dozierte mit leuchtenden Augen.

„Diese Seben...?", begann Antonius fragend.

„Sueben!"

„Genau Sueben, ist das ein anderer Name für die Sugambrer? Diese sind doch für die Unruhen und Überfälle verantwortlich!"

„Die Sugambrer leben weiter im Norden, nördlich der Chatten!" Drusus deutete das ihnen bekannte Siedlungsgebiet der Sugambrer auf der Karte an. „Es gib in ihrem Land keine vernünftigen Wege und Stege. Ein Feldzug gegen sie verspricht wenig Erfolg. Die kommen später dran!"

„Mars wird dir helfen, aber ..." Antonius suchte nach Worten. Drusus musste insgeheim lächeln. Antonius tastete sich so vorsichtig an das Thema heran, als ob man einem kleinen Kind erklären musste, dass es auch mit heftigen Armen rudernd nie würde fliegen können.

„Wenn aber die Wege bei den Sugambrern, die in der Nähe des Rhenus leben, keinen Nachschub zulassen, wie soll es dann weiter nördlich werden? Jenseits der sugambrischen Berge. Das ist ... ist doch ein Feldzug, der Jahre oder Jahrzehnte dauert!"

Drusus prustete los und Antonius sah ihn verwirrt an.

„Keine Angst, ich leide nicht an der Alexanderkrankheit und ich will keineswegs die Welt erobern. Mein Plan ist einfacher." Er drehte die Karte zu Antonius hin. „Wir werden einfach hier im Land der Bataver vom Rhenus zum Mare Barbaricum einen Kanal graben und dann Treva über das Meer erreichen!" Er zeigte den Weg entlang der Küste.

„Soweit wir von den mit uns verbündeten Batavern wissen, haben die Stämme hier im Norden keine großen Kriegsschiffe!"

Antonius sah ihn säuerlich an. „Da hast du mich aber schön vorgeführt!" Er betrachtete die Karte. „Manche würden sagen, dass das Mare Barbaricum zu befahren, auch schon auf die Alexanderkrankheit hindeuten würde!"

„Im Kampf gegen die Veneter musste Caesar Schiffe bauen, die diesem Meer gewachsen sind!"

„Und du hast die Pläne?"

„Nein, aber Zeit, um die richtigen Schiffe zu bauen!"

„Wo lässt du die Schiffe bauen? In Mogontiacum?"

„Nein, im Land der Ubier. Da gibt es ein paar Inseln die sich angeblich für Werften eignen. Darum kümmere ich mich später. Zwei Legionen werden den Kanal graben und eine wird das Holz für die Schiffe schlagen!"

Antonius sah immer noch skeptisch drein. Drusus wurde ärgerlich.

„Marius hat mit seinen Legionen einen Kanal zur Mündung des Rhodanus gegraben und hatte nur ein Jahr Zeit!"

„Du hast wohl recht!" Antonius sah auf die Karte. „Du brauchst bestimmt ein paar tüchtige Legaten, wenn es gegen die Germanen geht! Dann denk an mich, wenn es soweit ist!" Antonius stand auf. „Komm, lass uns gehen. Wir wollen den großen Mann nicht länger warten lassen!"

Sie gingen zu Tür. „Hör auf, Plancus zu verspotten. Es gehört sich nicht, jemanden in seinem Haus zum Gespött zu machen." Antonius warf Drusus einen schiefen Blick zu. „Ich meinte den allmächtigen Imperator, deinen Vater."

„Allmächtig ist nur Jupiter!", unterbrach ihn Drusus hastig. „Hör auf, solche Reden zu führen. Du redest das Unglück über uns ja regelrecht herbei!" Antonius sah spöttisch auf den Jüngeren und es schien, als ob er etwas erwidern wollte. Dann fragte er aber nur: „Wo ist meine Schwester?"

„Sie fühlt sich nicht wohl!", beeilte sich Drusus zu antworten, ebenfalls froh, das Thema wechseln zu können.

„Etwas Ernstes?" Der Ton hatte jeden Spott verloren. „Nein, nur das Übliche während der Schwangerschaft, sagt die Amme." „Dann werde ich sie in den nächsten Tagen besuchen!" Im Atrium schlossen sich die Freunde und Begleiter des Drusus an und geführt von einigen Fackelträgern begaben sie sich zum Haus des Plancus.

Das Haus des Plancus war das größte und schönste in Lugdunum. Lucius Munatius Plancus der Ältere war einer von Caesars Legaten im gallischen Krieg gewesen und von diesem zum Statthalter von Gallia Comata ernannt worden. Wie alle Statthalter hatte er sich schadlos gehalten und sich bei der Gründung der Veteranenkolonie von Lugdunum eines der besten Grundstücke gesichert.

Er hatte in den Bürgerkriegswirren zunächst auf der Seite des Senats gestanden und war dann in das Lager von Marcus Antonius gewechselt, um kurz vor der Schlacht von Actium zu Octavian überzulaufen.

Das hatte sein Vermögen gerettet und er war mit dem Konsulat belohnt wurden und hatte es sogar zum Censor gebracht. Sein Sohn war schon vor Jahren gestorben und so hatte der Enkel Lucius Munatius Plancus im vergangenen Jahr die Leichenrede gehalten, als auch der alte Plancus nach 72 Jahren gestorben war.

Der Enkel war eigentlich ein politischer Niemand und sein Anlegen der Toga der Männer wäre kein gesellschaftliches Ereignis gewesen, wenn nicht Augustus persönlich die Vormundschaft übernommen hätte.

Die Feier am Morgen hatte nur im kleinen Kreise stattgefunden, aber jetzt am Abend gaben die Reichen und Mächtigen ihr Stelldichein.

„So eine Schande", brummte ein alter grauhaariger Mann neben Drusus und Antonius, den der Streifen an der Toga als Senator auswies. Er sprach zu niemand bestimmtem und brabbelte einfach so vor sich hin.

„Früher waren nur die engsten Freunde und Verwandten bei so

einem Ereignis anwesend und jetzt schwirren hier so viele Menschen rum wie Fliegen um einen Scheißhaufen!"

„Wer ist das?", raunte Drusus Antonius zu. „Der alte Furnius! Warte, das wird lustig!", flüsterte dieser und sagte dann laut zu dem Greis. „Du hast recht, edler Senator. Was ist aus dem Mos Maiorum geworden, der Sitte der Vorfahren."

„Verloren, vergangen. Ihr jungen Leute wisst nicht einmal mehr die richtige Anrede. Konsular, nicht Senator. Bist du überhaupt ein Senator?"

Kurzsichtig stierte er auf die Kleidung und die Hände des Antonius, um nach dem Ring zu suchen.

„Ich bin der designierte Prätor Urbanus", bemerkte dieser leichthin.

„Ah, der junge Antonius. Ich kannte deinen Vater gut und habe bis zum Ende an seiner Seite gekämpft."

Furnius zittrige Stimme bekam Feuer. „Und er hätte den Krieg auch gewinnen können, wenn sich die Frauen nicht eingemischt hätten. Frauen sollten sich nicht in die Angelegenheiten der Männer einmischen. Sie sollten an ihrem Webstuhl sitzen und sich um die Hausarbeit kümmern. Sui Iuris für Frauen, wo soll das nur hinführen!"

Drusus schnappte nach Luft und lief rot an. Antonius kam seinem Ausbruch aber zuvor. Er packte Furnius am Arm und zog ihn mit sich. „Hier ist jemand, dem du dies unbedingt erzählen solltest, Konsular." Er zerrte den widerstrebenden Greis zu einer Gruppe in ihrer Nähe. „Dame Livia Drusilla, darf ich dir den Konsular Gaius Furnius vorstellen. Er hat interessante Ansichten über das Sui Iuris für Frauen!"

Drusus musste ein Lachen unterdrücken, als er die Panik in Furnius' Gesicht sah.

Seine Mutter hatte sich zu dem alten Mann umgedreht und musterte ihn kühl. „Furnius? Den Namen habe ich schon mal gehört!"

„Die Furnier sind eine altes plebejisches Geschlecht!", sagte der Mann mit zittriger Stimme. „Wir haben schon vor vierhundert Jahren einen Volkstribun gestellt!"

„Wer es glaubt!", raunte Antonius Drusus zu.

„Ach, einer so alten Familie gehörst du an!" Livias Stimme war kühl. „Du selber warst Legat meines Gemahls in Hispanien und dein Sohn war vor einigen Jahren auch Konsul und dein Enkel ist Legat einer Legion in Belgica!"

„Du bist gut unterrichtet!“ Furnius sah aus, als wollte er das Gespräch auf der Stelle beenden, aber Antonius hielt immer noch seinen Arm. „Erzähl doch mal der Dame Livia Drusilla, warum Frauen nicht Sui Iuris sein dürfen?“

Livias Lächeln blieb liebenswürdig. „Mein Mann ist Statthalter der Drei Gallien und muss einen Census in den Provinzen vorbereiten. Mein ältester Sohn ist designierter Konsul und mein jüngster Sohn hat gerade die rätischen und vindelikischen Stämme unterworfen. Und du meinst, ich darf mich nicht um meine eigenen Angelegenheiten kümmern? Das musst du mir genauer erklären!“ Sie hakte sich bei ihm ein und führte ihn weg.

„Der scheißt sich gerade in die Toga!“, erklang hinter ihnen eine Stimme. Drusus drehte sich zu dem Sprecher um. „Gaius Sentius! Seit wann bist du aus Africa zurück? Willkommen in Lugdunum!“ „Seit ein paar Wochen. Ich begleite meinen Sohn. Darf ich dir Gaius Sentius Saturninus den Jüngeren vorstellen. Er soll Tribun Laticlavius, senatorischer Tribun, bei einer der gallischen Legionen werden. Bei welcher?“ Er sah seinen Sohn fragend an. „Bei der XVIII Gallica?“

Saturninus der Jüngere nickte zustimmend. Drusus ging durch den Kopf, dass Furnius nur ein paar Jahre älter als Saturninus sein konnte. Während der eine aber ein zittriger Greis war, war der andere ein tatkräftiger Mann geblieben. Gerade Prokonsul in Africa gewesen, kümmerte er sich jetzt um die politische Karriere seines Sohnes, wie es schon immer Brauch gewesen war. Drusus sah den Tribun an. „Ah, ja, die Gallica. Sie ist auf dem Marsch nach Norden zum Rhenus!“

„Ärger mit den Germanen?“ Saturninus der Ältere wirkte interessiert, der Jüngere besorgt. „Nein, aber die Legionen müssen beschäftigt werden und außerdem sind sie am Rhenus besser zu versorgen.“

„Ach, ja, beschäftigt. Ich habe so etwas gehört. Du planst einen Feldzug gegen die Germanen?“

Für jemanden der gerade aus Africa angekommen war, war Saturninus erstaunlich gut unterrichtet. Einen Moment überlegte Drusus, ob er das verneinen sollte, dachte sich dann aber: Was soll es.

„Ja, aber südlicher. Das Gebiet der Markomannen und Chatten ist leichter zu erschließen und die Legionen sind dort leichter zu versorgen.“

„Wer ist der Legat der Gallica?", fragte Saturninus der Jüngere, neugierig, zu erfahren, wer sein Kommandeur sein würde.

„Der Sohn von dem Jammergreis übernimmt die XVIII." Drusus deutete auf Furnius, der sich noch immer mit seiner Mutter unterhielt. „Der ist bald vertrocknet", konstatierte der Tribun trocken. „So, wie der schwitzt, hat er gleich keine Flüssigkeit mehr in sich!"

„Aber die Furnier sind bereits vor 400 Jahren Volkstribune gewesen!", sagte Antonius und imitierte die zittrige Stimme. Saturninus schnaubte durch die Nase. „Jeder, der nach dem Bürgerkrieg zu Ämtern gekommen ist, behauptet, dass seine Familie schon immer Ämter gehabt habe. Sie rechnen damit, dass keiner mehr lebt, der es besser weiß. Die Generation, die ganze Familienbäume samt Ämtern aufzählen konnte, ist ausgestorben, naja fast!"

„Das wird sich ohnehin bald erledigt haben!" Antonius zuckte mit den Schultern. „Wenn deine Mutter ihn weiter so freundlich anlächelt, fällt der gleich vor Angst tot um!"

Auf dem Forum von Lugdunum drängte sich die Menge. Sie waren gekommen, um den Prozessen beizuwohnen und die Ankündigungen des Magistrats zu hören. Vielleicht gab es ja auch die Möglichkeit, Augustus selber zu sehen. Immerhin weilte der Imperator in einer Villa vor der Stadt und war schon ab und zu in der Stadt gesehen worden. Eine Gruppe junger Männer versuchte, sich zur Rostra zu drängen, aber da hier die Menschen am dichtesten standen, war dies ein schwieriges Unterfangen. Entnervt rief schließlich einer der Männer aus: „Macht Platz für den edlen Drusus. Macht Platz für Nero Claudius Drusus, den Legaten des Augustus! Er hat euch eine Ankündigung zu machen." Hastig wich die Menge zurück und bildete eine Gasse. Schwer atmend gelangte die Gruppe um Drusus endlich an den Fuß der Rostra.

Die Rostra war ein mannshoher Sockel von dem Ansprachen und Ankündigungen an die Bevölkerung gemacht wurden. Sie hatte ihren Namen von der berühmten Rednertribüne auf dem Forum Romanum. „Das nächste Mal nimmst du einen Liktor mit!", schimpfte der größte Mann aus der Gruppe, dessen blonde Haare und Knubbelnase seine gallische Herkunft verrieten. Die Toga, die er trug, wies ihn aber als römischen Bürger aus. Drusus lächelte gequält und richtete seine Toga.

„Licinius, wie du weißt, steht mir als Legat kein Liktor zu", bemerkte er entschuldigend. „Und meinen Stiefvater würde der Schlag treffen, wenn er erführe, dass ich einen für meine Bequemlichkeit benötige!" Die jungen Männer lachten. Der Licinius genannte Gallier raffte seine Toga und stieg vorsichtig die Treppe der Rostra hinauf. Oben wartete er einen Moment, bis die Menge ein wenig ruhiger geworden war, dann zog er eine Schriftrolle hervor und rief mit lauter Stimme.

„Ich bin Gaius Julius Licinius. Nero Claudius Drusus, der Legatus Proconsules der Drei Gallien, hat mich beauftragt, euch eine Ankündigung zu machen." Bei diesen Worten hob er die Schriftrolle hoch und ein aufgeregtes Raunen ging durch die Menge. Licinius zog die Rolle auseinander und begann vorzulesen: „Im Jahr der Konsuln Marcus Licinius Crassus Frugi und Gnaeus Cornelius Lentulus Augur werden von dem Statthalter der Drei Gallien, Imperator Caesar Augustus, die ehrenwerten Geschäftsleute der Colonien und Munizipien in den Drei Gallien und der Narbonensis aufgefordert, Societates Publicanorum zu gründen, um sich für öffentliche Ausschreibungen zu bewerben."

Ein überraschtes Raunen ging durch die Menge. „Im Auftrag von Senat und Volk von Rom sollen diese Gesellschaften in den nächsten fünf Jahren Aufgaben durchführen, die in den Provinzen der Drei Gallien anfallen. Diese Aufgaben sollen nicht mehr nur von Gesellschaften aus Rom und Italien übernommen werden."

Licinius ließ die Rolle sinken und wartete, bis das Stimmengewirr etwas abgeklungen war. „Die Auflistung der Aufträge wird gemeinsam mit dieser Ankündigung an den nächsten Markttagen überall in den Drei Gallien verlesen und ausgehängt werden."

„Dürfen sich an den Ausschreibungen und an den Gesellschaften alle beteiligen oder nur diejenigen, die vom Statthalter zugelassen werden?", rief jemand aus der Menge. „Natürlich dürfen sich alle Römer und Socii an der Ausschreibung beteiligen, gemäß den republikanischen Traditionen und dem Mos Maiorum, der Sitte der Vorfahren."

CASTRUM • UBIORUM

„Nachdem der Rhenus das Land der Räter und Vindeliker verlassen hat, wälzt er sich nach Norden. Auf der Strecke zwischen Basilia und dem Land der Mattiaker, hat der Rhenus kein festes Bett. Es gibt hier viele Auen und Flussarme. Je nach Wasserstand fließt der Rhenus mal durch den einen und dann wieder durch einen anderen. So kann es geschehen, dass im Frühjahr, wenn der Schnee schmilzt, sich ein Dorf, das sich im Vorjahr auf der rechten Uferseite befand, nun plötzlich auf der linken Flussseite liegt.

Links des Rhenus wird das Land vom Vosegus Mons begrenzt. Hier ist auch die gallische Pforte.

Rechts des Flusses sind die Latrobigen und die Toutonen die mächtigsten Stämme. Während die ersteren zu den Kelten zählen, sind die anderen den Germanen zuzurechnen. Sie sind die Überreste jenes Volkes, welches vor hundert Jahren mehrere römische Legionen vernichtete, ehe es von Gaius Marius besiegt wurde.

Weiter nördlich leben die Nemeter und die Vangionen, bevor der Rhenus dann im Land der Mattiaker zwischen den Bergen verschwindet. Links des Flusses erstreckt sich die Arduenna Silva bis in das Gebiet der Belgen. Rechts des Flusses beginnt der Taunus Mons. Hier, gegenüber dem Oppidum Antunnacum ist auch das Gebiet, in dem die Ubier früher siedelten. Von Antunnacum aus baute Caesar eine seiner beiden Brücken über den Rhenus.

Ab hier fließt der Rhenus zwischen steilen und hohen Bergen hindurch. Der Fluss ist tückisch, voller Strudel und Riffe, und so berichten die Einheimischen, Hexen und Zwerge lockten die Schiffer in den Tod.

Hier mündet die Mosella, die durch das Land der Treverer fließt, in den Rhenus. Die Treverer sind der mächtigste Stamm in der Provinz Belgica, ihr Gebiet erstreckt sich von dem Ara Fluvius und dem Berg des Jupiters bis weit in den Norden. Ein großer Teil des Gebietes der Treverer ist von der Arduenna Silva bedeckt. Der Hauptort der Treverer ist die neugegründete Colonia Augusta Treverorum, die unmittelbar neben dem Oppidum Treverorum gegründet wurde.

(Geographie Galliens, Gnaeus Pompeius Trogus)

* * *

AUGUSTA · TREVERORUM, PROVINZ · BELGICA

Lucius rann der Schweiß herunter, während er grub und schaufelte. Er musste diesen vermaledeiten Graben fertigstellen. Vier Doppelschritte lang, zwei Doppelschritte tief und zwei Doppelschritte breit waren eigentlich kein Problem, und er grub und grub... Der Wall wuchs und wuchs, aber immer noch war im Boden nur eine flache Mulde. Saxum, der alte, versoffene Legionär, der ihn ausbildete, ließ sein meckerndes Lachen hören. „Los, Lucius, grab! Graaabbbb!", höhnte er. „Oder du wirst den Rest deines Lebens hier auf dem Hof arbeiten!"

Alles, nur das nicht, schoss es Lucius durch den Kopf und er hackte verbissen auf die Erde ein. „Ich könnte hier Hilfe brauchen!", hörte er auf einmal Sergius' Stimme. Wo kam die auf einmal her? Er sah auf und sah den Hofverwalter neben Saxum auf dem Wall stehen. Dieser war mehr als mannshoch, wieso, bei Plutos Arsch, ging ihm der Graben immer noch nur bis zu den Knien?

„Gleich geht die Sonne unter!", tönte wieder Saxums Stimme. „Und wenn der Graben bis dahin nicht fertig ist, wirst du wohl für den Rest deines Lebens Weintrauben ernten, stampfen und was man sonst hier draußen auf dem Lande so macht!"

Ich will nicht auf dem Hof, in der Verbannung versauern!, spornte sich Lucius an. Schneller, schneller! Er schaufelte und grub und grub und schaufelte und mit jedem Hub sagte er sich: Alles ist besser, als auf dem Hof zu arbeiten, alles ist besser, als auf dem Hof zu arbeiten!

Lucius fuhr aus dem Schlaf hoch. Verwirrt sah er sich um und sank dann seufzend wieder auf sein Lager. Er hatte die Ausbildung, die sein Vater befohlen hatte, überstanden, er hatte die Ausbildung in der Legion überstanden, er hatte sein erstes Kommando gemeistert und jetzt war er auf dem Weg zu seinem nächsten. Er wusste nicht, was auf ihn zukam, aber alles war besser, als auf dem Hof zu arbeiten. Mit diesem Gedanken schlief er wieder ein.

Die Colonia im Land der Treverer bestand aus zwei Städten, wie Lucius zu seiner Überraschung feststellte. Ein Ort lag oben auf dem Berg und einer unten im Tal. „Das ist ja merkwürdig! Davon habe ich noch nie etwas gehört!", murmelte er in seinen nicht vorhandenen Bart.

Das Schachbrettmuster der Stadt im Tal war unverkennbar und daher war natürlich sofort klar, dass dies die vor einigen Jahren gegründete Colonia war. Aber was hatte es mit dem Oppidum auf dem Berg auf sich? Wohnten dort die Unzufriedenen? Die Unruhe in diesem Stamm war legendär.

Lucius war sich sicher, dass er seinen Freund Appius Maestus in der Colonia und nicht im Oppidum finden würde und daher würde ihm der Anstieg auf den Berg erspart bleiben. Merkur sei Dank, hatte ihn Quintus' Brief noch rechtzeitig vor dem Aufbruch erreicht.

Quintus Sicculus grüßt seinen Freund Lucius,

lieber Lucius, ich schreibe dir aus einem heiteren und doch ernsten Anlass. Unser Freund Appius ist in Arausio in Ungnade gefallen. Wie das geschehen konnte? Nun, daran bin ich nicht ganz unschuldig, da Appius mit mir gewettet hatte. Aber der Reihe nach. Wir waren auf die Hochzeit von Torquatus' Sohn eingeladen und die Zeremonie versprach eintönig zu werden. Du weißt, dass Torquatus zwar nach außen gerne protzt aber im Grunde geizig ist. Auf jeden Fall waren wir als Zeugen dabei, als die Braut ihr „Ubi tu Gaius ego Gaia" sprach, und während der ewig langen Segenssprüche stieß mich Appius plötzlich an und fragte: Weißt du eigentlich, was dieser Spruch bedeuten soll? Ich hatte natürlich keine Ahnung und meine Frau auch nicht. Sie meinte, sie hätte das bei unserer Hochzeit gesagt, weil alle Frauen es so sagten. Appius behauptete, dass schon zu Ciceros Zeiten, keiner mehr wusste, was dieser Spruch zu bedeuteten hatte. Alle würden ihn aufsagen, weil es immer schon so gewesen sei und der Spruch in einem Buch stünde. Meine Frau meinte dann ganz praktisch, ich solle doch mal bei Gelegenheit die Priester der Juno fragen. Die müssten es doch wissen.

Appius wollte dies tatsächlich tun und ich meinte: „Das traust du dich sowieso nicht!" Er widersprach heftig und so wetteten wir um eine kleine Amphore Wein. Meine Frau wollte uns davon abbringen aber ihre Einwände gingen in den Talassio-Rufen unter. Appius setzte es tat-

sächlich in die Tat um. Zu fortgeschrittener Stunde, mit einigem Wein intus, baute er sich vor dem Junopriester auf und fragte, was das „Ubi tu Gaius ego Gaia“ bedeutet. Der Priester sah ihn von oben herab an und meinte salbungsvoll: „Das ist die heilige Formel des Eheversprechens, die schon immer Bestandteil des Mos Maiorum war! Du willst es doch nicht in Frage stellen?“

Wenn er dachte, er hätte Appius damit in seine Schranken gewiesen, so wurde er eines Besseren belehrt.

„Da sei Juno vor!“, erwiderte Appius. „Aber als Vorbereitung auf meine eigene Hochzeit habe ich versucht, die Bedeutung herauszufinden. Aber niemand konnte es mir sagen und da dachte ich, ich frage doch einfach einen Priester der Juno. Oder sollte der es auch nicht wissen?“

Der Priester wurde erst weiß, dann, ich schwöre es dir bei Äskulap, wurde er grün im Gesicht. Ich glaube, er war am Rande einer Panik, weil er wirklich auch nicht wusste, was die Bedeutung ist, und schließlich verfärbte sich sein Gesicht dunkelrot und er brüllte los. Er schrie die ganze Gesellschaft zusammen, vom fehlenden Respekt gegenüber den Göttern und den Traditionen und mehr habe ich nicht verstanden. Es war ein infernalisches Gekreische. Appius wurde aus dem Haus geworfen und sein Vater befahl ein Sühneopfer für Juno und schickte ihn dann nach Augusta Treverorum.

Angeblich sind danach aber so viele Anfragen an den Tempel der Juno gerichtet worden, was denn der Spruch nun bedeuten solle, dass sie einen Aushang machten. In ihm beklagten die Junopriester den Mangel an Respekt gegenüber den Göttern, den diese Fragen belegen würden, und dass sie nicht für Schabernack herhalten würden.

Was würde Appius in der Colonia machen? Appius' Vater war im Baugewerbe tätig. Würde Appius das Unternehmen seines Vaters leiten?

Für Bauhandwerker gab es in der Colonia sicher genug zu tun. Die Stadt bildete ein Durcheinander aus neu gebauten Insulae, brachliegenden Parzellen und Baustellen. Aus allen Ecken erscholl das Pochen der Hämmer und das Kreischen der Sägen. Wo sollte er hier Appius finden? Wenn man einen Römer suchte, sollte man immer auf dem Forum anfangen. Dieser Weisheit folgend machte sich Lucius auf und schlenderte die Straße entlang. Auf dem Forum angekommen, herrschte dort das übliche Treiben, das an marktfreien Tagen auf einem Forum zu erwarten war.

„Lucius? LUCIUS!" Er wirbelte herum und sah sich Appius direkt gegenüber, der mit ausgebreiteten Armen auf ihn zukam. Sie fielen sich in die Arme und Appius hämmerte vor Begeisterung auf seinen Rücken. Die Passanten wichen mit einem verärgerten Schnauben zur Seite, aber Lucius kümmerte das nicht.

„Gut siehst du aus!" Appius hatte sich von ihm gelöst und betrachtete ihn genauer. „Wenn das Leben bei den Adlern einem so gut bekommt, sollten viel mehr unserer jungen Männer diesen Weg einschlagen!"

„Wen meinst du mit *jungen Männer*?", fragte Lucius herausfordernd den gleichaltrigen Appius. „Och!" Appius wurde rot. „Die Tagediebe und Herumstreuner, derer es in Arausio und Lugdunum genug gibt!"

Lucius musterte den Freund nun auch genauer. Er hatte sich verändert. Das einnehmende Lachen war geblieben, aber er wirkte erwachsener, männlicher, als er ihn in Erinnerung hatte. Appius schien es gut zu gehen und man sah ihm die körperliche Arbeit an. Aber die Musekln standen ihm gut.

„Du siehst auch gut aus. Was machst du hier in Treverorum?", Lucius klopfte ihm auf den Rücken. „Gibt es in Arausio nichts mehr zu bauen?"

Lucius wollte nicht gleich mit der Tür ins Haus fallen und von der *Verbannung* anfangen, auch wenn er vor Neugier platzte.

Appius warf sich in die Brust. „Ich leite hier das Familiengeschäft. Vater ist an einem Konsortium beteiligt und ich vertrete hier unsere Interessen."

Lucius pfiff anerkennend: „Eine große Ehre!"

„Und eine Vorsichtsmaßnahme!" Appius druckste verlegen herum. „Nach dem Skandal auf der Hochzeit hielt es mein Vater für besser, wenn ich eine Zeit lang nicht mehr in der Stadt bin!"

„Ubi Gaius!", lachte Lucius. „Da wäre ich gerne dabei gewesen!"

„Das kann ich mir vorstellen. Komm!" Appius zerrte Lucius so heftig an der Schulter, dass Lucius Angst um seine Tunica bekam. Appius' Ziel war ein Weinstand, wo er zwei Becher erstand und Lucius einen in die Hand drückte. „Auf gute Gelegenheiten!" Sie tranken.

„Was für Gelegenheiten?" Lucius war neugierig, was dieser Trinkspruch zu bedeuten hatte.

„Die Neuordnung Galliens wird mit einem Census abgeschlossen werden. Dabei werden Staatsverträge vergeben werden. Vater hat ein Konsortium gegründet und will einige ersteigern, darunter auch Bauaufträge in Belgica und am Rhenus."

„Wo genau?" Lucius beschlich so eine Ahnung.

„Bei den Ubiern!" Appius strahlte über das ganze Gesicht. „Dort wird gerade eine neue Stadt gebaut und ein Handwerkerdorf errichtet!"

Lucius starrte auf Appius verblüfft herunter. „Bei den Ubiern?" Er hatte sich bestimmt verhört.

„Ja, bei den Ubiern. Wir werden also Nachbarn!"

Lucius starrte Appius immer noch verdattert an. Appius würde an den Rhenus kommen. Er würde nur wenige Meter von ihm entfernt wohnen und arbeiten.

„Wie lange bleibst du in Treverorum?", unterbrach Appius seine Gedankengänge.

„Ich wollte morgen weiter. Bis zum Rhenus sind es nur noch wenige Tagesreisen", entgegnete Lucius immer noch verblüfft.

„Gerrae! Dummes Zeug!", beschied ihm Appius. „Morgen ist Gerichtstag, den kannst du ruhig noch bleiben."

Damit war das für Appius beschlossene Sache und er wechselte das Thema. Er erzählte begeistert von den Plänen und Gelegenheiten, die sich aus dem Census ergeben konnten. Sie blieben natürlich nicht bei einem Becher Wein. Als sie den dritten Becher zur Hälfte geleert hatten, kam jemand auf Appius zugelaufen. Gelaufen? Er rannte, als ob ihm die Furien auf den Fersen wären. Schlitternd kam er vor ihnen zum Stehen.

„Verzeih, Herr!", sprudelte der Läufer schweratmend heraus. „Es gibt Ärger auf der Baustelle! Der Bauleiter sagt, du sollst sofort kommen!"

„Schon wieder?", seufzte Appius ergeben. „Was ist denn jetzt schon wieder?"

„Die Arbeiter, die vorgestern entlassen wurden, sind wieder da und machen Ärger!", sprudelte es aus dem Jungen heraus. Appius' Gesicht verfärbte sich vor Wut.

„Ich komme sofort mit!", schnauzte er den Jungen an. „Da siehst du, womit ich mich rumschlagen muss. Dieser Bauleiter steckt dauernd in Schwierigkeiten. Sehen wir uns später in den Bädern?"

„Ich begleite dich einfach!", sagte Lucius kurz entschlossen. Wenn sein Freund Schwierigkeiten hatte, folgte er ihm natürlich. Wobei ein paar entlassene Tagelöhner nicht wirklich nach Schwierigkeiten, sondern eher nach einer kleinen Unannehmlichkeit aussahen.

Trotzdem stürmte Appius durch die Straßen, sodass Lucius Mühe hatte, den Anschluss nicht zu verlieren.

Auf der Baustelle wurde nicht gearbeitet, dafür war die Straße voller Menschen, die offen herumlungerten und der Baustelle größte Aufmerksamkeit schenkten.

Lucius musterte die Gruppen, die vor der Insula warteten. Hier riecht es nach Ärger, dachte er sofort. Der Junge, der sie geführt hatte, tauchte in der Menge unter.

Eine Gruppe bildeten die Arbeiter, die vor der Insula standen und abwarteten. Ihre Blicke ruhten auf drei muskelbepackten Männern, die mit verschränkten Armen vor ihnen standen und die Arbeiter finster anstarrten.

In meiner Centurie würde ich die ganz sicher im Auge behalten, dachte Lucius und tastete nach seinem Dolch. Denen sieht man den Unruhestifter auf eine Meile an.

Eine dritte Gruppe waren zwei Männer, die Arbeitertunicen trugen und vor einem der Läden warteten. Ihre Mienen waren so selbstzufrieden, dass es nicht schwer war, zu kombinieren, dass sie die Ursache für den ganzen Wirbel waren.

Appius warf den drei Schlägern einen besorgten Blick zu, ging aber ohne zu zögern auf den Laden zu. Lucius folgte ihm. Die beiden Arbeiter grinsten frech und sahen Appius herausfordernd an. Appius baute sich vor ihnen auf, stemmte die Hände in die Hüfte und warf ihnen einen vernichtenden Blick zu. Sie wurden unsicher.

„Aus dem Weg!", schnauzte Appius. Ton, Haltung und Blick strahlten die Arroganz aus, die nur ein Mitglied der Nobilias, der Führungsschicht, aufbringen konnte.

Unsicher sahen sich die beiden Arbeiter erst gegenseitig an, dann Appius, dann Lucius, dann zu den drei Muskelmänner hinüber und schließlich gaben sie mit einem „Ja, Dominus!" den Weg frei. Sie folgten ihnen aber sofort und blieben neben der Tür stehen.

Auf einer Bank saß ein kleiner, gedrungener Mann und spielte verlegen mit einem Schreibgriffel, während er vor sich auf einen Tisch starrte. Dies musste der unglückselige Bauleiter sein, der den ganzen Schlamassel zu verantworten hatte. Er sah kurz auf und Lucius konnte die Erleichterung in seinem Blick sehen, als er Appius entdeckte. Er sah aber auch die Angst in seinen Augen.

Wovor er Angst hatte, war auch offensichtlich. Ihm gegenüber saß ein drahtiger Mann, unverkennbar ein Iberer, der genüsslich einen Becher Wein schlürfte. Mit seinen langsamen, trägen Bewegungen erinnerte er Lucius an einen Gladiator vor einem Kampf. Er lächelte sie an und neigte den Becher in ihre Richtung.

„Appius Maestus!" Er gab sich leutselig, aber seine Augen lächelten nicht. „Willkommen, setz dich und trink einen Schluck!"

„Wer bist du und was machst du hier auf meiner Baustelle?" Appius hielt sich nicht lange mit der Begrüßung auf. Die Augen des Iberers blitzten.

„Crixus schickt mich, um mit unserem Freund Calpurnius hier zu plaudern!"

Der Calpurnius genannte zuckte zusammen, hob kurz den Kopf und starrte dann wieder auf die Tischplatte. Appius war ein wenig erbleicht, fasste sich aber sofort wieder.

„Und was will er von meinem Baumeister?"

Lucius lehnte sich an die Wand, um die beiden Männer an der Tür und den Iberer im Blick zu behalten. Er hatte den Pugio griffbereit, allerdings wäre ihm sein Gladius lieber gewesen. Der Iberer bedachte ihn mit einem stechenden Blick, bevor er sich wieder Appius zuwandte.

„Nun, Calpurnius hat zwei von Crixus' Männern entlassen und zwar ohne ihn vorher zu informieren." Er schüttelte betrübt den Kopf. „Das ist respektlos."

„Sie waren respektlos, dazu noch faul und gewalttätig. Sie haben einen der anderen Arbeiter verprügelt", zählte Appius auf und Calpurnius nickte leicht. Der Iberer machte eine wegwischende Handbewegung.

„Und wenn schon. Calpurnius hätte einfach Crixus informieren sollen und es wäre an ihm gewesen, dem Abhilfe zu schaffen!"

„Vielleicht, vielleicht auch nicht!" Appius setzte sich und zuckte mit den Schultern: „Auf jeden Fall ist jedes As für sie verschwendet. Sie taugen allenfalls dazu, Pisse einzusammeln!"

„WAS BILDEST DU DIR EIN, DU...!" Das Geschrei erstarb, als der Arbeiter den Blick des Iberers bemerkte. Ein Blick der einer Gorgone alle Ehre gemacht hätte, ließ den *Pissesammler* verstummen. Der Iberer wandte sich mit einem Lächeln wieder an Appius. „Verzeih die Störung. Fahre fort!"

Dieser Iberer war gefährlich wie eine Viper. Er schien direkt aus Milos' oder Clodius' Bande zu stammen. Lucius spannte sich unwillkürlich an.

„Dafür hättet ihr hier auch nicht, wie die Gall... äh ... die Germanen einfallen müssen." Appius fuhr fort, als wäre nichts gewesen. „Crixus hätte mich doch aufsuchen können, um mir in der Angelegenheit direkt seine Sichtweise darzulegen."

Der Iberer nickte bekümmert. „Ein direktes Gespräch wäre von Anfang an wahrscheinlich das Richtige gewesen. Crixus wäre entzückt, wenn du ihn morgen früh besuchen würdest!"

„Da empfange ich natürlich meine Klienten. Aber danach wäre mir Crixus herzlich willkommen!"

„Ich denke, Crixus wird darauf bestehen, dich als Gast zu empfangen."

„Nichts würde ich mir mehr wünschen, als ihm einen Besuch abzustatten, aber ich bin mit Arbeit überhäuft. Ich werde tagsüber keine Zeit finden, aber auf unseren Baustellen bin ich anzutreffen!"

Lucius verfolgte gebannt den Wortwechsel. Es war, als würde man einem Schwertkampf beiwohnen. Er zollte seinem Freund höchsten Respekt. Der saß hier mit diesem Schläger in einem Wortgefecht und war nicht bereit, einen Schritt zurückzuweichen. Seine Dignitas würde es nicht zulassen, dass er Crixus wie einen Bittsteller oder Klienten aufsuchen würde. Gleich wie gefährlich sein Gegenüber auch sein sollte.

„Crixus glaubt, dass man ihm Unrecht getan hat!", erwiderte der Iberer mit einer entschuldigenden Geste. „Und daher würde er sich wie ein Bittsteller vorkommen, wenn er nach deinem Klientenempfang bei dir erscheinen würde."

Kein Lächeln begleitete die letzten Worte und es folgte ein unangenehmes Schweigen. Appius seufzte übertrieben.

„Eine schwierige Situation, aber ich kann meine Pflichten nicht vernachlässigen!"

„Crixus wird darauf bestehen!"

Das Gesicht des Iberers war steinern geworden und alle falsche Freundlichkeit war von ihm gewichen. Die beiden Arbeiter traten einen halben Schritt vor. Lucius wäre jede Wette eingegangen, dass sie besser in Straßenkämpfen waren als auf einer Baustelle. Lucius löste sich von der Wand, wandte sich ihnen zu und starrte sie mit einem kalten Lächeln an. Sie standen sich nur eine Armlänge entfernt gegenüber. Lucius war sich nicht sicher ob er einem Schlag rechtzeitig ausweichen könnte. Aber es gab jetzt kein Zurückweichen mehr. Am liebsten hätte er eine Hand an den Dolch gelegt, fürchtete aber mit dieser Geste den Kampf auszulösen.

Weder der Iberer noch Appius schienen diese Drohgebärden zu bemerken. Appius betrachtete seine Fingernägel.

„Aber wie jeder zivilisierte Mensch werde ich natürlich die Bäder aufsuchen. Das wäre doch eine gute Gelegenheit ein entspanntes Gespräch zu führen. Ich nutze regelmäßig das Badehaus beim Tempel der Venus Gitrix."

Das Gesicht des Iberers hellte sich auf. „So ein Zufall, dieses Badehaus wollte Crixus in den nächsten Tagen ausprobieren, da er gutes über die Masseure gehört hat." Er stand auf.

„Ich bin sicher, dass ihr alle Missverständnisse beseitigen könnt." Auch Appius war aufgestanden und breitete die Arme aus: „Natürlich werden wir das, schließlich sind wir doch alle vernünftige Geschäftsleute!"

Sie schüttelten sich die Hände, klopften sich gegenseitig auf die Schultern und verabschiedeten sich. Appius wischte sich den Schweiß ab. „Geh an die Arbeit zurück, du Idiot!", raunzte er Calpurnius an. Der nickte ergeben und huschte grau wie die Wand aus dem Raum.

„Ein gefährlicher Mann, dieser Iberer!" Dies war keine Frage von Lucius, sondern eine Feststellung. „Wie heißt er?"

„Man nennt ihn den Iberer!“ Appius hatte sich auf die Bank fallen lassen und sah auf seine zitternden Hände. „Und, er ist tatsächlich gefährlich. Wahrscheinlich der gefährlichste Mann in Crixus’ Bande.“

„Wer ist Crixus?“

„Na, was denkst du?“ Appius schenkte sich einen Wein ein. „Man wird hier noch zum Trinker!“

„Ein Bandit!“

„Lucius!“ Appius gab sich entsetzt. „Sag so was nicht. Crixus ist ein ehrenwerter Mann. Er ist der Patron der Tagelöhner und einfachen Leute!“

Am nächsten Morgen führte Appius Lucius durch Augusta Treverorum und erzählte ihm ein wenig über das Leben in der Colonia.

„Die Lage zwischen den Familien ist verwickelt“, erläuterte Appius.

„Lass mich raten!“, forderte Lucius. „Die romfreundlichen Familien wohnen hier unten und die, die uns ablehnen oben auf dem Berg!“

„Um so offen zu zeigen, dass sie Opposition betreiben?“ Appius spielte den Entsetzten.

„Sie leben also hier unten, um ihre Opposition nicht so deutlich zu zeigen?“ Lucius zeigte auf den Berg. „Wer wohnt dann da oben?“

Appius betrachtete seine Fingernägel.

„Jetzt sag nicht, dass es die romfreundlichen Familien sind, die ihre Unterstützung nicht zu offen zeigen wollen?“

„Beinahe!“, lachte Appius „Aber einige sind tatsächlich aus dem Grund hier herunter gezogen und andere oben geblieben!“

Lucius schüttelte den Kopf. Was für eine Verwirrung.

„Lass uns etwas essen!“, schlug er zur Ablenkung vor und zeigte auf die Kolonnaden unter denen sich die Garstände befanden. Appius nickte zustimmend und er holte sich Brot, Moretum und Würstchen. Appius suchte ihnen einen Sitzplatz unter den Kolonnaden, wo sie vor dem Herbstwetter ein wenig geschützt waren. Die Verhandlungen waren in die Basiliken verlegt worden, daher war die Menge auf dem Forum übersichtlich. Die üblichen Müßiggänger, die auf Klatsch und Tratsch aus waren, standen unter den Kolonnaden. Ansonsten eilte jeder zügig seinem Ziel entgegen, niemand mochte bei diesem Wetter lange auf dem Forum verweilen. Eine Gruppe Halbwüchsiger in ihrer Nähe trieb irgendwelchen Unsinn, denn immer wieder brandete Gelächter aus ihrer Mitte hervor.

Appius zog die Brauen hoch und nickte zu den Jungen hinüber. Mal hören, was es hier zu lachen gab. Sie spitzten die Ohren, während sie so taten, als wären sie in ihr Essen vertieft.

Die Unterhaltung wurde in Latein geführt, obwohl sie mehrheitlich nicht wie Italiker aussahen. Die meisten von ihnen waren eindeutig Gallier. Aber der Wortführer, ausgerechnet der Jüngste in der Runde, sah aus, als ob er aus Danubien stammte. Er war wahrscheinlich ein Thraker oder gar ein Skythe.

„Red du nur!", wies in dem Moment einer der Gallier den Jungen zurecht. „Du bist Sklave genau wie wir, auch wenn du es vielleicht besser hast, weil deine Mutter für deinen Herrn die Beine breit macht! Aber wenn dein Herr sich eines Tages eine Jüngere sucht, wird er dich verkaufen."

„Zemelos soll dich verschlingen!", schrie der Junge erbost. „Ich heiße nicht umsonst Faustus. Ich werde Glück haben und werde nicht mein Leben lang ein Sklave sein! Eines Tages werde ich ein Freigelassener sein. Das ist in Stein gemetzelt!"

Seine Freunde sahen sich einen Augenblick verdutzt an und brachen dann wieder in schallendes Gelächter aus. Der Italiker wischte sich die Tränen aus den Augen und fragte lachend: „Du meinst in Stein gemeißelt?"

Der Junge blickte ihn verwirrt an. „Wieso? Der Handwerker der Steine behaut ist doch ein Steinmetz und kein Steinmeiß?"

Brüllendes Gelächter folgte auf diese Stilblüte. Auch Lucius prustete los und verschluckte sich an dem Bissen, den er gerade kaute. Er rang nach Luft und würgte gleichzeitig den Bissen aus. Appius grinste und hielt ihm den Wasserschlauch hin. Hastig trank er einen tiefen Schluck.

Dabei hätte er beinahe die nächste Szene der Komödie verpasst. Eine nicht mehr ganz junge Frau hatte sich zu der Gruppe gesellt und überschüttete den Faustus genannten mit einem Wortschwall, von dem Lucius vermutete, dass es Thrakisch war. Der scheinbar Gemaßregelte trat dabei verlegen von einem Bein auf das andere und trieb damit die Umstehenden zu neuem Gelächter.

„Hört auf lachen!“, fauchte die Frau in gebrochenem Latein, die wahrscheinlich besagte Mutter war. „Hört auf lachen!“ wiederholte sie jetzt lauter.

„Ihr wisst genau, was für ein gestrenger Herr Publius ist, und ihr haltet Faustus von der Arbeit ab. Wenn ihr seine Freunde wäret, würdet ihr ihn nicht noch ermutigen.“

Bevor irgendjemand etwas erwidern konnte, tönte ein lauter Schrei: „FAUSTUS!“ Ein älterer Mann ächzte heran. Die rote Nase ließ an einen lustigen Trinkkumpanen denken, aber die Augen blickten kalt aus dem zerfruchteten Gesicht, das nicht das Gesicht eines gütigen Großvaters war, sondern das typische Gesicht eines Arbeiters, eines Mannes aus den Mietskasernen. Jemand, dem das Leben nichts geschenkt hatte, der immer gearbeitet und einen Wurf Kinder großgezogen hatte. Das musste besagter Publius sein.

„WIE OFT HABE ICH DIR SCHON GESAGT, DASS DU NICHT AUF DEM FORUM HERUMLUNGERN SOLLST!“, brüllte er so laut, dass rings herum alle Gespräche verstummten.

KLATSCH. Die gewaltige Ohrfeige riss Faustus von den Füßen und schleuderte ihn zu Boden. Er hielt sich schreiend das Gesicht und zwischen seinen Fingern sickerte Blut hindurch. Publius trat dem Jungen in die Rippen und Lucius bildete sich ein, die Rippen brechen zu hören. Lucius sprang mit einem Ruf auf und auch andere Zeugen des Geschehens ließen ihre Missbilligung erkennen. Die Mutter hatte sich schützend über ihren Sohn gebeugt, aber Publius packte sie an den Haaren, und schleuderte sie rasend vor Wut gegen eine Säule. „GEH MIR AUS DEM WEG, DU SCHLAMPE!“

Sie rutschte mit einem Ächzen an der Säule zu Boden. Ein dunkler Blutfleck markierte die Stelle, wo ihr Kopf aufgeschlagen war.

Publius schenkte ihr keine weitere Beachtung, sondern wandte sich wieder Faustus zu und trat ihm erneut in die Rippen. „Jetzt reicht's aber!“, schrie einer der Zuschauer. Publius funkelte ihn wütend an. „Was geht es dich an, was ich mit meinem Eigentum mache?“ Publius spuckte vor Wut und riss jetzt Faustus an der Tunica hoch. Er zerrte die Hände vor dem Gesicht des Jungen weg und holte wieder aus.

„Bestrafe oder behandele sie wie du willst, aber nicht mitten auf dem Forum, wo du unsere Beschäftigung störst!", kam die Antwort. Mittlerweile schienen sich hier alle Menschen, die auf dem Forum waren, versammelt zu haben. Publius besann sich und ließ den Jungen fallen. Dann stand er unschlüssig da und sah die Blicke aller Gaffer auf sich gerichtet.

„Verzeiht. Ich wollte euch nicht stören!", sagte er ohne Bedauern in der Stimme. „Wie geht es ihr?", fragte er den Mann, der die Frau gerade untersuchte.

„Sie ist tot! Was für eine Schande, sie war recht hübsch ...", die restlichen Worte gingen in einem Schrei unter. Faustus rappelte sich auf und warf sich klagend auf die Leiche seiner Mutter.

Lucius verspürte Mitleid mit dem Jungen und er verachtete Publius wegen dieser Verschwendung. Anvertraute Menschen, egal ob frei oder unfrei, hatte man sorgfältig zu behandeln, dachte er angewidert. Schließlich sind wir Römer und keine Barbaren.

Publius sah gleichgültig auf die Leiche. Dann fragte er in die Runde, wer bereit sei, die Leiche zu den Gruben vor der Stadt zu bringen. Er klimperte dazu vernehmlich mit einigen Geldstücken, erntete aber zunächst nur Achselzucken. Kein Römer berührte eine Leiche innerhalb der Stadt, wenn sie nicht durch ein Lustrum gereinigt war. Endlich meldeten sich zwei Tagelöhner, deren Aussehen auf iberische oder gallische Wurzeln schließen ließ. Sie nahmen das Geld und betteten die Leiche auf einen Sack, um sie hinter sich herzuschleifen.

„Gib mir eine Münze für den Fährmann!", verlangte Faustus von seinem Herrn.

„Wozu? Sie ist doch eine Barbarin und Sklavin. Sie wird sowieso nicht über den Styx gelangen!", erwiderte Publius gleichgültig und drehte sich weg. Faustus sprang auf und packte ihn an der Schulter. Er schrie etwas in der unbekannten Sprache und es war erkennbar nichts Freundliches. Publius schüttelte ihn ab und schmetterte ihn mit einem Fausthieb zu Boden.

„Du Balg greifst mich nicht an und hast mich jetzt genug gekostet!", er riss ihn vom Boden hoch. „Ich bringe dich zum Ludus und verkaufe dich dort. Als Sklave der seinen Herren angegriffen hat und daher ad bestarii verurteilt wurde. Du taugst sowieso zu nicht mehr als zu Löwenfutter."

Faustus schrie entsetzt auf und versuchte, sich loszureißen, aber Publius war zu stark für ihn. Die Aufmerksamkeit der Umstehenden hatte sich wieder dieser Gruppe zugewandt und in ihren Gesichtern spiegelte sich Ekel. Rufe der Ablehnung wurden laut, aber Publius focht das nicht an.

„Schafft endlich die Leiche weg. Und du, halts Maul. Dein Gewinsel ist peinlich!"

„Ich kaufe ihn!"

Einen Augenblick herrschte verblüfftes Schweigen in der Menge, während die Blicke hin und herflogen und den Rufer suchten. Appius sah Lucius mit hochgezogenen Brauen belustigt an und Lucius wurde erst langsam bewusst, als sich mehr und mehr Gesichter ihm zuwandten, dass er das gerade gesagt hatte. „Ich kaufe ihn!" Wiederholte er trotzdem mit Nachdruck.

Faustus starrte ihn an, als habe er eine Erscheinung, und Lucius erkannte Hoffnung in seinem Blick aufkeimen.

Auch Publius sah diesen Blick und sein Mund verzog sich zu einem höhnischen Grinsen.

„Freu dich nicht zu früh, du entgehst den Tieren nicht. Ich verkaufe ihn nicht, sondern möchte, dass ein Exempel statuiert wird!", sagte er bestimmt. „Jeder Sklave soll wissen, was im blüht, wenn er seinen Herrn angreift."

„Angreifen?", Lucius zwang sich zu einem Grinsen. „Wem willst du glauben machen, dass dieses halbverhungerte Kind dich hier auf dem Forum von Lugdunum am helllichten Tage angreifen wollte!" „Es ist mir egal, was die anderen denken!"

In seinem Gesicht rangen Gier und Stolz miteinander. Lucius trat nun näher an ihn heran.

„Wir brauchen hier kein Schauspiel für die Gaffer und Müßiggänger aufführen", sagte er leise und deutete in die Runde. Publius lief sofort wieder rot an, schluckte aber eine Bemerkung herunter. Er schien sehr jähzornig zu sein.

„Ich bin Hastatencenturio Lucius Marcellus und sowieso auf der Suche nach einem Sklaven." „Warum gehst du dann nicht auf den Markt und kaufst dir einen?"

Publius war immer noch angriffslustig, aber seine Stimme hatte sich gemäßigt. Mit einem Centurio wollte er dann doch nicht in eine Schlägerei geraten.

„Keine Zeit. Außerdem ist mir der Bursche dann was schuldig und wird umso besser arbeiten!"

Er nannte die Summe, die er zu bezahlen bereit war. Sie war für einen Sklaven in Faustus' Alter schon hoch angesetzt. Einen Augenblick glimmte die Gier in Publius' Augen auf, aber dann siegte sein Stolz: „Nein, behalte dein Geld!"

„Sicher?", mischte sich jetzt Appius ein. „Du verlierst heute zwei Sklaven und die Bezahlung für Löwenfutter wird nicht so hoch ausfallen!"

Publius nagte an seiner Lippe und schien angestrengt nachzudenken. Appius' Hinweis war nicht von der Hand zu weisen. Er mochte zwar jähzornig sein, aber deswegen musste er kein Trottel sein.

„Doppelter Preis?", fragte er lauernd. Appius holte Luft, um zu widersprechen, aber Lucius stieß ihn an. Er wollte nicht feilschen, schon gar nicht im Beisein des Jungen.

„Einverstanden!" Publius warf ihm Faustus vor die Füße: „Da hast du ihn!", und hielt die Hand auf. „Kennst du die Taverne zum Adler? Lass uns die Papiere dort aufsetzten! Dort bekommst du dein Geld! Danach gehen wir zum Magistrat und lassen den Handel bekräftigen!"

Lucius winkte die Freunde von Faustus heran, die sich im Hintergrund gehalten hatten.

„Helft ihm. Bringt ihn erst zu den Leichengruben und dann zum Hause des Appius Maestus." Er warf den Galliern, die bei der Leiche der Frau warteten, ein As zu: „Für den Fährmann!"

„Du bist ein Idiot!", raunte ihm Appius ins Ohr, als er an ihm vorbeiging und klopfte ihm auf die Schulter. „Ich erwarte dich zu Hause, wenn du den Unsinn hier erledigt hast!"

Hinter dem Gebiet der Mattiaker beginnt eine Strecke des Rhenus, auf der es keine Möglichkeit für ein Heer gibt, den Fluss zu überqueren. Daher gibt es auch kaum Kämpfe zwischen den Treverern auf der einen Seite und den Sugambrern, und ihren Klienten, den Tenkterern, auf der anderen Flussseite. Die Tenkterer gerieten unter die Herrschaft der Sugambrer nachdem Caesar die Usipeter und Tenkterer überfallen und ihre Anführer sowie die meisten Krieger vernichtet hatte.

Dort, wo der Rhenus das Gebiet der Ubier erreicht, wird das Gebiet entlang des linken Ufers flacher und es breitet sich eine fruchtbare Ebene bis zu der Arduenna Silva aus. Hier leben die Ubier, seit sie Marcus Agrippa hier angesiedelt hat. Sie zerfallen in zahlreiche Sippen und haben keinen Hauptort. Ihr Zentralheiligtum liegt bei Juliacum. Die Ubier haben ein wachsames Auge auf den Rhetico Mons auf der anderen Seite des Flusses. Im Westen siedeln die Tungerer und im Süden sind sie Nachbarn der Treverer, das Land im Norden zwischen Mosa und Rhenus ist dünn besiedelt und kein Stamm reklamiert es für sich. Hier fließt der Rhenus träge dahin und ist leicht zu überqueren. Immer wieder dringen hier die Stämme der Chamaven, Usipeter, Tenkterer und Sugambrer ein, um zu rauben und zu plündern. Daher wird das Gebiet Vastus, das Verwüstete, und der Übergang Porta Belgica, das Tor nach Belgica, genannt.“

(Geographie Galliens, Gnaeus Pompeius Trogus)

* * *

LUVINIACUM, · PROVINZ · BELGICA, · PAGUS · UBIORUM

„Es ist nicht zu vergleichen mit einem Platz an der Tafel der Matronen, aber man kann hier leben und Kinder großziehen!“ Lucius schrak zusammen, als der Ubier neben ihn trat. Er war so versunken in seine Gedanken gewesen, dass er das Kommen des Ubiers gar nicht bemerkt hatte. Eine Szene wie aus Catos Buch über das Landleben, dachte Lucius. Der Hof, auf dem er übernachtet hatte, lag auf den Ausläufern der Arduenna Silva und das Land fiel zum Rhenus hin ab. Damit hatten sie einen wunderbaren Blick über Wälder und Felder, die in der Dämmerung nach und nach sichtbar wurden. Der Hof und das Dorf waren größer als die meisten, die Lucius bisher gesehen hatte, denn Haldavoo, so hieß der Ubier, war einer der Häuptlinge. Aber diese Stallhäuser, in denen Mensch und Tier zusammen wohnten und schliefen. Lucius schüttelte sich, bei dem Gedanken an den Gestank, in dem er heute

Nacht geschlafen hatte. Da war noch das kleinste gallische Oppidum wohnlicher.

„Wie ist das Leben jenseits des Rhenus?“, fragte Lucius nachdem sie einige Herzschläge schweigend gestanden hatten.

„Ich kenne nur das Leben auf dieser Seite des Flusses!“, antwortete Haldavoo und zuckte mit den Schultern. „Aber nach den Erzählungen der Alten war es entbehrungsreich. Und das hat uns zu harten Kriegern gemacht!“ Ein wenig Stolz schwang in der Stimme mit.

„Möchtest du es kennenlernen?“, fragte Lucius neugierig, um zu erfahren wie die Germanen dachten. „Das Leben diesseits des Flusses ist angenehmer und bequemer, aber trotzdem seid ihr Römer nicht verweichlicht!“, sagte er mit spöttischem Blick auf Lucius. „Wie könntet ihr sonst ein Volk nach dem anderen unterwerfen?“

„Nicht alle von uns sind Krieger“, räumte Lucius ein. „Viele gehen anderen Beschäftigungen nach als Handwerker, Bauer, Arzt oder Priester!“

„Ein Ubier muss alles können!“ Klang da Bitterkeit in der Stimme mit? Es war doch eigentlich ein Grund, stolz zu sein. Daher sah Lucius ihn fragend an. „Reichtum bekommen wir nur durch Kampf, aber wenn ein Krieger in der Schlacht stirbt, fehlt ein Bauer oder Handwerker im Dorf! Und ein Vater oder Bruder oder Sohn! Ich habe gehört, ihr Soldaten dürft nicht heiraten?“

„Richtig!“

„Das bedeutet es bleibt niemand zurück, der nach eurem Tod versorgt werden muss. Weder Frau noch Kinder, die der Gemeinschaft zur Last fallen!“

Auch eine Sicht der Dinge, dachte Lucius. Viele Legionäre lehnten das Eheverbot ab, aber das war nicht der richtige Ort, um darüber zu sprechen. Es wurde Zeit, das Thema zu wechseln.

„Ist das der Weg zum Castrum?“ Lucius zeigte auf den Weg, dessen Verlauf sichtbar wurde.

Die Via Agrippa endete bei Luviniacum und zwei Straßen, bessere Trampelpfade, führten von dort aus weiter. Der Ubier deutete nach Osten, wo gegen den sich langsam aufhellenden Himmel eine Dunstglocke sichtbar wurde. „Siehst du da, wo die Felder enden? Da ist eine Siedlung!“ Sein

Finger zeigte jetzt nach Norden und hielt in Richtung einer Ansammlung von Hütten an. „Daneben, auf dem Hügel, ist das Lager!"

Dies sollte das Lager sein? Der Hügel schien nicht besonders groß zu sein, denn das Legionslager quetschte sich da oben zusammen. Er schätzte die Entfernung ab. Heute Nachmittag sollte er dort sein.

Im Haus rührte sich etwas. Frau und Kinder seines Gastgebers standen auf und für Lucius wurde es Zeit, seinen Aufbruch vorzubereiten. Er ging zum Brunnen. Die Hunde vor der Tür beäugten ihn misstrauisch, blieben aber ruhig liegen, während er über den Hof schritt.

Lucius zog die Tunica über den Kopf und legte sie beiseite. Dann schöpfte er einen Eimer Wasser und wusch sich hastig mit dem kalten Wasser. Nach der Nacht in dem Stallhaus, fühlte er sich von Kopf bis Fuß schmutzig. Heute Abend würde er das Lager erreichen und hoffentlich wie ein zivilisierter Mensch ein warmes Bad nehmen können. Schließlich holte er tief Luft und hielt den Atem an, während er sich den Rest des Wassers über den Kopf kippte. Aaaarrgghhh, bei Pluto, war das kalt. Er schüttelte sich und rieb sich hastig mit einem Lappen trocken. Er streifte rasch seine Leinen- und dann seine rote Wolltunica über und legte schließlich den Militärgürtel an.

Während er versuchte, nicht auf die Kälte zu achten, die ihm durch und durch ging, betrachtete er das merkwürdige Haus genauer. Lang gebaut, mit einem Schrägdach, das bis zum Boden reichte, hatte es nur Fenster an den Giebelseiten. „Fenster" war sicher etwas übertrieben, für die Löcher, die eher Rauchabzüge waren. Drinnen war die eine Hälfte ein Stall für das Vieh im Winter und die andere Hälfte diente als Wohn- und Schlafraum, in dem auch gekocht wurde.

Barbaren, dachte Lucius und schüttelte sich. Die Ubier lebten bereits seit einer Generation diesseits des Rhenus und sollten doch gelernt haben, wie zivilisierte Menschen zu hausen. Aber es gab eben auch die, die wie sein Gastgeber dachten und hartnäckig nach der Sitte ihrer Väter lebten.

Nach einem kargen Frühstück, bei dem es nur eine Art Grütze gab, verabschiedete sich Lucius von seinen Gastgebern. Faustus belud das Maultier und dann folgten sie dem Weg zu seinem neuen Einsatzort, dem Castrum Ubiorum.

Die Straße führt schnurgerade hinunter ins Tal. Sie hatte nichts mit den gepflasterten Straßen in Gallia Narbonensis gemein, wo er aufgewachsen war. Sie war aber besser ausgebaut als die Trampelpfade in Helvetien und im Land der Vindeliker, über die er noch vor ein paar Wochen marschiert war. Faustus schleppte sich mehr schlecht als recht neben ihm hin. In Augusta Treverorum hatte man ihm gesagt, dass es weiter östlich keine Station mehr für einen Pferdewechsel gab. Daher hatte er ganz auf ein Pferd verzichtet. Faustus aber war keine langen Fußmärsche gewohnt und manchmal wirkte es so, als dass das Maultier ihn führte und nicht umgekehrt. Wie wäre es da erst mit einer Sklavin gewesen? Appius hatte ihn spöttisch gefragt ob nicht eine Frau besser als Leibsklave gewesen wäre. „Im Lager hätte eine Frau unbestreitbar Vorteile", beschied er Appius mit ernster Miene. „Aber nicht auf dem Marsch oder gar in einem Kampf!"

Am Anfang des Marsches hatten sie noch Gespräche führen können, aber jetzt war Faustus ausschließlich mit Jammern beschäftigt. Ein paar Dinge konnte Lucius aber in der Zwischenzeit über seinen Sklaven in Erfahrung bringen. Er wusste, dass es sich bei ihm um einen in Gallien geborenen Daker handelte. Außer ein paar Kraftausdrücken sprach er die dakische Sprache nicht. Sein Vater war auch Sklave gewesen und vor fünf Jahren an ein Bergwerk verkauft worden. Das bedeutete, dass er schon längst tot sein musste, da niemand so lange in einem Bergwerk überlebte. Dreizehnmal hatte er die Saturnalien erlebt, also war er zwischen dreizehn und sechszehn Jahre alt. Das war genau das richtige Alter, um als Sklave für einen Centurio zu arbeiten.

Am Rand der Straße arbeiteten Landvermesser, die von einer Centurie unterstützt wurden. Die Landvermesser arbeiteten mit der Groma und eine Gruppe Legionäre rannte hier hin und dort hin, um die Pfähle in den Boden zu rammen. Lächelnd dachte er an die Colonia Augusta Raurica. Überall das gleiche Bild, wo wir hinkommen wird als erstes das Land vermessen. So bringen wir Ordnung in das Chaos.

Er suchte mit Blicken nach dem zuständigen Centurio, konnte ihn aber nicht entdecken, da keiner der Arbeiter einen Helm trug. Der Optio mit seinem mannshohen Stab war unübersehbar, aber einen Centurio konnte er beim besten Willen nicht entdecken.

Die Gegend muss sehr friedlich sein, sinnierte er und warf einen letzten Blick über die Schulter auf die Arbeiter. Keiner trug ein Kettenhemd, Pila und Scuta lagen achtlos gestapelt.

Laut Titus Famus, der Gerüchteküche, war hier jederzeit mit Überfällen der Sugambrer zu rechnen. Es sah so aus, als ob sich Titus Famus diesmal geirrt hatte. Die Situation musste am Rhenus sicherer sein, als man sich in der Legion erzählte.

Die ubische Siedlung duckte sich im Schatten des Legionslagers, das sich auf dem Hügel darüber erhob.

In dem Befehl war es als Oppidum bezeichnet worden, aber das, was er hier vor sich hatte, war nicht mit den Oppida zu vergleichen, die er aus Gallien kannte. Dort waren sie wichtige Handelsplätze und Häuptlingssitze. Sie hatten eine prächtige Versammlungshalle. Manchmal war ein Oppidum auch kein Häuptlingssitz sondern ein Handwerkerdorf, aber in jedem Fall spielten sie eine wichtige Bedeutung für den Stamm. Nicht so bei den Ubiern. Schon Luviniacum, der Wohnort eines Häuptlings, war nur ein großes Dorf gewesen und dieses sogenannte Oppidum war einfach nur ein kleines Fischerdorf.

Westlich vom Lager waren ebenfalls Hütten zu erkennen. Dort bildete sich der unvermeidliche Vicus, mit den Weinschenken und den Lupnaren, den Bordellen, die bei keinem Lager fehlten.

Lucius entschied sich, dem Weg zum Oppidum zu folgen. Er zeigte Faustus die Richtung an, der es mit einem Stöhnen quittierte. Das Dorf hielt aber eine Überraschung für Lucius bereit. Es war unbestreitbar ein Fischerdorf. Trockengestelle und Netze waren allgegenwärtig und auch eine Räucherhütte war vorhanden. Aber es war ein Fischerdorf, das im Wandel begriffen war. Es war für ein einfaches Fischerdorf zu groß. Außerdem standen da am Ortseingang die zahlreichen Häuser mit den Werkstätten der Handwerker. Waren die Germanen nicht Selbstversorger? Hatte das nicht Haldavoo, der ubische Häuptling, bestätigt? Dieses Dorf schien aber darauf ausgerichtet zu sein, auch andere Dörfer mit Waren zu versorgen. Der Hauptweg führte in die Mitte des Dorfes, wo sich eine Art Markt- oder Versammlungsplatz befand. Der Platz hatte nichts mit einem römischen Forum gemein, sondern war einfach eine Freifläche aus gestampftem Lehm, die sich bei Regen in einen Morast verwandeln würde. Die Bewohner hatten nur gelangweilte Blicke für ihn übrig. Ein Römer war direkt neben dem Lager ein vertrauter Anblick. Lucius dagegen beobachtete interessiert im Vorbeigehen die Bewohner dieses merkwürdigen Dorfes. Die Ubier trugen keine römische Kleidung. Hosen, Kittel und karierte Umhänge, wohin das Auge sah. Und blonde Haare! Alle Schattierungen von blond waren vertreten. Hellblond, strohblond, dunkelblond, rotblond. Aber er sah auch braunes oder fast schwarzes Haar. Hatte sich da etwa ein römischer Legionär in der Tür geirrt?

An der Stirnseite des Platzes wurde an einem größeren Gebäude gebaut, das an eine gallische Versammlungshalle erinnerte. Gab es also doch eine Halle des Häuptlings, fragte sich Lucius.

Hinter der Halle endete das Plateau, auf dem der Ort lag, und fiel steil zum Fluss hin ab. Ein schmaler Flussarm trennte eine Insel vom Festland. Dort befanden sich weitere Trockengestelle und die Fischerboote. Sie bogen auf den Weg zum Lager ein, der zuerst sanft anstieg, dann aber immer steiler wurde, bevor er an der Porta Dextra endete. Die Posten warfen nur einen kurzen, abschätzenden Blick auf das Cingulum Militare, den Kriegsgürtel, und ließen ihn das Lager betreten.

Irgendetwas stimmt hier nicht, dachte Lucius beim Gang über die Via Principalis. Seit er das Castrum Ubiorum betreten hatte, begleitete ihn dieses Gefühl. Es lag nicht an den altmodischen, ovalen Schilden. Deren Anblick hatte ihn nur kurz stutzen lassen. Ovale Schilde waren nur noch selten im Gebrauch, aber er hatte sie schon mal gesehen. Es lag auch nicht an den abschätzenden Blicken, die ihm die Wachen am Tor zugeworfen hatten, und auch nicht an dem angewiderten Blick des Optio. Diese Ablehnung kannte er ebenfalls schon. Keine zwanzig Jahre Diensterfahrung und schon Centurio? Ein Frevel gegen die Götter, besagte der Blick. Darin lag sein ungutes Gefühl aber ganz sicher nicht begründet.

Es lag auch nicht an den Hütten, die für den Winter errichtet wurden. Es war etwas anders, das nicht stimmte. Unauffällig musterte er die Umgebung und spähte in die Lagerstraßen. Hier schien alles so zu sein wie in jedem anderen Legionslager auch. Die Legionäre der XVIII Legion saßen vor ihren Unterkünften, würfelten oder spielten Par-Impar.

Essensgerüche wehten herüber und wiesen ihn darauf hin, dass die Zeit der Cena, des Abendmahls, kurz bevorstand. Aus den Werkstätten hörte man das Singen der Sägen und das Pochen der Hämmer. Es sah auch nicht anders aus, als in den Lagern von Lugdunum oder Basilia, wo er sich in den letzten zwei Jahren aufgehalten hatte. Und doch nagte an ihm dieses Gefühl und irgendetwas war in diesem Lager anders. Es lag direkt vor ihm und trotzdem erkannte er es nicht. Es lag zum Greifen nah, es lag ihm auf der Zunge, aber es fiel ihm nicht ein.

Am Forum angekommen, blieb er einen Moment unschlüssig stehen. Sein Blick wanderte zwischen Prätorium und Principa, zwischen Wohn- und Arbeitsraum des Legaten, hin und her.

Bei wem meldet man sich, wenn man neu in einer Legion ist? Lucius stellte verblüfft fest, dass er es nicht wusste und sich auch noch nie Gedanken darüber gemacht hatte. Seit er als Probatus in die Legion eingetreten war, hatte es immer jemanden gegeben, der ihm gesagt hatte, wo er hinsollte und bei wem er sich zu melden hatte. Bis jetzt. Da stand er nun und grübelte. Beim Legaten? Beim Lagerpräfekten? Beim diensthabenden Tribun? Sollte er jemanden fragen?

So kurz vor der Cena war das Forum fast menschenleer, aber er wollte sowieso niemanden fragen, was er tun sollte. Das wäre ein schlechter Einstand auf seinem neuen Posten. So wandte er sich der Principa zu. Er würde sich einfach beim diensthabenden Tribun melden und mal sehen, wie der damit umgehen würde.

Die beiden Wachen unterhielten sich angeregt und nahmen auch keine Notiz von ihm, als er Faustus anwies, das Maultier direkt vor ihrer Nase anzubinden. Erst als er ihnen die Wachstafel mit seinen Befehlen unter die Nase hielt, unterbrachen sie ihr Gespräch und sahen ihn verdutzt an. Zwei benebelte Augenpaare richteten sich auf ihn. Die beiden hatten schon fleißig in die Amphore geschaut, konstatierte Lucius. Die Lage am Rhenus musste wirklich sehr friedlich sein.

Endlich bequemte sich eine der Wachen zu einer Reaktion und deutete wortlos mit dem Daumen über die Schulter auf den Eingang. Interessante Legion, diese Gallica, dachte er, während er durch den Durchgang ging. Die Unterhaltung wurde hinter ihm wieder aufgenommen.

Lucius betrat einen durch mehrere Hütten gebildeten Innenhof und versuchte, sich erst einmal zu orientieren. Das Gebäude rechter Hand musste das Haus des Lagerpräfekten sein. Daran anschließend der Schrein, in dem Adler, Emblem und Imago der Legion aufbewahrt wurden. Gegenüber dem Schrein saßen unter einer Überdachung einige Schreiber und kritzelten eifrig in Listen. Ihrem Aussehen nach zu urteilen, handelte es sich um Immunes, wegen ihrer Schreibfähigkeiten von Wachdiensten befreite Legionäre. Ein affektierter, junger Mann lag auf einer Cline und drehte gedankenverloren einen Weinbecher in seinen Händen. Der Schriftrolle auf seinen Knien schenkte er keine Beachtung. Er schrak aus seinen Tagträumen auf, als Lucius auf ihn zuging, musterte ihn und ein freudiges Leuchten huschte über sein Gesicht. Endlich etwas, das seine Langeweile unterbrach, dachte er wohl und schwang sich von der Cline. Die Schriftrolle fiel polternd zu Boden, aber der Tribun, für den Lucius ihn hielt, beachtete sie nicht weiter. Lucius' Magen krampfte sich zusammen bei der lieblosen Behandlung einer dem ersten Anschein nach kostbaren Schriftrolle. Wenn er sich aber die Tunica des Tribuns ansah, schien er sich das leisten zu können. Sie war aus bester Wolle und dazu noch blau-gelb gefärbt. Zweifarbig gewebte Stoffe waren der Gipfel der Extravaganz.

Lucius versuchte, seine Meldung loszuwerden, aber er hatte gerade erst den Mund geöffnet, da hatte der Tribun schon einen Becher vom Tisch gefischt und ihm diesen in die Hand gedrückt.

„Willkommen, willkommen am Ende der Welt!" Schwungvoll goss er den Wein ein. Er schien darin viel Übung zu besitzen, denn trotz des Schwungs und der Höhe, aus der er den Wein einschenkte, ging nicht ein einziger Tropfen verloren. Was haben wir hier für einen freundlichen Zeitgenossen, dachte Lucius und trank einen Schluck. Zu seinem Leidwesen musste er jetzt aber feststellen, dass es sich um einen ausgesprochen redseligen Zeitgenossen handelte. Er hatte Lucius' Marschbefehl mit einer gezierten Bewegung entgegengenommen, aber noch ehe er ihn geöffnet hatte, wusste Lucius bereits, dass er den Tribun Decimus Paternus vor sich hatte, der vor einem Jahr aus Rom eingetroffen war. Er hatte an Augustus' Feldzug gegen die Sugambrer teilgenommen. Dieser Feldzug war eigentlich nur eine Machtdemonstration gewesen, wusste

Lucius. Die Sugambrer hatten den Alder der V Legion beim Aufmarsch von fünf Legionen freiwillig wieder herausgegeben. Der Tribun schien so stolz auf diesen Feldzug, dass man glauben konnte, er persönlich habe den Adler zurückgewonnen. Nachdem er diese Heldentat begangen hatte, war er zur XVIII Legion versetzt worden, die gerade mit der XVII Gallica aus Aquitanien eingetroffen war. Die XVII war weiter zu den Batavern marschiert und die XVIII hatte es sich bei den Ubiern gemütlich gemacht. Und hier war er nun. „Hast du schon an einem Feldzug teilgenommen?" Eigentlich hätte diese Frage Lucius die Gelegenheit geboten, auch einmal etwas zu sagen. Aber er war von dieser unverhofften Gelegenheit so überrascht worden, dass er sie ungenutzt verstreichen ließ. „Ach ich beneide die Legionen, die mit Tiberius und Drusus unterwegs waren. Diese haben richtig gekämpft und nicht nur auf ihrem Hintern gehockt." Der Tribun seufzte theatralisch. „Ich freue mich schon drauf, nach Italien zurückzukehren. Der Wein und die Mädchen!" Genießerisch verdrehte er die Augen. Lucius sah ihn sprachlos an und versuchte, den Redefluss zu unterbrechen, aber Paternus ließ sich nicht bremsen. „Mit dir sind wir fünf", konstatierte er gerade und ließ Lucius' Versuch, etwas zu sagen, in ratlosem Gestammel enden. Fünf was?

Paternus schaffte jetzt mühelos den Wechsel von Frauen und Wein zu den Zuständen hier im Lager. „Wenn du etwas brauchst, wende dich an Pomponianus! Egal, ob ein Pferd oder interessante Frauen!", zwinkerte er Lucius anzüglich zu. Langsam wurde er ärgerlich, dieser Schwätzer ging ihm gehörig auf die Nerven und stahl ihm seine Zeit. Aber gut zu wissen, dass sein zukünftiger Befehlshaber über gute Beziehungen verfügte. „Pferd?", platzte Lucius dazwischen. „Unterkunft und Verpflegung reichen!"

„Ach, ja, eine Unterkunft. Die Unterbringung in Zelten ist wirklich eine Zumutung. Immerhin haben wir jetzt Hütten, wobei mir ein Haus natürlich lieber wäre. Warum können wir keine gemütlichen Häuser mit Atrium haben?"

Falls Lucius diese Frage hätte beantworten sollen, so bekam er keine Möglichkeit dazu.

„Na, das wird sich ändern, sobald der Legat wieder gesund ist. Nach allem, was man so hört, versteht er zu leben, aber das Wetter ist ihm nicht bekommen und er liegt schon das ganze Jahr krank nieder. Aber es wird hier schon noch gemütlich werden!“

Er zerrte Lucius Richtung Durchgang, rief zwei Schreiber herbei und wies sie an, Lucius' Habseligkeiten zu nehmen. Sie verließen den Innenhof, aber auch beim Gang über das Forum unterbrach er zu keiner Zeit seinen Redefluss. Lucius schaffte es gerade noch, Faustus ein „Mitkommen!“ zuzuraunen, dann war Paternus wieder an der Reihe.

„Der Legat wird natürlich vernünftige Unterkünfte brauchen und bauen. Hier, das ist deine Unterkunft.“ Er zeigte auf ein schlichtes Häuschen, das direkt am Forum lag. „Ein Pferd lasse ich dir zuweisen!“

Er zeigte auf die Koppel hinter dem Häuschen wo einige struppige Pferde grasten.

„Wir haben leider nur diese hier. Keine Pferde aus keltischer oder italischer Zucht!“ Er zuckte bedauernd die Schultern. „Aber immer noch besser, als zu Fuß zu gehen!“

„Äh, verzeih!“ Lucius schaffte es mit Mühe ein zweites Mal den Redefluss zu unterbrechen. „Ich brauche keins von diesen ... diesen Pferden ...“ Er schluckte das Wort Schindmähre herunter, das ihm auf der Zunge lag. „Ich bin doch zur ...“

Aber Paternus ließ ihn nicht ausreden, sondern schwärmte von den Pferden seiner Heimat. Einer der Immunes stieß seinen Kameraden an. Mit dem Kopf wies er auf das verpackte Bündel welches Lucius' Helm enthielt. Der querstehende Helmbusch war eindeutig zu erkennen, der andere nickte und hielt die Vitis hoch. Die beiden sahen sich vielsagend an und arbeiteten dann weiter. Der Tribun plapperte weiter und Lucius ließ es jetzt stoisch über sich ergehen.

„Wie unhöflich von mir, da rede und rede ich und lasse dich gar nicht zu Wort kommen!“ Paternus hob entschuldigend die Hand. „Woher kommst du Tribun ...? Ach, jetzt weiß ich deinen Namen gar nicht.“

Lucius nutzte die Redepause, die entstanden war, als der Tribun in das Schriftstück sah und nach Lucius' Namen suchte. „Nicht Tribun, Centurio. Centurio Lucius Justinius Marcellus!“ Damit hatte es Lucius endlich geschafft, Paternus zum Verstummen zu bringen. Er sah Lucius vollkommen perplex und erstaunt an.

„Centurio?", krächzte er dann fassungslos. „Aber du bist doch jünger als ich?"

„Na und?" Lucius gab sich betont lässig, als er mit den Schultern zuckte. Er streckte die Hand aus und reichte ihm die Rolle mit seinen Stammdaten. Paternus griff nicht zu, sondern starrte auf das Armband, das Lucius als Tapferkeitsauszeichnung verliehen bekommen hatte.

„Du bist wirklich Centurio?", brachte er gequält hervor und sein Blick flog von Lucius zu dem Haus und wieder zurück. „Äh, äh ...", stammelte er weiter. Lucius verstand, was in ihm vorging. Er war davon ausgegangen, einen Tribun vor sich zu haben, und hatte ihm eine Unterkunft für einen Stabsoffizier zuweisen wollen. Eine Unterkunft, die einem Hastatencenturio nicht zustand.

„Äh, ich kann dich hier nicht unterbringen", würgte er jetzt hervor und wirbelte zu den Legionären herum.

„Ladet das wieder auf!", blaffte er sie an. „Zu welcher Einheit gehörst du?", fuhr er Lucius als nächstes an und begann zum ersten Mal den Marschbefehl ausführlich zu mustern.

„Ala Pomponianus?", sagte er verblüfft. „Die kenne ich nicht." Paternus sah ratlos auf die Tafel, auf Lucius und auf die beiden Schreiber, die wartend dastanden.

„Aber wir haben einen Tribun Pomponianus. Holt ihn!", forderte er einen der beiden Legionäre auf, der sofort davonging. „Soll er sich um dich kümmern", stellte er erleichtert fest.

Der Immunis kam bald mit einem schlanken, jungen Mann zurück. Auch er war teuer gekleidet. Die rote Tunica des Neuankömmlings entsprach dem neuesten Schnitt und hatte wohl ein paar Sesterzen gekostet, schätzte Lucius. Falls für ein Theaterstück ein Senatorensohn gesucht würde, wäre dieser junge Mann die perfekte Besetzung. Offensichtlich war es in dieser Legion wichtig, gut gekleidet zu sein. Der Neuankömmling wandte sich mit einem Lächeln an den Tribun.

„Na, Decimus, was gibt's?" Der streckte ihm Lucius' Marschbefehl entgegen, wortlos, wie Lucius anerkennend feststellte. Pomponianus überflog die Zeilen, warf Lucius einen prüfenden Blick zu und klappte dann die Wachstafeln zusammen. „Gut, ich kümmere mich um ihn", sagte er und Paternus eilte erleichtert von dannen. „Den hast du aber gründlich durcheinander gebracht", stellte Pomponianus leicht verächtlich fest, während er ihm nachsah. „Was weißt du von der Ala Pomponianus?"

„Nichts", bekannte Lucius freimütig.

„Kein Wunder! Sie existiert noch gar nicht", konstatierte Pomponianus zu Lucius' Verblüffung. „Naja, eigentlich existiert sie doch." Diese Erklärungen waren nicht im Geringsten geeignet, seine Verwirrung zu mindern. „Es wurden Ubier ausgehoben und diese sollen in reguläre Auxiliaeinheiten umgewandelt werden. Das wird deine Aufgabe als Centurio sein." Pomponianus nickte Lucius zu.

„Wir verteilen diese Aufgabe über drei Legionen in Belgica. Wir bilden die Ala aus und die anderen beiden die Cohors." Lucius nickte verstehend.

„Allerdings bestehen noch einige Unklarheiten bezüglich des Vertrages. Agrippa hat den Ubiern zugesichert, dass sie nur zur Verteidigung ihrer Civitas eingesetzt werden."

Lucius hörte ihm interessiert zu, während sie Richtung Via Principalis gingen. „Die XVII Gallica und die V Alaudae stehen bei Batavorum und das ist nicht mehr auf dem Gebiet der Ubier. Jetzt musste erst festgestellt werden, ob damit gegen den Vertrag verstoßen wird. Was für ein Unsinn, aber so ist das nun mal."

„Wie lange soll die Prüfung dauern?"

„Oh, die ist eigentlich schon abgeschlossen," antwortete der Tribun leichthin. „Und die Ubier sind bereit, sich auch außerhalb der Civitas ausbilden und einsetzen zu lassen, solange die Sugambrer eine Bedrohung darstellen. Aber das muss noch von ihrer Volksversammlung bestätigt werden und die tagt erst nach dem nächsten Vollmond und dann ist es so spät im Jahr, dass wir sie auch nicht mehr brauchen. Sonst müssen wir sie den Winter über durchfüttern!"

Sie betraten die Via Principalis. „Ich habe schon von der Verfügung gehört, die es Söhnen von Rittern erlaubt, Centurio zu werden." Pomponianus sah ihn von der Seite an. „Aber ich hätte nie gedacht, dass einer der Anwärter die Ausbildung überlebt!"

Lucius erinnerte sich mit Schaudern an die Ausbildung, die Schikanen der Ausbilder, die Tortur auf dem Hügel, die nächtlichen Übergriffe der anderen Rekruten.

„Wir waren zu dritt. Zwei haben es nicht geschafft“, teilte er dem Tribun mit. Der zeigte auf das Armband. „Du scheinst dich gut geschlagen zu haben!“

Sie bogen in die Straße ab, in der die 1. Centurie der 1. Kohorte ihre Unterkünfte hatte, und damit wusste Lucius, dass sie auf dem Weg zum Primus Pilus waren.

„Der Lagerpräfekt ist nicht da, daher melden wir dich beim Primus Pilus. Die XVIII Gallica ist unterbesetzt. Wir haben zu wenige Centurionen und einen kranken Legaten, daher werden auch keine neuen ernannt. Ach, und zu wenig Tribune auch!“ Er schien den Seitenblick zu bemerken, den Lucius ihm zuwarf. „Ja, ja, ich weiß, was du denkst!“ Er sah belustigt aus. „Egal, ob junger oder alter Centurio, du hältst uns für ein überflüssiges Geschwulst. Aber es gibt Tribune...“, er hielt kurz inne, „...und Tribune!“

Lucius stutzte über so viel Offenheit. „Es gibt affektierte Schwätzer wie Decimus Paternus“, Pomponianus deutete mit dem Daumen über die Schulter, „es gibt fähige wie Saturninus, den senatorischen Tribun und es gibt Tribune wie Silanus und mich, die nicht ganz unnütz sind.“

Lucius musste lachen und Pomponianus grinste breit. „Aber, es gibt zu viel zu tun!“

Er wies unbestimmt auf die Legionärsunterkünfte. Lucius folgte unwillkürlich seiner Handbewegung und musterte die Baracke. Er wusste nicht, was der Tribun meinte, musste aber an sein Gefühl des Unbehagens denken, das ihn beschlichen hatte, nachdem er das Lager betreten hatte. Sein Blick schweifte weiter und blieb an der Maultierkoppel hängen.

Die müsste mal wieder ausgemistet werden, dachte er bei sich und in dem Moment machte es Klick. „Bei Minerva, das ist es!“, murmelte er vor sich hin. Das ganze Lager machte einen schlampigen, um nicht zu sagen verwahrlosten Eindruck. Maultiergehege, die mal wieder ausgemistet werden müssten, Wachen, die sich rumlümmelten, definitiv zu viele Legionäre mit Freizeit. Weder auf dem Übungsplatz noch vor dem Lager hatte eine Centurie exerziert. Die Baracken waren solide, aber nicht mit Sorgfalt errichtet. Die Planken vor den Quartieren waren unterschiedlich lang, diese Tür dort hing schief in den Angeln. Lucius schüttelte den

Kopf, konnte aber nichts mehr sagen, da sie an der Baracke des Primus Pilus angekommen waren. Ein vierschrötiger Mann saß vor seiner Unterkunft mit einem Weinbecher auf dem Bauch. Vitis und Helm auf dem Tisch drapiert. Er blinzelte und sah zu den beiden jungen Männern auf, die da vor ihm aufgetaucht waren. „Centurio Gemellus!", begrüßte Pomponianus ihn heiter. „Ich habe dir jemanden mitgebracht!"

Gemellus, der Primus Pilus der XVIII Gallica, konnte Tribune nicht ausstehen. Die einen waren dumm und großkotzig, die anderen nur großkotzig. Sie wurden von reichen, einflussreichen Vätern in Positionen befördert, in denen sie echten Soldaten wie ihm etwas zu sagen hatten. Und, wo das hinführte, hatte man an der Gallica sehen können. Der lange Garnisonsdienst in Aquitanien hatte sie ihrer Schlagkraft beraubt, die Tribune hatten ihre Pflichten vernachlässigt, nur die Centurionen hatten versucht dagegenzuhalten. Nach dem Ende des Kantabrerkrieges wurden Centurionen und Legionäre als Ersatz für die Ausfälle abkommandiert, wodurch die Schlagkraft noch weiter sank. Gemellus wurde zwar befördert, aber er fühlte sich zurückgesetzt, da nur die fähigen Centurionen an andere Legionen abgegeben wurden.

Dass ich nicht lache!, dachte er: Die fähigen? Die, die das höchste Bestechungsgeld gezahlt haben! Und jetzt standen diese beiden jungen Bürschchen vor ihm, gerade mal zwanzig Jahre alt, als Paradebeispiele von Tribunen.

„Was willst du?", knurrte er ungehalten über die Störung. „Bring den Frischling bei euch unter und sorge dafür, dass er mir nicht in die Quere kommt!"

Das überhebliche Lächeln hätte er dem Tribun gerne ausgetrieben, stattdessen musste er die Wachstafel in Empfang nehmen. Es handelte sich um den Marschbefehl des Frischlings.

Empörung wallte in ihm auf, er spürte wie seine Adern hervortraten und schnappte nach Luft. „CENTURIO?", würgte er mühsam hervor.

CENTURIO! Gemellus war so wütend, dass er kein weiteres Wort herausbrachte, sondern nur ein Röcheln von sich gab. Seine beiden Gegenüber wechselten besorgte Blicke. Traf den Primus Pilus hier und jetzt der Schlag? Gemellus keuchte. Dieses Bürschchen! Dieser grüne Junge war bereits Centurio?

„Wen hast du geschmiert?“, stieß er hervor, als er seine Sprache wiedergefunden hatte. „Anders ist es nicht möglich, nicht?“

„Niemanden“, war die gelangweilte Antwort. „Ich habe mir meinen Rang selbst erarbeitet!“

Gemellus schnappte erneut nach Luft. Diese herablassende Antwort versetzte ihn noch mehr in Wut. Dass der Jüngling jetzt auch noch den linken Arm präsentierte, damit er die Tapferkeitsauszeichnung erkennen konnte, ließ ihn alles wie durch einen Nebel sehen. Er fühlte sich versucht, seinen Dolch zu ziehen und die Luft aus diesem aufgeblasenen Jüngling zu lassen. Wie aus weiter Ferne hörte er etwas von Augustus und, dass Söhne von Rittern als Centurionen anfangen können. Er hatte davon gehört, aber nie gedacht, dass es tatsächlich umgesetzt würde. Immerhin gab es in der Legion Mittel und Wege, unliebsame Männer loszuwerden. Dieser Marcellus musste ein Protegé von jemandem sein, anders war es nicht möglich. Der rote Nebel vor seinen Augen hob sich und er ließ den Schreibgriffel los, den er wie einen Dolch umklammert gehalten hatte. „Mir wird schlecht! Ich glaube, ich muss kotzen!“, sagte er so verächtlich wie möglich.

„Was bringst du ihn zu mir?“, bellte er. „Schaff diesen ... zum Lagerpräfekten und mir aus den Augen!“

Pomponianus ließ sich von dem finsteren Blick des Primus Pilus nicht beeindrucken.

„Potitus, der Lagerpräfekt, ist wegen Nachschubangelegenheiten für einige Tage verreist, wie du weißt“, bemerkte er leichthin. „Centurio Marcellus ...“, er betonte Centurio so ausdrücklich, als machte es ihm Spaß, Gemellus zu reizen, „... gehört ab jetzt zur Gallica! Daher wollte ich ihn dir vorstellen!“

Der Primus Pilus holte tief Luft und zwang sich zur Ruhe. „Willkommen im Castrum Ubiorum, Centurio ...“ Gemellus warf demonstrativ einen Blick in den Marschbefehl. „... Marcellus!“

Er starrte Pomponianus so böse an, als sei der persönlich für die Ernennung von Lucius zum Centurio verantwortlich. „Mögen die Götter wissen, warum jemand der Meinung ist, dass ausgerechnet du...“, er betonte das Du so abfällig wie möglich, „...bei der Ausbildung von Barbaren helfen kannst!“

Er kratzte sich lang anhaltend zwischen den Beinen. „Keine Angst wir finden schon eine Aufgabe für jemanden mit deinen Talenten. Latrinengraben wäre doch bestimmt eine Herausforderung für jemanden wie dich! Nicht? Bring ihn meinetwegen zum senatorischen Tribun."

Er wirbelte herum und verschwand in seiner Unterkunft, die Tür hinter sich zuschmetternd.

Einen Augenblick standen alle vier schweigend da. Die Immunes sahen verwirrt zu Pomponianus. Dieser zwinkerte Lucius zu: „Willkommen in der Gallica! Dann lass uns mal zu Saturninus, dem senatorischen Tribun gehen!"

Der Empfang war eigentlich so wie erwartet und doch auch wieder nicht. Auf Ablehnung war Lucius eingestellt, dass man ihn herumschob wie einen nutzlosen Sklaven, damit hatte er allerdings nicht gerechnet.

Senatorischer Tribun bedeutete, dass Saturninus der Stellvertreter des Legaten war und damit derzeitig der ranghöchste Offizier im Lager. Zu wenige Tribune, Legat und Lagerpräfekt abwesend, kein Wunder, dass Saturninus müde aussah. Er grüßte abwesend und beachtete die beiden kaum, bis Pomponianus Lucius' Namen nannte. In dem Moment horchte er auf und begann etwas in seinen Papieren zu suchen. Sonst zeigte er keine Reaktion und Lucius stand wartend da, hielt immer noch seinen Marschbefehl in Händen und wartete darauf, dass seine Anwesenheit zur Kenntnis genommen wurde.

Endlich, nachdem er einen Brief gefunden hatte, sah er auf und musterte Lucius scharf.

„Ich habe schon von dir gehört", eröffnete Saturninus das Gespräch und hielt einen Brief hoch und Lucius musste schlucken. Einen Brief? Von wem? Worüber? Aber der Tribun erläuterte die Bemerkung nicht weiter, sondern wechselte abrupt das Thema. „Wir haben ein Problem mit der Gallica! Die ganze Legion ist verlottert und der Einsatzwert ist gering!"

Lucius starrte ihn verblüfft an. Gaius Sentius Saturninus, senatorischer Tribun, Stellvertreter des Legionslegaten, Sohn eines Konsular, eröffnete ihm, Lucius Marcellus, neueingetroffenem 2. Hastatencenturio mal eben so, dass er die Legion für heruntergekommen hielt?

„Schau mich nicht so überrascht an!", versetzte Saturninus, als er Lucius' Blick bemerkte. „Wenn du nicht taub und blind bist und als Centurio etwas taugst, wirst du die Anzeichen sofort gesehen haben!"

Gesehen, ja, aber nicht sofort erkannt, dachte Lucius, hütete sich aber, dies laut auszusprechen. Warum sollte ich das gute Bild, das er von mir hat, zerstören?

„Ich habe zu wenige Centurionen und die, die ich habe, taugen nichts!“ Saturninus sah zum Fenster hinaus. „Gemellus ist mit der Schlimmste von der Bande. Der Fisch stinkt eben wirklich am Kopf zuerst!“

Seine dunklen Augen blickten Lucius jetzt direkt an. Was will er von mir, fragte sich Lucius unbehaglich.

„Aber jetzt habe ich dich!“, stellte er fest und zeigte mit einem seiner schlanken Finger auf ihn. „Mit deiner Hilfe und durch dich werde ich den faulen Säcken Feuer unter dem Arsch machen!“

Lucius wusste nicht, was er sagen sollte, und starrte daher einfach schweigend geradeaus. Sollte hier Centurio gegen Centurio ausgespielt werden? Für wie dumm hielt ihn dieser Tribun?

„Deine Ala gibt es noch nicht und so werden deine Dienste als Ausbilder erst nächstes Jahr gebraucht. Daher wirst du dich zunächst um die zweite Hastatencenturie der dritten Kohorte kümmern.“

Lucius sah weiter stur geradeaus und wartete auf das, was noch kommen würde.

Saturninus wuchtete sich hoch und reckte sich steif. Dann ging er mit federndem Gang und die Beine ausschüttelnd um den Tisch herum. Den Brief hielt er immer noch in der Hand.

„Du bist zwar noch jung, aber stammst nicht aus diesem verlotterten Haufen, das heißt, du bist ein frischer Apfel, kein fauler. Quirinius von der Augusta hat sich positiv über dich geäußert, du bringst den nötigen Biss mit!“

„Und wie soll ich das anstellen?“, stammelte Lucius hilflos.

„Ach ja und intelligent und einfallsreich bist du auch, sagt er. Also lass dir was einfallen. Deine Einheit wird Straßen, Türme und Lagerschuppen bauen, aber du hast freie Hand für Übungen und Märsche. Wir brauchen eine vernünftige Legion und fangen mit einer Centurie an. Und natürlich werden wir das schaffen, schließlich sind wir Römer und keine degenerierten Syrer oder Ägypter.“

Lucius fühlte sich, als ob er von Sisyphosfelsen überrollt worden wäre. Saturninus schien keine Antwort erwartet zu haben, sondern warf den Brief auf den Tisch und hob eine andere Schriftrolle empor: „Der Pilus Prior Centurio der 3. Kohorte ist Gaius Mucius. Er war vor einigen Jahren noch ganz brauchbar. Aber er wurde bei Beförderungen übergangen, kam bei Beute zu kurz und seit dem säuft er nur noch und hält bei seinen Männern die Hand auf. Von ihm hast du keine Unterstützung zu erwarten. Ich denke, er braucht einen Arschtritt und eine Aussicht für seinen Ruhestand, dann kommt er wieder auf den rechten Weg zurück. Es ist aber keiner da, der ihm diesen Arschtritt geben wird! Also bist du auf dich alleine gestellt. Wenn der Lagerpräfekt Titus Potitus wieder da ist, machen wir es offiziell, aber du kannst deinen Dienst sofort antreten, ich werde Gemellus informieren. Bezieh dein Quartier bei den Hastaten und dann melde dich bei Tribun Silanus! Er wird dir sagen, was zu tun ist!"

Er war entlassen, also blieb ihm nichts anderes übrig, als zu grüßen und zu gehen.

Sie machten sich auf den Weg zum Lagerplatz der 3. Kohorte.

„Was fehlt dem Legaten?", Lucius war neugierig geworden, da jeder die Krankheit des Legaten mit einem komischen Unterton angesprochen hatte.

„Politisches Fieber!", sagte Pomponianus freimütig. „Jeder rechnet damit, dass von Mogontiacum aus der nächste Feldzug gegen die Germanen gestartet wird und Furnius bekam dort kein Kommando. Das hat ihn umgehauen und seit dem liegt er krank danieder."

Lucius war verblüfft über die Offenheit, mit der ein Tribun einem Centurio gegenüber sich über den Legaten ausließ. Ob das an dem geringen Altersunterschied lag? Da ist mein Alter doch mal von Vorteil, schmunzelte er. Er sah verstohlen zu dem Tribun, mit dem er nächstes Jahr Germanen ausbilden sollte.

Er wies Faustus an, das Gepäck abzuladen und die Unterkunft einzurichten und fragte sich dann nach Tribun Silanus durch. Man schickte ihn zu den Getreidespeichern. Er konnte sich nicht erinnern, in oder um das Lager herum Getreidespeicher gesehen zu haben. Der Hügel war eigentlich zu klein für ein Legionslager und daher seien die Getreidespeicher außerhalb des Lagers errichtet worden, sagte man ihm. Zu seiner Überraschung entpuppten sich die Sklavenunterkünfte, die er außerhalb des Lagers gesehen hatte, als die gesuchten Getreidespeicher. Er schüttelte den Kopf. Selbst der geizigste Großgrundbesitzer baute seinen Sklaven stabilere Unterkünfte. Und Horreum, Getreidespeicher, war die schamloseste Übertreibung, die Lucius je gehört hatte. Diese armseligen Schuppen waren erhöht errichtet, damit auch Luft von unten an das Getreide kam. Das war alles, was sie mit einem Horreum gemeinsam hatten. Aber ansonsten? Diese Ansammlung von Hütten und Schuppen sah so aus, als würde sie der erste Herbststurm hinwegfegen.

Silanus war sofort zu erkennen. Der Tribun stand in einer Gruppe von Männern und gab ihnen Anweisungen. Neugierig mustere Lucius ihn. Er war gespannt, wie der von Pomponianus als „nicht unnütz" geschilderte Tribun war. Silanus war nicht so teuer gekleidet wie Paternus und Pomponianus und aufgrund seiner drahtigen Figur, wirkte er soldatischer als alle drei anderen Tribune zusammen. Er sah auch deutlich abgearbeiteter aus. Dicke Augenränder und gerötete Augen wiesen auf erheblichen Schlafmangel hin. Auch ein Kennzeichen der Gallica. Die Männer wirken ausgeruht und die Tribune übermüdet. In der Augusta war es eher umgekehrt gewesen.

Nachdem die Männer ihre Arbeit aufgenommen hatten, baute sich Lucius vor ihm auf, grüßte und machte Meldung. Silanus seufzte erleichtert auf. „Jupiter sei Dank! Ich war noch nie so froh, einen Centurio vor mir zu haben!" Auf Lucius' fragenden Blick hin ergänzte er: „Nach der Ermordung der Centurionen durch die Sugambrer mussten wir einige an andere Legionen abgeben. Wegen Urlaub und Krankmeldungen", er spuckte angewidert aus, „haben wir derzeit gerade mal 36 Centurionen. Solange der Legat nicht da ist, können wir auch keine neuen ernennen!" Er machte eine Pause und starrte mit leerem Blick an Lucius vorbei. „Ich hasse dieses Land schon jetzt!"

„Tribun?" Lucius brachte sich in Erinnerung. Silanus zuckte zusammen. „Äh, wo war ich? Ach ja. Meine Aufgabe ist es, die Bauarbeiten im und um das Lager herum zu leiten. Da sind die Türme und Tore, die Straßen und ...", er zeigte auf die Insel und den Flussarm, „...dies ist der Hafen!" Seine Stimme troff vor Ironie. „Oder soll es mal werden. Wir brauchen ein Lager für unseren Nachschub und der Rhenus ist die wichtigste Nachschubroute. Die Lage hier bietet sich optimal für einen

Umschlagplatz an. Es gibt Platz für die Speicher und Fernstraßen, um den Nachschub auch aus Gallien heranzuführen."

„Und die Germanen?" Lucius wies auf die dunklen Wälder auf der anderen Flussseite.

„Hier ist der Strom zu breit, um mal eben überzusetzen."

„Was ist meine Aufgabe?"

„Ob und wann hier ein Hafen gebaut wird, steht noch in den Sternen!" Silanus zeigte auf das Lager, das über ihnen lag. „Die Tore müssen ausgebaut werden und der Weg von der Porta Decumana zur Hauptstraße muss befestigt werden! Damit kannst du anfangen!"

Lucius hatte die arbeitenden Legionäre im Blick gehabt. Sie arbeiteten langsam, schlampig und die ganze Einheit machte einen zuchtlosen Eindruck. Der lange Garnisonsdienst in Aquitania hatte die Disziplin lasch werden lassen. Der Feldzug gegen die Sugambrer im letzten Jahr war der erste der Gallica gewesen, seit Corvinus vor 14 Jahren einen Aufstand der Aquitanier niedergeschlagen hatte.

Lucius hatte schon viel über Verwahrlosung von beschäftigungslosen Legionen gehört und gelesen, aber so etwas hatte er sich nicht vorstellen können.

Er ging zur Porta Decumana und beobachtete ein Manipel bei der Arbeit. Es war allerdings nicht das Hastaten- sondern das Triariermanipel. Er konnte den Tesserarius und den Signifer erkennen. Vom Optio war weit und breit nichts zu sehen. Nach einiger Zeit kam dieser langsam von den Bretterhütten, die in einigem Abstand errichtet waren, herübergeschlendert. Der Tesserarius und der Signifer begrüßten ihn mit anzüglichem Gelächter und noch eindeutigeren Gesten. Offensichtlich war es üblich, hier während der Arbeit mal schnell in ein Lupanar zu verschwinden. Der Tesserarius überreichte dem Optio einen Beutel und winkte dann einem Contubernium, ihm zu folgen. Lucius starrte ungläubig auf die Szene. Der Optio bekam einen Obolus, damit in seiner Centurie die Männer contuberniumweise ins Bordell gehen konnten. Angewidert spuckte er aus und erwartete das Schlimmste bei seiner Centurie.

Lucius sah sich in seiner Unterkunft um. Bis auf Bettstatt, Tisch und Schemel war die Unterkunft leer. Kein Regal für die Ausrüstung, keine

Besucherstühle, keine Bücherregale für die Schriftrollen und auch kein Schreibtisch.

„Gerrae!“, stieß er so laut hervor, dass Faustus erschrocken zurückfuhr. „Wo fange ich an?“, sagte er in dem Raum hinein. Die Kiste mit den Stammrollen musste beim Optio oder beim Signifer sein. Die musste er anfordern. Wer war der Schreiber für die Centurie? Es würde doch wohl einen geben?

Er öffnete die Kleidertruhe und zerrte eine Decke heraus. Stirnrunzelnd musterte er die leeren Planken des Bettes. Keine Polster, dachte Lucius. Natürlich keine Polster, du Narr. Was hast du denn bei diesem Sauhaufen erwartet? Er warf die Decke mit einem Fluch auf das Bett. Faustus zuckte erneut zusammen. Lucius beachtete ihn nicht, sondern suchte in der Truhe nach seinen Schreibutensilien. Er fand Wachstafel und Griffel und erstarrte mitten in der Bewegung. Langsam drehte er seinen Kopf und sah Faustus an. Konnte der Junge eigentlich lesen und schreiben? Lucius hatte ihn gar nicht danach gefragt. Was bin ich für ein Idiot. Kaufe aus einer sentimentalen Laune heraus einen Sklaven und weiß nichts von ihm. Ich habe den doppelten Preis gezahlt und weiß nicht einmal, ob er lesen und schreiben oder kochen oder waschen oder sonst was kann. Er starrte den Jungen immer noch an. Als dieser merkte, wie Lucius ihn mit starrem Blick fixierte, steigerte sich seine Unruhe zur Panik. Was ist denn mit dem los, dachte Lucius verärgert. Glaubt er, ich würde ihn auspeitschen? Wahrscheinlich gab es Herren, die ihre schlechte Laune an ihren Sklaven ausließen und sein letzter hatte ihn schließlich an die Tiere verfüttern wollen.

„Setz dich und sei still!“, fuhr er den Jungen an, obwohl dieser gar nichts gesagt hatte.

„Dunkel wie in Plutos Arsch!“, brummte er vor sich hin. Über eine Lampe verfügte diese *Unterkunft* natürlich auch nicht. Faustus sprang und wuselte in den Vorraum. Er kam mit einem Paket zurück, das er feierlich wie ein Götterbild trug. Vorsichtig wickelte er Lucius’ Leselampe aus, füllte das Öl ein und überprüfte den Docht. Nachdem er sie entzündet hatte, setzte er sich mit einem Ausdruck der Zufriedenheit wieder hin. Lucius zwinkerte ihm zu: „Kannst du lesen und schreiben?“

„Ja!“, kam die Antwort mit voller Überzeugung, als wollte er andeuten, wie dumm die Frage sei. „Meine Mutter drängte meinen Herren dazu, es mir beizubringen. Meinen alten Herren wollte ich sagen. Verzeih, Dominus!"

„Schon gut!" Lucius winkte ab. „Ich bin es nicht gewohnt, einen Sklaven zu haben und werde die meiste Zeit deine Anwesenheit vergessen."

Faustus nickte stumm, aber sein Mund formte ein erstauntes: „Keine Sklaven?"

„Bei einem Gallieraufstand standen alle unsere Sklaven treu zu uns und verteidigten unser Anwesen und dafür wurden sie alle freigelassen und mein Vater schwor, nie wieder einen Sklaven für uns arbeiten zu lassen."

Faustus' Augen leuchteten auf.

„Die Gesetzte verhindern aber sofortige Freilassungen von Sklaven, also freu dich nicht zu früh!", sagte Lucius amüsiert.

„Ja, Dominus!" Die Enttäuschung war deutlich.

„Was hast du noch gelernt?"

„Meine Mutter hat mir beigebracht, einige Speisen zu kochen und Brot zu backen!"

„Gut, gut!", sagte Lucius zufrieden. Was für ein Narr der Vorbesitzer doch war. Einen Sklaven, der lesen, schreiben und kochen konnte, an die Tiere verfüttern zu wollen. Aus einer Laune heraus.

Glück für mich, dass er so jähzornig war. Er schrieb die Dinge auf, die er erledigen musste und fing an zu grinsen. Faustus hieß doch gesegnet, vielleicht brachte ihm der Junge ja Glück. Mochten sich auch alle gegen ihn verschwören, er würde sich nicht unterkriegen lassen. Alles war besser als auf dem Hof zu arbeiten.

MILES · GLORIOSUS

Die Tuba riss ihn quäkend aus dem Schlaf. Mühsam rollte sich Lucius aus dem Bett. Die Lampe war ausgegangen und er musste sich im Dunkeln zum Tisch herübertasten. Endlich fand er die Lampe und stolperte in den Vorraum, um aus dem Fenster zu sehen. Die Fackel, die in der Halterung am Ende der Baracke steckte, glomm schwach vor sich hin. Er trat hinaus und entzündete an ihr seine Lampe. Dabei lauschte er in die Lagerstraße, in der eigentlich das Rumoren eines Manipels hätte zu hören sein müssen, das sich aus den Betten quälte. Davon war aber nichts zu bemerken. Es waren nur vereinzelte Geräusche zu vernehmen, die zeigten, dass sich in den Zimmern etwas rührte. Kopfschüttelnd ging er in seine Unterkunft zurück. Herkules, gib mir Kraft für diese schwere Aufgabe.

Faustus schlummerte selig vor sich hin und Lucius stieß ihn mit dem Fuß an. Erschrocken fuhr der Junge hoch und starrte Lucius wie eine Erscheinung an. Nur keine Zeit verschwenden und sich in unwichtigen Kleinigkeiten verlieren, ermahnte sich Lucius und entzündete eine weitere Lampe und die Feuerstelle selbst.

„Ab morgen ist das Anzünden der Lampen und das Feuermachen deine Aufgabe!“, knurrte er dabei und setzte den Kessel auf das Dreibein. „Komm her und sieh zu!“ Er schnippte mit dem Finger und zeigte auf den Platz neben sich. Faustus rappelte sich auf und kam eiligst zum Feuer getapst.

Lucius schüttete den Rest des Tresters, der noch in der Amphore war, in den Kessel und kramte das Essigfläschchen hervor, das er ebenfalls in den Kessel entleerte.

„Du besorgst heute als erstes Trester und Essig!“ Faustus nickte und starrte gebannt auf den Kessel und sah zu, wie Lucius das Gebräu umrührte. „Das ist Posca, mein Morgengetränk. Achte darauf, dass sie nicht anbrennt!“ Mit diesen Worten drückte er Faustus den Stab in die Hand.

Lucius öffnete den Fensterladen an der Seite und horchte nach draußen. Den Geräuschen nach zu urteilen, erwacht die Legion langsam zum Leben, dachte er, während er sich die rote Wolltunica überwarf.

Kettenhemd oder nicht Kettenhemd, überlegte er und entschied sich dann dagegen. Außer den Wachen trug keiner die volle Rüstung und wenn kein Feind in der Nähe war, war es auch nicht üblich. Er schnallte den Militärgürtel um und legte die Beinschienen an. Auch hier überlegte er einen Moment, aber die Schienen waren Zeichen seines Ranges und wenn ihm dies Spott einbringen sollte, dann sollte das eben so sein. Er fuhr sich über sein Kinn. Ein Besuch beim Barbier war fällig. Prüfend sah er in den Kessel, in dem Faustus mehr stocherte als rührte und suchte dann in seinem Vorratsbeutel nach Essbarem. Das Brot war hart, der Speck zäh, Moretum keines mehr da und der Erbsenbrei müffelte schon. Wie hieß das Tier mit den vielen Armen noch gleich? Oktopus, klar. Ich bräuchte auch acht oder besser zehn Arme, dachte er, ging wieder zum Kessel und tauchte den Becher in das Gebräu. Vorsichtig schmeckte er ab. Bisschen heißer wäre besser, aber das musste jetzt reichen. Er schöpfte den Becher voll und sah auf sein karges Essen.

„Weißt du, was Pulsum und Moretum ist?" Faustus schüttelte den Kopf und nickte dann.

„Was denn jetzt?", fragte Lucius belustigt.

„Moretum ja, Pulsum nein!"

„Dann werde ich dir das beibringen müssen. Du backst mir jeden Morgen frisches Brot und mischst das Moretum an. Heute machst du die Zimmer sauber, legst eine Liste der fehlenden Vorräte an. Die wichtigsten kaufst du ein."

Lucius zerrte an einem Stück Speck und legte dann einige Münzen auf den Tisch. Draußen krächzte erneut die Tuba und ermahnte die Legionäre, jetzt endlich auf die Beine zu kommen, da der Morgenappell kurz bevorstand. Er versuchte, ein Stück aus dem Brot zu beißen. Da könnte ich auch gleich in einen Stein beißen, fluchte er im Stillen und versuchte, das Stück zu kauen. Ein Schluck Posca weichte das Brot wenigstens soweit auf, dass es sich kauen ließ, aber das war auch schon alles. Angewidert ließ er es auf den Tisch fallen. „Kauf außerdem einen Landwein. Den mischst du im Verhältnis 2:1 und hältst ihn tagsüber für mich bereit!"

Mit dem Becher in der Hand trat er vor die Unterkunft. In die Lagerstraße war Leben eingekehrt. Nachttöpfe wurden in Eimer entleert und zur Latrine gebracht. Eine Gruppe Legionäre hockte zusammen und mampfte genüsslich ihren Getreidebrei. Ein Schlauch kreiste und Lucius war sich sicher, dass er kein Wasser enthielt.

Er trank noch einen Schluck Posca und beobachtete die Centurie.

Ich werde erst einmal die Männer bei der Arbeit beobachten, nahm er sich vor. Da kann ich mir ein Bild von der Centurie machen. Wo liegen die Stärken und Schwächen der Einheit? Daraus wird sich alles Weitere ergeben, dachte Lucius trank noch einen Schluck. Wichtig ist vor allem, dass ich nicht die Geduld verliere. Sobald ich die Stammrollen vom Signifer übernommen habe, werde ich mir die Herkunft und den Werdegang der Principales, Immunes und Legionäre ansehen. Da ergeben sich vielleicht Ansatzpunkte für die schwierigen Fälle.

Er schlenderte die Straße entlang und sah dem Manipel bei den Morgenvorbereitungen zu. Die Principales standen zusammen und tranken ebenfalls Posca. Lucius nickte und grüßte mit dem Becher. Als Antwort kratzte sich der Optio ausgiebig zwischen den Beinen. Lucius schüttelte innerlich den Kopf und wies die Principales an, sich unverzüglich in seiner Unterkunft einzufinden.

Ich muss zuerst die Principales auf meine Seite bekommen, nahm er sich vor. Während sie mit hochmütigen Gesichtern eintraten, warf er noch einen schnellen Blick in seine Notizen. Der Optio hieß Laberius, der Signifer Gallus und der Tesserarius Caedicius. Ihre Mienen sprachen Bände. Bestimmt dachten die drei auch, dass er nur durch Beziehungen den Rang eines Centurio erhalten hatte. In ihrem Hochmut war es für sie undenkbar, dass er trotz fehlender Erfahrung ein brauchbarer Centurio sein konnte. Darauf war er nach seinen Erfahrungen in der Augusta vorbereitet, aber trotzdem schmerzte ihn dieses Verhalten. Warum konnten sie ihn nicht nach seiner Leistung beurteilen? Meinetwegen kritisch, sogar überkritisch, aber doch zunächst einmal warten, ob er sich seiner Aufgabe gewachsen zeigte? Nein, sie fühlten sich ihm überlegen, weil sie schon länger in der Legion waren und es für sie undenkbar war, dass jemand anderes ihnen das Wasser reichen konnte. Dass dieser Hochmut vollkommen fehl am Platze war, sprang Lucius in dieser Centurie förmlich ins Auge. Abgestumpfte und verdrossene Gesichter hatte er gesehen und an manch glasigem Blick konnte er erkennen, dass sie den Tag über reichlich Wein genossen. Dies sollte in einer Legion, in der ein gesunder Geist herrschte, nicht vorkommen. Auch, dass nur Wenige ihn interessiert oder hoffnungsvoll ansahen, war für ihn trotz seiner geringen Erfahrungen ein schlechtes Zeichen für den Geist in der Legion im Allgemeinen und in der Centurie im Besonderen. Aber es waren nicht nur die Blicke und Mienen der Männer, sondern auch der Zustand ihrer Ausrüstung, wo einen der Missstand förmlich ansprang. Die Kettenhemden, Helme und Schwerter sahen so aus, als müssten sie mal dringend geputzt werden, in den Stiefeln fehlten Nägel, die Tuniken hatten auch schon besser ausgesehen. Die Räumlichkeiten machten den Eindruck, als hausten hier Bacchanten und keine Legionäre.

„Wenn ich mir die Unterkünfte so ansehe, scheinen die Männer ordentlich gefeiert zu haben“, sagte er leichthin, um nicht mit Vorwürfen zu beginnen. „Gab es einen besonderen Anlass?“

Weder der Optio, noch der Signifer oder der Tesserarius schien in dem Zustand der Räumlichkeiten ein Problem zu sehen, da sie alle drei nur achtlos mit den Schultern zuckten.

„Wie haltet ihr es bisher mit der Instandhaltung und Pflege der Ausrüstung?“ Auch diese Frage stellte er niemand bestimmtem. Nach einer längeren Pause ließ sich der Optio zu einer Antwort herab.

„Die Legionäre wissen, dass eine gute Ausrüstung ihr Leben rettet“, leierte Laberius, der Optio, gelangweilt herunter. „Sie brauchen ab und zu eine Erinnerung, aber ansonsten wissen sie, was zu tun ist.“

Die Erinnerung ist aber wohl schon länger ausgeblieben, dachte Lucius erbost und musste tief durchatmen, als Gallus, der Signifer, gehässig einwarf: „Schließlich verfügen sie über langjährige Erfahrung!“

„Wie oft finden die Übungseinheiten statt?“

Diesmal war es Caedicius der antwortete: „Das Manipel ist Tag und Nacht im Einsatz, um die Baumaßnahmen durchzuführen!“ Lucius war sich sicher, einen spöttischen Unterton herauszuhören.

Hier komme ich nicht weiter, dachte er. Ich werde direkt mit den Männern sprechen und an ihr Pflichtgefühl appellieren.

„Lasst die Männer antreten!“, befahl er knapp und legte sich im Stillen seine Worte zurecht. Es wurde ein Vortrag über die Wichtigkeit ihrer Ausrüstung und über den Unterschied zur XIX Augusta. Berichteten die Schriftsteller nicht immer wieder darüber, wie einzelne

Männer nur durch die Kraft ihrer Rede einen Umschwung brachten? Appius Claudius, als er gegen den Frieden mit Pyrrhus redete, Cicero und seine Reden gegen Marcus Antonius. Aber er war offensichtlich weder Claudius, noch Cicero, da die Männer die Vorhaltungen genauso unbeeindruckt über sich ergehen ließen, wie zuvor ihre Vorgesetzten. Entmutigt beendete Lucius seine Ansprache und es herrschte Stille. Er wusste nicht, welche Reaktion er erwartete hatte. Beschämung, Jubel, zustimmende Rufe, ablehnende Rufe, irgendeine Regung, aber auf völliges Schweigen war er nicht vorbereitet. Sein Magen krampfte sich zusammen. Was mache ich als nächstes?, fragte er sich. „An die Arbeit, ich gehe zur Baustelle und ihr sorgt dafür, dass die Unterkünfte in Ordnung gebracht werden!“, wies er die Principales an, drehte sich schwungvoll um und marschierte die Lagerstraße entlang.

„Zu Befehl, Miles Gloriosus!“

Lucius erstarrte wie vom Schlag getroffen und spürte wie ihm das Blut in die Wangen schoss. Er hörte hinter sich aus den Reihen der Männer ein Glucksen. Die Heiterkeit breitete sich rasch aus. Es fehlte nur noch, dass die Centurie geschlossen loslachte. Lucius war danach loszubrüllen und jedem mit der Vitis eins überzuziehen. Damit wäre seine Dignitas aber nicht gerettet. Miles Gloriosus! Ausgerechnet ihn mit dieser anmaßenden, lächerlichen und aufgeblasenen Witzfigur aus dem Theaterstück von Plautus gleichzusetzen. Er atmete tief durch und hastete weiter, froh, um die nächste Ecke biegen zu können, bevor die Centurie losprustete. Er stieß mit einem jungen Legionär zusammen, der erschrocken auf die Vitis starrte und eine Entschuldigung stammelte.

„Aus dem Weg!“, herrschte ihn Lucius an und hieb ihm den Stab auf den Oberarm. Du darfst dir deine Wut nicht anmerken lassen!, dachte er bei sich. Direkt am ersten Tag loszubrüllen und die Fassung zu verlieren, würde die Missstände nicht beseitigen, sondern nur unnötig seine Autorität aufs Spiel setzen. Der junge Tertinius, der im Kampf gegen die Toutonen gefallen war, hatte auf seinem ersten Feldzug einen brauchbareren Soldaten abgegeben als dieser Sauhaufen hier, dachte er bitter.

Im Laufe des Tages sah er seine schlimmsten Erwartungen übertroffen. Die Legionäre täuschten fleißiges Arbeiten vor, aber Lucius erkannte, dass sie kaum schwitzten. Auf diese Weise würde der Bau der Straße bis zu den Saturnalien niemals abgeschlossen werden. Die Principales, die die Arbeiten beaufsichtigen, antreiben und ein gutes Vorbild abgeben sollten, standen herum, vertrieben sich die Zeit mit einem Schwätzchen und ließen den Weinschlauch kreisen. Er musste seine Wut unterdrücken und versuchte daher, zuerst die Arbeiter anzufeuern und anzutreiben. Als das nicht fruchtete, benutzte er, seine guten Vorsätze vergessend, seine Vitis. „Schneller du Faulpelz!", blaffte er einen der Legionäre an und hieb ihm den Stock auf den Rücken. Auch der Nebenmann bekam einen Hieb ab. Sofort griffen sie eifriger und schneller zu. Lucius wandte sich der nächsten Gruppe zu, die sofort hastig die Dolabrae schwangen, als er sich ihnen näherte. Ein leichtes Triumphgefühl stieg in ihm auf. Sollte es wirklich so einfach sein? Er ging auf die nächste Gruppe zu, die aber erst das Tempo erhöhte, als er auch hier den Stock zum Einsatz brachte. Er steuerte die nächste Gruppe an und schielte dabei aus den Augenwinkel nach den Gruppen, die er gerade verlassen hatte. Das Triumphgefühl wich. Sie waren wieder in ihren alten Trott verfallen, kaum dass er ihnen den Rücken zugekehrt hatte. Verärgert schnauzte er einen der Legionäre an. „Miles Gloriosus!", ertönte es hinter ihm aus den Reihen der Männer. Er zuckte wieder innerlich zusammen, ging aber weiter, ohne sich etwas anmerken zu lassen. Miles Gloriosus, damit hatte er seinen Namen weg. Morgen würde ihn die ganze Legion so nennen. Andere Centurionen sammelten Erinnerungsstücke an ihre Legionen, er sammelte offensichtlich Schmähnamen. Mit einem leichten Seufzer ging er weiter an den Legionären entlang und ermunterte den einen oder anderen mit dem Stock, schneller zu arbeiten.

Er sah diesem Treiben einige Tage zu, bevor er noch einmal das Gespräch mit den Principales suchte. Er baute sich vor ihnen auf, spannte den Rücken an und streckte den Kopf angriffslustig voraus. Lucius versuchte zunächst, die Stille wirken zu lassen, aber sie schienen nicht besonders beeindruckt. „Die Leistungen der Centurie sind unzureichend", sagte er nach einer Weile. „Lasst uns gemeinsam überlegen, wir gemeinsam, wie wir die Leistung der Männer verbessern."

Er sah die Principales abwartend an. Das Schweigen schien alle zu erdrücken. Caedicius, der Tesserarius, sah Laberius, den Optio, an, dieser starrte angestrengt auf einen Punkt in der Ferne. Der Signifer sah so unbeteiligt aus, als ob ihn das alles nicht interessieren würde. „Vorschläge?“, fragte Lucius, aber er erntete nur ein allgemeines Schulterzucken. Schließlich gab er es auf und schickte sie weg.

So bringt das nichts, dachte sich Lucius, als er bei Sonnenuntergang vor seiner Unterkunft saß und ein Stück Brot kaute. Sein ursprünglicher Plan erwies sich als undurchführbar. Er hatte vorgehabt, mit Lob und Strafe die Männer anzuspornen und sie gegenseitig zu besseren Leistungen zu ermutigen. Der allgemeine Eindruck der ersten Tage war: Jeder einzelne Legionär hätte die Vitis verdient. Mit Schlägen würde er also nicht weiterkommen. Eher bekäme er einen lahmen Arm, als dass diese Faulpelze vernünftig arbeiteten. Die häufigen Pausen konnte er den Männern abgewöhnen, aber das Arbeitstempo wäre immer noch gleichmäßig schleppend langsam. Was hatte er sonst für Möglichkeiten? Normalerweise verfügte ein Centurio über eine Reihe von Möglichkeiten den Männern zu *helfen*, ihre Aufgaben zu erfüllen. Einzelstrafen wie das Stehen am Schandpfahl schieden hier aus, da die ganze Centurie betroffen war. Dann gab es Gruppenstrafen wie ständiger Wachdienst für das langsamste Contubernium oder die Latrinensäuberung für das Contubernium mit der schlampigsten Arbeit. Aber wie konnte man eine Schnecke von der anderen oder ein Ferkel von dem anderen unterscheiden? Verurteilte er ein Contubernium zu Wachdienst oder Latrinensäubern, befreite er automatisch ein anderes davon und es gab ja nun wirklich keinen Grund in dieser Centurie jemanden zu belohnen. Die ganze Einheit zu bestrafen und sie zum Beispiel außerhalb des Lagers campieren zu lassen, ging nur mit Zustimmung und Unterstützung des Primus Pilus und des Lagerpräfekten. Er nahm sich ein paar Oliven und starrte in die Dämmerung. Wie knackt man eine Centurie, wenn man auf sich alleine gestellt ist? Als erstes müssen mich die Principales ernst nehmen und Respekt vor mir haben. Wenn ich sie dazu bekomme, mich ernst zu nehmen und ihren Dienst vernünftig zu versehen, werden die Hastati folgen. Aber wie kann ich sie zwingen, mich ernst zu nehmen? Verlottert oder nicht, Principales waren altgediente Soldaten, die sich nicht leicht beeindrucken ließen. Womit kann ich ihnen am meisten imponieren? Er starrte in den dunklen Himmel und merkte, wie ihm langsam kalt wurde. Er wickelte den Mantel enger um sich. Ich kann ihnen ja aus den Werken meines Onkels vorlesen, über die Verwandtschaft mit einem Schriftsteller werden sie entzückt sein, verspottete er sich selber. Meine Zähigkeit und Kondition bei Märschen wird nur dann beeindruckend sein, wenn ich sie in Grund und Boden marschieren kann. Höchstwahrscheinlich wird die ganze Centurie aber so langsam sein, dass niemand aus der Puste kommt. Ein Gewaltmarsch scheidet also aus, es sei denn ich schlage die ganze Zeit auf sie ein. Er lachte leise. Dann ist es aber kein Gewaltmarsch sondern Gewalt auf dem Marsch. Und wenn es nicht zum Erfolg führt, bin ich wieder da, wo ich angefangen habe. Er trank einen Schluck. Ich drehe mich im Kreis. Was bleibt noch? Waffendienst? Schwertkampf? Der Becher blieb auf halben Weg zum Mund in der Luft hängen. Schwertkampf! Ein Schwertkampftraining war genau das Richtige! Da konnte er seine Überlegenheit beweisen. Natürlich würden Principales und Legionäre denken, dass sie ihm überlegen seien. Aber wer von ihnen wäre schon wie er von einem Gladiator ausgebildet worden? Eine Demonstration seiner Überlegenheit würde sie beschämen. Anschließend würde er sie an ihre Pflichten als römische Legionäre und römische Bürger erinnern. „Civis Romanum Sum!“, brummte er und pfiff einen Marsch.

„Wir marschieren zum Übungsplatz!“, platzte Lucius heraus, kaum dass die Centurie zum Morgenappell angetreten war. „Ich habe ihn für den heutigen Tag reservieren lassen.“

Das war die Übertreibung des Jahres. Als Lucius sich bei Gemellus gemeldet hatte und gefragt hatte, wann der Übungsplatz frei sei, hatte der ihn nur verständnislos angeglotzt.

„Besetzt? Da hat es diesen Monat bloß drei Übungen gegeben. Du kannst heute drauf, wenn du willst!“

Die Reaktion der Männer in der Centurie war so, wie Lucius es erwartet hatte. Überraschung und Ablehnung spiegelten sich in den Blicken der Männer. Optio und Signifer sahen sich vielsagend an.

Die Männer der übrigen Centurien feixten schadenfroh, als sie die Hastatencenturie der 3. Kohorte zum Übungsplatz marschieren sahen. Es versammelten sich in kurzer Zeit einige Gaffer, die dem Training zuschauen wollten.

„Männer!“, das Gemurmel rings um ihn erstarb und die Legionäre spitzten die Ohren, um auch ja keines seiner Worte zu verpassen. Vielleicht gab es wieder etwas zu lachen. Dies war Lucius nur recht. „Männer. Wir werden heute eure Fähigkeiten mit Pilum und Gladius testen. Optio fang an!“

Damit war die Eröffnungsansprache beendet. Laberius knurrte etwas wie „Jawohl, Miles Gloriosus!“, teilte aber dann die Männer ein und ließ zuerst mit den leichten Wurfspeeren üben. Dies sollte die Männer auf das Werfen mit dem Pilum vorbereiten.

Die Männer der Centurie traten einer nach dem anderen vor und schleuderten ihre Wurfspeere. Lucius schritt auf und ab und sah den Männern zu. Die Wurfleistung war nicht zufriedenstellend und bei besonders schlechten Würfen brandete Hohngelächter unter den Zuschauern auf. Man hatte den Eindruck, die ganze Legion schaute zu, so dicht standen und saßen die übrigen Legionäre um den Platz. Dies machte alles einen unwirklichen Eindruck, befand Lucius. Weinschläuche kreisten, Würfel waren gezückt worden und wenn jetzt jemand mit einer Maske aufgetreten wäre, hätte Lucius gewusst, einer Komödie beizuwohnen. Das Hohngelächter nahm bald ab, nicht weil die Würfe mit dem Pilum besser gelangen, sondern weil die Zuschauer sich langweilten. Die ersten brachen auf, um sich woanders die Zeit zu vertreiben. Das lag nicht in seinem Interesse, schließlich war er beim Anblick der Menge auf die Idee gekommen, wie er mit seinem Vorhaben gleich zwei Ziele erreichen konnte. Die Demonstration, die er im Sinn hatte, konnte ihm bei so vielen Zuschauern auch in der Legion helfen. Vielleicht steckte auch Gemellus hier irgendwo. Er musterte die Gesichter der Zuschauer, konnte den Primus Pilus aber nicht entdecken.

„Pause!“, rief er dem Cornicen zu und dieser blies das entsprechende Signal. Müde ließen die Legionäre die Pila fallen und griffen gierig nach den Trinkflaschen.

„Fertig machen zum Schwertkampf!“, brüllte Lucius in die Runde. „Mal sehen, was wir hier so haben!“, feixte Lucius, nachdem die Männer paarweise mit den Übungsschwertern angetreten waren. „LOS!“ Lucius beobachtete die Paare eine Weile und, was er sah, entsetzte ihn. Schlecht abgestimmte Paraden und Stöße, die Deckung offen, die Attacken lustlos und ohne Elan. Er stieß den Cornicen an, der ein Signal blies. Die Männer ließen die Waffen sinken und sahen ihn fragend an.

„Was soll das sein, was ihr da veranstaltet?", fragte Lucius höhnisch. „Ist das ein ritueller Ausdruckstanz? Der Tanz der Salier vielleicht?"

Die Männer sahen ihn verwirrt an. Als Hohngelächter unter den Zuschauern aufkam, dämmerte ihnen, dass sie gerade beleidigt worden waren, und ihre Blicke wurden feindselig. Lucius trat zu einem Pärchen und ließ sich von einem Legionär den schweren Übungsschild und das Holzschwert geben.

„Nun, wer ist der erste? Wer tritt gegen mich, den Miles Gloriosus, an? Freiwillige vor!"

Die Männer lachten höhnisch und mehrere meldeten sich. „Gut bildet ein Viereck!", befahl Lucius und wies mit dem Holzschwert auf eine Stelle: „Die Freiwilligen dorthin!"

Die Freiwilligen sammelten sich an dem bezeichneten Punkt. Unterdessen rückten die Zuschauer näher. Das wollten sie sich nicht entgehen lassen. Die ersten Wetten wurden abgeschlossen. Die Umgebung zog sich für Lucius zusammen, als er sich fest auf sein Gegenüber konzentrierte. Die Rufe der Zuschauer klangen nur noch dumpf, aber er nahm jede Kleinigkeit seines *Feindes* wahr. Die Schweißtropfen auf der Stirn, das Zittern des Gladius, der zu hoch gehalten wurde, die intensive rote Farbe des Scutum, welches zu tief gehalten wurde, die schlechte Fußstellung. Das alles sah Lucius, obwohl er in die Augen seines Gegenübers starrte. Anspannung und Furcht konnte er sehen und das alles brachte ihn zu der Überzeugung, dass dieser Legionär kein ernsthafter Gegner sein würde.

Daher ließ er ihn eine Weile mit seinem Schwert herumfuchteln, um dann Ernst zu machen. Zwei Finten mit dem Gladius, ein Stoß mit dem Schild und der Mann lag auf dem Boden.

„Der Nächste!", sagte er knapp. Sofort stürmte ein älterer Legionär heran. Offensichtlich wollte er Lucius überrumpeln. Behände wich er aus und der Schwertstoß ging ins Leere. Lucius schlug hart mit seinem Gladius auf den Unterarm des Angreifers. Der stieß einen Schmerzensschrei aus und ließ seine Waffe fallen. Lucius rammte ihn mit dem Schild und schon lag der Legionär auf dem festgestampften Lehmboden. Stöhnend hielt er sich die Rippen, wo ihn der Schildbuckel getroffen hatte. Die zuschauenden Legionäre sahen sich an. Manch erfahrener Veteran nickte anerkennend, vereinzelt wurde sogar applaudiert. Lucius tat so, als bemerkte er dies nicht, während der nächste *Freiwillige* zögerlich näherkam.

Wieder beobachte Lucius sein Gegenüber genau und konnte dessen Angst in jeder Bewegung erkennen. Hier mache ich kurzen Prozess, entschied er und griff an.

Stoß mit dem Schild, Stoß mit dem Gladius, Stoß mit dem Schild, Stoß mit dem Gladius, Finte, Stoß mit dem Gladius. Die Waffe des Gegners flog im hohen Bogen durch die Luft. Der Legionär sah ungläubig seiner Waffe nach. „Du bist tot!", Lucius drückte ihm die Schwertspitze an den Hals. Jetzt glotzte der Legionär Lucius ziemlich blöde an. Wie eine Kuh beim Kalben, dachte er an einen von Sergius' Sprüchen zurück. Warum musste er ausgerechnet jetzt an des Vaters Verwalter denken?

„Der Nächste!"

Den Anderen erging es nicht besser, einige hielten sich länger als die anderen, aber am Ende waren sie entwaffnet oder auf eine andere Art und Weise besiegt.

„Eine Woche Gerste für diese Männer!", wies Lucius den Optio laut an, um das Raunen der Zuschauer zu übertönen. Wenn Blicke töten könnten, wäre Lucius augenblicklich zusammengebrochen. Die Blicke die ihm die *Freiwilligen* ob dieser doppelten Demütigung zuwarfen, waren mörderisch. Laberius notierte die Namen der Männer: „Wärest du auch auf Gerste gelandet, wenn du einen Kampf verloren hättest?"

Entweder war der Optio besonders dumm, sehr von sich eingenommen oder schlicht und ergreifend betrunken. Egal, was ihn zu dieser anmaßenden Frage verleitet hatte, Lucius würde dieses Geschenk annehmen. Durch die plötzliche Stille um ihn herum wusste er, dass jeder seiner Männer die Worte gehört hatte und auf seine Reaktion wartete. Auch die Zuschauer hatten gemerkt, dass etwas Ungewöhnliches passiert war, denn es wurde auch unter ihnen sehr still. Dann setzte hektisches Geflüster ein.

Lucius betrachtete den Optio von oben bis unten. „Einverstanden. Ich nehme deine Herausforderung an! Der Verlierer bekommt eine Woche Gerste!" Lucius' Worte waren auf dem ganzen Platz zu hören gewesen und das Getuschel wurde stärker.

Laberius erbleichte und seine Augen bewegten sich hektisch von links nach rechts, als suchten sie einen Ausweg. Die Männer spitzten die Ohren und warteten auf die Antwort.

Lucius hingegen war nicht bereit, auf eine Antwort zu warten oder dem Optio einen Ausweg zu lassen. Er nahm seine Waffen auf und ging in die Mitte des Übungsplatzes zurück. Laberius blieb jetzt nichts anderes übrig, als nachzukommen, wenn er sein Ansehen vor den Männern nicht verlieren wollte. Als Lucius sich umdrehte wusste er, dass er richtig gerechnet hatte. Laberius folgte ihm mit Übungswaffen ausgerüstet. Jetzt darf sich Laberius nur nicht als Meistergladiator entpuppen, dachte Lucius, dann wird alles gut. Aber er strotzte vor Zuversicht. Alles, was er bei dieser Legion bisher gesehen hatte, deutete darauf hin, dass selbst ein Meistergladiator seine Form verloren hätte.

Er konnte den Kampf in der Legion für sich entscheiden, dazu musste er den Optio nicht nur besiegen, sondern er musste seine völlige Überlegenheit demonstrieren auch auf die Gefahr hin, sich den in aller Öffentlichkeit Gedemütigten für immer zum Feind zu machen.

Lucius hielt die Augen fest auf seinen Gegner gerichtet, seine Worte waren aber an die Männer gerichtet. „Scutum und Gladius müssen eine Einheit bilden!", erläuterte er. „Auch wenn die Waffen in unterschiedlichen Händen geführt werden!" Er begann Laberius zu umkreisen, der sich seine trockenen Lippen leckte.

„Daher ist es wichtig, dass beide gut kombiniert werden!" Mit diesen Worten startete er eine erste Attacke. Er rammte seinen Schild gegen den Schild des Gegners, der zurücktaumelte. Sofort setzte Lucius nach, aber Laberius bekam wieder festen Stand und konterte mit einem Stoß nach Lucius' Hals. Lächerlich, viel zu langsam. Er fing den Stoß mit dem Schild ab und trat zurück.

„Nicht immer ist es angebracht, sofort zum Angriff überzugehen, manchmal ist es besser, sich erst zurückzuziehen und dann einen neuen Versuch zu starten!" Erneut griff er an, erneut konnte Laberius den Angriff abwehren. So ging es eine Weile. Lucius dozierte über Sinn und Zweck von einzelnen Aktionen und über die Feinheiten des Schwertkampfes. Er führte diese Aktionen dann aus und gestattete Laberius, diese Angriffe abzuwehren. Ging dieser zum Angriff über, wehrte Lucius diese Attacken auf verschiedene Arten und Weisen ab und erklärte dann laut, warum und wieso der Angriff hatte scheitern müssen. Laberius versetzten diese fortgesetzten, in herablassender Weise vorgetragenen, Belehrungen immer mehr in Rage. Schließlich sprang er mit einem heiseren Schrei vor, rammte Lucius' Schild mit der Schildkante und hieb wild nach ihm. Lucius spürte den Schlag in seinem ganzen linken Arm, er hatte sich nicht schnell genug lösen können und jetzt attackierte Laberius ungestüm. Lucius musste mehrere Schritte zurückweichen und immer noch setzte er nach, aber Lucius war nicht umsonst von Pertinax ausgebildet worden. Er blockte den Stoß ab, wirbelte um die eigene Achse herum. Der Optio stolperte ins Leere. Lucius hieb ihm das Schwert in den Rücken. Laberius strauchelte und Lucius rammte ihn mit der Schulter. Krachend landete der Optio auf dem Bauch und Lucius stellte seinen Fuß auf dessen rechten Arm und drückte die Schwertspitze zwischen Laberius' Schulterblätter.

„Besonders wichtig ist es, kaltes Blut zu bewahren und dem Gegner nicht ins offene Schwert zu laufen!" Er sah in die Runde. „Barbaren legen alle Wut in einen Angriff. Das kann zum Sieg führen. Gegen disziplinierte Truppen führt es aber unzweifelhaft in die Niederlage!" Lucius trat zurück und ließ den Gefallenen aufstehen. „Eine Woche Gerste! Für alle! Ab jetzt jeden dritten Tag Waffentraining!"

Laberius stand wie ein geprügelter Hund da, während sich die Menge zerstreute. Mit dir bin ich noch nicht fertig, dachte Lucius und ließ die Principales noch vor dem Lichterlöschen zu sich bestellen.

Um auf alles vorbereitet zu sein, auch um gerade gegen eventuelle Racheakte des Optio gewappnet zu sein, räumte Lucius den Esstisch noch nicht ab obwohl er bereits mit dem Essen fertig war. Dies erlaubte ihm, ein Messer griffbereit zu haben. Als Laberius eintrat, erschrak er beinahe über den Blick, den ihm der Optio zuwarf, und er war froh das Messer in Reichweite zu haben.

Gallus, der Signifer, hatte die Kiste mit den Stammrollen mitgebracht. Er knallte sie wortlos auf den Boden und stellte sich mit verschränkten Armen daneben. Caedicius trug wieder diesen amüsierten Gesichtsausdruck zur Schau, als ob alles, was Lucius so sagte, ein großer Witz wäre.

Dir wird dein dummes Grinsen auch noch vergehen! Diesen Gedanken hätte er dem Tesserarius gerne entgegengeschleudert, stattdessen sagte er seelenruhig: „Wir können jede Woche aus dem Waffentraining einen kleinen Wettbewerb machen!" Nach einer Pause fügte er mit Nachdruck hinzu. „Ihr tretet gegen mich an und der Verlierer bekommt eine Woche Gerste!"

Niemand sagte etwas und außer den Stimmen der Legionäre in der Lagerstraße war nichts zu hören.

Er sah jeden der drei an und alle bemühten sich, seinem Blick zu begegnen. Aber seine Worte hatten Wirkung gezeigt. Caedicius lächelte zwar noch, aber seine Augen blickten ernst, der Trotz war aus Gallus' Gesicht gewichen, nur Laberius sah beinahe noch wütender aus, sofern das noch möglich war. Da immer noch niemand etwas sagte, fügte Lucius hinzu: „Na, kommt, wo ist euer Mut als Altgediente? Eine Quote von drei zu eins. Drei Wochen Gerste für mich wenn ihr gewinnt, bei Einsatz von einer Woche, wenn ich gewinne. Und ich bin doch nur der Miles Gloriosus!"

Er legte so viel Hohn wie möglich in seine Worte und sah wieder jeden herausfordernd an. Aber sie schwiegen auch weiterhin. Diesmal sollte sie ihr Schweigen aber nicht aus der Situation befreien.

„Gut! Das dachte ich mir!"Seine Stimme war schneidend. „Dann sorgt dafür, dass die Männer ihre Pflicht auf dem Übungsplatz und bei den Bauarbeiten erfüllen, sonst werde ich jede Woche einen von euch herausfordern. Wenn ihr vor den Männer das Gesicht verlieren wollt, nur zu. Nur glaubt nicht, dass sie euch dann weiterhin so reichlich mit Bestechungsgeldern versehen werden."

Na, den Blick kenne ich zur Genüge, dachte Lucius, als sie ihm beim Hinausgehen hasserfüllt ansahen. Den Blick habe ich doch bei der Augusta schon so oft gesehen. Aber würden sie versuchen, sich zu rächen? Das war die entscheidende Frage. Er griff nach dem Speck und schnitt ein Stück ab. Nachdem er es auf den Hausaltar gelegt hatte, sprach er ein kurzes Gebet.

Noch nie hatten die Männer der 2. Hastatencenturie so im Mittelpunkt gestanden wie dieser Tage. Wo immer man sie antraf, wurden sie mit Spott bedacht oder, was für einen Legionär fast noch schlimmer war, bedauert. Die Übungsstunden wurden von so vielen Männern beobachtet, dass es Lucius nicht wunderte, dass bei den Arbeiten in und um das Lager keine Fortschritte zu erkennen waren. Lucius musste an Saturninus' Worte denken, dass der Fisch am Kopf zuerst stinkt.

Bei den Waffenübungen waren Fortschritte erkennbar, beim Arbeitseifer kaum. Da die ganze Kohorte im alten Trott weiterarbeitete, war auch nicht zu erwarten, dass eine Centurie alleine den Umschwung brachte. Drei Centuriostellen in der 3. Kohorte waren nicht besetzt, eigentlich sollte das für die Optionen ein guter Anreiz sein, sich ordentlich ins Zeug zu legen. Offensichtlich folgten sie aber alle dem Vorbild der gestandenen Centurionen. Warum sollte man nicht als Optio alles schleifen lassen, wenn die beiden alles schleifen ließen. Er dachte an die Bemerkung des Tribuns Saturninus über den „fast brauchbaren" Pilus Prior Centurio der 3. Kohorte. Es wäre jetzt ein guter Zeitpunkt mal diesen Mucius aufzusuchen, dachte sich Lucius, während er das beobachtete, was seine Männer als Arbeit bezeichneten. Früher hatten die Bezeichnungen für den Centurio den Platz in der Schlachtordnung beschrieben. Heute waren es Beförderungsstufen und wenn man den Rang eines 1. Pilus Prior Centurio erreicht hatte, dann standen nur noch die Primi Ordines, die Centurionen der 1. Kohorte, über einem. Die Primi Ordines ragten an Dignitas und Auctoritas turmhoch über die normalen Kohortencenturionen hinaus und nur aus ihren Reihen wurde ein Primus Pilus berufen. Bei der Beförderung zu den Primi Ordines übergangen zu werden, konnte ein harter Schlag sein und genau das schien Mucius wiederfahren zu sein.

Mit dem Arbeitsplan für die nächsten Tage in der Hand, suchte er Mucius auf und hoffte, den Centurio nüchtern anzutreffen. Noch war der Pilus Prior nüchtern, da er aber seiner Lieblingsbeschäftigung, dem Trinken, nachging, war das nur noch eine Frage der Zeit.

„Salve, Miles Gloriosus!", grüßte Mucius gehässig. Lucius überhörte seinen Spottnamen und teilte Mucius mit, dass die Centurie und das Manipel, das Wochensoll nicht erfüllt hatten. Er erwartete die übliche Reaktion. Höhnische Bemerkungen über sein Alter und seine Unerfahrenheit und natürlich die daraus resultierende Unfähigkeit, eine Einheit zu führen. Zu seiner Überraschung, kam keine dieser Reaktionen. Mucius versuchte, mit den Fingern zu schnippen, was ihm erst im dritten Anlauf gelang. Was für ein erbärmlicher Wicht. Lucius hatte Mühe, seine Verachtung zu unterdrücken. Eine verhärmt aussehende Frau kam aus der Baracke. Mit gleichgültiger Miene beugte sie sich zu Mucius herunter, der ihr etwas ins Ohr lallte. Sie verzog ein wenig das Gesicht, sagte aber kein Wort, sondern ging ins Haus zurück, um gleich darauf mit einem weiteren Becher wiederzukommen. Sie schenkte Wein ein und hielt Lucius wortlos den Becher hin. Lucius erschrak, als er ihr Gesicht sah. Beim ersten Anblick hatte er gedacht eine ältere Frau vor sich zu haben, aber von Nahem erkannte er jetzt, dass sie vielleicht siebzehn Jahre alt war. Ihr Blick war abgestumpft und teilnahmslos. Lucius nahm den Becher und dankte ihr. Sie reagierte nicht, sondern zog sich stumm wieder ins Haus zurück. Mucius hatte die ganze Zeit teilnahmslos in seinem Stuhl gehangen.

„Wir hängen weit hinter dem Zeitplan zurück!", sagte Lucius. Mucius stierte stumpf in seinen Weinbecher.

„Es ist doch egal", nuschelte er. „Ist doch alles egal!"

Lucius tat, als würde er von dem Wein trinken, nippte aber nur kurz am Becher. Bei Bacchus, was für ein Gesöff!

„Seit zwanzig Jahren hocke ich in diesem von den Göttern verfluchten Land." Mucius' Stimme war kaum hörbar. Lucius starrte den älteren, verlebten Mann an, der da in sich zusammengesunken saß und noch nicht einmal mitbekam, wie Speichel an seinem Kinn herunterrann. Was für ein Wrack. Wut und Mitleid rangen in ihm.

Wut, weil er sich so gehen ließ, und Mitleid darüber, dass er zum Ende seiner langen Laufbahn nur noch am Trinken Vergnügen fand. Es schauderte ihm bei dem Gedanken, in zwanzig Jahren irgendwo im Imperium in einem Lager zu sitzen und die letzten Jahre seiner Dienstzeit damit zu verbringen, sich zu betrinken. Mucius stammelte weiter halblaut vor sich hin. „Aufstände der Aquitanier im Westen, Aufstände der Treverer im Osten. Dann ein kleiner Abstecher in die asturischen Berge, um die Kantabrer zu bekämpfen. Zwischendurch stinkende Barbaren umsiedeln!" Mucius' Erregung steigerte sich von Satz zu Satz und Lucius fürchtete schon, dass er bald anfangen würde zu schreien.

„Bald wieder ein Feldzug? ZUM RUHME DES IMPERIUMS?" Jetzt war die Stimme voller Hohn. „Wer, außer dem Feldherrn, wird

Ruhm ernten. Oder Beute machen? Bei diesen dreckigen Barbaren jenseits des Rhenus gibt es doch nichts zu holen und das Wenige streichen die hohen Offiziere ein!"

Er stürzte den Wein auf einmal herunter und füllte den Becher sofort wieder. Dann stierte er Lucius an: „Und jetzt kommst du! Herausgeputzt wie für einen Triumphzug! Direkt dem Miles Gloriosus entstiegen. Und du wagst es, mir Vorhaltungen zu machen!"

Angezogen wie für einen Triumphzug! Der hat schon lange keine Paraderüstung mehr gesehen. Lucius hütete sich, dies laut zu sagen. Er hielt es für klüger, den Mund zu halten und den Alten einfach mal brabbeln zu lassen. Immerhin sprach er mit ihm, soll er sich doch erst einmal austoben.

„Machst mir Vorhaltungen, du geschniegelter Affe. Noch nicht trocken hinter den Ohren, willst aber schon klüger sein als verdientere Männer. Nur weil dir Beziehungen zu den Beinschienen und der Vitis verholfen haben, bist du noch lange kein echter Centurio."

Mucius verstummte abrupt, sank in sich zusammen und starrte dumpf auf den Tisch. Er schien sich mit diesem Ausbruch verausgabt zu haben. Hoffentlich gelingt es mir, die richtigen Worte zu finden, dachte Lucius jetzt und holte tief Luft.

„Es spielt keine Rolle, wie lange ich schon bei der Legion bin." Mucius schnaubte und setzte zum Widerspruch an. Lucius zeigte auf seinen Armreif. „Den bekommt man nicht durch Beziehungen."

Mucius verstummte und sah Lucius nur schräg von unten an.

„Außerdem muss man nicht Gaius Marius sein, um zu sehen, dass die Legion in keinem guten Zustand ist. Die Moral ist miserabel, die Legionäre sind schlampig und aufsässig. Was ist passiert?"

Mucius hatte widersprechen wollen, aber diese Frage hatte ihn verstummen lassen. Nach einer quälend langen Pause, in der Lucius sein Herz wie wild schlagen hörte, sagte er: „Langer Garnisonsdienst in Aquitanien! Legaten, die mehr an der Küste in Villen zu finden waren, als bei der Legion. Tribune, die sich nach günstigen Gelegenheiten umgesehen haben. Der Primus Pilus und die Ordines haben sich den Mund fransig geredet, aber umsonst. Für vernünftiges Essen oder Ausbildung war kein Geld da. Die Offiziere haben alles verprasst, versoffen und verhurt. Und dann wurden vor zwei Jahren nach dem Massaker an den Centurionen, alle Centurionen der 1. Kohorte abkommandiert und sie nahmen einige der fähigsten mit!“ Sein Gesicht färbte sich rot und die nächsten Worte spie er förmlich aus. „Die Fähigsten!, sagten sie und ich gehörte nicht dazu. Ich, der ich kurz vor dem Schritt zum 1. Hastatencenturio stand, wurde nicht genommen, weil nur Centurionen genommen wurden, die bereits 1. Centurio waren. Da waren absolute Versager dabei, die nichts für die Zucht und Ordnung bei ihren Männern taten, aber immer die Hand aufhielten, wenn es darum ging, dass sich einer loskaufen wollte und die wurden mir vorgezogen, weil ich einen Monat später erst zum 1. Hastatencenturio ernannt wurde.“ Er starrte ins Leere und spuckte aus, bevor er fortfuhr. „Aber gut. Ich schwieg und dachte, das ist meine Chance. Jetzt werde ich bestimmt in kurzer Zeit Pilus Prior und dann Primus Ordines, aber denkste. Der alte Primus Pilus bedrängte den Legaten, damit dieser ein paar alte Kameraden, denen er noch Gefallen schuldig war, zu Primi Ordines machte. Alte, abgewirtschaftete Centurionen wurden zu unseren Vorbildern ernannt, weil sie eine hübsche Summe haben springen lassen. So nicht, dachte ich. Meine zwanzig Jahre als Centurio sind bald um und ich will auch meinen Teil haben. Ja, ich wurde Pilus Prior, aber Primus Ordines werde ich nicht mehr werden, da will ich mich in meinen letzten Jahren schadlos halten. Wenn ein Legionär frei haben will, kann er das haben. Solange er mich gut dafür bezahlt. Dann kann ich als gemachter Mann in den Ruhestand gehen.“

Er starrte in den leeren Becher und schien überrascht zu sein, dass nichts drin war.

Lucius lachte ungläubig auf und machte eine abfällige Handbewegung. Mucius knallte den Becher wütend auf den Tisch und erhob sich schwankend. „Was? Willst du mich schon wieder belehren, du Grünschnabel!“

„Das ist doch Kleingeld, ein paar Asse, nichts weiter!“, entgegnete Lucius abfällig. „Ein paar alte Legionäre ausnehmen und davon glaubst du, ein gutes Ruhegehalt zusammenzubekommen? Wie hoch ist das Ruhegehalt eines Pilus Prior und wie hoch ist das Ruhegehalt eines Primus Ordines?“

Mucius sackte auf seinen Hocker zurück und spuckte aus. „Hörst du nicht zu? Ich werde nicht als Primus Ordines in den Ruhestand gehen. Das Schiff ist abgefahren!“

„Sagt wer?", fragte Lucius herausfordernd. „Du hast dich in zwanzig Jahren für das Imperium aufgerieben. Deine letzten Feldzüge stehen bevor und du kannst dir, wenn auch keine reiche Beute, dann doch ein reichhaltiges Ruhegehalt sichern. Aber, was machst du? Gibst auf. Dabei hängt die goldene Gelegenheit direkt vor deiner Nase und du siehst sie noch nicht einmal."

Mucius stierte ihn blöde an. „Was für eine Gelegenheit? Wovon faselst du?"

„Die Primi Ordines taugen nichts, einverstanden. Aber ihr habt neue Tribune. Machen Saturninus und Silanus einen versoffenen und verhurten Eindruck auf dich?" Lucius wartete die Antwort nicht ab. „Augustus und Drusus haben die Legionen im Auge, dafür ist die Stellung am Rhenus zu wichtig, wichtiger, als die in Aquitanien. Sie werden also keinen abgehalfterten Senator aus der zweiten Reihe als Legaten dulden. Und wenn Furnius seinen Arsch nicht hoch bekommt, bekommt er einen Tritt in denselben. Und dann? Glaubst du, der sieht sich das Treiben lange an und wird es dulden? Eher versetzt er Gemellus und seine fünf Kumpanen zu den Garamanten. Und dann wird er Saturninus beauftragen, unter den Centurionen, Optionen und Legionären die Männer rauszusuchen, die er für geeignet hält, die Legion auf Vordermann zu bringen. Und da wirst du in diesem Zustand wieder nicht dabei sein."

Mucius starrte ihn mit offenem Mund an. RUMMS. Mucius schlug so heftig mit der flachen Hand auf den Tisch, dass Lucius erschrocken auffuhr.

„Bei Mars, du hast recht!", stammelte Mucius und kam taumelnd auf die Beine. „Ich habe vielleicht noch eine Möglichkeit aufzusteigen. Ich werde sofort damit anfangen und gleich die Wachen inspizieren und wehe, es ist nicht alles in Ordnung. Dann gibt's Hiebe!"

Er hob seine Vitis auf und schwenkte sie drohend.

„Hältst du das für klug in deinem Zustand?", gab Lucius zu bedenken. Mucius sah an seiner mit Essen und Wein besudelten Tunica herunter, während er sich mit beiden Händen am Tisch festhielt, um das Gleichgewicht zu halten. Er lallte etwas Unverständliches.

„Geh lieber schlafen! Auf den einen Abend kommt es jetzt nicht mehr an."

Mucius stütze sich immer noch schwer auf den Tisch und wollte widersprechen, aber da rutschte er ab und Lucius konnte ihn gerade noch auffangen, bevor er stürzte.

„Ich glaube, du hast recht“, konnte Lucius aus dem Genuschel verstehen. Mit überraschender Stärke riss er sich plötzlich von Lucius los und grölte einen Namen. Das Mädchen kam wieder aus der Baracke. „Hallo, meine Schöne, Zeit ins Bett zu gehen!“, lallte Mucius anzüglich und kniff ihr in den Po, als sie den Arm um ihn legte, um ihn zu stützen. Das Mädchen wankte, als sie den schweren Mann stützen musste, der wie ein nasser Sack an ihr hing. Lucius griff sich den anderen Arm und gemeinsam schleiften sie ihn in die Unterkunft.

„Das is ne Gallierin aus Gallien!“, Mucius nickte gewichtig. „Ein wildes Luder im Bett, das immer noch mal will! Sie gehört aber mir, also Finger weg.“

Lucius erinnerte sich an den toten Blick des Mädchens und dachte sich seinen Teil. Sie ließen Mucius mit dem Gesicht voran auf seine Pritsche fallen. Speichelfäden liefen ihm aus dem Mund und er berotzte seine Tunica, wobei er ein anzügliches Lied lallte. Besoffen und spitz wie ein Faun, Lucius war angewidert. Er nickte dem Mädchen zu als er sich zur Tür wandte und wünschte sich ein Bad. Mucius schnarchte bereits, eher er die Tür erreicht hatte.

Am nächsten Morgen dachte die 1. Piluscenturie, ein böser Geist habe ihren Centurio befallen. Mucius fiel mit Flüchen, Schlägen und Beschimpfungen über seine Männer her, die gar nicht wussten, wie ihnen geschah.

Das wird ihm nichts bringen, dachte Lucius schadenfroh. Er hatte es ja schließlich bereits so probiert und erst, als er den Männern seine Überlegenheit im Schwertkampf demonstriert hatte, hatte er Erfolg gehabt. Zu seiner Verblüffung musste er aber schon zwei Tage später feststellen, dass die Arbeitsleistung der Centurie anstieg und fast die Leistung von Lucius’ Centurie erreichte. Das darf nicht wahr sein, fluchte er. Dieser versoffene Centurio schafft in kürzester Zeit, wofür ich Tage und Wochen gebraucht habe? War es also nicht bloß Gerede, dass erfahrene Centurionen besser waren?

Es machte ihm zu schaffen und seine Stimmung wurde gereizt. Gerrae, hör mit dem Unsinn auf, du Narr, beschimpfte er sich selbst. Die Männer vertrauten altgedienten mehr und wagten bei ihnen keinen Widerspruch, unabhängig von seinen Qualitäten. Trotzdem hatte er Mühe, seinen Unmut zu verbergen, als er Mucius zu seinem Erfolg gratulierte. Mucius wehrte die Glückwünsche ab. „Abwarten. Eine Schwalbe macht noch keinen Sommer! Es kann immer noch Frost kommen!"

Lucius nickte zustimmend und unterbreitete ihm dann seinen Plan für die nächste Woche. Mucius' Gesicht verzog sich zu einem breiten Grinsen, was durch die Zahnlücken besonders bedrohlich wirkte. „Das willst du durchziehen, Marcellus?"

„Ja!" Für Lucius gab es kein Zurück.

„Dann kehre auf dem Schild oder unter dem Schild zurück!", gab Mucius feierlich zurück.

„Ja, tata!", sagte Lucius wie ein gehorsamer Sohn. „Ich rechne aber nicht damit, auf Feinde zu treffen!" „Nein, aber ich rechne damit, dass deine Männer dich im Wald verscharren!", versetzte der alte Centurio trocken.

„Oh." Lucius spielte den Bestürzten. „Ich hatte erwartet, dass ich einen Unfall erleide und ein ehrenvolles Begräbnis bekomme!"

Beide lachten. „Brauchste was von mir?", fragte Mucius. „Deine Männer müssten meine Wache übernehmen!" Mucius deutete einen Gruß an: „Geht klar!"

„Dann geht es morgen los!"

„Bin gespannt, wie das wird! Wenn's zum Äußerten kommt, rufe dir in Erinnerung - süß und ehrenvoll ist es, für das Vaterland zu sterben." Mucius grinste spöttisch.

„Schirme deine rechte Seite!", gab Lucius zurück.

„Das ist der Gruß der hispanischen Legionen!", sagte Mucius pikiert. „In Aquitania grüßen wir anders. Die Letzten in der Schlacht und die Ersten im Lager!"

Wie bitte? Lucius war sicher, sich verhört zu haben. „Bist du dir da sicher?" Was für ein absurder Gruß. Lucius war doppelt verblüfft. Die XIX Augusta kam aus Aquitania, wieso hatte sie einen hispanischen Gruß? Mucius Grinsen wurde breiter. „Aber sicher, bin ich sicher!" Er schien zu überlegen. „Vielleicht wars auch andersherum!"

„Männer! Wir werden einen kleinen Übungsmarsch machen!", verkündete Lucius fröhlich. „Wir werden in vollem Gepäck, also auch mit Pila Muralia marschieren. Wir werden mehrere Tage unterwegs sein. Optio, lass Vorräte für sechs Tage ausgeben. Wir brechen in einer Stunde auf!"

Lucius schlug einen Ton an, als ob er Saturnaliengeschenke verteilen würde. Die Mienen der Männer spiegelten aber das genaue Gegenteil wider. Mit jeder seiner Ausführungen wurden die Gesichter verdrossener und das Murren wurde lauter. Lucius hatte nichts anderes erwartet. Die Principales waren wie immer keine Hilfe. In ihren Gesichtern war der gleiche Widerwillen, die gleiche Ablehnung zu erkennen wie in den Gesichtern der Männer. Nun war es ja nicht so, dass die Legionäre anderer Legionen in Jubelrufe ausbrachen, wenn ein Übungsmarsch anstand, aber nach der Reaktion der Männer zu urteilen, hatte er sie gerade alle auf Gerste gesetzt und dazu noch an den Schandpfahl gestellt.

Nach den Erfahrungen der letzten Tage wagte es aber niemand, offen zu widersprechen und ihn dadurch herauszufordern. Auch Laberius, Caedicius und Gallus zogen es vor zu schweigen, legten aber auch keinen besonderen Eifer an den Tag. Lucius wies jedem Principalis zwei Contubernia zu, deren Vorbereitungen und Verhalten auf dem Marsch von ihnen überwacht werden sollten.

Auch Lucius war für zwei Contubernia unmittelbar verantwortlich und nachdem diese mit Sack und Pack angetreten waren, stürmte er in die leeren Unterkünfte und überprüfte, was zurückgeblieben war. Wie erwartet, hatten alle versucht, Ausrüstungsgegenstände zurückzulassen. So waren Kasserollen, Werkzeug oder auch Proviant zurückgeblieben, um das Gewicht für den Marsch zu reduzieren. Was für Anfänger! Lucius schnaubte unwillig durch die Nase. Erfahrene Legionäre verloren Weizen und Wasser mal hier und da auf dem Marsch. Aber so große Gegenstände in der Unterkunft zu lassen? Das war ja schon fast eine Beleidigung für ihn.

Er schickte die Legionäre zurück, damit Gepäck und Vorräte ergänzt wurden. Lucius war sich sicher, dass seine beiden Contubernia die einzig vollständig ausgerüsteten der Centurie waren.

So einen tristen Aufbruch hatte Lucius noch nicht erlebt. Ein neutraler Beobachter musste denken, dass hier eine Centurie zur Dezimierung aufbrach. Hängende Köpfe, hängende Schultern, eine geschlagene Einheit auf dem Rückzug, spottete Lucius innerlich. Sonst brachen Legionäre nach einer längeren Ruhepause in gespannter Erwartung auf. Scherzworte wären hin und her geflogen und man hätte sich gegenseitig verspottet. Davon war bei dieser Centurie nichts zu spüren. Schweigend wurden die Maultiere beladen, es gab keine Scherze, sondern allenfalls Flüche und Verwünschungen. Und gespannte Erwartung? Fehlanzeige! Die Männer waren verdrossen und ihr Unwillen war mit Händen zu greifen. Und wenn es noch eines Beweises bedurft hätte, wessen Geistes Kind die Legion war, so musste man nur das Verhalten der im Lager verbleienden Centurien beobachten. Spott gehörte in einer Legion dazu, das wusste Lucius seit seinem ersten Tag. Aber diese Häme, die sich über seine Männer von allen Seiten ergoss, war für ihn neu. Die übrigen Männer verhöhnten die Hastaten dafür, dass sie dem Miles Gloriosus in die Hände gefallen waren.

Sie brachen nach Westen auf, aber, als die Männer schon auf die Via Agrippa einschwenken wollten, wies Lucius auf die Straße die nach Tolbiacum führte. Straße war eigentlich ein hochtrabender Begriff für den armseligen Weg, der bereits nach einem halben Tagesmarsch durch Gestrüpp und Wälder führte. Die Mindestanforderungen, die für Abstand und Breite einer Römerstraße galten, waren deutlich unterschritten. Selten konnten vier Männer nebeneinander marschieren, meistens war der Weg nur breit genug für zwei oder drei Männer. Lucius musste tief durchatmen bei dem Gedanken, dass sich hier eine römische Einheit ohne Flankenschutz durch so ein Dickicht bewegte. Nur gut, dass man in einer römischen Provinz war und ein breiter Fluss zwischen ihnen und den Barbaren lag. Trotzdem schlug ihm die Umgebung auf den Magen. Er lauschte auf alle möglichen Geräusche und beobachtete unablässig die Umgebung um sie herum. Dabei musste er auch immer wieder auf sein Tempo achten. Mehr als einmal hatten an diesem ersten Marschtag die Männer Schwierigkeiten, ihm zu folgen. Der Zug geriet immer wieder ins Stocken und selbst wenn nicht, bewegten sie sich so langsam, dass sich Lucius ernsthaft fragte, ob der Optio am Ende der Kolonne die Nachzügler auch wirklich antrieb.

Lucius hatte sich, bevor sie den Wald betreten hatten, bei Fugilo, ihrem germanischen Führer, erkundigt, ob sie diesen vor Einbruch der Nacht durchquert haben würden. Der Ubier hatte dies wortreich bestätigt. Jetzt als der Tag weit fortgeschritten war, fragte er Fugilo nochmals. Der bestätigte wieder mit heftigem Kopfnicken, dass sie das Waldstück bald durchquert haben würden.

Hoffentlich!, dachte Lucius. Ein Lager hier im Wald hatte ihm gerade noch gefehlt.

„Was erwartet uns in den nächsten Tagen?“, fragte er den Führer.

„Mal Wald, mal Feld“, war die Antwort. Dann deutete Fugilo gen Himmel. „Regen wird kommen!“ Noch einmal warf er einen prüfenden Blick zum Himmel. „Einige Tage Regen. Normal für diese Jahreszeit!“

Lucius dachte an jenen Versorgungsmarsch vor zwei Jahren zurück. Sein erstes Kommando, auch bei Regen und es wäre beinahe in einer Katastrophe geendet. War das etwa ein schlechtes Omen? Er schüttelte den Kopf, als ob er damit diesen Gedanken loswerden könnte.

Endlich hatten sie den Wald hinter sich und in einem guten Abstand zu den Bäumen befahl Lucius den erschöpften Männern anzuhalten. Wie nicht anders zu erwarten war, rief die Entscheidung, ein Lager zu errichten, Unmut bei den Legionären und Kopfschütteln bei den Principales hervor. Lucius überraschte allerdings in dieser Legion nichts mehr. Daher überhörte er auch die Meinung von Gallus und Laberius, dass die Marschleistung der Centurie angesichts des Wetters und des Zustands der Straße akzeptabel sei. Eigentlich hätten sie in der Nähe von Tolbiacum sein müssen, aber nach dem was Fugilo sagte, waren sie noch 15 Meilen entfernt. Das bedeutete einen weiteren Tagesmarsch für eine Strecke, die Rekruten an einem Tag zurücklegen konnten und in maximal anderthalb Tagen zurücklegen mussten. Die Marschleistung dieser Centurie war einer römischen Legion unwürdig, egal, wie die Beschaffenheit der Straße und das Wetter waren.

Kurz hinter Tolbiacum kam der Zug ins Stocken. Das Contubernium, das die Vorhut bildete, meldete, dass ein Bach über die Ufer getreten sei und die Straße überspült habe. Lucius eilte nach vorne, um sich selbst ein Bild zu machen. Der Weg führte hier durch eine Senke und war komplett überspült. Lucius schüttelte den Kopf, als er dies sah.

Wer hatte denn die Idee gehabt, den Weg in einer Senke so nah an das Ufer zu bauen?

„Wer kann von den Männern schwimmen?" Lucius sah Caedicius, der die Vorhut führte, fragend an. Der sah wiederum die Männer an, die alle betreten zu Boden sahen. Schließlich hob ein Mann zögernd die Hand. Nur einer! Gehörte nicht für solche Fälle, Schwimmen zur Grundausbildung der Legionäre?

„Wie gut?", bellte Caedicius unwirsch.

„Es reicht zum Baden!", erwiderte der Legionär patzig.

„Sonst niemand?" Caedicius' Stimme wurde gereizter.

„Wofür brauchen wir jemanden, der schwimmen kann?", fragte ein älterer Legionär herausfordernd.

„Ich habe es vor zwanzig Jahren gelernt, aber seit dem nicht mehr gebraucht. Wir sind ja nicht bei der Flotte!"

Caedicius verschlug es die Sprache und er konnte den Legionär nur wütend anstarren.

Einatmen, ausatmen und Ruhe bewahren, dachte Lucius belustigt, als er sah, wie sich das Gesicht des Tesserarius verfärbte. Willkommen in meiner Welt. Von hinten war das Getrappel der ankommenden Centurie zu hören. Ende der Diskussion und Zeit für eine Entscheidung.

„Ich gehe selber!", verkündete er und begann die Beinschienen loszuschnallen. Er legte Helm und Schwert ab. „Haben wir ein Seil?", fragte er in die Runde, während er sich mit dem Kettenhemd abmühte. Allgemeines Kopfschütteln war die Antwort. „Dann gebt mir einen Speer." Endlich half ihm auch jemand mit dem Kettenhemd. Lucius erinnerte sich an eine von Saxums Lektionen. Der alte Legionär hatte ihm einst erzählt, wie er in der Vorhut bei der Durchquerung einer heimtückischen Furt den Weg mit seinem Pilum ertastet hatte. Verwundert reichte man ihm ein Pilum. Offensichtlich kannte man in der Gallica den Trick nicht.

„Du gehst selber?" Laberius war unbemerkt nähergetreten. Lucius glaubte, etwas Lauerndes in der Stimme des Optio zu hören. Witterte er eine gute Gelegenheit für einen Unfall? Dem konnte man vorbeugen. „Die Männer sollen Abstand halten. Wir wollen doch nicht, dass hier das Ufer abbricht und sie ins Wasser fallen!" Laberius sah verunsichert von ihm zum Straßenrand. Vielleicht mochte der Bach an normalen Tagen ein schmales Rinnsal sein. Durch die Regenfälle der letzten Tage und Wochen war er jedoch mächtig angeschwollen und reichte bis einen Fuß an die Straße heran. Lucius machte sich bereit, die Beschaffenheit des Weges zu erkunden.

Brrrr, war das kalt. Lucius hatte einen Fuß ins Wasser gesetzt. Egal, es gab jetzt kein Zurück mehr. Vorsichtig ging er Schritt für Schritt in das schnell tiefer werdende Wasser. Als es die Knie umspülte, fing er an, mit dem Pilum die Beschaffenheit des Bodens zu ertasten und sich gegen die Strömung abzustützen. Sie zerrte nicht so schlimm an ihm, wie er gedacht hatte. Bald reichte ihm das Wasser bis zur Hüfte und er kam nur noch langsam voran. Vorsichtig! Der Speer war plötzlich in ein Loch im Boden gefahren. Lucius taumelte und kämpfte mit dem Gleichgewicht. Eine Welle traf ihn im Gesicht. Er achtete nicht auf die Rufe hinter ihm, sondern warf sich nach hinten und bekam wieder festen Stand. Einmal tief durchatmen, sagte er sich und tastete mit dem Pilum weiter den Boden ab. Die rechte Seite des Weges fehlte. Weggespült? Eingebrochen? Wie auch immer, hier war ein Weitergehen zu gefährlich. Er kehrte um und beeilte sich, aus dem Wasser zu kommen. Saxum mochte zwar ein Säufer gewesen sein aber er kannte sich aus. Ohne den Speer wäre Lucius in das Loch getreten und im Bach gelandet. Die Strömung war nicht allzu stark, aber er hätte gehörig Wasser geschluckt und ein längeres Bad in dem kalten Wasser war nicht besonders empfehlenswert.

„Das hat keinen Zweck, hier kommen wir nicht weiter." Lucius kämpfte sich aus dem Wasser. „Da sind Gruben oder Löcher oder der Weg ist weggespült!"

„Fürchtest du dich davor, ins Wasser zu fallen?" Laberius zeigte ein höhnisches Lächeln.

„Schleppst du für alle Legionäre die Ausrüstung rüber? Und die Maultiere am besten gleich auch!", fuhr ihm Caedicius ungehalten über den Mund. Hoppla, dachte Lucius zufrieden, die Einheit der Principales bröckelt.

„Wir müssen einen anderen Weg finden!", setzte Gallus hinzu. Er warf einen prüfenden Blick zum Himmel. „Wir haben hoffentlich noch genug Tageslicht, um nicht im Wald lagern zu müssen!"

Lucius war für die Einmischung dankbar, denn sonst hätte er trotz heftigem Zähneklappern, mit Laberius diskutieren müssen. Scheiße, war das Wasser kalt!

„Ich frage den Ubier nach einem anderen Weg!“, beeilte sich Laberius, das Thema zu wechseln. Er drehte sich um. „Fugilo!“, brüllte er nach ihrem rothaarigen Führer. Dieser fühlte sich aber gar nicht angesprochen und so stürmte Laberius fluchend in seine Richtung. „Du solltest dir etwas Warmes anziehen!“ Caedicius verzog keine Miene. „Bei deinem Zähneklappern versteht man ja sein eigenes Wort nicht mehr!“

Die Bewohner des Vicus Tolbiacum reagierten auf ihre erneute Ankunft mit Argwohn. Innerhalb eines Tages tauchten sie zum zweiten Mal auf und machten diesmal sogar Anstalten, in der Nähe des Dorfes zu lagern. Lucius konnte den Dorfvorsteher beruhigen, dass sie nur wegen der Überschwemmung hier lagerten und gleich am nächsten Morgen wieder aufbrechen würden.

Nachdem er das geklärt hatte, kehrte er zufrieden ins Lager zurück, wo aber das nächste Problem auf ihn wartete. Eines *seiner* Contubernia war mit einem Contubernium von Caedicius in Streit geraten.

„Worum geht's?“, fragte er seufzend und sah die zwölf Männer an.

„Sie wollten unsere Mühle stehlen!“, rief Titus, der Älteste des Contuberniums, erbost aus. „Diebstahl unter Kameraden!“

„Wir stehlen nicht!“, brauste der andere Älteste auf. „Wir wollten sie nur borgen!“

„Ruhe!“, bellte Lucius dazwischen. „Sonst borge ich euch mal meine Vitis aus!“

Er ließ den Rebstock demonstrativ durch die Luft pfeifen.

„Name?“, herrschte er den Mann aus Caedicius' Contubernium an. Der nuschelte vor Aufregung so stark, dass Lucius außer Quintus nichts verstand. Auch egal.

„Nun, Quintus!“, fuhr er fort. „Wo ist eure Mühle?“

„Im Lager vergessen!“ Auch die Antwort war kaum zu verstehen. Welche Überraschung, dachte Lucius. Warum sollte man sich auch mit so schwerem Gepäck abschleppen. Es wurde zwar auf dem Maultier transportiert aber das Auf- und Abladen und das Reinigen waren ja sooo anstrengend. Es würde sich schon ein Trottel finden, der das schwere Ding mitschleppte.

„Caedicius ist für euer Contubernium zuständig." Lucius wies auf den Tesserarius, der unbeteiligt daneben stand. „Er wird eine Lösung finden! Jetzt verschwindet!"

„Die Lösung ist doch einfach. Das erste Contubernium wird seine Mühle ausleihen!" Caedicius polterte los, kaum dass die Männer außer Hörweite waren.

„Hast du das Gepäck kontrolliert, bevor wir aufgebrochen sind?"

Caedicius wirkte überrumpelt. „Was hat das damit zu tun?"

„Hast DU das Gepäck kontrolliert, bevor wir aufgebrochen sind?" Lucius legte sehr viel Nachdruck auf das DU.

„Du glaubst doch nicht, dass sie die Mühle wirklich vergessen haben?", fragte Caedicius aggressiv. „Wie naiv bist du eigentlich. Sie haben sie natürlich absichtlich zurückgelassen, um das Gepäck zu erleichtern. Das hätten sie auch nach der Kontrolle machen können!"

„Hast du das Gepäck kontrolliert, bevor wir aufgebrochen sind?", fragte Lucius, statt zu antworten, jetzt zum dritten Mal. Laberius und Gallus, die eingetroffen waren, sahen erstaunt von einem zum anderen.

„Nein!" Caedicius verschränkte trotzig die Arme.

„Fehlende Mühle?", fragte Gallus lachend. „Bei uns fehlten auch zwei."

„Ja und der alte Gauner hat dafür gesorgt, dass meine Contubernia sie teuer ausleihen mussten." Laberius verzog säuerlich das Gesicht. Einen Moment herrschte Schweigen, dann räusperte sich der Tesserarius.

„Dann werde ich Quintus vorschlagen, auch eine Leihgebühr zu entrichten. Zufrieden, Marcellus?", giftete er. Lucius schüttelte den Kopf. „Du wirst die Gebühr entrichten, da du nicht kontrolliert hast!", befahl Lucius mit eiskalter Stimme. „Es war mein Befehl, dass ihr die Ausrüstung überprüft. Jetzt trage die Folgen!"

Caedicius wollte bei den Worten aufbegehren aber Lucius brachte ihn mit einem Wink zum Schweigen. „Oder keine Mühle. Das Contubernium, das deinem seine Mühle zu anderen Konditionen leiht, wird auf Gerste gesetzt." Er warf Gallus und Laberius einen scharfen Blick zu. „Haben wir uns verstanden?“ Die zuckten gleichmütig mit den Schultern. In Caedicius’ Gesicht kämpften sichtlich die Emotionen miteinander. Schließlich würgte er ein „Ich kümmere mich darum!“ hervor und stürmte davon.

Lucius hatte gedacht, in dem Gebiet der Vindeliker und im Abnoba Mons einen dichten Wald kennengelernt zu haben, aber dieses Dickicht hier übertraf alle Wälder, die er bislang kannte. Zwischen den Bäumen wucherten Büsche, dichtes Unterholz erschwerte die Sicht, ragte in den Weg hinein und brachte die Männer zum Stolpern.

Das Schlimmste war, dass dies nicht natürlicherweise so entstanden war. Vor einiger Zeit waren die Bäume entlang des Pfades gefällt worden, um ihn zu verbreitern. Die Stämme und Zweige hatten die Arbeiter einfach liegengelassen und dies hatte den Boden für dieses Dickicht bereitet.

Darauf mussten sie sich einstellen. Die Vorhut zog mit dem Späher voraus, um den Weg zu erkunden. Ein zweites Contubernium folgte und sollte den Weg gangbarer machen, indem es Baumstämme und Büsche entfernte. Lucius marschierte mit dem Signifer an der Spitze des Hauptzuges, der sich wie eine Schlange durch den dichten Wald wand. In der Mitte des Zuges befanden sich die Maultiere und der Optio und der Tesserarius waren bei der Nachhut. Mühsam stapften die schwerbepackten Legionäre durch den Wald, während sich alles voller Wasser sog. Die Männer stöhnten und murrten jetzt offen. Lucius wurde unbehaglich zumute, drohte vielleicht sogar eine Meuterei? Hatten nicht selbst Caesars Legionen gemeutert? Vielleicht sollte er den Marsch abbrechen? Im ersten Moment erschien ihm dieser Gedanke verlockend, aber dann verwarf er ihn wieder und nannte sich selbst einen Feigling. Er war Centurio und es war seine Aufgabe, diese Männer auszubilden und mochten sie noch so murren und jammern, sie waren römische Legionäre und hatten ihre Pflicht zu tun.

Sie erreichten Durum an der Grenze des Sunuker-Gebietes. Fugilo hatte ihm erklärt, dass die Sunuker auch eine Sippe der Ubier waren. Sie hatten sich bei der Umsiedlung dem Schutz der Matrone Sunuxual anvertraut und nach der Ansiedlung ihr zu Ehren Sunuker genannt.

Während sie das Lager aufschlugen, wurde sich Lucius seiner Anspannung bewusst. Das legendäre Aduatuca war nur noch einen Tagesmarsch entfernt. Würde es noch Spuren von der Vernichtung der Legionen geben? Lucius blieb nicht viel Zeit, diesem Gedanken nachzuhängen, da die Principales dringend auf einem Gespräch bestanden.

Sie forderten, am nächsten Tag unverzüglich mit dem Rückmarsch zu beginnen und den obligatorischen Ruhetag nach vier Tagen ausfallen zu lassen. Sie hatten Verpflegung für 6 Tage gefasst, 4 Tage waren rum, 2 Tage brauchte man für den Rückmarsch also sollte dieser am folgenden Morgen beginnen.

„Außerdem ist den Männern der Weg durch den Wald verhasst", ergänzte Gallus. „Und sie fürchten sich! Von hier aus können wir direkt über die Straße marschieren!"

Was für jämmerliche Gestalten, dachte Lucius angewidert, behielt aber seine Meinung für sich. Wenn sie gewusst hätten, dass er gar keinen Ruhetag eingeplant hatte und sogar morgen den Weitermarsch befehlen würde. Aber warum sollte er ihnen diese Überraschung verderben.

„Einverstanden!", sagte er stattdessen und musste sich zusammenreißen, um nicht zu grinsen. „Morgen wird es keinen Ruhetag geben!" Mucius hatte ganz recht gehabt. „Die Letzten in der Schlacht und die Ersten im Lager!"

Morgen wird der Tag der Entscheidung sein, dachte er, als er wieder alleine in seinem Zelt war. Morgen würde sich erweisen, ob die Idee, die ihm nach dem Studium der Stammrollen gekommen war, sich als richtig erweisen würde. Er hatte gezielt nach Männern gesucht, die im Kantabrerkrieg gekämpft hatten. Merkwürdigerweise ging ihm jetzt der Gruß der Augusta durch den Kopf. Wenn „Schütze deine rechte Seite!" der Gruß der hispanischen Legionen war, wieso grüßte dann die Augusta so? Sie war nie in Hispania im Einsatz gewesen. Valens! Er schnalzte mit der Zunge. Er hatte im Kantabrerkrieg gekämpft, er musste den Gruß mitgebracht haben. Aber wieso? Vielleicht war die Augusta genauso heruntergekommen gewesen wie die Gallica und es war ein Zeichen für einen Neuanfang? Kann sein, grübelte Lucius in seinem Zelt liegend, kann aber auch nicht sein. Morgen würde es sich zeigen. Es hatte etwas von einem Selbstmordkommando, eine Gruppe Männer die zum Töten ausgebildet war, gezielt zu provozieren. Vielleicht komme ich wirklich auf dem Schild zurück, dachte er bei sich.

„WAS?“, kreischte Laberius fast. „Wir marschieren weiter nach Westen? Hast du deinen Verstand verloren, Miles Gloriosus? Wir kehren um!“ Durch das Geschrei wusste jetzt jeder im Lager, dass der Marsch weitergehen würde. Die Männer murrten drohend und drängten schreiend nach vorne.

Lucius merkte trotz aller Vorbereitung die Anspannung, aber er war bereit, nur mit Worten zu kämpfen. Dies ist eine Centurie, kein Haufen Wilder, sagte er sich noch einmal und hob die Hand. Er sah ruhig in die Gesichter der Männer. Es waren harte Gesichter, denn niemand ob Veteran oder Probatus, hatte vom Leben etwas geschenkt bekommen. Weder der Straßenschläger der Subura noch der Hirte aus dem Apennin, weder der dritte Sohn des Tagelöhners noch der zweite Sohn des gallischen Häuptlings. Nur hatten sie vergessen, dass ihr hartes Leben zu Hause, sie nicht zwangsläufig zu guten Legionären machte. Er sah sie weiterhin schweigend an und die Schreie der Männer verstummten nach und nach.

„Das hier ist ein Übungsmarsch und kein Urlaubsspaziergang“, begann er energisch. „Unser Ziel war und ist ein Tal im Westen, das lächerliche 60 Meilen vom Rhenus entfernt liegt. Ein Drei-Tage-Marsch für Rekruten hin und ein Drei-Tage-Marsch für Rekruten zurück! Ohne Ruhetag!“, ergänzte er mit Nachdruck. „Heute ist der vierte Tag!“, erinnerte er die Männer und zu seiner Freude erkannte er Nachdenklichkeit und Betroffenheit in den Blicken, die die Legionäre austauschten.

„Ihr fürchtet euch vor dem Wald.“ Dies sagte er als Feststellung nicht als Frage. „Ihr fürchtet euch noch nicht genug!“, überschrie er die zaghaften Proteste und zeigte nach Osten.

„Dort liegt das Land der Sugambrer. Dieses Land ist durchzogen von Bergen und Wäldern wie diesen. Mehrfach sind die Sugambrer über den Rhenus gekommen. Was ist, wenn sie wieder kommen? Was ist, wenn es unsere Aufgabe wäre, ihnen nachzusetzen und sie zu bestrafen? Dann laufen wir durch die sugambrischen Wälder. Wälder wie den, den wir gestern durchquert haben! Nur, dass dann dort überall Feinde lauern werden!“ Er zeigte auf den Waldrand. „Da hinter dem Busch oder dort hinter dem Baum, überall könnte ein zwei Meter großer Sugambrer lauern!" Die Männer sahen sich unbehaglich um. „Was kann man dagegen tun?" Er sah fragend in die Runde, aber die Männer schwiegen. „Die Wälder schnell durchqueren und über die Feinde kommen, ehe sie wissen, dass wir da sind. Dafür müssen wir trainieren, dafür müssen wir fit sein. Und dürfen es uns nicht erlauben für 120 Meilen länger als eine Woche zu brauchen. Was ist, wenn wir angegriffen werden und die Legion einen Gewaltmarsch hinlegen muss. Glaubt ihr, der Feldherr wird auf diese Centurie warten, weil ihr dem Optio Bestechungsgelder für Bordellbesuche und leichten Dienst gezahlt habt? Oder weil ihr so lange auf dem Arsch gesessen und Wein getrunken habt? Nein, er wird euch zurücklassen, um nicht alle zu gefährden." Es war still geworden. Lucius zeigte nach Westen. „Wisst ihr, wie das Tal heißt, durch das wir marschieren wollen? Es ist das Tal von Aduatuca." Einige wenige Männer sogen erschrocken die Luft ein. Die Meisten wirkten nachdenklich oder ratlos.

„Aha, es ist zwar vierzig Jahre her, aber ich sehe, einigen sagt der Name etwas. Titus Tarquinius, Quintus Pompillus, Marcus Caelius tretet vor!" Unruhe bereitete sich aus und dann traten drei Legionäre vor.

„Ihr habt im Kantabrerkrieg gekämpft?" Die Männer nickten schweigend. Lucius zeigte auf den Tesserarius.

„Du, Publius Caedicius, warst doch auch bei den Kantabrern? Erzählt euren Kameraden, was es bedeutet, aus dem Hinterhalt angegriffen zu werden. Was rettet einen dann?"

Caedicius sah an ihm vorbei und spielte verlegen an seinem Schwertgriff herum. Laberius musste auf einmal ganz dringend seinen Umhang richten. Die Legionäre hatten Haltung angenommen und starrten schweigend ins Leere.

„Es rettet euch nur noch die Ausdauer auf dem Marsch und die Fertigkeit an den Waffen. Wer in dieser Centurie besitzt diese?"

Er wartete, ob jemand etwas sagen wollte, aber selbst die größten Krakeler waren jetzt still geworden.

„Wer ... in ... dieser ... Centurie ... besitzt ... diese?", fragte er noch einmal jedes Wort einzeln betonend. Immer noch schwiegen die Männer verlegen.

„ICH! Ich besitze diese!", brüllte er. „Wer hat schon einmal gegen

Germanen gekämpft?" Das Rauschen des Baches war die einzige Antwort auf diese Frage.

„ICH! Ich habe den Germanen Auge in Auge gegenübergestanden und sie getötet." Kein Laut kam von den Männern auch von den Principales kam kein Mucks, kein Miles Gloriosus.

„Wer von euch hat in den letzten Jahren an einem Feldzug teilgenommen?", stellte Lucius die nächste Frage, die keiner mit Ja beantworten konnte. Dies hatte ihm das Studium der Stammdaten verraten. „ICH! Ich habe an zwei Feldzügen in den letzten zwei Jahren teilgenommen! Was benötigen wir neben unserer Ausbildung noch für einen erfolgreichen Kampf?" Lucius machte eine kurze Pause und fuhr dann sofort fort. „Gut ausgebaute Straßen, damit Verpflegung und Verstärkung zu uns kommen können, und ein gut befestigtes Lager, damit wir uns die Feinde vom Leibe halten können. Haben wir diese Aufgaben erfüllt?"

Die Männer sahen jetzt verlegen aus, sogar Laberius wirkte beschämt.

„Wie heißt der Gruß der aquitanischen Legionen? Die Ersten in der Schlacht und die Letzten im Lager? Kehrt jetzt wie geprügelte Hunde ins Lager zurück und ihr werdet nicht die Ersten im Lager sein, sondern die Ersten beim Sterben!" Er riss um der dramatischen Wirkung willen die Arme hoch. „Folgt mir und eure Überlebenschancen steigen!" Die Männer starrten ihn an und der Jubelschrei, den Lucius erwartet hatte, blieb aus. Er spürte, wie ihm der Schweiß den Rücken herunterlief, während er mit erhobenen Armen auf eine Reaktion wartete. Miles Gloriosus, dachte er gequält. Nicht schon wieder. Jetzt hast du dich endgültig zum Rex Bibendi gemacht, zum König der Narren. Er sah zu Caedicius, der wiederum auf seine erhobenen Arme starrte. Dann sah er Lucius spöttisch ins Gesicht. Wenn der jetzt den Mund aufmacht, lacht mich die ganze Centurie aus, dann werde ich ihn hier auf der Stelle töten, dachte Lucius verzweifelt und ließ die Arme sinken, seine linke Hand kam wie zufällig auf dem Schwertgriff zu liegen. Caedicius lächelte noch immer spöttisch, als er sich zu den Männern umdrehte. „Was stehen wir hier herum und starren Löcher in die Luft? Wir müssen heute noch dieses Aduatuca erreichen!"

Die Rationen wurden so weit gekürzt, dass die zwei verbleibenden Tagesrationen für drei Tage reichen sollten. Die Centurie marschierte zügig nach Westen und erreichte am frühen Nachmittag die Grenze des Sunuker Pagus in der Nähe der Mosa. Auf der anderen Seite des Flusses war die Civitas der Treverer. Hier würden sie kehrtmachen und den Rückweg beginnen, der sie am nächsten Tag durch das Tal von Aduatuca führen würde. Nur die Wenigsten wussten noch, was genau in diesem Tal passiert war, aber der Name Aduatuca war eine stumme Warnung und Drohung, eine Nemesis für alle römischen Legionen in Gallien. Hier hatte die Redewendung, so einig wie Titurius und Cotta, ihren Ursprung.

Das Tal war ein langgezogener Kessel, der sich über mehrere Meilen erstreckte. Die Legionäre hasteten durch den Regen voran und versuchten, es so schnell wie möglich hinter sich zu lassen. Lucius versuchte, sich vorzustellen, wie es wohl wäre, hier mit einer Legion durchzuziehen. Eine Legion auf dem Marsch war extrem verwundbar und daher auf den Schutz der Hilfstruppen angewiesen.

Wie ist es wohl, dachte er, wenn Hunderte oder Tausende von Eburonen die Kämme besetzt halten und von dort Angriff auf Angriff starteten. Die Hilfstruppen wären im Dauereinsatz und bei diesem Gelände besonders anfällig, überrannt zu werden. Ein Angriff auf die Spitze der Legion, sinnierte er weiter, würde den ganzen Zug ins Stocken bringen und die Lage verschlimmern. Die Legion würde sich zusammenballen und Wurfgeschossen ein leichtes Ziel bieten. Lucius schüttelte sich, als ob er damit die Gespenster der Vergangenheit abschütteln könnte und trieb die Männer an, schneller zu marschieren. Alle atmeten erleichtert auf, als sie den Kessel endlich hinter sich hatten. Solange es die Lichtverhältnisse zuließen, marschierte die Centurie weiter und erst, als es schon dämmerte, schlugen die Männer ihr Lager auf. Mit Eifer machten sie sich daran, noch vor dem Einbruch der Dunkelheit das Lager zu errichten. Lucius beaufsichtigte mit Gallus das Ausheben des Walles, während sich Laberius und Caedicius um das Aufstellen der Zelte kümmerten.

Bei dem feuchten Boden erwies sich das Graben als ungemein schwierig. Immer wieder rutschten Teile des Walls in den Graben und füllten ihn so erneut auf. Die Legionäre schaufelten und schanzten mit verbissenem Ernst. Obwohl sie nass bis auf die Knochen waren und die

Finger steif und klamm, war kein Klagen zu hören. Nur das Ächzen und Stöhnen zeugte von der Anstrengung. Lucius konnte die Erschöpfung in den Gesichtern der Männer sehen. Ein blutjunger Legionär, bestimmt ein Probatus, sackte über seiner Dolabra in sich zusammen. Seine Kameraden zogen ihn wieder hoch, aber er konnte sich nicht mehr auf den Beinen halten und sackte direkt wieder am Rand des Grabens zusammen. Er befand sich in einem Zustand völliger Erschöpfung. Nach den Gesichtern der Kameraden zu urteilen, ging es ihnen nicht viel besser, aber sie quälten sich weiter. Lucius ging zu der Stelle, wo sein Gepäck lag, und suchte den Schlauch mit dem Würzwein heraus. Den drückte er Gallus in die Hand. „Mach ein Feuer und erhitze den kompletten Schlauch! Die Männer sollen etwas zum Aufwärmen bekommen!", wies er den Signifer an.

„Holt ihn da raus!", sagte er zu den Männern, die dem Jungen raushalfen und ihn zur Seite führten. Dort sackte er sofort wieder zusammen und lag japsend wie ein Hund auf dem Boden. Lucius winkte zwei Calones heran, die sich gerade um die Maultiere kümmerten.

„Bringt ihn zu seinem Zelt!"

Lucius selbst warf die Vitis zu Boden, legte die Beinschienen und den Helm ab. Dann sprang er in den Graben und ergriff die verwaiste Dolabra. Die Männer starrten ihn entgeistert an. Er schwang die Dolabra und ließ sie krachend in den Boden fahren. „Los! Weitermachen!", rief er.

Sie schlossen den Wall um das Lager rechtzeitig, bevor es gar keine Sicht mehr gab. Es war der flachste Graben und der mickrigste Wall, den Lucius je bei der Legion gesehen hatte, aber die Männer waren so stolz darauf, als ob sie gerade eines der sieben Weltwunder errichtet hätten.

„Wir haben Durum hinter uns gelassen und erneut die Ara erreicht!" Lucius prostete den Männern zu, von denen jeder nur einen Schluck des guten Weins bekommen hatte. „Ihr habt einen Gewaltmarsch hingelegt, wie ihn Caesars Zehnte nicht besser hätte machen können!"

Die Männer jubelten nur schwach, weil sie zu müde waren, aber immerhin jubelten sie. Die Älteren unter ihnen wussten, dass sie bis jetzt noch keine außergewöhnliche Leistung vollbracht hatten, sondern nur die Erwartungen erfüllten, die man an Legionäre stellte, aber das spielte heute Abend alles keine Rolle. „Ruht euch aus, denn morgen erwartet uns wieder so ein Marsch!"

Ein leichtes Stöhnen kam von den Männern wegen dieser Ankündigung, aber insgesamt waren sie einfach zu müde und erschöpft, um ernsthaft zu protestieren oder sonstige Äußerungen von sich zu geben. Sie beeilten sich, in ihre Zelte zu kommen und die nasse Kleidung abzulegen. Das würde eine unangenehme Nacht werden, da alles feucht war. Lucius sah noch nach den Wachen und zog sich dann ebenfalls in sein Zelt zurück.

Das Wetter setzte ihnen auch am nächsten Tag noch zu, als sie auf der Via Agrippa nach Osten zogen. Die berühmte Via Agrippa war nicht mit den Straßen in Gallien zu vergleichen aber immerhin ein befestigter Weg und kein Trampelpfad. Daher gab es auch kein Waten durch den Schlamm mehr, es gab Brücken, die über die Flüsse und Bäche führten, es gab kein Unterholz, das es zu lichten galt, und es ging nur noch bergab. Trapp, trapp, trapp, gleichtönig klapperten die genagelten Sandalen auf dem Pflaster. Das Jammern und Klagen war komplett verstummt. Auch der junge Legionär, der am Vorabend zusammengebrochen war, trug eine grimmige Entschlossenheit zur Schau. Verbissen stapften sie schweigend voran. Schritt für Schritt kamen die Männer dem Castrum Ubiorum näher. Die Gesichter waren von der Anstrengung gekennzeichnet, aber außer einem gelegentlichen Stöhnen oder Seufzen kamen keine Äußerungen. So muss das sein!, dachte Lucius zufrieden. Es sind schließlich keine Rekruten. In zwei, drei Stunden könnten wir das Castrum erreicht haben. Aber in spätestens zwei Stunden ist es dunkel, dachte Lucius, als es langsam zu dämmern begann. Er ließ die Centurie an sich vorbeimarschieren und musterte die Gesichter. Mal sehen, aus was für einem Holz die Männer wirklich geschnitzt sind!

„OPTIO!“, brüllte er in Richtung Spitze des Zuges. Laberius drehte sich zu ihm um und hob die Hand zum Zeichen, dass er ihn hörte. „Schick Männer aus, die einen Lagerplatz abstecken!“

„Sofort!“, brüllte Laberius zurück. Die Legionäre quittierten diesen Wortwechsel zunächst schweigend, aber die Blicke, die sie sich zuwarfen, zeigten deutlich, dass sie mit dieser Anweisung nicht einverstanden waren. „Was soll der Scheiß?“, brüllte plötzlich ein Legionär. Lucius erkannte Marcus Caelius den Veteran des Kantabrerkriegs. „Wir sind doch fast zu Hause. Warum noch einmal lagern?

Zustimmende Rufe kamen aus der Kolonne, die ins Stocken geraten war.

„Es wird dunkel werden, bevor wir das Lager erreichen!", versuchte Lucius, die Proteste zu übertönen.

„Dann marschieren wir eben im Dunkeln!", rief Caelius zurück. Jetzt meldete sich auch Caedicius zu Wort. „Wir von der Gallica sind doch Weicheier, wir wollen in unsere warme Baracke, in unsere warmen Betten!" Der Spott war unüberhörbar, aber die Männer lachten und skandierten: „Weiter, weiter, weiter!" Lucius schwenkte seine Vitis und die Männer hielten jetzt an. Lucius schritt die Kolonne ab und wartete, bis alle Rufe verstummt waren. Schließlich war es still und die Männer starrten ihn gebannt an. So muss sich Caesar gefühlt haben, dachte Lucius, als er die Spitze erreichte. Er deutete mit seiner Vitis nach Osten „PERGITE! VORWÄRTS MARSCH!"

Jubelnd setzte sich die Centurie in Bewegung und plötzlich fing jemand an zu singen. Es war das erste Mal, dass Lucius in der Gallica jemanden singen hörte:

In ihrem Haar trug sie für mich ne Schleife,
sie trug sie durch den Winter bis zum Mai.
Doch als dann die Legionen weiterzogen,
als sie weiterzogen, da war ich mit dabei.
MIT DABEI, als die Legionen weiterzogen
Ja, da war ich mit dabei!

Der Lagerwache fielen beinahe die Augen aus dem Kopf, als ihre Kameraden verdreckt und singend durch das Tor marschierten. Die Männer trugen den Schmutz wie eine Auszeichnung und geschlossen marschierten sie zur Principa und sahen zu, wie der Signifer die Standarte ins Fahnenheiligtum brachte. Dann zog die Centurie, begafft von der restlichen Legion, zu ihren Unterkünften weiter. Mucius grüßte grinsend. Lucius grüßte zurück und ging zufrieden weiter.

Die Hörner bliesen zum Wecken. „Das kann doch nicht wahr sein", fluchte Lucius mürrisch. „Ich habe mich doch gerade erst hingelegt." Es kann doch allenfalls eine Stunde her sein. Sein Körper fühlte sich zerschlagen an und war bleischwer. Es schien ihm unmöglich, einen Arm zu bewegen, geschweige denn aufzustehen.

„Alles ist besser, als auf dem Hof zu arbeiten, alles ist besser, als auf dem Hof zu arbeiten." Mit diesen Worten quälte er sich auf die Beine. Er taumelte zur Tür und riss sie auf. Überall waren die Geräusche einer zum Leben erwachenden Legion zu hören, nur bei seiner Centurie war es still. Das durfte doch nicht wahr sein? Lucius starrte auf die geschlossenen Türen der Unterkünfte, hinter denen es totenstill war. Schon wieder ein Rückfall? Er schwankte in sein Zimmer zurück, stieß die Fensterläden auf, um Licht hereinzulassen und suchte seine Vitis. Er würde jede Tür eintreten und jeden Mann persönlich aus dem Bett zerren. Er fand die Vitis auf dem Fußboden zwischen den verdreckten und durchnässten Sachen, die er gestern getragen hatte. Faustus, der durch den Tumult aufgeschreckt worden war, lugte aus dem Vorraum verschlafen herein. Der kann sich auch auf etwas gefasst machen. Kein Frühstück, keine Posca, nichts vorbereitet. Zuerst aber die faulen Säcke. Bis zum Morgenappell würden alle Männer aufgestanden sein. Der Morgenappell! Lucius erstarrte in seiner Bewegung.

„Ich habe den Morgenappell abgesagt!" Er schlug sich mit der Hand vor die Stirn und sein Kopf explodierte vor Schmerz. Wimmernd klammerte er sich an den Tisch und wartete, bis sich der Schwindel gelegt hatte. Was war das denn gewesen? Erstaunt starrte er die Vitis in seiner Hand an. Was für eine blöde Idee, sich ausgerechnet diese Hand vor die Stirn zu schlagen. Er warf die Vitis klappernd auf den Tisch, ließ sich auf den Stuhl sinken und stützte den Kopf auf die Hände. Einen Moment sammeln und durchatmen. Warten, bis der Schmerz vergehen würde und erst einmal wach werden, sagte er sich. Er fühlte sich wie nach einer durchzechten Nacht.

Ihm ging es so miserabel, dass er das Klopfen erst realisierte, nachdem Faustus die Tür geöffnet hatte. Zu seiner Überraschung betrat Caedicius den Raum und stellte einen dampfenden Becher auf den Tisch. „Posca?"

Lucius ergriff hastig den Becher und trank einen tiefen Schluck. Ahh, das Getränk spülte den Kopf frei.

„Caedicius' Spezialrezept, etwas stärker, weil ich dachte, du könntest das gebrauchen!" Lucius nickte stumm und trank noch einen Schluck.

Langsam kehrten die Lebensgeister in seinen Körper zurück und er musterte seinen Besucher. Der Tesserarius stand seltsam verlegen da, so als ob er eine unangenehme Frage oder Aufgabe erwartete. Im Nebenraum hörte man Faustus bei den Vorräten rumoren

„Centurio!", begann Caedicius mit belegter Stimme. „Ich bin seit vielen Jahren bei den Adlern und dachte nicht, dass ich noch viel Neues lernen muss!" In seinem Gesicht arbeitete es, während er um die richtigen Worte rang. Es fiel ihm sichtlich schwer, sich einem *Grünschnabel* gegenüber zu erklären. „Ja, ich war im Kantabrerkrieg und ich weiß, welche Folgen eine schlecht geführte Armee haben kann. Und die Gallica hätten sie dort in Stücke gerissen."

Lucius lag eine Entgegnung auf der Zunge, aber er hielt es dann doch für sinnvoller den anderen erst ausreden zu lassen. In Caedicius arbeitete es weiter und schließlich stieß er hervor:

„Worte alleine reichen aber nicht aus, um die Männer anzuspornen. Wir müssen ihnen ein Ziel setzen, das sie beflügelt!"

Lucius' Herz hüpfte vor Freude. Caedicius hatte *wir* gesagt. Es war an der Zeit, etwas zu sagen und was war da naheliegender, als die letzte Bemerkung aufzugreifen.

„Was für ein Ziel?" Lucius wusste nicht so recht, wohin das führen sollte. „Soll ich einen Preis in Aussicht stellen dafür, dass die Legionäre endlich vernünftig arbeiten?", fragte er ablehnend.

Caedicius schüttelte den Kopf: „Nein, an so etwas habe ich nicht gedacht. Wenn du eine Möglichkeit siehst, dass sie sich vor den anderen Centurien großtun oder auszeichnen kann, solltest du diese Möglichkeit ergreifen! Und fordere die Männer auf, sich dazu zu bekennen. Ich werde dir sofort beispringen!" War das eine Falle oder tatsächlich das Zeichen für einen Sinneswandel? Es konnte aber keinesfalls schaden, ihn einzubinden und so nickte er zustimmend. Ehe er aber fragen konnte, an was genau der Tesserarius gedacht hatte, hatte dieser mit einem „Salve!" zackig den Raum verlassen. Lucius war versucht, hinter ihm herzulaufen oder zu rufen, um Einzelheiten zu erfahren, aber er besann sich noch rechtzeitig. Was würde das für ein Bild abgeben. Jetzt musste er dem anderen vertrauen und hoffen und beten, dass die Idee gut war.

Als das Signal zum Antreten kam, trat Lucius mit dem Becher in der

Hand vor die Tür und sah zu, wie die Centurien der 3. Kohorte antraten. Nur von seiner Centurie war nichts zu sehen. Er hörte aber wie es jetzt in den Zimmern rumorte. Er ignorierte die befremdlichen Blicke und beobachtete, wie die Männer zu den Baustellen abmarschierten. Mucius kam kurz herüber und teilte ihm den letzten Stand der Bauarbeiten mit und informierte ihn über den Bauabschnitt, an dem seine Männer jetzt arbeiten würden.

„Morgen brechen wir selber zu einem Übungsmarsch auf! Mal sehen, wie die Jungs sich machen! Übernehmt ihr die Wache?"

Lucius bejahte und Mucius machte sich zufrieden auf den Weg. Er hatte sich verändert, die Augen blickten wacher und die Kleidung war fast sauber zu nennen.

Seine Männer traten nach und nach vor die Tür und es war Zeit, sich um die anstehenden Arbeiten zu kümmern. Vorher musste er aber noch etwas erledigen. Er rief Marcus Caelius zu sich.

Der kam gleichmütig auf ihn zu und sah Lucius neugierig an. Wenn er besorgt war, zum Centurio gerufen zu werden, so ließ er sich diese Besorgnis nicht anmerken. Caelius grüßte und stand still.

Lucius musterte ihn schweigend, aber auch dies ließ der vielleicht dreißigjährige Legionär stoisch über sich ergehen. Lucius zuckte innerlich zusammen, als ihm ein Versäumnis einfiel. Bei Plutos Arsch, fluchte er innerlich. Was für ein Anfängerfehler. Er hatte sich über die Feldzüge von Caelius informiert, wusste aber nicht einmal, ob er einen Miles oder einen Immunis vor sich hatte.

Er spürte, wie ihm die Röte ins Gesicht schoss.

„Meldung?", schnarrte er kurz, um seine aufsteigende Verlegenheit zu überspielen. „Marcus Caelius, Immunis, Gehilfe des Waffenmeisters. Seit 15 Jahren bei den Adlern." Der Gehilfe des Waffenmeisters einer Centurie wurde normalerweise auch einfach als Waffenmeister bezeichnet. Dem verschliffenen Dialekt nach stammte er irgendwo aus dem nördlichen Italien. „Nun, Marcus Caelius, du hast mit deiner Ansprache gestern den Geist gezeigt, der er in einer Legion herrschen sollte."

Caelius sah ihn für einen Herzschlag befremdet an, sah aber dann wieder stur geradeaus, wie es sich für einen Legionär im Gespräch mit seinem Centurio gehörte. In seinem Gesicht aber arbeitete es und er lief ein wenig rot an. Ganz offensichtlich fand er es unerhört, von jemandem mit drei Dienstjahren über den Geist der Legionen aufgeklärt zu werden. Immerhin hatte er deutlich mehr Jahre in der Legion auf dem Buckel. „Ich werde dich im Auge behalten! Wegtreten!“ Zu deinem Pech bin ich Centurio, dachte Lucius und darf dich belehren. Hauptsache, du verstehst den Wink auf eine mögliche Beförderung.

Lucius’ Männer wurden auf der Baustelle von der anderen Hastatencenturie mit Hohn und Spott begrüßt.

„Habt ihr euch genug in den Büschen rumgetrieben?“

„Hat der Miles Gloriosus euch ein wenig die Gegend gezeigt?“

„Wer musste sich denn für ihn bücken?“

„Wie ist es so, einem Irren in die Hände gefallen zu sein?“

Und dies waren noch die harmloseren Bemerkungen. Lucius sah sich um. Es waren tatsächlich Fortschritte zu erkennen und es wurde emsiger gearbeitet als zuvor. Allerdings war die Straße noch weit davon entfernt, fertig zu werden. Unglaublich, dass Legionäre so langsam arbeiten konnten. Als sich Lucius beim Tribun meldete, klagte Silanus auch als erstes darüber, dass sie hinter dem Zeitplan lagen.

„Die Straße wird bis zum ersten Frost niemals fertig werden!“ Lucius spürte die Resignation in Silanus’ Stimme. Der Mann hatte sich im Kampf gegen den Schlendrian regelrecht verausgabt.

„Und wir müssen auch noch das Lager besser befestigen. Es sollen feste Tore mit Türmen errichtet werden. Nimm beide Hastatencenturien dafür und lass die Straße, Straße sein!“

Lucius musste an Caedicius’ Worte von der Gelegenheit zum Hervortun denken und ehe er sich versah, hatte er dem Tribun widersprochen.

„Verzeih, Herr, aber für diese Aufgabe brauche ich nur meine Centurie!“, sagte Lucius entschieden. Silanus sah ihn skeptisch an. Lucius’ Herz raste. Was tat er da? Was, wenn er sich irrte? Was, wenn es eine Falle des Tesserarius gewesen war?

„Hier geht es nicht um den verfluchten Ehrgeiz eines Centurio!“, bellte Silanus plötzlich los. „Hier geht es um die Sicherheit der Legion! Wenn der Boden friert, bekommen wir keinen Pfahl mehr hinein.“

Lucius lag ein wütender Protest auf der Zunge aber, als er in die vor Übermüdung geröteten Augen des Tribuns sah, überlegte er es sich anders. Alea iacta est, der Würfel ist geworfen, jetzt gab es kein Zurück mehr.

„Entscheide selbst!“ Lucius marschierte mitten unter die arbeitenden Legionäre und die Männer ließen die Werkzeuge sinken.

„Männer. Wir müssen unser Lager mit Toren und Türmen versehen. Dafür haben wir höchstens zwei Wochen Zeit.“ Er zeigte auf Silanus. „Der Tribun meint, dass wir das nicht alleine schaffen und die Hilfe der anderen Hastatencenturie brauchen. Was meint ihr?“ Sein Blick suchte Caedicius.

„Blödsinn!“, sagte der laut und vernehmlich. Sofort protestierte auch Caelius und dann fielen immer mehr ein und Lucius fühlte grenzenlose Erleichterung in sich aufsteigen, als sich selbst Laberius in die Brust warf und zu Wort meldete.

„Wir sind die 2. Hastatencenturie der 3. Kohorte, wir brauchen keine Hilfe, um vier Tore zu befestigen.“

„Gut, dann marsch an die Sägen und Äxte!“, befahl Lucius und die Männer nahmen die Werkzeuge auf und marschierten los. Silanus starrte verdattert hinter ihnen her. So etwas hatte er in der Gallica wohl noch nicht erlebt. Lucius fühlte sich wie ein Triumphator. Er hatte es geschafft.

Die Luft roch nach Schnee. Es konnte nicht mehr lange dauern, das spürte Lucius mit jedem Atemzug.

Winter am Rhenus, ihm schauderte bei diesem Gedanken. Lucius wusste, dass die Winter in Narbonensis ungemütlich werden konnten. Seine Nächte in einem Zelt auf dem Hof standen ihm lebhaft vor Augen. Aber ein Winter in Germanien war für jeden Römer der Inbegriff von monatelangem Eis und Schnee. Er trat zu Caedicius. „Was kann der Miles Gloriosus für dich tun?“ Lucius konnte sich den Spott nicht verkneifen. Caedicius lächelte gequält.

„Als ich das Stück das letzte Mal gesehen habe, in Bovillae, sah der Darsteller aus wie du!“ Er zuckte mit den Schultern. „Du hast das gleiche Auftreten an den Tag gelegt!“

Lucius wusste nicht, was er darauf erwidern sollte und entschied sich, das Thema zu wechseln.

„Du wolltest mich sprechen?“

„Laberius hat diesen Arbeitsplan für die nächste Woche erstellt.

Auf der Seite stehen die Aufgaben, falls es friert, und auf dieser, wenn es nicht friert!"

Lucius überflog die Wachstafel und nickte anerkennend.

„Gut, gut! Sonst noch was?"

Caedicius nickte zu einer Gestalt hin, die dick eingemummelt den Männern bei den Arbeiten zuschaute. Lucius nickte verstehend, als er den Tribun Pomponianus erkannte, aber das Einrammen der Pfosten hatte Vorrang. Auf ihnen würde immerhin der Überbau des Tores ruhen und das musste stabil sein. Lucius sah hinüber zu dem Feldmesser, der anhand der Stange überprüfte, ob die Pfosten senkrecht standen. Jetzt kam der Wink und sofort wurde unten das Loch mit Erde verfüllt und oben hieben Legionäre auf einem Gestell mit schweren Hämmern auf den Pfosten ein. „SITZT!", brüllte Laberius und sofort wurde der nächste Pfosten ausgerichtet. Lucius war mit den Fortschritten zufrieden und nickte dem Cornicen zu, der zur Pause blies. Die Männer setzten sich trotz der Kälte auf den Boden, um ihren Brei zu essen.

„Na wie sieht's aus?", fragte Pomponianus. „Wir liegen gut in der Zeit!" Lucius zeigte auf die Porta Decumana Sinistra und Dextra, deren Türme das Lager überragten. „Bis Ende der Woche sind wir fertig, solange es nicht friert! Und danach sieht es im Moment nicht aus."

„Das freut mich zu hören! Ich habe immerhin Geld zu verlieren!"

„Hä, äh, wie bitte?" Lucius brauchte einen Moment, um zu realisieren, was der Tribun gesagt hatte. „Verzeih, Tribun, wovon sprichst du?"

„Ich habe Saturninus und Silanus eine Wette angeboten, dass du es rechtzeitig schaffst. Sie wollten beide nicht dagegen halten! Nur Paternus war so töricht gewesen dagegenzuhalten!" Er grinste breit. „Aber ihm sein Geld wegzunehmen, macht keinen Spaß. Er ist ein zu leichtes Opfer!"

Lucius war verwirrt. „Also hast du doch nicht gewettet!"

Pomponianus lächelte wölfisch: „Doch natürlich, nur weil es keinen Spaß macht, lehne ich doch sein Geld nicht ab!"

Sie lachten beide. Die Männer sahen zu ihnen hin, tauschten sich aus und begannen ihrerseits zu lachen.

„Möchte nur wissen, was die da zu glotzen und zu kichern haben!", brummte Pomponianus ungehalten. Der Tribun hatte offensichtlich ein Problem damit, wenn Soldaten über ihn lachten. Lucius warf leichthin ein: „Wahrscheinlich erzählen sie sich die neuesten Tribunenwitze, Dominus!"

„Tribunenwitze?" Pomponianus starrte ihn mit offenem Mund an. „Was soll das sein?"

„Witze über Tribune, Tribunenwitze halt!" Lucius zuckte mit den Schultern.

„Du nimmst mich auf den Arm? So was gibt's?"

„Klar!" Lucius lachte über das fassungslose Gesicht.

„Los erzähl einen! Das will ich hören!", sagte der Tribun herausfordernd. Lucius überlegte kurz und begann dann: „Ein Tribun hat seine Sklavin geschwängert. Nachdem sie einen Sohn geboren hat, rät der Vater des Tribuns, das Kind zu töten. Daraufhin fährt der Tribun ihn an: Das kannst du mit deinem Sohn so machen, aber sage mir nicht, was ich mit meinem zu tun habe!"

Pomponianus lächelte gequält. „Na, für die einfachen Menschen mag es angehen!", konstatierte er.

„Noch einen?" Lucius wartet nicht auf die Antwort. „Ein Tribun flieht vom Schlachtfeld. Als er das Lagertor erreicht, zügelt er sein Pferd und sagt von oben herab zu dem Wachtposten: Sind schon viele Deserteure angekommen? Entgegnet der Wachposten: Nein, Herr! Ihr seid der erste!"

Die Männer schwitzten beim Schwertkampf auf dem Trainingsplatz. Lucius schritt auf und ab und musterte kritisch die Fortschritte. Die Darbietungen waren noch nicht zufriedenstellend, aber sie hätten auch schlechter sein können. Was Lucius aber am meisten erfreute, war die veränderte Einstellung. Die Älteren wirkten nicht mehr so gelangweilt und die Jüngeren zeigten sich lernwillig.

„Halt!", rief er und die Männer ließen die Schwerter sinken und sahen zu ihm hin. Lucius ergriff einen Schild und ein Übungsschwert und wandte sich Caelius zu, der ihm am nächsten stand.

„Es ist gut und richtig, dass ihr versucht hier den Stoß anzubringen." Er deutete einen Stoß auf Caelius Hals an. „Aber der Feind weiß auch, worauf ihr zielen werdet!" Er trat einen Schritt zurück. „Nimm mal den Schild hoch!“ Caelius hob den Schild, um den Stoß abzublocken, den Lucius gerade ansetzte. „Daher müsst ihr auch einmal die Gelegenheit ergreifen, den Schild zu blockieren und einen Stoß von unten anzusetzen! Vor allem, da die Barbaren kleinere Schilde haben!“

Er schob den Schildbuckel unter Caelius’ unteren Schildrand und drückte ihn hoch. „Der Weg zum Herzen einer Frau führt über Reden oder Gedichte!“ Sein Schwert stieß vor und stoppte kurz vor Caelius’ Bauch. „Der Weg zum Herzen eines Feindes führt durch seine Eingeweide!“

Raues Gelächter begleitete die Worte. „Weitermachen!“, befahl Lucius grinsend und legte die Übungswaffen ab. „Übernehmt hier mal!“, sagte er zu Laberius und Caedicius und ging zu den Frumentarii hinüber. Jedes Contubernium hatte einen Immunis, einen vom Routinedienst befreiten Legionär, dessen Aufgabe es war, sich um die Verpflegung seines Contuberniums zu kümmern. Da es sich um die erfahrensten Legionäre handelte, die für eine Beförderung zum Principalis infrage kamen, verfügten sie über gute Kontakte und über die notwendige Dignitas, um beim Lagerpräfekten nicht übers Ohr gehauen zu werden. Die Versorgungslage einer Legion war in Kriegszeiten meistens zufriedenstellend, aber in Friedenszeiten ausgezeichnet. Trotzdem versuchte der Lagerpräfekt immer wieder, den Contubernia altes Zeug anzudrehen. Bei der Gallica war die Versorgungslage natürlich auch in Friedenszeiten miserabel. Die Rückkehr von Potitus, dem Lagerpräfekten, hatte daran auch nichts geändert. Die Getreidereserven waren bedenklich zusammengeschmolzen. Beim Speck und bei den Erbsen hatte Lucius schon bessere Qualität gesehen und es gab nicht genug Essig in der Legion, um den Wein genießbar zu machen. Das ließ erwarten, dass die Versorgung auf einem Marsch in Feindesland, sofort zusammenbrechen würde, wenn Potitus dafür verantwortlich wäre. Der Lagerpräfekt erwies sich schnell als genauso nutzlos wie Gemellus. Heute Mittag war der letzte Wagenzug mit Proviant, der vor dem Wintereinbruch erwartet wurde, angekommen. Alle hofften, dass dieser bessere Ware bringen würde. Ein Blick in die Gesichter der Frumentarii aber reichte, da ihre Mienen Bände sprachen. Lucius musste kein Augur sein, um zu wissen, was das Ergebnis war. „Keine Verbesserung?“, fragte er die Legionäre. Wortlos hielt ihm einer der Männer ein eingetrocknetes Stück Speck hin. Ein anderer ließ ihn einen Blick in einen Sack werfen. Der Geruch reichte Lucius schon und er verspürte kein Verlangen, den Sack näher zu begutachten. Er spuckte angewidert aus. „Jetzt reicht es aber, auch wenn ich nur ein Hastatencenturio bin. Genug ist genug. Ich gehe zu Paternus."

Während Silanus und Pomponianus für die Bauaufgaben verantwortlich waren, sollte Paternus sich um die finanziellen Dinge kümmern und dazu gehörte auch die Versorgung.

Betroffen hörte er sich die Klagen an. „Centurio, du hast ganz recht. Scheußlich, schändlich. Einer römischen Legion unwürdig!" Er rang mit den Händen. War er hier im Theater? Lucius erwartete fast, dass sich der Tribun in einer dramatischen Bewegung an die Brust schlagen würde und die Schreiber dazu den Chor mimten und „Schändlich, schändlich!" intonierten.

„Du hast recht, so recht, es muss etwas geschehen. Unbedingt, sofort. Ich werde dich bei allem unterstützen. Was schlägst du vor?" Paternus sah ihn erwartungsvoll an. ICH? Lucius war vollkommen überrumpelt. Das ist deine Aufgabe hätte er dem Tribun am liebsten entgegengeschleudert. Wieso soll ich Vorschläge machen? Lucius rang um seine Fassung, während ihm der Tribun auffordernd zunickte, als Lucius „Äh!" stammelte.

„Ja?" Wenn man Paternus' Verhalten sah, konnte man denken, Lucius wäre die Sybille von Cumae und würde gleich einen bedeutungsvollen Orakelspruch verkünden.

„Äh!", keuchte Lucius erneut und suchte nach einer geeigneten Erwiderung.

„Schwierig, schwierig!", nickte Paternus zustimmend. „Ich verstehe dich. Du willst natürlich bei mir nicht gegen deine Vorgesetzten opponieren. Gemellus und Potitus könnten dir das übel nehmen. Sprich doch zuerst mit ihnen und, wenn ihr Vorschläge habt, gib mir Bescheid. Ich kümmere mich dann darum!" Der Tribun lächelte ihn freundlichst an. Aber an seinem Verhalten war zu erkennen, dass er das Gespräch als beendet ansah. War der Mann frech, dumm oder einfach verrückt? Was faselte er da? Lucius starrte ihn sprachlos an und versuchte, einen klaren Gedanken zu fassen. Aber es wollte sich keiner einstellen, in seinem Kopf toste es und widerstreitende Gefühle kochten in ihm. Sollte er schreien? Zuschlagen? Besser gehen, meldete sich die Vernunft. Er grüßte und verließ so schnell wie möglich den Raum.

Die wöchentliche Besprechung der Centurionen lief immer nach dem gleichen Muster ab. Sie begann mit der Anrufung der Götter. Danach folgte eine langweilige Ansprache des Primus Pilus und dann trugen die Centurionen in der Reihenfolge ihrer Rangstufe ihre Anliegen vor. Meistens wurden jede Woche die gleichen Dinge angesprochen. Und dies war nicht der miserable Ausbildungsstand, sondern es waren die nicht erfolgten Beförderungen. Solange kein Legat im Lager war, konnten die Beförderungen auf Centurionenebene nicht vorgenommen werden. Der Legat war zwar immer noch nicht da, aber das konnte die Centurionen nicht davon abhalten, sich zu beklagen. Lucius wippte vor Ungeduld mit dem Fuß. Endlich war Gemellus mit der Anrufung der Götter fertig und begann mit seiner Ansprache: „Commilitones, Kampfgefährten...!“

„Die Versorgungslage ist beschissen, wir müssen umgehend etwas tun!“ Lucius Worte schlugen ein wie Jupiters Donnerkeil. Wütende Rufe waren die Antwort auf diesen unerhörten Verstoß gegen den Mos Maiorum, die Sitte der Vorfahren. Lucius war es egal, er wiederholte seine Worte.

„Die Versorgungslage ist beschissen, wir müssen umgehend etwas dagegen tun!“

Er war sich sicher, die Unterstützung der anderen Centurionen zu haben, und sah erwartungsvoll in die Runde. Sie mussten einfach auf seiner Seite sein, da auch ihre Centurien schlecht versorgt waren. Aber zunächst herrschte nur Schweigen und er sah viele finstere Blicke auf sich gerichtet und selbst Mucius schüttelte entrüstet den Kopf. Vielleicht war es doch keine gute Idee gewesen, nach einem eklatanten Verstoß gegen den Mos Maiorum auf Unterstützung zu hoffen. Immer noch herrschte Schweigen und es schien so, als warteten die anderen Centurionen auf den Ausbruch des Primus Pilus. Die Blicke der Centurionen wanderten zu den Primi Ordines, die wiederum sahen den Primus Pilus an, der Primus Pilus den Praefectus Castrorum und Potitus sah so unbeteiligt aus, als ob jemand anderes und nicht er für die Versorgung zuständig wäre. Gemellus musterte Lucius verächtlich und schnaubte dazu unwillig durch die Nase. Ist das alles, was du drauf hast?, dachte Lucius. Ein bisschen die Nasenflügel beben lassen und das war es dann? Zur allgemeinen Überraschung meldete sich auf einmal Mucius zu Wort und gab Lucius recht.

„In meiner Centurie auch! Wann bekommen wir wieder vernünftiges Getreide statt Schweinefutter?"

Gemellus starrte jetzt Mucius finster an. Aber dieser blieb davon sichtlich unbeeindruckt und jetzt meldete sich der nächste Centurio, der Princeps Prior der 3. Kohorte, zu Wort:

„Die beiden haben recht. Die Versorgungslage ist beschissen!"

Damit war die Büchse der Pandora geöffnet. Zu Potitus' und Gemellus' Entsetzen ergriff nun ein Centurio nach dem anderen das Wort und beschwerte sich. Und ihre Aussagen waren eindeutig:

Tut endlich was. Der Winter steht vor der Tür, die Vorräte gehen zur Neige und die Qualität ist schlecht. Potitus blieb angesichts dieses Aufruhrs nichts anderes übrig, als eiligst Abhilfe zu versprechen.

Paternus hämmerte an die Tür: „Centurio, bist du da?"

Ohne eine Antwort abzuwarten, öffnete er die Tür und trat ein. Lucius war gerade dabei, sein Kettenhemd zu säubern und sah unwillig auf den Störenfried. Den focht der böse Blick aber nicht besonders an. Wahrscheinlich deutete er ihn sogar als Einladung und ließ sich deshalb gleich in einen Stuhl fallen.

„Potitus ist wegen dir ganz schön aus dem Häuschen!", gluckste er vergnügt. „Wir stellen gerade einen Versorgungszug zusammen, um in Augusta Treverorum noch einmal Nachschub zu holen. Ich kenne da jemanden, in Augusta Treverorum, weißt du. Der ist schon lange in der Gegend und hat gute Kontakte zu anderen. Bauern und so. Also, der kann bestimmt gutes Futter ranschaffen. Glaube ich. Behauptet er zumindest immer!" Paternus lachte nervös und breitete die Arme aus. Komm zum Punkt, hätte Lucius am liebsten gebrüllt. Dieses endlose Geschwafel zerrte an seinen Nerven.

„Also auf jeden Fall hat er gute Beziehungen zu Leuten, die mit Verpflegung zu tun haben. Wenn du also etwas Bestimmtes möchtest, Wein, Fleisch oder so, dann sag mir Bescheid. Ich gebe dem Zug ein paar Zeilen mit und mal sehen, was er auftreiben kann."

Lucius' Meinung über den Tribun schlug um. Was für ein brauchbarer Mann. Warum konnte er das nicht gleich sagen? Warum musste er sich so umständlich ausdrücken?

„Was kann er denn besorgen und was kostet es?"

„Ich weiß nicht!" Wieder breitete Paternus die Arme aus, diesmal sollte es seine Ahnungslosigkeit ausdrücken. Seine Lieblingsgeste und sein Lieblingszustand, dachte Lucius verächtlich.

„Er hat die Kontakte. Er kennt die Leute. Ich denke, dass es nicht billig ist, aber ich weiß es nicht. Du kannst mir sagen, was du haben willst, und er besorgt es, das kann natürlich etwas teurer werden. Er ist habgierig, er ist schließlich Händler oder du sagst mir eine Preisgrenze. Dann wird er dir aber bestimmt schlechte Qualität zu diesem Preis verkaufen."

Lucius dachte nach. Beide Möglichkeiten klangen nicht verlockend, aber, welche Wahl hatte er? Ganz drauf verzichten? Und das im germanischen Winter? Er schüttelte sich. Schließlich holte er eine Tafel und ritzte seine Bestellung ins Wachs. Paternus versprach, den Brief gleich aufzusetzen und verschwand. Hoffentlich hat der Schwätzer recht, dachte Lucius.

Der nächste Besuch war nicht überraschend. Ein Bote befahl ihn zum Primus Pilus. Natürlich war auch Potitus anwesend. Auch dies war nicht sonderlich überraschend, die Eröffnung, die sie machten, allerdings schon sehr.

„Urlaub?" Lucius dachte, er hätte sich verhört. „Ich soll den Winter über Urlaub machen?"

Ein Saturnalienscherz im November? „Ja!", kam kurz und knapp die Antwort von Potitus. „Wie mir der Primus Pilus berichtete, bringst du hier alles durcheinander und ich konnte mir selber ein Bild davon machen. Hältst dich wohl für einen Volkstribun, was?" Lucius war zu verdattert, um auf diesen Unsinn zu antworten. „Wie ich deinen Unterlagen entnehmen konnte, bist du seit zwei Jahren nicht mehr wählen gewesen. Also geh in dein Dorf, deine Hundehütte, deinen Schweinekoben, wohin auch immer und erfülle deine Pflicht! Sei rechtzeitig zum Lustrum wieder da." Potitus warf Lucius eine Schriftrolle zu. Urlaub, Lucius war immer noch sprachlos, als er in seine Unterkunft zurückkehrte und überlegte, was er packen sollte. Ich komme nach Hause und werde meine Familie und Freunde wiedersehen. Gleichzeitig fühlte er sich aber angeekelt. Was war das hier für ein erbärmlicher Haufen! Ich störe die Ordnung! Ich bringe alles durcheinander! In diesem Sauhaufen. Sie sind unfähig und durch mich wird es ihnen bewusst. Er spuckte angewidert aus. Es gibt in der Legion viele Wege, mit Störenfrieden umzugehen, und welchen haben diese Schwächlinge gewählt? Sie schickten ihn in Urlaub. In Urlaub! Er dachte an Titus Valens. Der Primus Ordines der Augusta hätte mir die Zähne oder gar den Schädel eingeschlagen, wenn ich die Legion in Unordnung gebracht hätte.

WINTER

LUGDUNUM

Mit seinen Begleitern im Schlepptau bahnte sich Drusus einen Weg über das Forum und steuerte direkt auf den Stand von Betiatus zu. Dieser hatte gerade frische Pelze und Felle aus Germanien bekommen und Drusus wollte sich die Ware ansehen.

„Du kommst zu früh, Herr!“, sagte Betiatus nach dem Austausch der Grüße. Drusus runzelte die Brauen. „Man hat mich informiert, dass deine Pelze letzte Woche in Lugdunum angekommen sind. Du hattest mir schöne Stücke versprochen!“

„Ja, natürlich!“, beeilte sich der Händler zu antworten. „Aber sie müssen noch bearbeitet werden und sind daher noch nicht fertig!“

„Was gibt es denn da schon groß zu bearbeiten?“, warf einer von Drusus’ Begleitern herablassend ein. „Sie müssen doch schon für die Reise bearbeitet werden, damit sie nicht faulen, also sind sie doch schon präpariert!“ Ein vierschrötiger Mann, der neben Betiatus stand, meldete sich zu Wort. „Weißt du, junger Herr“, sprach er ihn mit respektvollem Ton an, wobei es in seinem Auge blitzte, „die Tiere, von denen wir die Pelze haben, sind jung und kräftig! Sie fallen nicht vor Altersschwäche tot um!“

„Das weiß ich auch!“, fuhr ihn der junge Mann an. „Was hat das damit zu tun?“

„Nun“, fuhr der Vierschrötige fort. „Wir töten sie mit Speeren und diese Speere machen Löcher in die Haut und damit in das Fell. Und diese Löcher müssen wir flicken, damit du sie nicht mehr siehst!“ Der junge Mann wirkte verlegen. Die anderen in der Gruppe brachen in Gelächter aus. Auch Drusus lachte und sagte mit fragendem Unterton zu Betiatus: „Dein Bote sagte aber, dass du etwas für mich hättest.“

„In der Tat! Quadratus, hol den Pelz für den edlen Drusus!“, sagte er zu dem Vierschrötigen. Quadratus durchsuchte einen Stapel, und zerrte ein größeres Paket hervor. Als er es auf dem Tisch ausbreitete, pfiff Drusus anerkennend durch die Zähne. Der Bärenpelz war von einem kräftigen, dunklen Braun und hatte dichtes Fell. Licinius, Drusus' gallischer Freigelassener, begutachtete das Fell sorgfältig. „Wenn die anderen Felle und Pelze auch so sind, wirst du ein Vermögen verdienen können", bemerkte er. Drusus stieß ihn mit dem Ellbogen an.

„Vorsicht, Licinius! Wenn du weiter so redest, treibst du nur den Preis hoch!" Betiatus lächelte gequält. „Es wäre gut, wenn die Kunden einen ordentlichen Preis zahlen würden, die Ausgaben werden immer höher!" Er ritzte einige Zahlen ins Wachs und reichte sie Drusus. Licinius lächelte. „Du wärest der erste Geschäftsmann, der nicht über steigende Ausgaben und schwerere Beschaffungswege klagen würde, um den Preis hochzutreiben!" Bevor Betiatus antworten konnte, unterbrach ihn Quadratus angriffslustig: „Ach ja? Eine Reise über den Rhenus in die germanischen Wälder ist gefährlicher als eine Reise von Arausio nach Lugdunum!" Er funkelte Licinius an.

„Dazu kommen die Schutzgebühren!", fiel Betiatus ein. Drusus runzelte erstaunt die Stirn. „Was für Schutzgebühren? Und wer erhebt sie?"

„Die germanischen Stämme, deren Gebiete wir durchqueren und in deren Gebieten wir jagen!", erläuterte Quadratus. „Sie erheben eine Abgabe für die Eskorte, damit man in ihrem Gebiet sicher ist und nicht überfallen wird!"

„Sicher? Vor wem?", fragte Licinius erstaunt. „Vor den Germanen selbst", sagte Betiatus so kläglich, dass alle wieder in Gelächter ausbrachen. Drusus schnappte nach Luft: „Moment, Moment! Da komm ich nicht mit. Ihr zahlt einem germanischen Stamm eine Abgabe, damit ihr von einer Eskorte begleitet sicher durch ihr Gebiet reist?" Quadratus und Betiatus nickten. „Und wenn ihr nicht zahlt, werdet ihr von derselben Eskorte, überfallen?" Die beiden nickten erneut. Licinius pfiff anerkennend durch die Zähne. „Ganz schön durchtrieben für Barbaren!"

„Trotzdem kommt es hin und wieder zu Überfällen und Entführungen", erläuterte Betiatus. „Und dann muss man noch Lösegeld für die Entführten zahlen!" Drusus stieß einen Fluch aus. „Wie viele Denare zahlt man so für einen Römer?" Quadratus schüttelte den Kopf. „Die Germanen kennen kein Geld. Das Lösegeld besteht aus Vieh oder Werkzeugen. Eisen ist bei ihnen so selten, dass du einen Römer schon gegen ein gutes Schwert austauschen kannst." „Dis Pater soll sie verschlingen!", fluchte Drusus. Er warf einen Blick auf die Tafel, die Betiatus ihm gereicht hatte, überlegte einen Moment und reichte sie dann an einen seiner Begleiter weiter. „Bezahl ihn!" „Drusus!", rief dieser entsetzt. „Das ist viel zu viel!" „Bezahl ihn!", forderte Drusus mit Nachdruck.

Sie wurden jäh unterbrochen, als sich plötzlich ein älterer Mann zu ihnen drängte und ihnen eine Schriftrolle vor die Füße warf. Drusus zuckte erschrocken zusammen. Licinius fuhr zurück, als ob die Rolle beißen könnte. Ein kräftiger Mann in roter Tunica, der die ganze Zeit schweigend neben Drusus gestanden hatte, schoss vor und schob sich zwischen den älteren Mann und Drusus. Aber der hatte gar keine Anstalten gemacht, näher heranzukommen, sondern hatte sich ängstlich umgedreht und versuchte fortzukommen. „Haltet ihn auf!", rief Drusus zu seinem Leibwächter. Sofort setzte dieser dem Mann nach. Die Menge hatte den Ruf aufgenommen und blockierte dem Flüchtling den Weg. Der Mann versuchte verzweifelt, sich durch die Menge zu drängen. Der Prätorianer packte ihn grob am Arm und am Nacken und schleuderte ihn zurück. Der ältere Mann taumelte und fiel Drusus vor die Füße. In seinen Augen stand die nackte Panik, als er zu ihm aufsah. Dann schweifte sein Blick umher, als suchte er einen Fluchtweg. Die kurze Jagd hatte die allgemeine Aufmerksamkeit der Menschen auf dem Forum auf diese Gruppe gelenkt und so standen sie dicht an dicht und versuchten, mitzubekommen, was dort passierte.

„Wer bist du?", fragte Drusus verärgert. Der Mann flüsterte kaum hörbar seinen Namen.

„Bist du römischer Bürger?", setzte Drusus nach. „Ja", hauchte der Mann ängstlich.

„Dann steh auf!", schnauzte Drusus und zog den Mann vom Boden hoch. „Als Römer hast du vor keinem Menschen auf dem Boden zu liegen!", sagte er mit lauter Stimme und aus der Menge erhob sich ein beifälliges Gemurmel.

„Was ist das?", setzte Drusus das Verhör fort und nahm die Schriftrolle, die Licinius aufgehoben hatte. „Eine Bitteschrift...", stammelte der Alte.

„Eine Bittschrift?", fragte Drusus drohend. „Ja!", beeilte sich der Mann zu antworten. „Es gibt Missstände bei uns im Viertel!"

„Warum gibst du sie mir?"

„Weil du der zuständige Magistrat bist!“ Die Worte waren kaum zu hören und der Bittsteller wagte nicht, den Blick zu heben. Es war totenstill in der Menge geworden. Nur Drusus’ Begleiter stießen wütende und empörte Laute aus. „Was wagt dieser Wurm!“

Drusus brachte sie mit einer Handbewegung zum Schweigen. „Dann ist es keine Bittschrift!“, konstatierte er und hielt dem alten Mann die Rolle hin. Dieser nahm sie instinktiv und schaute immer noch ängstlich zu Boden.

„Nein, das ist eine Unverschämtheit!“, rief jemand aus der Menge, aber Drusus beachtete ihn nicht. „Es ist keine Bittschrift“, wiederholte er stattdessen lauter, „sondern eine Beschwerde!“

Er sah in die Runde und rief dann laut: „Wenn es Missstände gibt, ist jeder Römer berechtigt, ja verpflichtet, sie dem zuständigen Magistrat mitzuteilen und ihre Beseitigung zu fordern.“

Das Wort „fordern“, betonte er mit besonderem Nachdruck. „Es darf nicht dazu kommen, dass ein Römer, der Herr der Welt, vor seinem Magistrat auf den Knien liegt und um die Abstellung von Missständen bitten muss.“ Lauter Beifall erhob sich.

„Du!“ Drusus wirbelte zu dem Mann herum und zeigte mit dem Finger auf ihn. Der Mann schrak zusammen. „Du wirst vor mich hintreten, die Rolle hochhalten und laut sagen: Magistrat, hier ist eine Beschwerde. Ich verlange, dass die hier aufgeführten Missstände beseitigt werden. Und dann wirst du mir diese Rolle übergeben!“

Dem Alten wich alles Blut aus dem Gesicht und er starrte Drusus entsetzt an. „Los!“, der Prätorianer stieß ihn gegen die Schulter. Der Mann raffte seinen ganzen Mut zusammen, hob die Schriftrolle und machte einen Schritt auf Drusus zu. Halblaut stammelte er die Worte, die ihm Drusus vorgesagt hatte. Das Gemurmel war gerade noch so verständlich. Drusus nahm die Rolle entgegen und erwiderte mit aller Würde. „Ich danke dir, Bürger, dass du mich darauf hinweist. Ich werde mich der Sache annehmen.“

Der Mann drehte sich erleichtert um und eilte hastig fort. Drusus reichte die Rolle an Licinius zurück und sagte knapp. „Sieh es dir an! Und bezahl Betiatus, was er für den Pelz verlangt!“ Dann setzte er mit seinen Begleitern unter dem Jubel der Menge seinen Weg fort.

* * *

Die Tage waren kurz, die Nächte empfindlich kalt und jeden Morgen bedeckte eine Reifschicht das Gras. Ab und an fiel Schnee, aber er blieb nicht lange liegen. Noch nicht! Daher waren alle froh, als sie endlich die rauchenden Schornsteine von Lugdunum sahen.

„Zemelos sei Dank!“, kam es aus dem Wagen, in dem Faustus mit klappernden Zähnen saß. Lucius hatte sich einem Wagenzug angeschlossen, auch wenn die Reise dadurch länger dauerte. Bestimmte Strecken legte man in Gallien besser nicht alleine zurück. Die Blicke der Fuhrleute ruhten auf der Stadt, deren rauchende Kamine Wärme und Behaglichkeit versprachen. Auch die Legionäre der Eskorte sahen begierig auf die Stadt. Sie dachten an die Tavernen und Hurenhäuser, die sie aufsuchen würden. Lucius betrachtete das riesige Legionslager jenseits des Flusses. War es wirklich erst zwei Jahre her, dass er dort seine Ausbildung begonnen hatte?

Die Insula in der die Familie jetzt wohnte, lag in der Nähe des Theaters am Hermesschrein, hatte sein Onkel geschrieben. Das Theater war leicht zu finden, nach dem Hermesschrein musste er sich durchfragen, aber schließlich stand er vor ihm. Damit hatte er aber die Insula immer noch nicht gefunden.

Er musste noch einige weitere Leute fragen, da die Namen „Sextus Pompeius Trogus“ oder „Gnaeus Justinius Marcellus“ den Bewohnern des Viertels nicht so geläufig waren, wie sie es in Arausio gewesen wären.

Endlich fand er die betreffende Insula und ging durch den Durchgang in den Innenhof. Für die Waren des Schreiners und des Töpfers im Erdgeschoss hatte er nur einen flüchtigen Blick. Sein Herz klopfte bis zum Hals. Es war ein komisches Gefühl, nach über zwei Jahren wieder einem Mitglied seiner Familie gegenüberzustehen. Natürlich hatte es auch in der Vergangenheit Wiedersehen nach längerer Zeit gegeben, aber dieses Mal war es Lucius, der weggewesen war. Im Innenhof musste er sich zunächst einmal orientieren. Zwei Treppen führten nach oben, welche war die richtige? Einige Frauen, die zusammenstanden und sich laut unterhielten und trotz der Kälte mit Stricken und Webarbeiten beschäftigt waren, unterbrachen ihre Beschäftigung und musterten ihn neugierig.

„Pompeius Trogus?", die Frage richtete er an niemanden bestimmtes und beobachtete dabei einige Kinder, die in ihr Orcaspiel vertieft waren.

„Junger Mann!", sagte eine der Matronen von oben herab. „Die Götter haben uns die Sprache zum Fragen gegeben, aber auch zum Grüßen!" Reumütig senkte Lucius seinen Kopf. „Verzeiht. Es war gedankenlos von mir. Ich bin müde von einer langen Reise und froh, endlich am Ziel zu sein. Salve, ehrenwerte Damen, wo befindet sich die Wohnung von Sextus Pompeius Trogus?"

Es war die gleiche Frau, die antwortete: „Diesen Aufgang und dann die erste Tür!"

Er dankte, winkte Faustus zu folgen und stieg die bezeichnete Treppe hinauf.

Der Janitor führte Lucius ins Atrium, wo Trogus auf einer Liege lag und in einem Buch las. Als er Lucius sah, stand er mit einer für seine Größe überraschenden Behändigkeit auf. „Lucius!" Mit ausgebreiteten Armen kam er auf Lucius zu und bedachte ihn mit einer dieser Umarmungen, bei denen Lucius immer schon gefürchtet hatte, sich die Rippen zu brechen. „Groß bist du geworden!", sagte er, klopfte Lucius leutselig auf die Schultern und musterte ihn von oben bis unten. „Aber du wirkst ausgezehrt. Domitia wird, sobald sie vom Tempel der Juno zurück ist, dir zu Ehren bestimmt ein Festmahl anordnen!" Trogus gab einigen Sklaven Anweisungen. Lucius' Bündel wurde in ein Gästequartier gebracht. „Wie lange bleibst du?"

„Nur kurz. Ich möchte bald weiter nach Hause reisen."

Sein Onkel grinste breit. „Den Weg kannst du dir sparen. TIMON!"

Den Namen brüllte er so laut heraus, dass Lucius vor Schreck zusammenzuckte. Ein junger Sklave kam ins Atrium geeilt. „Herr?"

„Mach dich auf den Weg zum Forum und suche Gnaeus Marcellus. Sag ihm, er soll mich in den Thermen treffen."

„Ja, Herr!"

„Und wenn du ihm sagst, dass sein Sohn hier ist, zieh ich dir die Ohren lang!"

„Nein, Herr!", beeilte sich der Sklave zu sagen und stürmte hinaus.

„Vater ist in Lugdunum?“, fragte Lucius ungläubig. Trogus grinste noch immer.

„Vor einer Woche eingetroffen. Er ist Gaius und seiner Familie vorausgereist. Die Reise mit Frau und Kind war ihm zu langsam.“

„Gaius und seine Frau Julia und seine Tochter kommen auch nach Lugdunum?“, sprudelte es aus Lucius heraus.

Trogus nickte. „Ich sag ja, den Weg nach Arausio kannst du dir sparen. Gaius hat in Kürze hier einen Prozess als Verteidiger zu führen. Nicht, dass er eine Chance hätte zu gewinnen, aber es ist sein erster Prozess außerhalb von Arausio!“

„Warum hat er keine Chance zu gewinnen?“ Lucius' Frage kam automatisch.

„Ach, ein Einbrecher, der auf frischer Tat ertappt wurde!“ Trogus klatsche in die Hände und gab Anweisungen, Badesachen für ihn und Lucius zu holen.

„Äh, ein Einbrecher, der auf frischer Tat ertappt wurde, hat einen Prozess? Wieso lebt er noch?“ Lucius brummte der Kopf, worüber sprach er hier gerade? Sein Vater war nur wenige Meter von ihm entfernt, sein Bruder Gaius würde in Kürze eintreffen und er faselte über einen Einbrecher?

„Er konnte sich in einen Tempel retten und als Sohn eines ehemaligen Legionärs von Gnaeus verteidigt ihn Gaius. Können wir gehen?“

„Äh, gehen?“, fragte Lucius verdattert. „Wohin?“

„Na, zu den Thermen!“ Trogus schüttelte den Kopf. „Was meinst du, wofür die Badesachen sind und warum dein Vater uns da treffen soll?“

„Äh..., ja, natürlich!“, stammelte Lucius. Trogus grinste seinen Neffen von oben herab an und weidete sich an seiner Verwirrung. „Na, dann komm!“

Sie machten sich auf den Weg und Lucius spürte wie seine Anspannung von Meter zu Meter wuchs. Wie würde sein Vater ihn begrüßen? Was würde er sagen?

Bevor Lucius zur Legion ging, hatte sein Vater ihm Enterbung und Verbannung angedroht, wenn er in der Legion versagen sollte. Was er unter Versagen verstand, hatte er allerdings nicht genauer ausgeführt. Aber Gnaeus Marcellus hatte sich vom Probatus bis zum Primus Pilus hochgedient und seine Maßstäbe waren sehr hoch. Er hatte seinem Sohn regelmäßig geschrieben, aber diese Briefe waren nichtsagend gewesen bis auf einen. „Er habe gehört, Lucius habe die Pflicht eines Justinius Marcellus erfüllt!"

Lucius hatte sich gefühlt, als hätte er die Corona Civilis, die Bürgerkrone, errungen.

Mehr hatte Vater aber in diesem und in den folgenden Briefen nicht geäußert. So stellten sich bald wieder Zweifel ein. Galt diese Aussage nur für den Moment? Oder hatte sein Vater die Möglichkeit der Verbannung verworfen? Solange Lucius bei der Legion war, unterstand er nicht mehr der Patria Potestas, der Gewalt seines Vaters. Sollte er aber gezwungen sein, zum Beispiel durch eine Verwundung, seinen Abschied zu nehmen, würde sein Vater wieder die volle Verfügungsgewalt über ihn haben. Konnte sein Vater so hartherzig sein? Gnaeus Marcellus hatte die Ermordung seines Vaters durch Sullas Häscher erlebt. Zu der war es gekommen, weil dieser nicht über die nötige Dignitas, das nötige Ansehen, verfügte. Daher war es sein erklärtes Ziel, seine Familie so abzusichern, dass so etwas nie wieder geschehen konnte. Würde er seine Söhne diesem Ziel opfern? Lucius war sich sicher, dass er dies tun würde. Marcus, den ältesten Sohn, hatte er zur Adoption wegegeben und Lucius für den Aufstieg in den Ritterstand an die Legion verkauft. Er hatte damit zwar Lucius' geheimsten Wunsch erfüllt, aber das hatte Gnaeus nicht wissen können. Jetzt stand er nach über zwei Jahren seinem Sohn gegenüber und musterte ihn gründlich.

„Gut siehst du aus, Lucius!" Wenn Gnaeus Marcellus überrascht war, seinen Sohn plötzlich vor sich zu haben, so ließ er es sich nicht anmerken. Nur das Zusammenziehen der Augenbrauen deutete darauf hin, dass ihn die plötzliche Begegnung im Bad überraschte. Ansonsten verlor er keine Worte, sondern stellte Lucius seinen Begleitern vor, als wäre es das Normalste von der Welt, nach drei Jahren seinen Sohn in den Thermen zu treffen: „Mein Sohn! Der Hastatencenturio Lucius Justinius Marcellus. Er hat gegen die Vindeliker und Germanen gekämpft und das Armband für Tapferkeit verliehen bekommen."

Klang da etwa Stolz mit? Lucius war so verwirrt, dass er die Namen der anderen gar nicht mitbekam. „Geh, wasch dir den Reisestaub ab.

Ich werde eine Massage nehmen." Ärger wallte in Lucius auf, als sein Vater ihn so kurz und knapp anwies.

Ich bin kein Kind mehr, ich bin Centurio!, dachte er erbost. Aber er machte seinem Ärger keine Luft, da es reine Zeitverschwendung gewesen wäre. Sein Vater verhielt sich so, wie Väter sich seit Anbeginn der Zeit verhielten. Sie behandelten ihre Söhne wie Kinder, egal wie alt diese waren. Außerdem war sein Vater bereits schnurstracks im Massagebereich verschwunden.

„Timon hat doch gequatscht!", sagte er ungehalten zu seinem Onkel, um seinen Ärger loszuwerden.

„Nein!" Trogus lächelte, während sie auf das Becken zugingen.

„Ach, hör auf! Vater hat sich so verhalten, dass seine Begleiter denken müssen, wir hätten uns noch gestern zuletzt gesehen!" Trogus lächelte noch immer: „Gnaeus ist vor Stolz geplatzt, als er von der Schlacht gegen die Germanen gehört hatte. Aber das wird er natürlich nicht zugeben! Du weißt doch, wie er ist!"

Die nächsten Tage vergingen wie im Flug. Trogus hatte ein Festmahl angekündigt, um Lucius' Heimkehr zu feiern. Damit sollte aber gewartet werden, bis Gaius und seine Familie eingetroffen waren.

An den ersten beiden Tagen hatte er seinen Vater und seinen Onkel noch auf das Forum begleitet, aber dies hatte ihn bald gelangweilt. Er wusste einfach zu wenig von den Geschäften der Familie, um die Angelegenheiten, die dort erörtert wurden, zu verstehen. Die politischen Angelegenheiten, die erörtert wurden, waren zwar spannender, aber er fand die Konstellationen, wer mit wem und warum paktiert, um dieses oder jenes Ziel zu erreichen, äußerst verwirrend. Mars sei Dank, ist das in der Legion einfacher, dachte er. Außerhalb des Lagers: Feind; im Lager: Freund. Na gut, die meiste Zeit auf jeden Fall. Daher nutzte Lucius die Zeit, um Briefe zu schreiben. Seine Freunde Quintus, Appius, Sextus und Titus galt es von seiner bevorstehenden Ankunft zu unterrichten: „Wir sehen uns zu den Saturnalien!"

Er schmunzelte bei dem Gedanken, wie sie auf diesen Brief reagieren würden. Ob Appius zu den Saturnalien in Lugdunum sein würde? „Der Herr ist verreist", war ihm von einem hochnäsigen Freigelassenen in

Augusta Treverorum beschieden worden. Er wusste, dass Appius Familie in Narbo und in Italien hatte, vielleicht war er dorthin gereist. Hoffentlich nicht! Jetzt, da er nach Hause zurückkehrte, wurde ihm bewusst, wie sehr ihm seine Freunde gefehlt hatten. Die ruhige Art von Sextus, Quintus, der immer recht behalten wollte, Appius, mit dem er manchem Mädchen nachgestiegen war, und Titus, der jüngste in der Runde, der sie alle bewunderte. Außerdem musste er noch an seinen Vetter Syros nach Antiochia schreiben. Syros bereiste im Auftrag seines Vaters die Ostprovinzen des Imperiums und baute umtriebig die Handelsbeziehungen weiter aus. Marcus, sein Bruder in Rom, wunderte sich mit Sicherheit auch schon, warum er so lange nichts gehört hatte.

Es gab also viel zu schreiben.

Markttag. In Lucius stiegen Erinnerungen hoch. Wie er in Arausio über den Markt geschlendert war und die vielfältigen Gerüche eingeatmet hatte. Wann war er überhaupt das letzte Mal in Ruhe über einen Markt geschlendert? Vor drei Jahren oder vier? Es musste eine Ewigkeit her sein. Das war ein guter Grund, heute das Forum aufzusuchen und den Tag zu genießen.

„Bei dem Wetter?" Trogus sah ihn an, als ob er den Verstand verloren hätte. Wie sollte er auch verstehen, was es für Lucius bedeuten würde, über einen Tag frei verfügen und ihn verbummeln zu können. Er konnte hier einfach den Tag ohne Waffentraining, Appell oder sonstigen Drill verbringen. „Ich brauche keine Begleitung!", winkte er ab, als Trogus ihm Faustus, Timon oder einen andern Sklaven mitgeben wollte. Sein Onkel schüttelte fassungslos den Kopf. Lucius sah seinen Vater an.

„Viel Spaß! Genieße den Tag!" Ein wissendes Lächeln umspielte seine Lippen.

Auf dem Forum herrschte ein buntes Treiben. Hier testete eine römische Matrone die Festigkeit der selbstgewebten Stoffe. Dort probierte ein Haushofmeister mit hochmütigem Gesicht den Geschmack des Käses und prüfte das Gemüse und die Früchte. Zwei rothaarige Gallierinnen diskutierten erregt über den Preis des Geschirrs. Römische und gallische Händler schrien ihre Angebote heraus. Kleine Kinder hingen greinend an den Rockzipfeln ihrer Mütter. Lucius lauschte lächelnd diesem Durcheinander. Das Blöken von Schafen, das Schnattern der Gänse, die Schreie der Händler woben einen ganz besonderen Klangteppich, den er lange vermisst hatte. Dazu die unterschiedlichsten Düfte. Er sog die kalte Luft tief ein. Der Geruch von Schweinen war hervorstechend, aber die Garstände, die sich am Rande des Forums und in den Seitenstraßen drängten, rochen verführerisch.

Er bummelte zwischen den Ständen herum und besah sich die Waren. Immer wieder versuchten Händler und Bauersfrauen, ihm ihre Waren anzudrehen. Er wehrte stets lächelnd ab. Er wollte gar nichts kaufen, er wollte einfach einmal wieder das Gefühl genießen, Herr seiner Zeit zu sein. An einem Buchstand geriet er dann allerdings doch in Versuchung. Er durchstöberte die Buchrollen, während der Inhaber des Standes ihn mit Missbilligung musterte. Was starrte er ihn so an? Ich werde doch nicht sein erster Kunde sein? Lucius wurde wütend, je länger der Händler ihn anstarrte. Er beugte sich vor, um sich einen Band mit einer griechischen Tragödie näher anzusehen. Der Militärgürtel klingelte leise und Lucius starrte nach unten. Natürlich. Schmuddelige weiße Tunica und Militärgürtel.

Ich hätte die rote Tunica anziehen sollen, die mich als Centurio ausweist! Er hält mich für einen Legionär und welcher Legionär kauft schon Bücher. Die Freude war ihm vergangen und am liebsten hätte er die Rolle auf den Tisch geschmettert. Aber damit hätte er das Vorurteil des Händlers nur bestätigt. Sorgfältig beinahe sanft legte er die Rolle zurück und ging weiter.

Gelächter lockte ihn zum Rand des Forums, wo er aber keinen Grund für die Erheiterung erkennen konnte. Dafür stiegen ihm verführerische Düfte in die Nase. Zeit zu essen! Er kaufte sich Brot, Würstchen, Käse und Oliven. Der Wein, der angeboten wurde, war ein drittklassiger Wein aus Narbonensis, aber damit war er im Moment auch zufrieden. Unschlüssig sah er sich um. Wo sollte er sich zum Essen niederlassen? Wieder brandete Gelächter auf und das kam aus der Gasse zur Rechten.

Eine Ansammlung Männer und Frauen hatte sich um eine Bühne versammelt und schaute den Pantomimen zu. Theater! Komödien! Wie lange habe ich das nicht mehr gesehen?

Er ging zur nächsten Bank, auf der noch ein wenig Platz war, und ohne Umstände zu machen, drängte er sich auf die Bank. Er erntete einen wütenden Blick von seinem Nachbarn, dem er den Ellbogen in die Rippen gestoßen hatte, aber es lag etwas in Lucius' Blick, das den Anderen veranlasste, zur Seite zu rücken und Platz zu machen. Für einen Moment herrschte Unruhe, als sich die Banknachbarn enger zusammendrängten, aber dann wandte sich die volle Aufmerksamkeit wieder der Bühne zu. Dort lag ein fetter Senator auf seiner Liege, während seine Frau vor ihrem Spiegel saß und Kleider und Schmuck anprobierte. Plötzlich polterte ein Magistrat auf die Bühne. Er kramte umständlich eine Gesetzestafel hervor auf der groß die Aufschrift Lex Julia prangte. Die Zuschauer quietschten vor Vergnügen, ob der Anspielung auf die augusteischen Ehegesetzte. Der Magistrat hielt dem Senator die Lex Julia unter die Nase und deutete auf die Frau und bewegte unmissverständlich das Becken. Jetzt schrie die Menge vor Lachen als der Senator bei der Vorstellung, mit seiner Frau schlafen zu müssen, entsetzt zurückfuhr. Dreimal befahl der Magistrat dem Senator den Beischlaf, dreimal schüttelte der Senator den Kopf und bot Bestechungsgelder. Schließlich rief der Magistrat einen Prätorianer herbei, der erst die Frau ins Bett zwang. Die Männer pfiffen anzüglich, als er danach den Ehemann mit vorgehaltenem Schwert ebenfalls ins Bett zwingen wollte. Das Paar flehte und bettelte, aber der Magistrat deutete immer wieder auf die Gesetzestafel. Wieder hielt der Prätorianer dem Senator das Schwert vor den Bauch, aber anstatt zu seiner Frau ins Bett zu gehen, griff der Senator nach dem Arm des Prätorianers und stürzte sich in das Schwert. Die Zuschauer johlten und pfiffen vor Begeisterung. Auch Lucius pfiff und applaudierte, so gut es ging. Schnell würgte er noch die letzten Bissen herunter und wischte sich die Finger an der Tunica ab. Die musste sowieso gewaschen werden. Schnell kramte er ein paar Münzen heraus und warf sie in die Sammelschale. Ein Pfiff hinter ihm zeigte den Beginn der nächsten Vorstellung an.

„Dominus? Dominus, wo bist du?"

Wessen idiotischer Sklave war das denn? Lucius schüttelte innerlich den Kopf. Das halbe Forum blieb stehen und drehte sich nach dem Schreier um, weil es sich angesprochen fühlte. Lucius' Magen zog sich zusammen, als er Faustus erkannte. Hastig drängte er sich von hinten an ihn heran, packte ihn am Nacken und schüttelte ihn durch. „Hör auf, hier rumzublöken, du Idiot!"

Faustus starrte ihn erschrocken an. Dann senkte er verlegen den Kopf und flüsterte kaum hörbar: „Verzeih. Ich sollte dir ausrichten, dass dein Bruder angekommen ist. Er ist hier auf dem Forum und erwartet dich vor der Basilika Julia."

Lucius' Ärger verflog sofort. Eilig machte er sich auf den Weg zu der Basilika.

Nach einer überschwänglichen Begrüßung musterten sich die Brüder eingehend.

„Du bist dünn geworden!" „Du hast zugelegt!" Beide lachten über die gleichzeitige Feststellung.

„Ja, leider!" Gaius klopfte auf den rundlichen Bauch.

„Onkel hat mir von deinem Prozess erzählt. Warum hast den Fall übernommen?" Lucius platzte fast vor Neugier. Ein verlorener Prozess war nicht karrierefördernd und einen Einbrecher zu verteidigen, auch nicht. Es war klar, dass Gaius' Mandant kaum Aussichten auf Erfolg hatte. Wenn man ihn für unschuldig hielt, konnte man genauso gut behaupten, dass Sextus Tarquinius der Lucretia nur einen Anstandsbesuch gemacht hatte. Was also mochte Gaius dazu bewogen haben? Gaius' Grund überraschte ihn dann. „Septimus' Mutter hatte mich unter Tränen angefleht, die Verteidigung ihres Sohnes zu übernehmen. ‚Septimus ist mein Ältester', hat sie gesagt. ‚Seit sein Vater krank ist, versucht er, mir zu helfen, um seine drei kleinen Geschwister durchzubringen', klagte sie. ‚Er ist doch nicht älter als dein Bruder Lucius und hat noch nicht einmal die Toga der Männer angelegt. Mein Mann war mit deinem Vater bei den Adlern. Geh zu Marcellus, hat sein Vater gesagt, mein alter Centurio kann helfen!'" Gaius machte eine Pause. „Ich habe versprochen, alles zu tun."

Gerichtstag. Lucius stand mit Quintus Sicculus vorne an den Stufen der Basilika und beobachtete die entspannten Gesichtszüge seines Bruders und fragte sich zum hundertsten Mal, was dieses Alles sein mochte. Der Bengel war bei einem Einbruch ertappt worden! Bei einem Einbruch! Septimus war über das Dach eingestiegen und hatte aus dem Schreibgemach eine größere Geldsumme gestohlen. Obwohl der Hausherr im Nebenzimmer schlief, hatte niemand etwas gehört und erst auf dem Rückweg war er aufgefallen. Zu seinem Glück. So hatte er einen guten Vorsprung vor seinen Verfolgern gehabt und sich in einen Tempel retten können. Trotz aller Wut, hatten die Anwohner das Tempelasyl respektiert und ihn nicht in Stücke gerissen. Die Ausführungen des Anklägers waren langatmig, langweilig und präzise. Kein Wunder, dass Lucius' Gedanken abschweiften. Wie die Männer auf dem Podium die Worte wohl aufnahmen? Sein Blick glitt suchend über das Podium. Dort saßen Drusus in seinem curulischen Stuhl, vor ihm der Richter, der diesen Fall verhandelte und dort die vierzig Männer mussten die Geschworenen sein. Drusus wirkte konzentriert, viele der Geschworenen gelangweilt. Ihnen gegenüber saß Gaius entspannt, beinahe heiter, auf seinem Stuhl. Septimus, der Angeklagte, wirkte allerdings wie ein Häuflein Elend. Die Uhr für das Plädoyer des Anklägers war fast abgelaufen. Lucius wandte daher seine Aufmerksamkeit dem Ankläger zu. Der war bei seinem Schlusswort und fasste die Lage noch einmal für die Geschworenen zusammen. Der Ankläger wies auf die Heimtücke und Niedertracht des Einbruchs hin, die Gefahr für das Allgemeinwohl und malte den Charakter des Täters in den dunkelsten Farben. Heimlich habe er sich nachts in das Haus eines unbescholtenen Bürgers geschlichen, heimtückisch und den Göttern sei Dank, dass nichts Schlimmeres passiert sei. Was alles hätte noch geschehen können? Die Eltern ermordet, die Tochter geschändet, das Haus geplündert und angezündet. Brandstiftung. Der Ankläger hatte mit einem Verweis auf ein Kapitalverbrechen wieder die allgemeine Aufmerksamkeit geweckt. Ein Raunen ging durch die Menge, sie sahen den Dieb mit Abscheu an. Die Geschworenen blickten den Angeklagten an, wie Wölfe, die ihre Beute witterten. Die neuen Provinzstädte und Kolonien waren nicht solche Feuerfallen wie Rom selbst, wo ein kleines Feuer sich in Windeseile zu einer Feuersbrunst ausbreiten konnte. Aber auch hier war viel aus Holz gebaut und ein Brandstifter konnte von Glück sagen, wenn er nur gekreuzigt wurde. „Sprecht ihn schuldig und verurteilt ihn zur Arbeit in den Bergwerken", forderte er. An der Schuld bestünde kein Zweifel und damit die Diebe und Einbrecher keine Gefahr für das Allgemeinwohl mehr darstellten, sei eine harte abschreckende Strafe das einzig Richtige. Der Beifall der Menge bewies, dass die Mehrheit der Zuschauer das auch so sah. Der Ankläger verbeugte sich formvollendet vor Drusus und dem Richter. Verneigte sich auch vor den Geschworenen und den Zuschauern und nahm Platz.

Gaius stand auf und richtete schweigend seine Toga. Lucius sah die feindseligen Blicke aus der Menge, die auf seinem Bruder ruhten. Zisch- und Pfeiflaute sowie andere Missfallensbekundungen kamen aus den Reihen der Zuschauer, aber Gaius blieb äußerlich unberührt. Er zupfte so lange an seiner Toga herum, bis die Menge sich beruhigt hatte und ihm gespannt lauschte.

Gaius ließ seine Blicke über den Richter, die Geschworenen und die Zuschauer schweifen.

„Mein Kollege hat sehr lange und ausführlich geredet. Ich verspreche, ich fasse mich kurz." Spontaner Beifall begrüßte diese Ankündigung. „Und das ist kein Anwaltsversprechen, sondern meine volle Absicht!" Gaius wartete, bis das Gelächter abgeklungen war, und kam dann nach weiteren einleitenden Bemerkungen zur Sache. „Mein verehrter Kollege bezeichnet den Angeklagten als ein verabscheuungswürdiges Subjekt. In der Tat neben dem Diebstahl, HÄTTE er noch den Mord an den Eltern begehen können, er HÄTTE die Tochter schänden und er HÄTTE das Haus niederbrennen können. Außerdem HÄTTE er noch alle vestalischen Jungfrauen schänden, an der Verschwörung des Murena teilnehmen, die Curia niederbrennen, den göttlichen Julius erstechen und den Aufstand des Spartacus auslösen können. Das HÄTTE er alles tun können, hat er aber nicht und deshalb ist das alles ohne Belang." Durch die Menge ging ein Raunen. Gaius fuhr fort:

„Darüber hinaus bezeichnet es der Ankläger als eine besondere Heimtücke, dass Septimus heimlich des Nachts eingebrochen sei, als alle geschlafen hatten. Wenn Septimus am hellen Tage eingebrochen wäre, hätte es der Ankläger eine beispiellose Frechheit genannt. Wann hätte also Septimus einbrechen sollen?" Er sah zu seinem Konkurrenten hinüber, der gleichmütig dreinblickte.

Der Bestohlene lief dagegen krebsrot an und starrte Gaius an, als wollte er ihm hier vor Gericht an die Gurgel gehen. Aus den Reihen der Geschworenen war manches Hüsteln zu vernehmen, was auf unterdrücktes Gelächter hindeutete. Auch der Richter hatte Schwierigkeiten, seine Gesichtszüge zu kontrollieren. Bei den Zuschauern dagegen wurde offen gelacht und die Stimmung lockerte sich.

Die Zuschauer lauschten jetzt entspannter Gaius' Plädoyer, der beredt ausführte, dass Septimus ja nur auf Geld aus war, um seine notleidende Familie zu unterstützen. Einbruch war mit Sicherheit der falsche Weg, Rom ist ein Rechtsstaat und es gab die Getreideversorgung, aber niemand konnte ihn, der nur seiner Familie helfen wollte, einen notorischen Schwerverbrecher nennen. Septimus' Vater, ein Kriegsheld und ein Krüppel. Septimus' Mutter, eine ehrbare aber kranke Frau. Drei jüngere Geschwister, für die gesorgt werden musste. Wäre es dem Kläger lieber gewesen, Septimus hätte ein Stelldichein mit seiner Frau gehabt? Natürlich ist diese, wie Cäsars Frau, über jeden Verdacht erhaben, aber dann könnte von Einbruch nicht mehr die Rede sein, sondern nur von Ehebruch und dann müsste die Frau bestraft werden und nicht Septimus. Das Gelächter aus der Menge wurde so laut, dass der Richter um Ruhe bitten musste. Lucius warf einen besorgten Blick auf Drusus. Wie mochte der auf diese Seitenhiebe auf Caesar reagieren, der immerhin sein angeheirateter Großvater war. Aber seine Sorge erwies sich als unbegründet. Drusus schien sich prächtig zu amüsieren.

Gaius kam zum Abschluss. Es lag kein schweres Verbrechen vor, außer dem Geld waren weder das sonstige Eigentum, noch seine Frau angetastet worden. Gaius wurde von Heiterkeitsbekundungen der Zuschauer unterbrochen. Er wartete, bis das Gelächter abgeklungen war, und fuhr dann fort. „Nur sein Stolz ist ein wenig angekratzt worden." Wieder lachten die Zuschauer. „Vielleicht weil niemand etwas von seiner Frau wollte?"

Gaius wartete, bis Ruhe eingekehrt war. „Mein Mandant hat die Ruhe und die Ordnung gestört. Er hat ehrbare Bürger belästigt und um ihre Nachtruhe gebracht. Aber er ist der Sohn eines Legionärs, der Sohn eines Helden in den Legionen des Augustus und aus falsch verstandener Pietas, aus falsch verstandener Sohnesliebe hatte er so gehandelt. Aber..." Er machte eine Pause. „Civis Romanum est. Er ist ein Bürger Roms. So wie ich, so wie ihr und den sollte man nicht zum schleichenden Tod in die Minen schicken. Civis Romanum sum, dieser Grundsatz schützt uns alle vor Peitsche und Kreuz. Lasst ihn für die Gemeinde arbeiten, aber lasst ihn am Leben, damit er für seine Eltern und seine Brüder sorgen kann." An der Stelle kam ein lautes Aufschluchzen von Septimus' Mutter, die sich weinend in die Arme ihres Sohnes warf. Jubel und Beifall brandeten auf, während Gaius sich nach einigen Verbeugungen setzte. Der Richter forderte die Geschworenen auf, ihre Pflicht zu tun, und diese begannen den Buchstaben für schuldig oder unschuldig in ihre Täfelchen zu ritzen. Diese wurden dann eingesammelt und ausgezählt. Die Zuschauer tauschten Meinungen und Mutmaßungen aus und verstummten erst als ein Mann nach vorne trat, um das Urteil zu verkünden. Septimus war mit 25 zu 15 Stimmen schuldig gesprochen worden. Ein Zuschauer pfiff durch die Zähne. „15 Stimmen. Das ist bei der Beweislage so gut wie ein Freispruch!" Nun warteten alle gespannt auf das Strafmaß des Richters. Er belegte Septimus mit der Zahlung einer Geldbuße, wegen Störung der öffentlichen Ordnung. Sollte er kein Geld haben, so musste er für die Stadt arbeiten, bis die Schulden getilgt waren.

Nachdem das Urteil verkündet war, stieg der Geräuschpegel an. Die Zuschauer redeten vergnügt durcheinander, während der Richter sich mit seinem Stab beriet und der nächste Fall aufgerufen wurde.

* * *

HAUS • DES • AUGUSTUS

„Und hier ist die Ernennung des Praefectus Fabrum, des Präfekten für die Handwerker in Belgica!" Augustus zog eine dünne Schriftrolle aus seiner Toga. Drusus nahm sie in Empfang, besah sie kurz und fragte: „Wer ist es?" Augustus setzte sich bequem zurecht. „Wie du weißt, müssen die Drei Gallien noch versorgungstechnisch erschlossen werden. Für den Nordosten bietet sich der Rhenus als Versorgungsweg an." Wie gut, dass Tiberius weit weg in Rom war. Er hasste es, wenn Augustus diesen belehrenden Tonfall anschlug und sie behandelte, als ob sie grüne Jungen seien. Drusus seufzte nur innerlich ergeben und lauschte kopfnickend den altbekannten Tatsachen, die der Princeps vor ihm ausbreitete. Irgendwann, wenn er Pech hatte, am Ende des Monologs, würde Augustus auch seine Frage beantworten. „Wenn der Rhenus als Versorgungsweg und das Castrum Ubiorum als Basis im Nordosten dienen sollen, müssen wir dort neben Straßen, auch dauerhaft Werkstätten und Brücken errichten." Augustus hatte die Fingerkuppen aneinandergelegt und fuhr in seinem Vortrag fort. Drusus überlegte einen Moment, ob er dem alten Herren sagen sollte, dass er dieses alles bereits wusste, entschied sich dann aber dagegen. Augustus würde sich sowieso nicht bremsen lassen.

„Um Straßen, Werkstätten und Brücken dauerhaft zu errichten, brauchen wir dort oben einen fähigen Mann! Einen bewährten Mann!" Tiberius hätte schon längst die Beherrschung verloren. Kein Wunder, dass die beiden nicht miteinander auskamen. Drusus beschäftigte sich lieber mit dem Naheliegenden.

„Wer ist es? Kenne ich ihn?", wiederholte er seine Frage. Augustus lächelte und zeigte seine schlechten Zähne. „Marcus Vitruvius."

„Marcus Vitruvius?", fragte Drusus ungläubig. „Bei Vulcanus. Glaubst du, dass er wirklich geeignet ist?"

„Marcus Virtuvius hat die Befestigungsanlagen vor Alesia errichtet!", erklärte Augustus mit Nachdruck. „Er hat bereits für meinen Vater Kriegsmaschinen gebaut und da er auch für mich gearbeitet hat, kann ich mit Fug und Recht behaupten: Ja, er ist dafür geeignet. Auch wenn er die letzten Jahre nur Bücher geschrieben hat!"

Drusus sah seinen Stiefvater zweifelnd an: „Das meine ich ja. Wenn er schon für Caesar gearbeitet hat, muss er ja uralt sein und nicht mehr zu gebrauchen."

Augustus sah ihn beleidigt an: „Er ist nicht viel älter als ich, bin ich in deinen Augen auch nicht mehr zu gebrauchen?"

Drusus schluckte. „So war das nicht gemeint. Du baust aber keine Straßen und Festungen!"

„Ach, und du meinst, es sei leichter, das Imperium Romanum zu verwalten, als eine Straße zu bauen?" Drusus resignierte, es war sowieso zu spät: Alles, was er jetzt sagen würde, verschlimmerte es sowieso nur. Augustus war heute definitiv in schlechter Stimmung. Er suchte nach einer Ausrede.

„Ich meine, er muss ja nicht mehr die Arbeit machen. Was bringt dich auf die Idee, dass er es trotzdem tun wird?" Augustus war immer noch verstimmt, er stand mit einem Ruck auf und bedeutete Drusus, dass die Zusammenkunft beendet war. „Er bekommt eine regelmäßige Zuwendung von mir, da wird er das tun, was ich ihm sage. Jetzt geh zu deiner Mutter, sie will dich sehen oder zu deiner schwangeren Frau, aber störe mich nicht weiter. Ich hab noch genug zu tun, bevor wir nach Rom zurückkehren!" Drusus zuckte gleichmütig mit den Schultern und verabschiedete sich. Draußen überlegte er unschlüssig, ob er sofort zu seiner Mutter gehen sollte. Sie wollte beim Klientenempfang nicht gestört werden. Wenn er Pech hatte, musste er bis zum Ende des Empfangs warten.

Schwungvoll betrat er das überfüllte Atrium. Er drängte sich durch die Menschen, die darauf warteten, bei seiner Mutter vorgelassen zu werden. Zuerst erntete er einige böse Blicke, wenn er jemanden beiseite drängte, aber dann erkannte man ihn. Die Gespräche verstummten und die Klienten wichen zurück und machten ihm respektvoll Platz. Er ging lächelnd durch die Reihen und sah viele bekannte Gesichter. Mal mit dem Einen, mal mit dem Anderen plaudernd ging er durch das Atrium.

„Salve Titus, dein Tipp im dritten Rennen war Gold wert!" „Ach Marcus, hast du etwa wieder auf die Weißen gesetzt?"

„Albinus, war der Thraker letzte Woche nicht eine Schande? So eine schlechte Vorstellung verdirbt einem die ganzen Spiele!" „Hat deine Tochter schon ihren ersten Zahn, Quintus? Nein? Warte ab, die Nächte werden kurz werden." Die Angesprochenen strahlten um die Wette, während die Anderen neidisch und enttäuscht herübersahen. Er bemühte sich aber nach Kräften, keinem das Gefühl zu geben, dass er ihm die kalte Schulter zeigte und so dauerte es eine Weile, bis er sich in den hinteren Teil des Atriums vorgearbeitet hatte. Dort bewachte der Verwalter die Tür zu den Räumen seiner Mutter.

„Dominus!", der Verwalter deutete eine Verbeugung an. „Deine Mutter ist bei ihrem Webstuhl! Chrysogonos ist bei ihr, aber du kannst sie natürlich begrüßen!"

Drusus schmunzelte über diese Aussage und betrat den Raum. Der Raum war schlicht gehalten. Es gab keine kostbaren Mosaike oder pompösen Wandmalereien. Die Wand war in schlichtem Terrakotta gehalten. Ein Schreibtisch, ein Bücherregal, ein Tisch mit Erfrischungen für die Klienten, ein paar Stühle und der Webstuhl waren die wenigen Möbel. Nichts deutete darauf hin, dass hier über geschäftliche Angelegenheiten entschieden wurde.

In den unscheinbaren Bücherregalen lagerten mehr Geschäftspapiere als bei einem Publicanus. Korrespondenz mit Verwaltern ihrer Insula, Abrechnungen von Latifundien und Bergwerken und Vorschläge für neue Beteiligungen. Der legendäre Crassus wäre vor Neid erblasst und den sittenstrengen Cato hätte der Schlag getroffen. Livia Drusilla, Frau des Augustus, Mutter von Tiberius und Drusus Nero, die mächtigste Frau des Imperiums, saß in ihrem Sessel und hatte die Hände züchtig in ihren Schoß gelegt. Wer sie hier so sah, konnte sich kaum vorstellen, dass sie Macht über Krieg und Frieden und Leben und Tod hatte. Drusus dachte auch an den Ausspruch von Agrippa, dass ohne sie Augustus nie die Alleinherrschaft errungen hätte. Natürlich hatte Drusus nachgebohrt, aber der alte Soldat hatte sich in Schweigen gehüllt. Und dann gab es noch das Gerücht, dass Livia gemeinsam mit Agrippa Augustus' Neffen Claudius Marcellus ausgebootet und den mächtigen Ratgeber Maecenas kaltgestellt hatte. Kein Wunder, dass Chrysogonos, ihrem Verwalter in Gallien, der Angstschweiß auf der Stirn stand. Sie hielt ihm eine Schriftrolle hin. „Und das nächste Mal gebrauchst du deinen Verstand!", wies sie ihn zurecht. „Oder deine Handlung wird Folgen haben."

Zu keiner Zeit hatte sie ihre Stimme erhoben, aber ihr Tonfall ließ Chrysogonos schaudern. Drusus schwang sich auf den Tisch, auf dem ein Imbiss für die Klienten bereitstand. Wenn Mutter in Fahrt ist, kann das hier noch etwas dauern, dachte er sich.

„Die Zahlen sprechen doch für sich, oder nicht?" „Doch, Domina!", sagte Chrysogonos kleinlaut. „Vielleicht kann ich Publius nicht ans Kreuz schlagen lassen, aber dich allemal", setzte Livia hinzu. Der Mann zuckte und Schweißflecken zeichneten sich auf seiner Tunica ab. „Sieh zu, dass die Verwaltung des Bergwerks in vernünftige Hände kommt!"

Chrysogonos versuchte, unter Verbeugungen die Tür zu gewinnen. Er nickte Drusus kurz zu und war froh, die Tür hinter sich schließen zu können.

Livia erhob sich aus ihrem Sessel und kam auf Drusus zu. Sie neigte ihm leicht den Kopf zu, sodass er sie auf die Wange küssen konnte. Danach nahm sie sich ein Stück Obst.

„Aus dem Alter, um auf dem Tisch zu sitzen, solltest du heraus sein!", sagte sie mit leichter Missbilligung in der Stimme. „Ich liebe es, auf dem Tisch zu sitzen", entgegnete Drusus ungerührt. „Ich habe Augustus gesprochen, er ist wegen irgendetwas verstimmt."

„Männer und ihr verletzter Stolz!" Livia verdrehte die Augen. „Seit ich ihm von den Unterschlagungen erzählt habe, führt er sich auf wie ein verwundeter Stier. Dabei ist es mein Geld!" Drusus zuckte mit den Schultern. „Du kannst es ihm nicht verdenken. Er verliert sein Gesicht, wenn es in deinem Kupferbergwerk zu Unterschlagungen kommt! Er möchte einen der Lentuli oder Pisones als Ankläger!" Livia stellte den Teller mit einem Knall auf den Tisch zurück. „Geht es nicht noch auffälliger?" Ihre Stimme troff vor Sarkasmus. „Warum übergibt er den Fall nicht im Januar an Tiberius? Ein Konsul als Ankläger sorgt mit Sicherheit für Aufsehen!" Drusus nahm sich einige Trauben und warf sie in den Mund. „Wen hast du vorgesehen?" Drusus kannte seine Mutter nur zu gut, als dass ihm nicht längst klar war, dass sie bereits einen Ankläger im Auge hatte.

„Ich?" Livia sah so unschuldig wie eine Vestalin aus. „Ich bin doch nur eine Frau und verstehe nichts von solchen Dingen. Dafür habe ich meine Söhne!"

„Natürlich!" Drusus neigte seinen Kopf. „Verzeih meine Gedankenlosigkeit. Wen also habe ich vorgesehen?" Einen Augenblick sahen sie sich schweigend an, dann bröckelte seine Selbstbeherrschung und er lachte los. Auch seine Mutter lachte laut, beherrschte sich aber direkt wieder und sagte würdevoll „Nun, wenn ich einen Vorschlag machen dürfte!" Drusus breitete die Arme aus. „Mater, dein Rat wäre wie immer willkommen!" Sofort prusteten sie wieder los.

„Nein, im Ernst!" Livia schüttelte den Kopf und sprach jetzt geschäftsmäßig.

„Schau dich hier in der Provinz um. Du hast doch dieses Jahr genug Anwälte kennengelernt."

Drusus zupfte an seiner Nase. „Wie wäre es mit einem jungen, geistreichen Anwalt?"

Er dachte an den jungen Anwalt aus dem Einbruchsprozess, der ein paar Tage Stadtgespräch gewesen war. „Wenn du meinst, dass er der Aufgabe gewachsen ist. Ein junger Anwalt ist mir sowieso lieber. Bei einem jungen Anwalt vermuten die Leute Ehrgeiz, bei einem alten Anwalt vermuten sie ein politisches Motiv!" „Ich werde mich darum kümmern." Er sprang vom Tisch und ging zur Tür.

„Noch etwas!“ Livia legte einige Rollen ins Bücherregal zurück. „Ich weiß, dass du alle Korruptionsprozesse selber führen wolltest, aber in dem Fall möchte ich, dass du als Statthalter dem Prozess gegen meinen Verwalter nicht persönlich vorsitzt, sondern ihn an einen deiner Richter abgibst!“ „Mutter!“, begehrte Drusus auf. „Dieser Scheißkerl hat dich betrogen und sich auf deine Kosten bereichert. Ich werde ihm das Bürgerrecht entziehen und ihn, wenn es sein muss, ans Kreuz schlagen lassen!“ „Das wirst du bleiben lassen!“, versetzte Livia knapp. „Rom ist ein Rechtsstaat und auch für die Familie des Princeps gelten die Gesetze. Jemand wird ihn anklagen und einer deiner Richter wird das Urteil sprechen. Wenn das den Verlust des Bürgerrechts und Verbannung bedeutet: gut, aber mehr auch nicht! Mehr Aufmerksamkeit brauchen wir nicht! Wie der Mos Maiorum es vorsieht.“ „Ach, und was ist mit Gaius und Lucius?“ Drusus forderte seine Mutter heraus. „Gilt der Mos Maiorum nicht auch für sie? Wie die Senatoren und Ritter sich überschlagen und um Agrippas Söhne herumscharwenzeln. Das ist so unwürdig.“ Livia baute sich vor ihm auf. „Sie sind von Augustus adoptiert und damit seine Söhne und seine Erben!“ „Sie sind drei und sechs!“, rief Drusus empört. „Und trotzdem die Zukunft des Reiches!“, setzte Livia hinzu. „Was ist mit Tiberius und mir?“, fragte Drusus spitz. „Wir sind schließlich viel älter und erfahrener. Tiberius ist designierter Konsul. Wir entstammen der Familie der Claudier und Livier!“ Er hätte sich am liebsten auf die Zunge gebissen. Er hatte sich schon oft insgeheim diese Frage gestellt, aber war klug genug gewesen, sie für sich zu behalten. Aber die Müdigkeit und Anstrengungen der letzten Tage hatten ihn unvorsichtig werden lassen. Livia sah ihn mit einem Blick an, der Drusus das Blut in den Adern gefrieren ließ. „Spitz die Ohren und höre zu!“, sagte sie scharf. „Ich werde dir das jetzt nur ein einziges Mal sagen und danach will ich so einen Unsinn nicht mehr von dir hören, ist das klar?“ Drusus nickte beklommen. „Augustus ist schon immer krank gewesen, dass er die fünfzig erreicht hat, grenzt an ein Wunder. Wenn er stirbt, werden Gaius und Lucius seine Erben sein. Bis sie alt genug sind, wird ihr leiblicher Vater Agrippa über sie wachen. Niemand wird es wagen, sich gegen sie zu stellen. Wenn Agrippa stirbt, bevor sie alt genug sind, ist Tiberius da. Er ist immerhin ihr Schwager und wird mit dir zusammen dafür sorgen, dass es zu keiner Neuauflage des Bürgerkriegs kommt. Es wird niemanden im Reich geben, der sich gegen diese julisch-claudische Fraktion stellen kann."

Drusus zuckte ein Gedanke durch den Kopf, aber ehe er seine provokante Frage stellen konnte, winkte seine Mutter bereits ab. „Auch ihr nicht. Tiberius hat die Schrecken des Bürgerkrieges nicht vergessen. Er hat heute noch manchmal Alpträume von unserer Flucht durch den Osten und du kannst dich noch zu genau an diverse Unruhen erinnern, um neue heraufzubeschwören!" Drusus schwieg und dachte an die verschiedenen Situationen, in denen es so aussah, als ob eine Neuauflage der schrecklichen Bürgerkriege drohte. „Musste Marcus Claudius deshalb sterben?", fragte er leichthin. „Auch du, mein Sohn Drusus?", fragte sie und zitierte mit erhobenen Händen, die angeblich letzten Worte des göttlichen Julius. Als ob jemand, der von 23 Dolchen durchbohrt wurde, noch große Reden halten konnte. „Meinst du, ich kenne den Klatsch nicht, dass ich oder Agrippa bei seinem Tod die Hände im Spiel gehabt hätten?" Livia zeigte auf ihn. „In ein paar Jahren, wenn Agrippa und ich nicht mehr leben, wird es heißen, Tiberius und du hätten den Jungen aus dem Weg geräumt, um Julia zu heiraten!" Drusus lachte ungläubig auf. Er sinnierte über die Vergangenheit. „Hat Maecenas wirklich damals zu Augustus gesagt, entweder du bringst ihn um oder machst ihn zu deinem Schwiegersohn?", fragte er neugierig. „Nein, er hat gesagt, wenn Agrippa nicht dein Schwiegersohn wird, wird Julias nächster Mann nicht lange leben. Die Situation war ja schon zugunsten Agrippas geklärt. Wir hatten während der großen Krise dafür gesorgt, dass Agrippa das Imperium Maius und die Tribunicia Potestas bekommen hatte. Damit war klar, wer nach Augustus' Tod das Sagen haben würde. Und welche Rolle wäre Julias neuer Mann in der Situation geblieben, als das Sammelbecken von Neidern und Unzufriedenen darzustellen. Also hat Agrippa sie auf Augustus' ausdrücklichen Wunsch hin geheiratet und damit war von der Seite das Thema erledigt. Maecenas' angeblicher Ausspruch fasst allerdings gut die Ereignisse dieser Jahre zusammen!" Drusus hob abwehrend die Hände. „Wer bin ich, dass ich dir widerspreche!" Er klatschte in die Hände. „Ich habe aber noch eine Bitte an dich! Du müsstest einen Brief schreiben!"

„Einen Brief? An wen?" Livia sah ihn mit hochgezogenen Augenbrauen an.

„An Gaius Furnius. Derzeitiger Aufenthaltsort Augusta Treverorum“, begann Drusus zu erklären. „Er ist...“

„Der Legat der XVIII Gallica! Und was soll ich diesem Furnius schreiben?“

„Er ist seit Wochen und Monaten krank!“

„Oh, der Arme!“ Livias Stimme war flach und ohne Mitgefühl. „Lass mich eine Vermutung wagen: Er ist krank, seit er Legat der Gallica ist! Die Furnier haben eine übertriebene Vorstellung von ihrer Bedeutung!“ Drusus nickte. „Und jetzt soll ich ihm schreiben und mich sorgenvoll nach seiner Gesundheit erkundigen?“ Wieder nickte Drusus. Er wusste, dass er seiner Mutter mehr nicht zu sagen brauchte. „Gut, ich werde ihm sofort schreiben und mich nach seiner Gesundheit erkundigen!“

„Danke, Mater!“ Er küsste seine Mutter zum Abschied und ging zur Tür. Livia setzte sich neben den Webstuhl, ganz römische Matrone, die das Haus hütet, Kinder großzieht und sich um ihre Webarbeiten kümmert. Nichts deutete darauf hin, dass hier über Geschäfte und Politik gesprochen wurde. Drusus öffnete die Tür und ließ den nächsten Klienten eintreten.

„Quintus, wie schön, dass du mich besuchst.“ Livia lächelte freundlich den nächsten Besucher an.

* * *

ARAUSIO

Lucius lag dösend auf seinem Bett. Von Zeit zu Zeit spähte er aus halbgeschlossenen Augen ins Zimmer. Mit zunehmender Morgendämmerung schälten sich die Konturen der Einrichtung aus dem Dunkel heraus. Er zog die Decke enger an sich und freute sich einfach nur, so dazuliegen. Im Castrum wäre er jetzt schon mindestens eine Stunde auf den Beinen und schon mitten in der Tagesplanung. Er würde die zu erledigenden Aufgaben durchgehen und sich neue Maßnahmen überlegen, um die Legionäre anzutreiben. Aber nicht heute. Er genoss die Wärme der Decke und schauderte bei dem Gedanken, aufzustehen und der kalten Morgenluft ausgesetzt zu sein. Wann hatte er das letzte

Mal so entspannt dösen können? Lange war es her. Lucius war flau im Magen geworden und es hatte gekribbelt, als er die vertrauten Umrisse des Tempels sah, der auf dem capitolischen Hügel über Arausio thronte und die Stadt bewachte. Die Straßen und Häuser von Arausio waren ihm seltsam vertraut und fremd zugleich vorgekommen. Hier hatte er gespielt, gelacht, das erste Mädchen gehabt, von hier war er als grüner Junge aufgebrochen und jetzt kam er als Mann zurück. In der Rückschau waren die letzten drei Jahre wie ein Wimpernschlag vergangen und kamen ihm doch wie eine Ewigkeit vor. Seine Jugendzeit in Arausio? Eine ferne Erinnerung. Seine Ausbildung in Lugdunum? Weit, weit weg. Es schien ihm selbst wie ein Traum zu sein, dass er erst wenige Wochen am Rhenus stationiert war. War es wirklich diesen Sommer gewesen, dass er noch im Land der Räter und Vindeliker war? Und jetzt war das Jahr fast rum, Bona Dea und Saturnalien standen vor der Tür und er war wieder in Arausio. In den letzten zwei Tagen hatte er mit Gaius Begrüßungsrunden über das Forum gedreht, damit auch jeder wusste, dass die Familie Justinius Marcellus wieder in der Stadt war. Schneeregen machte die Runden zu einer unangenehmen Angelegenheit, hatte aber auch den Vorteil, dass sich alle kurz fassten. Man versicherte sich gegenseitig, wie sehr man sich freute, den Anderen wiederzusehen, tauschte Absichtserklärungen für Abendessen aus und freute sich auf die Saturnalien. Jeder versprach, in den nächsten Tagen eine Einladung zu schreiben, und Lucius war sich sicher, dass diese Versprechen nach dem Umdrehen schon vergessen waren. Nachdem er schnell festgestellt hatte, dass er die Meisten außer vom Namen her gar nicht mehr kannte, hörte er nur noch mit einem Ohr zu, grinste blöd, wenn sein Name genannt wurde und achtete selber kaum auf die Vorstellung seines Gegenübers.

„Marcus Irgendwas Irgendwer. Meine Frau wird sich geehrt fühlen, dich begrüßen zu dürfen, und unser Hund freut sich über ein Saturnaliengeschenk." Er ertrug es anfangs mit der gleichen stoischen Gelassenheit, die man bei einem Truppenappell des Legaten beweisen musste. Dies erwies sich aber als schwierig, da bei einem Appell nur einmal das Wort an ihn gerichtet wurde. Hier wurde bei jeder Station der Grüß- und Grinsrunde ein Beitrag von ihm erwartet. Bei den Abendessen war es das Gleiche. Einige Einladungen musste er annehmen und dort hatte man ihm zu seiner Überraschung den Ehrenplatz, die Cline zur Rechten des Gastgebers, angeboten, weil er Centurio und ein Kriegsheld war. Aber die meisten Gespräche drehten sich über den bevorstehenden Census in Gallien und die bevorstehenden Ausschreibungen der Pachtverträge. Ansonsten ging es um die Ereignisse in Arausio, von denen er kaum etwas wusste. Wer war mit wem verlobt worden? Wer hatte geheiratet? Wer war schwanger? Lucius glänzte mit seinen Erzählungen von den Kämpfen gegen die Helveter und Germanen. Seine Gastgeber hörten mit wohligem Schaudern zu und die Veteranen unter ihnen erzählten von ihren Erlebnissen. Nach dem vierten oder fünften Essen hatten die Geschichten aber ihren Reiz verloren und er war es leid, immer das Gleiche zu erzählen.

Er verspürte eine gewisse Langeweile. Seine Freunde waren tagsüber zu beschäftigt. Er hatte mit seiner Nichte, der kleinen Justinia, gespielt, aber die musste jetzt schlafen. Was kann ich tun?, dachte er erstaunt über so viel freie Zeit. Ich werde Vater aufsuchen, dachte er, um ihm ein wenig von der Gallica zu erzählen.

Mit Geschichten vom Krieg würde er seinen Vater nicht beeindrucken können, aber die Zustände, die er vorgefunden hatte, würden ein Gespräch von Mann zu Mann, von Centurio zu Centurio ermöglichen.

Gnaeus Marcellus war im Schreibgemach und sortierte die Schriftstücke, die er nach Arausio zurückgebracht hatte. Lucius erzählte ihm, wie er die Centurie auf Vordermann gebracht hatte. „Aha!“, war alles, was er dafür zur Antwort bekam. Er sah verärgert auf diese *überaus wichtigen* Schriftstücke, die seinen Vater ganz und gar beschäftigen. Es waren aber keine Geschäftsberichte, politische Korrespondenz oder ähnliches, sondern Reiseberichte, Karten und Auszüge aus Geschichtswerken. Was war das denn?

„Ich helfe Gnaeus Pompeius Trogus bei seinem Geschichtswerk“, bemerkte Gnaeus Marcellus leichthin, als er die Verwirrung seines Sohnes bemerkte. „Du hilfst ihm?“ Sein Vater betätigte sich als Schriftsteller? Lucius traute seinen Ohren nicht. Kein Strippenziehen mehr? Kein Absichern der Familienstellung? Kein Ausbau des Familiengeschäfts? „Um das Familiengeschäft kümmern sich Hektor und Gaius ganz gut.“

Lucius entging die Reihenfolge nicht. „Also kann ich meinen Schwager auch an meinem reichhaltigen Erfahrungsschatz teilhaben lassen.“ Lucius warf einen Blick in die Rolle und las: *„Nach der Beschreibung dessen, was beim Marsch zu beachten ist, scheint es sich sachlich anzuschließen, zur Art und Weise des Lagers überzugehen, in dem man bleiben will. Denn in der Kriegszeit trifft man nicht immer auf eine ummauerte Stadt als Standquartier oder längere Bleibe, und es wäre recht unvorsichtig und gefährlich, mit einem Heer ohne jegliche Sicherung an jedem beliebigen Ort zu lagern, da leicht ein heimlicher Überfall daraus folgen kann, wenn Soldaten mit Verpflegungsholen beschäftigt oder zur Erfüllung verschiedener Aufgaben zerstreut sind.“*

Er rollte das Buch wieder zusammen und sah zu seinem Vater hin. Der beachtete ihn nicht weiter, sondern kramte wieder in dem Bücherregal herum. Lucius kam sich überflüssig vor, vielleicht war es doch keine so gute Idee gewesen, ein Gespräch von Centurio zu Centurio zu suchen.

„Wenn man etwas braucht...“, fluchte Gnaeus halblaut, nahm eine Schriftrolle, warf einen Blick hinein und legte sie wieder zurück. Lucius legte das Buch auf den Tisch und räusperte sich.

„Ich geh dann mal, ich wollte noch...“

„Du wartest noch. So wichtig wird das nicht sein, was du vorhast!“, beschied ihm der Vater unwirsch und kramte weiter in dem Regal herum. Schließlich zog er zufrieden eine dünne Rolle hervor und hielt sie ihm mit einer Miene hin, als ob er gerade ein Königreich verschenken würde. „Hier, das Labyrinth!“

Das Labyrinth, was für ein Labyrinth? Das Labyrinth des Minos vielleicht? Verdutzt nahm Lucius das Blatt und warf einen Blick darauf. Er grübelte über das, was er sah, und drehte die Skizze hin und her. Bei Minerva, was war das? Schlangen, die sich paarten? Es dauerte, bis ihm dämmerte, was er da sah. Die Reitwege von zwei Reitern die sich wieder und wieder kreuzten und dann parallel zueinander ritten und dann spiegelverkehrt und dann hielten sie am Ende nebeneinander. Kein Wunder, dass diese Figur Labyrinth genannt wurde.

Halblaut murmelnd las er die ersten Zeilen. Es war eine Abhandlung über die troischen Spiele, die in Rom abgehalten wurden. Verwirrt sah er auf und blickte in das verärgerte Gesicht seines Vaters. Der hatte wohl mit einer anderen Reaktion gerechnet. „Äh, ja, danke", beeilte sich Lucius zu sagen.

„Zu den troischen Spielen gehören auch Reiterspiele!", grollte Vater drohend. „Ja, prima, danke", sagte Lucius schwunglos und wusste immer noch nicht, was er mit der Rolle anfangen sollte.

„Hier sind Übungen für Reiter erläutert, du Idiot!" Ach so, ihm ging ein Licht auf. Sein nochmaliges „danke" klang daher schon überzeugender, wenn er auch nicht glaubte, dafür Verwendung zu haben. Aber man konnte ja nie wissen. Jetzt reichte ihm Vater die nächste Rolle. „Hier etwas aus dem Kantabrerkrieg!" Lucius wog sie kurz mit der Hand. Sie wog nicht viel, es konnte sich also nicht um eine komplette Geschichte des Krieges in Hispania handeln. Er zog sie auseinander und begann zu lesen:

„Ich will die Reiterübungen beschreiben und bin mir dabei wohl bewusst, dass die Erklärung der einzelnen Fachausdrücke schwierig sein wird, weil sie für uns Fremdwörter sind und zum Teil aus dem Iberischen und Keltischen stammen, da diese Übungen und Manöver selbst von den Kelten stammen und wir Römer sie übernehmen sollten. Wir haben schon erfolgreich gewisse Waffentypen von anderen übernommen und diese werden jetzt römisch genannt. Als Platz für die Übungen brauchen wir eine ausreichend große ebene Fläche. Die Reiter sollen an einer Seite des Platzes aufmarschieren. Ist der Aufmarsch beendet, erfolgt die kantabrische Attacke. Sie entwickelt sich folgendermaßen: Am Anfang stehen die Reiter dicht gedrängt Schild an Schild in einer Verteidigungslinie. Angestürmt wird von rechts her mit anschließendem Linksschwenk, der Reiter nähert sich dem Feind und schleudert im Vorbeireiten seinen Speer. Dieser Wurf ist schwierig, da man sich nach rechts in der Taille drehen muss, während das Pferd nach links schwenkt aber nicht so wie der Wurf bei völliger Kehrtwendung, von den Kelten Petrinos genannt, ein Manöver, welches ich später beschreibe.

Nach dem Wurf wendet der Reiter sein Pferd nach links und reitet einen vollendeten Kreis, um sich seiner Truppe wieder anzuschließen. Unterdessen folgen ihm der zweite Mann und diesem der dritte und so fort. Jeder schleudert seinen Speer auf den Feind in dem Bestreben, möglichst die Mitte des gegnerischen Schildes zu treffen und diesen zu durchschlagen. Der Lärm ist dabei entsetzlich und die Kreisbewegung sorgt dafür, dass der Feind unter dauerhaftem Beschuss ist.“

Lucius ließ die Rolle sinken. „Von so einem Manöver habe ich noch nie gehört.“

„Was ein Wunder ist, wenn man deine jahrzehntelange Erfahrung als Centurio bedenkt und an die zahlreichen Feldzüge denkt, an denen du teilgenommen hast“, ätzte Gnaeus.

„Vater, ich werde nur wenige Monate Reiter ausbilden. Ich werde keine Turma für einen längeren Zeitraum befehligen!“

„Nimm es trotzdem mit!“

Halt einfach den Mund, sagte Lucius zu sich selbst. Du kannst nur verlieren. Um Zeit zu gewinnen, warf er noch einmal einen Blick in die Rolle. Dieses kantabrische Manöver musste ein eindrucksvolles Schauspiel sein und er stellte sich vor, in der Position des Angegriffenen zu sein. Seine Centurie hat Position bezogen und wird jetzt von Reitern attackiert, die unablässig anreiten und Speere schleudern. Ob die Parther bei Carrhae Ähnliches gemacht hatten? Ob sein Onkel dieses Manöver mit ansehen musste, bevor er starb?

Auf dem Bett liegend grübelte er vor sich hin und musste sich traurig eingestehen, dass er sich in Arausio nicht mehr so richtig zu Hause fühlte. Sein Zimmer wirkte auf der einen Seite so, als ob er erst gestern hier gewesen wäre, sogar der Kratzer an der Wand, den der Deckel der Kleidertruhe verursacht hatte, war noch da. Auf der anderen Seite schien es hundert Jahre her zu sein, dass er hier die Bulla getragen hatte. Und auch der Klatsch und Tratsch in den Bädern, die Geschichten über andere Leute, die er kannte, berührten ihn nicht wirklich. Klar, er kannte diese Menschen alle, aber wenn er hörte, dass Rogata ihr zweites Kind bekommen hatte, hatte er das Bild einer ehrwürdigen Matrone vor sich und nicht das Bild des wilden, jungen Dings, das er am Fluss entjungfert hatte.

Aber, wo war eigentlich sein Zuhause, wenn es Arausio nicht mehr wahr? Lugdunum war es auch nicht. Hatte er sich bei der Augusta zu Hause gefühlt? Allenfalls am Ende. Er hatte nie nachgedacht, was zu

Hause für ihn bei der Legion bedeutete. Seine Tage dort waren so voll mit Dienstpflichten, dass er keine Zeit zum Philosophieren hatte.

ALA · UBIORUM

ARAUSIO

Mitte Februar trafen zwei Briefe für Lucius ein, die dem Müßiggang ein Ende bereiteten. Der eine bestellte ihn bis Ende März ins Castrum Ubiorum zurück, da die Ausbildung der Ubier dann beginnen sollte. Der andere kam von Sergius und forderte ihn auf, Faustus auf dem Hof abzuholen da Saxum gestorben war. Der alte, verlebte Soldat hatte eines Nachts im betrunkenem Zustand nicht mehr den Weg zurück in die Unterkunft gefunden und war erfroren. Lucius nahm die Nachricht mit gemischten Gefühlen auf: Einerseits verband er mit seinem ehemaligen Ausbilder die schlimmste Zeit in Arausio und Umgebung, andererseits hätte er ohne das harte Training kaum die Ausbildung bei der Legion überstanden. Lucius nahm sich vor, ein Opfer zu seinem Gedenken zu bringen. Sollte er warten, bis der Schnee sicher getaut war und die Straßen fest waren? Das würde aber erst im April sein und so lange konnte Lucius nicht warten. Ein Centurio der XVIII Gallica hätte bestimmt abgewartet. Er war aber ein Centurio der XIX Augusta gewesen und der ließ sich von ein bisschen Schnee nicht schrecken. Er würde aufbrechen, sobald es danach aussah, dass ein paar Tage nicht mit Schnee oder Regen zu rechnen war. Er plante für den Weg ein paar zusätzliche Tage ein, da er dieses Mal nicht im Notfall draußen übernachten konnte, wie letzten Herbst. Daher war klar, dass die Entfernung zur nächsten Unterkunft die Reisegeschwindigkeit bestimmen würde. Außerdem war er viel zu neugierig, um Zeit zu verlieren. Wie würden die Ubier so sein? Welche Aufgaben würden ihn am Rhenus erwarten? Gab es Gelegenheit, sich auszuzeichnen? Stand ein neuer Feldzug bevor? Um auf andere Gedanken zu kommen und sich nicht immer wieder die gleichen, unbeantworteten Fragen zu stellen, dachte er an das, was er über die Situation an der Nordgrenze wusste und was sein Onkel in seinem geographischen Werk geschrieben hatte.

Unterwegs hing er seinen Gedanken nach und überlegte, wie er seine neue Aufgabe angehen sollte. Dieser Gedankengang wurde durch Faustus' Ächzen und Stöhnen unterbrochen, der wie ein nasser Sack auf seinem Pferd hing. Der Junge musste unbedingt richtig Reiten lernen, er seufzte ergeben und lenkte dann seine Gedanken wieder auf die bevorstehenden Aufgaben. Auf dem Feldzug gegen die Vindeliker hatte er mit Auxiliaeinheiten der Allobroger eng zusammengearbeitet. Er dachte an Ambiorix und griff unwillkürlich nach dem Torque, den dieser ihm geschenkt hatte. Aber das war nicht seine Einheit und es waren Gallier gewesen. Jetzt würde er Germanen befehligen. Alleine dieser Gedanke ließ seinen Herzschlag schneller schlagen und automatisch trieb er sein Pferd an.

Er rief sich in Erinnerung, was er über die Germanen wusste. Starke und wilde Krieger, furchtbar im Angriff, aber auch schnell ermüdet und undiszipliniert. Seine vorrangige Aufgabe würde wohl darin bestehen, ihnen Disziplin beizubringen. Nur, wie sollte er das anstellen?

* * *

CASTRUM·UBIORUM

Es dämmerte bereits, als er sich dem Castrum Ubiorum näherte. Die Umgebung des Lagers hatte sich verändert. Im Norden war ein weiteres Lager entstanden. Einzelheiten konnte er zwar nicht erkennen, aber er war sich sicher, das konnten nur die Ubier sein. Auxiliaeinheiten hatten immer ein separates Lager. Der Geist mit dem das Lager errichtet worden war, war unverkennbar der gleiche, der in der Gallica herrschte. Es hatte sich über den Winter nichts in dieser Legion geändert. Auch dieses Lager wirkte nicht direkt verdreckt, aber unsauber. Die Auxilia hausten in Hütten, bei deren Anblick sich Lucius fragte, wie sie die Winterstürme hatten überstehen können.

Kopfschüttelnd machte sich Lucius auf den Weg zum Forum. Statt eines Prätorium stand hier ein großes Zelt und eine Centurie verrichtete den Wachdienst.

Zwei dieser Wachen lümmelten am Zelteingang herum und wiesen wortlos mit dem Daumen auf den Eingang, als Lucius nach dem Tribun fragte. Dieses respektlose Verhalten versetzte Lucius in Wut.

„Nehmt gefälligst Haltung an!“, schnauzte er die beiden im Kommandoton an und unwillkürlich strafften die beiden den Rücken und standen gerade. Aber nur für einen Augenblick, dann musterten sie Lucius abschätzig von unten bis oben, wechselten einen Blick und sanken wieder in sich zusammen.

Wenn du den Kampf nicht gewinnen kannst, geh ihm aus dem Weg! Diese Weisheit kam ihm in den Sinn. Es war aussichtslos, diese beiden Esel zusammenzustauchen, da ihr Centurio ihm sicherlich keine Rückendeckung geben würde. Daher bemerkte er nur von oben herab, „Geht doch“, und stolzierte in das Gebäude. In der Gallica musste sich so Manches ändern, aber das war derzeit nicht seine Angelegenheit, denn auf ihn warteten die Barbaren.

Pomponianus stand in einer Gruppe von Männern, die alle auf ihn einredeten. Er sah erschöpft und abwesend aus, während er von einem zum anderen sah. Es handelte sich um einige seiner Klienten, die er schon im Castrum Ubiorum gesehen hatte. Lucius blieb ein paar Schritte entfernt stehen und wartete darauf, dass sein Ankommen bemerkt werden würde. Trotz des Stimmenwirrwars konnte er heraushören, dass es um Verpflegung und Nachschub ging. Einer rechnete Pomponianus offensichtlich den Verbrauch von Mensch und Tier vor, ein anderer versuchte, ihm klarzumachen, dass sie mehr Pferde bräuchten und wieder ein anderer fuchtelte ihm mit Getreidelisten vor der Nase rum.

„Genug!“ Der Tribun hob erschöpft die Arme. „Es reicht. Ihr solltet mir eine Aufstellung machen und nicht so ein Spektakel aufführen!“

Er wies auf einen Tisch. „Gebt Sedulus die Unterlagen und dann geht.“

Lucius erkannte den schmächtigen Schreiber des Tribuns, der mit ergebener Miene auf einen Tisch zeigte und dann resigniert auf den Stapel Papier schaute, der sich dort ansammelte.

„Und jetzt verschwindet!“ Die Klienten trollten sich und Pomponianus ließ sich ächzend auf einen Stuhl fallen.

„Wein!“, rief er in die Stille. Da außer Lucius niemand im Raum war, sah sich Sedulus genötigt, dem Tribun einzuschenken. Er reichte ihm den Becher, räusperte sich und nickte zu Lucius hin. Dieser sah herüber und nickte ihm zu. „Salve, Centurio! Was hast du auf dem

Herzen?“ „Ähem, ich wollte mich zur Stelle melden und meinen Dienst antreten!“

Der Tribun schien ein wenig geistesabwesend zu sein, dachte Lucius. „Dienst antreten?“, echote der und starrte Lucius an. „Ach ja, natürlich. Es stürmt so viel auf einen ein, dass man keinen klaren Gedanken mehr fassen kann. Willkommen in den Castra Confusa. So früh hatte ich dich nicht erwartet!“

„Ich habe mich gleich nach Erhalt des Befehls auf den Weg gemacht“, stellte Lucius wie selbstverständlich fest.

„Sehr löblich, sehr löblich!“, der Blick des Tribuns war wieder in die Ferne gerichtet. „Wenn hier alle so denken würden, wäre Vieles leichter!“ Er nahm einen tiefen Schluck. „Hast du auf dem Forum eine kleine, alte, hinkende Frau gesehen?“

„Zu meinem Bedauern, nein!“ Lucius' Verwirrung wuchs wieder. „Wer ist sie?“

„Discordia natürlich!“, brummte Pomponianus und sah in seinen Becher. Das war ein ungewöhnlicher Sklavenname. Sklaven wurden nicht selten nach Göttern benannt, um diese zu ehren, aber ausgerechnet nach der Göttin der Zwietracht?

„Ich wette ein As gegen einen Aureus, dass sie hier im Lager rumschleicht!“ Pomponianus stellte den Becher mit einem Knall auf den Tisch und sprang auf. „Warum sonst geht hier alles drunter und drüber!“

Lucius sah vom Tribun zum Schreiber und wieder zurück. Wollte ihn der Tribun zum Besten halten? Er sprach ganz offensichtlich von der Göttin. Tu so, als nimmst du Vorgesetzte ernst, hörte er Saxums Stimme im Kopf. „Vielleicht hilft ein Opfer?“, sagte er daher so ernst wie möglich. Pomponianus grinste ihn an. „Ich wusste doch, du hast mehr im Kopf als der übliche Centurio! Man kann ja nie wissen.“ Er schüttete den Wein auf den Boden. „Ich mag sowieso nicht mehr trinken.“

„Wir wussten nicht genau, wann die Ubier ihren Dienst antreten würden, und dann kurz vor dem ersten Schneefall tauchten die Barbaren bei uns auf!“, ächzte Pomponianus. „Ich wette, sie haben das mit Absicht gemacht, um die Wintervorräte in ihren Dörfern zu sparen! 1.500 Ubier standen auf der Türschwelle und mussten versorgt werden. Potitus und Gemellus haben geflucht und dann hat die Gallica dieses Lager hier zusammengezimmert.“

Zusammengezimmert traf es ziemlich gut, dachte Lucius.

„Seit zwei Monaten hocken die jetzt hier aufeinander und wir haben nur endlose Streitereien."

„Was für Streitereien?" „Ach, was weiß ich. Wahrscheinlich langweilen sie sich!" Pomponianus trank einen langen Schluck Wein. „Ich bin seit zwei Wochen hier und jetzt schon bereit, mich in mein Schwert zu stürzen!" Erneut nahm er einen langen Schluck.

„Die anderen Centurionen sind auch bereits eingetroffen!" Lucius war erstaunt. „Welche anderen Centurionen?" „Florus und Maternus von der XIV Gemina und XVI Gallica sollen ebenfalls als Ausbilder für die Auxiliaeinheiten fungieren!" Offensichtlich hatte Drusus wegen des Personalmangels im Norden aus jeder Legion im Süden einen Centurio abgestellt.

„Sie kümmern sich um die Cohors!" Pomponianus' Zunge war schwer geworden. „Du kümmerst dich um die Reiterei!"

„Wo sind denn die Pferde?", fragte Lucius neugierig. Das Lager war so klein, dass hier maximal die Hälfte der Ala ihre Pferde untergebracht haben konnte. Geschweige denn die Ersatz- und Reservepferde. „Jenseits der Furt auf der Insel wurden einige Weiden angelegt!" Pomponianus machte eine unbestimmte Handbewegung in die Richtung. „So sparen wir Wachen." Gute Idee, dachte Lucius und nickte mit dem Kopf.

„Hast du überhaupt schon mal zu Pferde gekämpft!" Lucius schüttelte stumm den Kopf.

„Typisch Legion. Ein Ausbilder, der noch nie auf einem Pferd gekämpft hat." Pomponianus wedelte mit seinen Fingern Richtung Ausgang. „Morgen früh nach dem Wecken erfährst du mehr! Deine Unterkunft ist hier am Forum, wir haben deine Habseligkeiten schon rüberbringen lassen."

Lucius öffnete die Tür und betrat die ihm zugewiesene Hütte. Seine Kisten und die Bündel mit seinen Habseligkeiten standen unmittelbar neben der Tür, wo man sie achtlos abgestellt hatte. Er sah sich um und überlegte, wo er anfangen sollte. Mit den Waffen natürlich. Während er Helm, Gladius und Pugio verstaute, erläuterte er Faustus, nach welcher Ordnung die Regale eingeräumt werden sollten.

Während Faustus sich an die Arbeit machte, suchte Lucius in den Kisten und fand die Teile seines Bücherregals, die man achtlos hineingeworfen hatte. Möge Dis Pater diesen unbekannten Hurensohn verschlingen. Hastig sah er in die Lederumschläge, in die die Buchrollen eingewickelt waren. Erleichtert atmete er auf. Die Bücher waren mit etwas mehr Sorgfalt verstaut worden. Das Regal konnte repariert werden. Er warf die Teile auf den Tisch, zog die Kisten heran, die er aus Arausio mitgebracht hatte, und suchte die kleinen Amphoren heraus, die ihm Sergius mitgegeben hatte. Faustus sah neugierig hinüber.

„Guck nicht so gierig. Wenn du dich an diesem Wein vergreifst, hacke ich dir die Hände ab!", knurrte er und suchte nach einem Becher. Faustus erbleichte und räumte hastig das Regal weiter ein. Lucius suchte einen Becher, entkorkte die Amphore und schenkte ein. Dann ließ er sich in den Stuhl sinken und dachte über die Ausbildung der Ala nach. Was er tun sollte, unterschied sich sehr von seinen bisherigen Aufgaben. Es ging schließlich nicht darum, römische Rekruten zu drillen, sondern Barbaren. Diese Barbaren würden auf dem Marsch und auf dem Schlachtfeld Aufgaben bekommen, von denen das Wohl und Wehe der ganzen Armee abhängen konnte. Er sah Faustus zu, wie er die Teile des Larariums, des Hausaltars, auspackte. Den Opferstein, den Götterschrein und das Fresko. Lucius zeigte auf die Stelle an der Wand, wo der Altar aufgestellt werden sollte. Während Faustus ihn aufbaute, suchte Lucius das Bündel mit den Figuren der Laren und Götter in der Kiste. Vorsichtig wickelte er sie aus und stellte sie, begleitetet von kurzen Gebeten, in den Schrein. Dann goss er ein wenig Wein in die Opferschale und bat um Schutz und Segen.

„Centurio Florus, Centurio Maternus und Centurio Marcellus!" Eisige Blicke und ein knappes Kopfnicken, war alles, was Lucius bei der Vorstellung von den Kameraden bekam. Pomponianus schien das nicht zu bemerken, sondern zeigte nur auf die Stühle, die er bereitgestellt hatte. Er selbst ließ sich auf seinen Sessel fallen.

„Die Ausbildung der Ubier soll von März bis Juni dauern, drei Monate, wie die normale Grundausbildung. Er sah Florus und Maternus an. „Ihr seid hier, weil die XVIII Gallica unterbesetzt ist!"

„Das sehe ich", knurrte Maternus mit einem Seitenblick auf Lucius.

Wieder schien Pomponianus dies nicht zu bemerken. „Ihr beide werdet zwei Cohors der Ubier ausbilden und Marcellus eine Ala. Die

Häuptlinge der Ubier werden als Centurionen oder Decurionen fungieren. Am wichtigsten ist, dass die Barbaren lernen, Signale zu erkennen: Vormarsch, Rückzug, Angriff und so weiter. Im Gleichschritt marschieren ist nicht notwendig." Der Tribun sah in seine Aufzeichnungen. „Germanen, so heißt es, können wie die Gallier sowohl auf- als auch abgesessen kämpfen. Die Reiter sollen also auch noch lernen, schnell auf- und abzusitzen. Das könnte bei einem Feldzug nützlich sein!" Lucius nickte bestätigend und Pomponianus zog wieder seine Unterlagen zurate. „Außer einigen Scharmützeln gegen die Sugambrer haben die Ubier zuletzt beim Trevereraufstand vor fünfzehn Jahren gekämpft. Daher müssen wir davon ausgehen, dass ein Großteil der Ubier noch nie eine Waffe geführt hat. Das müsst ihr auch noch im Auge behalten!"

Wie soll ich bloß Reiter zum Kampf ausbilden, ich habe so etwas noch nie getan, dachte Lucius erschrocken. Bisher war er davon ausgegangen, dass er nur auf die Einhaltung von Signalen achten sollte. Er wollte protestieren, aber sein Hals war ausgetrocknet und er brachte kein Wort heraus.

Florus meldete sich zu Wort. „Wann bekommen wir einen Lagerpräfekten?"

„Wann immer die Legion geruht, uns einen zur Verfügung zu stellen!" Pomponianus grinste Florus an

„Bis dahin hast du weiterhin die Ehre."

Florus protestierte. „Ich kann mich nicht um die Ausbildung von sechs Centurien kümmern und gleichzeitig für die Versorgung von 2.000 Menschen und 2.000 Pferden und Maultieren sorgen!"

„Warum nicht?" Pomponianus sah ehrlich erstaunt aus. „Wenn du dich um die Versorgung von 80 Männern kümmerst oder um 500, dann ist es doch einfache Mathematik auch 2.000 zu versorgen!" Florus sah den Tribun kopfschüttelnd an. Lucius war sich nicht sicher, ob es eine Geste des Widerspruchs war oder ob der Centurio über die Ahnungslosigkeit des Tribuns den Kopf schüttelte.

„Hast du eine Ahnung, was eine Ala an Nachschub braucht?" Florus wartete die Antwort nicht ab, sondern fuhr direkt fort. „Mindestens 10 Zentner Gerste, 150 Zentner Heu, 50 Zentner Stroh und 20.000 Liter Wasser." Florus ließ für jede Aussage einen Finger hochschnellen. „PRO TAG! Wenn die Pferde wenig bewegt werden", fuhr er dramatisch fort.

„Lass sie doch weiden. Wiese ist doch genug da!“ Maternus hatte einen desinteressierten Tonfall angeschlagen.

„Und wie kommen die Pferde dahin? Und wieder zurück und zum Einsatz? Wer organisiert das alles, kümmert sich um die Verträge mit den Bauern, mit den Lieferanten?“

„Schon gut, schon gut!“ Pomponianus hob abwehrend die Hände. „Du kümmerst dich nur um die Versorgung und Maternus alleine um die Ausbildung der Cohors.“

„Na toll!“, knurrte Maternus leise und warf Florus einen ungnädigen Blick zu.

Pomponianus hob wieder die Hände, diesmal zum Zeichen, dass er genug gehört hatte.

„Maternus und Florus, ihr könnt gehen! Marcellus, du bleibst!“

Die beiden Centurionen erhoben sich und rauschten hinaus. Pomponianus erhob sich und schenkte Lucius aus einem Krug ein.

„Du erfreust dich großer Beliebtheit bei deinen Kameraden!“ Pomponianus nickte zum Zeltausgang hin. „Ich wette einen Denar gegen eine hohle Nuss, dass sie nur darauf warten, dass du scheiterst!“

„Die Wette wirst du vermutlich gewinnen!“ Lucius wurde unbehaglich zumute bei dem Gedanken, dass die beiden recht behalten konnten. Er hatte keine Ahnung, wie er Reiter ausbilden sollte.

Pomponianus trank einen Schluck und grinste Lucius breit an.

„Du weißt wahrscheinlich nicht, dass meine Familie zahlreiche Klienten unter den Remern hat!“

Lucius schüttelte stumm den Kopf und Pomponianus fuhr lächelnd fort.

„Ja, haben wir und die Remer sind ausgezeichnete Reiter. Einer meiner Klienten Gaius Julius Tasgetix wird dein Optio sein und dir bei der Ausbildung helfen. Er wird die Ausbildung der Turmae übernehmen, die noch nie zu Pferd gekämpft haben!“

Das hörte sich doch schon mal gut an, befand Lucius. Der Tribun kramte eine Wachstafel heraus.

„Noch etwas. Es gibt in deiner Ala zwei Ubier, die römische Bürger sind. Gaius Julius Primus und Marcus Vipsanius Hristo. Primus ist der Häuptling des größten Pagus, Hristo ist der Sohn des Häuptlings dieses

Pagus. Eigentlich sollten römische Bürger in der Legion kämpfen, aber na ja, wer will schon Germanen in der Legion."

Pomponianus trank den Becher leer. „Ich habe etwas für dich organisiert", sagte er leicht undeutlich. „Hristo hat noch einen jüngeren Bruder, der gut Latein spricht. Haldavoo der Jüngere wird dein Calo, dein Reitknecht, werden und kann dir im Notfall als Dolmetscher dienen!"

„Mein Reitknecht?", fragte Lucius verblüfft.

„Willst du dich selber um deine Pferde kümmern?"

„Pferde? Pferde... natürlich!", stotterte Lucius. Natürlich Pferde, er war schließlich bei einer Ala.

„Hier ist die Anweisung für die Pferde." Lucius ergriff die Tafel. „Und deine Einheit muss bald wieder Verpflegung fassen!"

Vor seiner Unterkunft warteten zu Lucius' Überraschung zwei Germanen auf ihn. Die Ähnlichkeit zwischen ihnen deutete drauf hin, dass es sich um Brüder handelte. Der Größere, war etwa in Lucius' Alter und stellte sich vor. „Hunno Marcus Vipsanius Hristo, Sohn des Haldavoo dem Aldermann der Flusssöhne und das ist mein jüngerer Bruder Marcus Vipsanius Haldavoo oder wie du sagen würdest Haldavoo der Jüngere." Lucius war erstaunt über das fließende Latein, das der junge Ubier sprach. Aber, was hatte der Ubier da gerade runtergebetet? Hunno, Haldavoo, alter Mann? Haldavoo, den Häuptling dieses Pagus, hatte er bereits bei seiner Ankunft kurz kennengelernt. Das waren also die Brüder, die Pomponianus erwähnt hatte. So weit, so gut. Aber das andere? Alter Mann? Manche gallischen Stämme hatten einen Ältestenrat, offensichtlich diese Ubier auch. Eine Versammlung wie der Senat in Rom. Senat leitete sich auch von Senes - Greis - ab, d.h. Hristos Vater war eine Art Senator. Lucius war stolz auf seine Schlussfolgerungen und grinste den Ubier fröhlich an. Der fuhr gerade in seinen Erklärungen fort: „Wir waren die erste Sippe, die damals zum Rhenus gezogen ist, und unser Vater hat darauf bestanden, dass wir Latein lernen!" Sippe? Wahrscheinlich so etwas wie Gens, dachte Lucius und musterte die beiden Brüder.

Hristo war fast 7 Fuß groß und es war für Lucius ein ungewohntes Gefühl zu jemandem aufschauen zu müssen. Er trug die Haare nach römischer Mode kurz und war glatt rasiert. Dies war allerdings das einzig römische an seinem Aussehen, denn er trug Hosen. Ein römischer Bürger, der Hosen trug. Lucius schüttelte innerlich den Kopf. Der Oberkörper war wenigstens nicht nackt, wie man es den Germanen nachsagte, sondern er trug eine kurze Tunica die bis zur Hüfte reichte, und einen grünen Umhang, der von einer Spange gehalten wurde, die ein Wellenmuster zeigte.

Hristo befummelte die Spange, als er den Blick von Lucius bemerkte. „Das Zeichen unserer Sippe." Er schob seinen Bruder nach vorne. „Haldavoo der Jüngere wird als dein Reitknecht, dein Calo, fungieren. Er wird deine Pferde füttern und pflegen!" Lucius nickte zustimmend. „Dann kann er gleich mitkommen, wenn ich sie abhole!"

Haldavoo kniff trotzig die Lippen zusammen. Offensichtlich war er nicht begeistert von der Aussicht, als Reitknecht zu dienen. Egal, er konnte es eigentlich als Ehre ansehen, aber was wusste ein Barbar schon. Daran änderte auch ein römisches Bürgerrecht so schnell nichts. Ehe er noch etwas sagen konnte, wurde die Tür aufgerissen und ein weiterer Ubier polterte ins Zimmer. Er war etwa zehn Jahre älter als Hristo und besser gekleidet. Sein grüner Mantel war mit Pelz besetzt und auch Tunica und Hose machten einen besseren Eindruck. „Wusste ich doch, dass ich dich hier finde!", grollte er mit Blick auf Hristo. „Darf ich dich daran erinnern, dass das Thing mich zum Herzog der Ubier gewählt hat?" Hristo wirkte angespannt, zuckte aber gleichmütig mit den Schultern. Lucius wollte gegen dieses Eindringen in seine Räume protestieren, als sich der Ubier ihm zuwandte. „Gaius Julius Primus, Aldermann der Söhne der Pferde und Herzog der Ubier!" Noch so ein Senator, dachte Lucius, aber was in Mars' Namen war ein Herzog? Ihm schwirrte der Kopf von den ganzen Begriffen.

„Äh, Hastatencenturio Lucius Justinius Marcellus!", stammelte er eine Erwiderung. Primus beachtete das nicht weiter, sondern fuhr im polterndem Tonfall fort. „Die Flusssöhne bilden sich eine Menge darauf ein, dass sie als erste hier in dem Pagus gesiedelt haben und dass sie als erste ein römisches Bürgerrecht bekommen haben. Dabei vergessen sie, dass wir die führende Familie sind!"

Er starrte Lucius an, als ob dieser persönlich für diesen Streit verantwortlich sei.

„Ah so, ja...“, stammelte Lucius hilflos. Er fühlte sich völlig überrumpelt. Hristo stieß eine scharfe Erwiderung aus, die Lucius nicht verstand und als Primus konterte, schrien die beiden sich plötzlich an. Es dauerte einige Herzschläge, bis Lucius klar wurde, warum er nichts verstand, die beiden hatten in ihre Sprache gewechselt. Ihm platzte fast der Schädel. Jetzt reichte es aber.

„RUHE!“, brüllte er mit seiner Schlachtfeldstimme. Haldavoo zuckte erschrocken zusammen und die beiden Streithähne verstummten abrupt. „Hört sofort mit dieser Scheiße auf, was glaubt ihr eigentlich, wer ihr seid!“

Er fixierte Primus. „Wage es nicht noch einmal, so in mein Quartier zu poltern!“

Primus hatte erst aufbegehren wollen, brach aber ab und sah fast schon beschämt aus. Immerhin ein Anfang. „Habt ihr den Verstand verloren, hier so ein Theater aufzuführen? Mir ist es gleich, wer welcher Familie angehört und sich für wie wichtig hält. Bei noch so einem Auftritt setzte ich euch auf Gerste!“ Verwunderte Blicke wandten sich ihm zu und verunsicherten ihn. Den Blicken nach zu urteilen, hatte er gerade etwas Dummes gesagt, aber er hatte keine Zeit, darüber nachzudenken.

„Ihr seid Decurionen der Ala und streitet euch hier wie die Marktweiber! Verschwindet aus meiner Unterkunft und wartet, bis ich euch rufen lasse!“ Primus warf ihm einen spöttischen Blick zu, sagte aber nichts, sondern verschwand nur mit einem Kopfnicken. Hristo wirkte zerknirscht, setzte zum Sprechen an, überlegte es sich aber anders, als er Lucius' Gesichtsausdruck sah. Er verließ den Raum, sein Bruder wollte sich anschließen, aber Lucius pfiff ihn zurück. „Du bleibst, du bist ab jetzt mein Calo und tust, was ich dir sage!“ Haldavoo sah ihn entrüstet an und wollte aufbegehren. „Tu, was man dir sagt!“, erscholl von draußen Hristos Stimme. Haldavoo verschränkte trotzig die Arme. Na, das kann ja heiter werden.

Der Optio an dem Pferdegehege besah sich die Anweisung, die ihm Pomponianus gegeben hatte. „Möchtest du die Pferde selber aussuchen?“ Er kaute auf einem Stück Holz herum. Als Lucius den Kopf schüttelte, brummte er: „Dachte ich mir!“

Er winkte zwei Knechten, die an den Wassertrögen arbeiteten: „Bringt Sagitta und Latro!"

Ein Pfeil und ein Räuber eine interessante Kombination, lächelte Lucius. Die Knechte brachten zwei braune Pferde heran. „Es sind Iberer. Die ersten Tiere der neuen Zucht", erklärte der Optio.

Lucius musterte die Pferde. Er war kein Experte, aber die Tiere machten einen guten Eindruck. Irgendwie hatte er aber trotzdem das Gefühl, er müsste sie jetzt eingehender untersuchen. So, wie er ein Schwert oder eine Lanze untersuchte. Er klopfte Latro beruhigend auf den Halsansatz und nahm das linke Vorderbein hoch, um den Huf zu begutachten. Dieser war wie alle anderen drei Hufe in bestem Zustand. Auch Sagittas Hufe waren in Ordnung und so wies Lucius Haldavoo an, diese beiden mitzunehmen und ins Lager zu bringen.

„Wo bekomme ich Sattel und Zaumzeug her?", fragte Lucius. Der Optio sah ihn an, als ob ihm ein zweiter Kopf gewachsen wäre. „Woher soll ich das wissen? Was habe ich damit zu tun?"

Lucius zückte seinen Geldbeutel und nahm einige Münzen heraus, die er dem Optio in die ausgestreckte Hand fallen ließ. „Ich lasse dir die Sachen von einem Knecht bringen und auch Hufschuhe!"

„Hufschuhe?", fragte Lucius erstaunt.

„Falls dich ein Feldzug mal in steiniges Gelände führt, ziehst du deinem Pferd Hufschuhe an, um die Hufe zu schonen!", erläuterte der Optio. Lucius dankte und machte sich auf den Rückweg ins Lager. Auf was man bei einer Ala alles achten musste und dann musste er noch die komischen Begriffe der Germanen lernen, um zu wissen, wovon die Ubier redeten.

Die Handgriffe waren Lucius vertraut und fremd zugleich. Kettenhemd, Militärgürtel, Beinschienen und Schwertgehänge hatte er schon so oft angelegt, dass er die Handgriffe mit verbundenen Augen durchführen konnte. Aber heute, wo er sein neues Kommando antrat, fühlte sich alles anders an. Schon das Anlegen des Schwertes, sonst etwas, das ihm Sicherheit verlieh, fühlte sich heute fremd an. Erst als er seine Vitis packte, die ihm Faustus hinhielt, kam das vertraute Gefühl zurück. Was würde ihm dieses neue Kommando bringen? Neue Gelegenheiten, um Ruhm und Ehre zu erwerben. Vielleicht eine Beförderung? 2. Principaliscenturio klang doch gar nicht so schlecht.

„Wie soll ich dich nennen?", fragte er den jungen Ubier, der die Verwandlung in einen Centurio erstaunt verfolgte.

„Marcus, Sohn des Haldavoo!", sagte er in flüssigem Latein. Die Stimme klang kratzig. Den Stimmbruch hatte er also noch nicht hinter sich. Lucius musterte ihn interessiert. Er war einen guten Kopf kleiner als Lucius. Natürlich hatte er lange, blonde Haare, wie es sich für einen Germanen gehörte und blonden Flaum am Kinn. Nur blau waren die Augen nicht, das wäre dann auch zu viel des Guten gewesen. Die Augenfarbe war eher ein graubraun. In den Theaterstücken, trugen Germanen immer Tierfelle, aber Lucius hatte in den paar Wochen, die er am Rhenus war, festgestellt, dass kein Germane sich in Wolfs- oder Bärenfelle hüllte. Sie kleideten sich in diese komischen Hosen und darüber ein Hemd, eine Art kurze Tunica. Auch Marcus' Mantel war grün und wurde von einer Spange zusammengehalten, die dieses Wellenmuster zeigte. „Das Zeichen der Sippe", hatte Hristo gesagt. „Sippe!" Lucius bemühte sich, das Wort richtig auszusprechen. „Was bedeutet das?"

Er wollte dem Jungen die Arbeit erleichtern. Marcus Haldavoo suchte anscheinend nach dem richtigen Wort. „Wie heißt noch mal eure Familie?", fragte er schließlich.

„Gens?" Lucuis war sich nicht sicher, ob er wusste, worauf der Junge hinauswollte. „Genau! Gens!" Der Ubier wirkte erleichtert. „Mein Vater hatte einen griechischen Händler gefangen, der hat mir das alles beigebracht. Was bei euch eine Gens ist, mit Sklaven und Klinen, Klanen, Klienten", er hatte Mühe, sich an das Wort zu erinnern, „das ist bei uns eine Sippe!" Zufrieden wie ein Schüler, der seine Lektion aufgesagt hatte, sah er Lucius an. „Und eure Sippe ist die mächtigste?", fragte Lucius aus Höflichkeit. Er erinnerte sich an den Streit, dem er beigewohnt hatte. Stolz nickte der Ubier mit dem Kopf. „Die älteste. Wir sind als erste aufgebrochen und haben uns hier am Fluss niedergelassen. Daher nenne wir uns Söhne des Flusses. Mein Großvater hatte das meiste Land und die meisten Schwertträger. Dann mussten wir auf Geheiß Agrippas die Gaue gegen Mittag an Flüchtlinge abgeben, die sich seit dem Söhne des Waldes nennen." Marcus' Stimmte klang verbittert. „Und dann kamen die Pferdesöhne und breiteten sich gen Mitternacht aus. Jetzt sind sie die größte Sippe und haben uns auf den zweiten Platz verwiesen. Wir werden uns aber den ersten Platz zurückholen."

Eigenartige Namen hatten die Familien. Und es reichte ihm jetzt aber mal langsam mit diesen komischen Bezeichnungen. „Was ist ein Schwertträger?“, fragte er kurz. Marcus starrte ihn erstaunt an. „Ein Schwertträger ist ein Gefolgsmann, der ein Schwert besitzt!“

Ahja, dachte Lucius, da wäre ich jetzt auch von alleine drauf gekommen. Laut sagte er: „Das scheint aber nicht selbstverständlich zu sein, sondern eine besondere Ehre!“, forschte er nach. „Selbstverständlich!“, sagte der Ubier im Brustton der Überzeugung. „Immerhin ist das eines der wenigen Unterscheidungsmerkmale bei den Freien! Sie sind alle gleich. Aber nur die Aldermänner und die Hunnos können sich Schwerter leisten. Diese wiederum geben sie an ihre tapfersten und treusten Gefolgsleute. Das sind eben die Schwertträger.“ Lucius ging ein Licht auf. Ein Schwertträger war im Grunde eine besonderer Klient. „Und je mehr Schwertträger ein Häuptling hat, desto mächtiger und angesehener ist er!“, ergänzte er die Ausführungen.

„Häuptling?“, mit dem Begriff vermochte der Ubier wiederum nichts anzufangen. „Feldherr, Pater Familias, na das Sippenoberhaupt halt.“

„Der Aldermann!“, sagte Marcus mit Nachdruck. Aldermann, wieder einer dieser merkwürdigen Begriffe. „Ich dachte, ein alter Mann oder Aldermann ist so etwas wie ein Senator?“

„Wir haben keine Senatoren!“, stellte der Ubier klar. „Bei uns bestimmt das Thing. Das ist unsere Volksversammlung!“ Lucius schwirrte langsam der Kopf von den ganzen Begriffen.

„Also, eine Sippe ist eine Gens und der Pater Familias ist der Aldermann und die Schwertträger sind besondere Klienten. Was ist dann ein Hunno?“

„Hunno ist selbstverständlich der Verwalter und Vertreter eines Gaus!“, sagte Marcus.

„Aha!“ Mehr fiel Lucius dazu nicht ein. Marcus bemerkte dies aber nicht, denn es schien ihn etwas anderes zu beschäftigen. „Ich war gestern im Lager am Fluss. Augustus muss ein sehr mächtiger Herzog sein, bei den vielen Schwertträgern, die ihm folgen.“

Dabei hast du nur eine Legion von 28 gesehen, dachte Lucius, griff nach seinem Helm, um jetzt den Raum zu verlassen.

Draußen ging er auf die Gruppe der Decurionen zu, die sich auf dem Forum versammelt hatte. 16 Männer mit Haaren in allen möglichen Blondtönen: hellblond, dunkelblond, aschblond, strohblond. Hätte er vorgehabt, die Männer an Äußerlichkeiten zu unterscheiden, wäre der Plan jetzt schon gescheitert. Da sie auch alle grünkarierte Mäntel trugen, konnte er sie auch nicht anhand ihrer Kleidung unterscheiden. Hatten die Mäntel alle auch noch das gleiche Muster? Lucius sah genauer hin. Mehr oder weniger waren die Muster gleich. Er konnte vielleicht drei oder vier Varianten ausmachen. Dass Germanen uniformiert gingen wie Legionäre, war ihm neu. Vielleicht war es auch nur fehlende Geschicklichkeit am Webstuhl.

Er ging weiter auf die Männer zu und alle Blicke richteten sich auf ihn. Ihm wurde unbehaglich zu Mute, die Blicke drückten Neugier, Gleichgültigkeit und Ablehnung aus. Primus trat auf ihn zu und grüßte knapp: „Guten Morgen, Centurio!“ Er zeigte auf die versammelten Männer. „Ich stelle dir kurz die anderen Decurionen vor!“ Lucius brauchte einen Moment, bis er das Wort Decurio aus dem Akzent des Ubiers identifiziert hatte. Dadurch hatte er schon die ersten Namen verpasst. Hastig folgte er Primus und nickte den Männern freundlich zu. Den nächsten Namen wollte er auf keinen Fall verpassen. Die Mühe hätte er sich aber sparen können, da er den nächsten Namen zwar hörte, aber nicht verstand. Enno oder so ähnlich und auch die anderen klangen für ihn absolut fremd. Vonat, Vonta, Vonte? Ach was solls: Vonatorus. Der Decurio der 6. Turma würde für ihn jetzt eben Vonatorus heißen. Am Ende der Vorstellungsrunde hatte er die meisten Namen schon wieder vergessen. Egal, kommt Zeit, kommt Rat und der Name folgt dann auch, dachte er sich. Er hatte sich gestern Abend lange überlegt, wie er die Ausbildung beginnen würde. Aber das Gespräch mit Marcus Haldavoo hatte ihn auf die Idee gebracht.

„Also!“, begann er nervös und rieb sich die schwitzigen Hände trocken. „Wir müssen jede Einheit organisieren!“ Er sah von einem zum anderen, und fragte sich, ob ihn auch jeder verstand. Nach den meisten leeren Blicken zu urteilen, nicht. Er sah Marcus an: „Übersetze, was ich sage!“

„Ihr befehligt jeder eine Turma, eine TURMA! Merkt euch den Begriff. Das ist die Untereinheit einer Ala. Das sind wir alle!“ Während Marcus übersetzte, sah Lucius in die Gesichter, aber die meisten sahen gleichgültig aus.

„Jede eurer Turmae braucht einen Signifer, der für das Vexillum verantwortlich ist! Das Vexillum bekommt ihr aber erst am Ende der Grundausbildung in drei Monaten!“

„Verzeih, was ist ein Vexillum?“, fragte Marcus Haldavoo zurück, der nach jedem Satz zu dolmetschen versuchte. „Das Feldzeichen der Turma“, erläuterte Lucius geduldig „Dann braucht ihr einen Tesserarius, einen Wachoffizier, der für die Einteilung der Wachen zuständig ist und einmal in der Woche die Parole ausgibt.“ Wieder gab es ein längeres Hin- und Her und einige Rückfragen und einige andere sahen so desinteressiert aus, dass Lucius erwartete, sie würden jeden Moment herzhaft gähnen. Aber er machte ihnen eindringlich klar, dass eine Parole angesichts einer Mischung aus Römern, Ubiern und Galliern in den Lagern wichtig war. Mürrisch schlossen sich die Decurionen dieser Einsicht an. Der nächste Punkt sollte sie mehr fesseln, dachte Lucius.

„Heute werden wir Getreide und Fleisch ausgeben!“ Er sah erwartungsvoll in die Runde. „Schickt also Männer zum Lagerpräfekten, damit ihr eure Rationen bekommt!“

Jetzt wirkten die Decurionen verwundert. Primus meldete sich zu Wort: „Wir haben doch schon unsere Ration erhalten!“, sagte er mit seinem harten Akzent.

„Oh, äh!“ Lucius war verwirrt, was hatte man ihm da gestern erzählt? „Na gut, umso besser! Dann treffen wir uns mit der ganzen Einheit vor dem Lager!“ Mal sehen, was die Turmae so können.

„Sind das eure Pferde?“ Lucius sah Hristo und Primus irritiert an. „Sie sind zäh und ausdauernd!“, entgegnete Hristo bestimmt. Lucius musterte die Tiere skeptisch. Kräftig wirkten sie in der Tat, aber ob sie wirklich den Strapazen eines Feldzuges und den Anforderungen einer Schlacht gewachsen waren? Sein Blick wanderte von den Tieren zu den Männern. Kleine Pferde, große Reiter! Die Pferde der Ubier waren gut zwei Handbreit kleiner als die Pferde der Römer. Dafür waren die Reiter bestimmt zwei Handbreit größer und trugen Hosen. Ob er sich je an den Anblick von Männern in Hosen gewöhnen würde? Und diese Tunica. Zwei mehr oder weniger gleichgroße Stücke Stoff zusammengenäht, fertig. Kein modischer Schnitt, kein eleganter Faltenwurf. Wenigstens war die Kleidung der Barbaren sauber. Auch die Haare und Bärte wirkten gepflegt, wenn man davon absah, dass vor allem die jüngeren die Haare schulterlang oder sogar noch länger trugen. Und alle trugen diese grünkarierten Mäntel mit den drei, vier, fünf unterschiedlichen Mustern.

Vor dem Lager erwartete sie ein Gallier. Der prunkte förmlich mit seiner Kleidung, seinen Hals- und Armringen. Auch bei den Waffen hob er sich deutlich von den Ubiern ab. Er trug ein Kettenhemd und war mit Speer und Schwert bewaffnet. Alles sah nach bester Qualität aus. Dagegen sahen die Speere und Schwerter der Ubier billig und brüchig aus und manche der Speere waren eher angespitzte Stöcke. „Nun, Centurio!" Der Gallier sah ihn großspurig an: „Ich bin Gaius Julius Tasgetix und soll dir helfen, aus diesen Wilden Reiter zu machen!" Tasgetix' Latein war perfekt, seine Umgangsformen hingegen miserabel. Die Ubier in ihrem Beisein als Wilde zu bezeichnen, zeugte nicht von viel Takt. Und richtig, empörtes Gemurmel unter den Decurionen bewies, dass die meisten Latein verstanden. Lucius atmete tief durch und hätte den Remer am liebsten zusammengestaucht, aber das würde den Beginn der Ausbildung sehr erschweren.

„Womit sollen wir anfangen?" Tasgetix schien die Reaktion der Ubier nicht zu interessieren. Lucius brachte diese Frage zu seinem dringlichsten Problem zurück. Diese Frage hatte er sich den ganzen Abend und die ganze Nacht gestellt. Er hoffte, dass seine Überlegung, die ihm logisch erschien, auch die anderen überzeugte.

„Nun, Optio!" Es konnte nicht schaden, den Remer daran zu erinnern, dass er im Rang unter ihm stand. „Am besten scheint es mir zu sein, festzustellen, was die erfahrenen Krieger schon können!" Er sah Tasgetix, Primus und Hristo an. „Ich würde vorschlagen, wir lassen sie einen einfachen Angriff reiten."

„Ach, einen einfachen Angriff?" Tasgetix sah ihn herablassend an. „Hast du da etwas Bestimmtes im Sinn, Centurio?"

„Nein, suche dir was aus!", schob Lucius die Verantwortung geschickt an den Remer weiter. „Etwas für den Nahkampf und etwas für das Plänkeln!" Lucius war froh über seinen Geistesblitz. Waren das nicht die Aufgaben der Reiterei, von denen in den Rollen immer berichtet wurde?

„Plänkeln? Germanen?" Tasgetix versuchte nicht, seinen Spott zu verbergen. „Wie du meinst!"

Er ging zu den Decurionen und gab ihnen Anweisungen. Hristo und drei weitere Decurionen bestiegen ihre Pferde und ritten zu ihren Einheiten. Tasgetix erklärte Lucius die Aufgabe, die er den Ubiern gestellt hatte. „Die Pfähle dort drüben zeigen die feindliche Schlachtreihe", begann er die Erläuterung. „Auf das Signal zum Vorrücken greifen die ersten vier Turmae die Schlachtreihe an!"

Eine geschlossene Schlachtreihe angreifen? Zu Pferd? Hatte Tasgetix den Verstand verloren?

„Du musst den Befehl zum Angriff geben, Centurio!" Einen Augenblick zögerte er, aber dann gab er den Befehl. „Angriff!" Einen kurzen Moment geschah nichts, aber dann setzten sich Hristo und die vier Turmae in Bewegung. Sie stürmten auf den *Feind* zu und bildeten einen Angriffskeil. Lucius schaute gebannt zu und war gespannt, was sie beim Erreichen der *feindlichen Schlachtreihe* tun würden. Die Schwerter waren für Hiebe vom Pferd viel zu kurz. Jetzt waren die Ubier in Speerweite und müssten daher bald die Speere schleudern. Lucius konnte erkennen, wie die Speere wirbelnd auf das Ziel zuflogen. Aber was war das? Es sah so aus, als ob die Ubier durch das Werfen alle die Balance verloren hätten und vom Pferd fielen. Konnten Reiter so schlecht zu Pferd sein? Dann erkannte Lucius, dass sie abgesprungen waren und den Schwung nutzten, um in vollem Lauf auf den *Feind* zuzustürmen. Ein Contubernium trieb die reiterlosen Pferde zusammen und hielt sich bereit. Mit einem infernalischen Gebrüll durchbrachen die Ubier die Hecke und machten sie nieder. Im wahrsten Sinne des Wortes, denn von der Buschreihe war danach nichts mehr zu sehen. Lucius starrte gebannt und fasziniert auf die Attacke. Eine römische Centurie oder ein Manipel hätte diese Attacke von 100 Reitern vielleicht aufgehalten, aber die Räter, Helveter und Vindeliker? Niemals! Die Germanen hätten sie überrannt und in die Flucht geschlagen. Die Siegesschreie der Ubier klangen herüber, die vier Turmae sammelten sich und kehrten stolz zum Ausgangspunkt zurück. Anerkennend nickte Lucius Tasgetix zu: „Nicht schlecht!" Diese Ubier verfügten über eine beachtliche Schlagkraft.

„Abwarten!", war die knappe Antwort des Remers. Die nächsten vier Turmae machten sich bereit zum Angriff. Tasgetix zeigte auf sie. „Auf das Signal zum Vorrücken...", er wies auf den Cornicen, der das entsprechende Signal blies, „...rücken die vier Turmae nebeneinander vor und schleudern ihre Speere. Dann ziehen sie sich zurück und greifen wieder an und so weiter!"

Die vier Turmae fächerten auf und reihten sich nebeneinander auf. Diese Reihen waren nicht so exakt ausgerichtet, wie es bei Legionären der Fall gewesen wäre, aber immerhin. Das Signal ertönte und die Reihe setzte sich mit den Decurionen an der Spitze in Bewegung, um den *Feind* anzugreifen. „Was machen die denn da?", fragte Lucius entgeistert, als er bemerkte, wie sich die Reihen auflösten und die Ubier sich hinter ihren Decurionen zusammenballten. Jetzt flogen wieder die Speere, aber diesmal schwenkten die Decurionen befehlsgemäß ab. Dies war aber in einem so großen Pulk an Reitern alles andere als einfach. Die beiden äußeren Turmae schwenkten nach links und rechts ab, die Reihen ungeordnet und in großem Durcheinander, aber immerhin. Die beiden anderen aber waren beide nicht nach außen abgedreht, sondern nach innen. Das Chaos war unbeschreiblich, als die beiden Turmae aufeinanderprallten. Männer schrien, Pferde wieherten schrill. Es kam zu Stürzen, Pferde gingen durch und die Reiter, die sich zurückziehen konnten, hatten jede Ordnung verloren und mussten sich erst mühsam wieder sammeln. Nur wenige Herzschläge seit dem ersten Signal hatten genügt, um aus den wohlgeordneten Scharen einen zersprengten Haufen zu machen, und das ohne jede Feindeinwirkung.

Lucius spürte ein ungutes Gefühl im Magen. Diesem Haufen Disziplin beizubringen, glich dem Ausmisten des Augiasstalles. Er sah die anderen an. Hristo, der sich wieder zu ihnen gesellt hatte, schaffte es, gleichzeitig verlegen und wütend auszusehen. Lucius starrte Tasgetix verdattert an, der zuckte mit den Schultern und lachte verächtlich: „Germanen folgen ihren Führern und vielleicht den Feldzeichen, aber nicht den Signalen! Das zu ändern, ist deine Sache!"

Lucius Justinius Marcellus grüßt Quintus Sicculus,

ich schreibe dir vom Ende der Welt. Auf der anderen Seite des Rhenus drohen die wolkenverhangenen Berge des Mare Barbaricum herüber. Ist das nicht schön poetisch formuliert? Es regnet heute mal wieder, es regnet hier sehr viel und die Männer haben Zeugdienst. Die Zustände in diesem Lager sind furchtbar. Nichts ist organisiert, nichts ist vorbereitet. So habe ich keine Waffen, um zu Pferd zu kämpfen. Ich besitze weder Parma noch Hasta. Aber für den Kampf auf dem Pferd brauche ich nun einmal einen Reiterschild und eine Lanze. Scutum und Pilum sind da ganz unbrauchbar. Dafür ist aber niemand zuständig. Als ich versucht habe, sie für mich zu organisieren, wurde ich vom Konsul Julius zum Konsul Caesar geschickt. Da ich die Waffen eines Reiters brauche, ist Potitus, der Lagerpräfekt der Legion, nicht dafür zuständig, sagt er. Also bin ich zu Florus gegangen, der sich um die Belange der Auxilia kümmert. Der meint als Centurio stehen mir Parma und Hasta nicht zu. Wer ist also für mich zuständig? Außer Epona, der Göttin der Pferde, niemand, wie es scheint. Ich bin Tribun Pomponianus, der mit dem Befehl über mehrere Einheiten völlig überfordert ist, solange auf die Nerven gegangen, bis er schließlich ein Schreiben an den Legaten geschickt hat, und gestern kamen zumindest meine Waffen an. Diese Kosten darf ich natürlich jetzt auch noch abbezahlen. Also zahle ich doppelt, neben Gladius und Scutum zahle ich noch für die anderen Waffen. Mein Kettenhemd musste ich auch noch ändern, damit es auf dem Pferd getragen werden kann. Jetzt kann ich mich meiner Aufgabe widmen, einer Horde Barbaren Disziplin beizubringen, die so etwas gar nicht kennt, während ich mich außerdem um die Versorgung der Einheit kümmern darf. Mein Optio ist ein arroganter und überheblicher Remer, der auf die Germanen mit Verachtung herabsieht. Das tun wir Römer auch, aber wir sagen es ihnen nicht gerade ins Gesicht. Das erleichtert meine Aufgabe nicht und ich glaube, den Augiasstall auszumisten, wäre ein Spaziergang gegen meine Aufgabe. Zu allem Überfluss verstehen die meisten Ubier kein Latein und ich muss einen Dolmetscher zu Hilfe nehmen. Jupiter steh mir bei. Bis er das tut, habe ich leider nicht viel Zeit zum Schreiben.

Vale, Lucius

Die Tage vergingen wie im Flug und im und um das Lager herum wurde fieberhaft gearbeitet. Die Legionäre ersetzten die Hütten und Zelte durch solide Baracken und auf dem Forum entstand mit dem Prätorium ein richtiges Stabsgebäude. Vor dem Lager entstanden zwei Marsfelder. Das eine für die Fußtruppen direkt neben dem Lager und das andere für die Reiter jenseits der Furt auf der Insel. Dort waren einige Pfähle, die für die Übungen als Ziele dienten, eingerammt.

Als Lucius die ersten Abrechnungen mit Florus durchging, musste er gravierende Unregelmäßigkeiten feststellen. Die Ala verbrauchte viel weniger als nach seinen Berechnungen vorgesehen. Wie konnte das sein? Die Berechnungen für das Futter für die Pferde stimmten, aber die für die Menschen nicht. Er überprüfte die von den Signifern mit ihrem Zeichen versehenen Proviantlisten und stellte zu seiner Überraschung fest, dass die Einheiten nur einmal die Woche statt alle 4 Tage Proviant abholten. Er rief Primus zu sich und wollte den Grund dafür wissen. „Das ist Proviant für 4 Tage?", fragte der Ubier verblüfft. „Damit kommen wir normalerweise eine Woche aus." Das würde erklären, warum einige der Ubier im Gegensatz zu Galliern und Römern so hohlwangig wirkten. Er hatte das auf eine asketische Lebensweise zurückgeführt aber die Germanen schienen schlicht und ergreifend unterernährt zu sein. Kein Wunder, dass die Horden immer in Gallien einfielen.

„Unsinn!", sagte er laut. „Bei den Adlern gibt es genug zu essen, also ab jetzt holt ihr zweimal die Woche eure Rationen ab." In Primus' Gesicht stritten Verlangen und Stolz. „Eine kleine Anhebung der Rationen ist ausreichend!", bemerkte er von oben herab. „Wir Ubier sind es gewohnt, mit wenig auszukommen!" „Dann werdet ihr jetzt lernen, mit mehr auszukommen!", stellte Lucius entschieden fest und versuchte, sich vorzustellen, wie er die Strapazen seiner Ausbildung oder den Feldzug gegen die Räter und Vindeliker mit halben Rationen hätte bewältigen wollen. „Wenn sich die Legionen in Marsch setzen, werden andere Anforderungen an Marsch und körperliche Arbeit gestellt werden, als ihr es bisher gewöhnt seid!", erläuterte er und fuhr schnell fort, als er sah, dass Primus protestieren wollte. „Schon alleine aus dem Grund, weil das Imperium größer ist als das Land der Ubier, müssen wir in der Lage sein, größere Entfernungen schnell zurückzulegen! Also Schluss mit der Debatte, informiere die anderen Decurionen!", wies er den Häuptling an.

Kampfübungen Mann gegen Mann. Am Boden eine Kleinigkeit für ihn. Aber jetzt war Lucius gespannt, wie er auf einem Pferd zurechtkommen würde. Nicht, dass er daran zweifelte, diese Aufgabe zu meistern, aber er wollte gegenüber den Ubiern nicht in schlechtem Licht erscheinen.

Immerhin waren es die erfahrensten Krieger. Lucius schwang sich auf sein Pferd. Er versuchte, einen festen Sitz in dem Sattel zu bekommen, wie er es auf dem Hof gelernt hatte. Mit der Schildhand ergriff er die Zügel und lenkte das Pferd auf den *Feind* zu, einen Pfahl, an dem ein Scutum lehnte. Ziel der Aufgabe war es, anzureiten und die Lanze oberhalb des Schildes in die *Brust des Feindes* zu rammen. Er zog die Hasta aus dem Boden und begann seinen Anritt. Wie lange war es her, dass er auf dem Hof mit einem Pferd Eques gespielt und Bäume mit Lanzen traktiert hatte? Es schien ein Menschenleben her zu sein. Er trieb das Pferd weiter an und seine Augen waren starr auf das Ziel gerichtet, wie er es gelernt hatte. Nur nicht ablenken lassen. Vorsichtig korrigierte er den Anlauf des Pferdes und versuchte, mit der Lanze zu zielen, deren Spitze den Flug eines Schmetterlings nachahmte. Halt doch dieses Scheißteil ruhig, beschimpfte er sich selbst. Rasend schnell kam der Pfahl näher. Scheppernd traf die Lanzenspitze den Schildrand und der Rückstoß prellte ihm den Arm. Er stieß einen leises Stöhnen aus. Bei Mars, tat das weh. Die Hasta rutschte ihm aus der Hand und fiel zu Boden. Damit nicht genug, der umfallende Schild brachte das Pferd zum Scheuen. Es sprang zur Seite. Lucius ruderte mit dem freien Arm und versuchte, wieder festen Sitz zu bekommen. Aber schon der Aufprall hatte ihn in Schräglage gebracht und nun bemerkte er, wie er zur Seite kippte. Langsam, wie in einem Traum, rutschte er zur linken Seite und versuchte, sich an einem der Sattelhöcker festzukrallen. Er hing in der Schwebe und hoffte doch im Sattel zu bleiben, während sein Pferd munter weitertrabte. Er verstärkte den Griff um den Höcker und zog sich langsam wieder nach oben. Das Pferd erreichte das Ende des Platzes und wendete selbstständig nach links. NEIN!, schrie Lucius innerlich auf, als er merkte, wie ihm der Knauf entglitt. Schwer schlug er auf dem Boden auf und ächzte benommen. Höhnisches Gelächter drang an seine Ohren, während er benommen am Boden lag. Er hörte Hufschlag näherkommen. Lucius ließ den Schild los und rappelte sich mühsam auf. Sein linker Arm fühlte sich taub vom Sturz an, war aber, Äskulap sei Dank, nicht gebrochen. Er sah sich um. Sein Pferd war nach einige Schritten stehen geblieben und sah zum ihm hinüber. Sein Schweif wedelte und es schien fast so, als ob es ihn auslachen wollte. Das Gelächter kam aber von den Ubiern, die sich gar nicht mehr einbekommen wollten. Mühsam humpelte er zu dem Pferd, zog sich in den Sattel und ritt zu den anderen zurück. Er starrte auf die Ohren des Pferdes und war sich sehr wohl bewusst, dass alle Blicke auf ihm ruhten. Der junge Marcus Haldavoo sah in verwundert an. Tasgetix lachte hämisch und auch Hristo grinste schadenfroh: „Es ist ja allgemein bekannt, dass Römer lieber zu Fuß kämpfen." Primus hielt auf seinem Pferd neben ihm, sagte etwas in der ubischen Sprache zu Hristo, wendete sein Pferd und ritt davon. Etwas Freundliches war es nicht gewesen, dessen war sich Lucius sicher. Er sah Marcus an, der nicht besonders glücklich aussah. „Nun, was hat er gesagt?", hakte Lucius nach. Der Ubier machte eine unbestimmte Handbewegung. „Nur so eine Redensart!"

Er hatte die Augen niedergeschlagen. „Was hat er gesagt?", fragte Lucius schärfer. Die Stimme des Jungen war fast nicht zu hören. „Und so einer will Männer befehligen."

* * *

SIEBEN · RIESEN

Der Baumstamm, der als Ramme dienen sollte, wurde bereitgelegt. Die Schutzdächer gegen Steine und Speere wurden in Position gebracht. Rüdiger sah in die Runde: „Fertig?"

Die Sugambrer nickten angespannt. Gerolf leckte sich die spröden Lippen. „Los!"

Gerolf und seine Gruppe von Kriegern huschten aus dem Wald auf den Weg. Sie rannten so schnell sie konnten die hundertfünfzig Schritte auf das offene Tor zu. Noch hundertdreißig Schritte, hundertzehn, hundert. Kein Alarmruf ertönte, kein Speer kam geflogen. Achtzig. Jetzt konnten sie das Tor der Burg deutlich erkennen. Zwei Wachen unterhielten sich und dahinter sah man Frauen, die ihrem Tagwerk nachgingen. Gerolf konnte sein Glück kaum fassen. Obwohl das Heer seines Vaters nur wenige Tagesmärsche entfernt war, schien niemand in der Keltenburg in Alarmbereitschaft zu sein. Neunzig Schritte. Eine der Wachen gähnte und sah vom Wehrgang hinunter auf den Weg. Gerolf konnte erkennen, wie sie erstarrte. Für einen Augenblick schien sich der Kelte in Stein verwandelt zu haben. Dann stieß er einen gellenden Warnschrei aus, der von einem Horn beantwortet wurde.

Gerolf spannte noch einmal alle Muskeln für einen letzten Spurt an, aber sie würden es nicht schaffen. Langsam schlossen sich die Torflügel und oben auf der Mauer erschienen immer mehr Krieger. Die ersten Speere wurden ihnen entgegengeschleudert.

„Halt!“, rief er enttäuscht und die Sugambrer kamen schlitternd zum Stehen. Es war nicht nötig, sich in die Reichweite ihrer Waffen zu begeben. Vierzig Schritte hatten zum Tor gefehlt, wenn die Wache sie nur zehn oder zwanzig Herzschläge später gesehen hätte... Gerolf fluchte und drehte sich um.

Rüdiger und die restlichen Kämpfer hatten die Baumgrenze passiert und kamen ebenfalls den Weg hinauf.

Ein Stein schlug neben ihnen auf dem Weg auf. „Lasst uns ein paar Schritte zurückgehen!“, schlug Ranulf, sein Erster Gefolgsmann, vor. Ranulf war ein erfahrener Krieger, der ihm das Waffenhandwerk beigebracht hatte. Gerolf nickte und sie zogen sich ein paar Schritte zurück. Rüdiger blieb bei ihnen stehen. „Schade. Fast hätte der Handstreich geklappt!“, meinte er bedauernd, während seine Männer zum Angriff übergingen. Steine und Wurfspeere deckten die Mauer rund um das Tor ein, während die Männer mit der Ramme anliefen. So gut es ging, versuchten die Männer mit den Schutzdächern, sie zu schützen. Wenn es schnell ging, hatten die Eburonen keine Zeit, Wasser heiß zu machen.

BUMM! Die Ramme schlug gegen das Tor. BUMM!

„Nimm deine Männer und die Leiter und schau, ob du eine geeignete Stelle an der Mauer findest!“

Gerolf brummte unwillig und winkte den Männern zu folgen. Diese Aufgabe war von Rüdiger als Angriffsmöglichkeit und Ablenkung gedacht. Gerolf hatte den Verdacht, dass er es in erster Linie als Ablenkung sah und ihn deswegen damit beauftragt hatte. Natürlich wollte Rüdiger nicht derjenige sein, der den Sohn des Aldermanns beim Sturm auf eine unterbesetzte Burg verlor, aber Gerolf war hier, um zu kämpfen, und nicht, um beschützt zu werden. Dann hätte er sich auch gleich dem Hauptheer an der Syburg anschließen können.

Mühsam kletterten sie an dem Hang entlang, auf der Suche nach einer geeigneten Stelle, um eine Leiter anzulegen. Gerolf versuchte auf der Mauer etwas zu erkennen, konnte aber keine Wache entdecken. Noch schien sich keiner für sie zu interessieren und sie zogen keine Krieger vom Tor ab. Sie hielten sich alle am Tor auf, wo sie Steine und Speere auf die Angreifer herabregnen ließen.

Gerolf blieb unschlüssig stehen.

„Hat man uns noch nicht entdeckt?", fragte er niemand bestimmten.

„Vielleicht ist die Mauer hier uneinnehmbar!", merkte einer von Rüdigers Männern an.

„Meinst du?", fragte Gerolf beinahe kläglich. Möglicherweise hatte der Mann ja recht. Die Mauer war doppelmannshoch. Damit wäre das ganze Ablenkungsmanöver sinnlos. Ranulf stieß ihn an. „Egal! Dort hinten ist das zweite Tor. Greifen wir eben das an!"

Sie eilten weiter, die Kampfgeräusche hinter ihnen wurden leiser. „Da!", rief einer der Männer und zeigte auf die Mauer. „Die Stelle sieht gut aus!" „In der Tat!", bestätigte Ranulf. „Schnell die Leiter!"

Sie richteten die Leiter an der Mauer auf, als über ihnen ein Horn erklang.

„So eine Scheiße!" „Sie haben uns entdeckt!" „Sollen wir uns zurückziehen?"

Gerolf hörte das Durcheinanderrufen kaum. Das war seine Möglichkeit.

„Rauf! Schnell! Rauf!", rief er dem ersten Krieger zu. Sofort schwärmten die Männer aus, um den Kriegern auf der Leiter Deckung zu geben. Ein Eburone erschien oben auf der Mauer und versuchte, die Leiter wegzustoßen. Sofort wurde er mit Wurfspeeren eingedeckt und verschwand blitzschnell.

Entweder war er getroffen worden oder aber er hatte sich fallen lassen. Es war wohl zweiteres gewesen, denn jetzt erhob sich die Gestalt wieder, diesmal durch einen Schild geschützt. Jetzt konnte er die Leiter nicht mehr umstoßen, aber er konnte immer noch die Krieger auf ihr attackieren.

Wieder schleuderten sie ihre Wurfspeere. Gerolf sah, wie sie sich rasend drehten und oben auf der Mauer einschlugen. Der Eburone wuchtete aber weiter einen Steinbrocken auf die Mauerkante und stieß ihn an. Rumpelnd stürzte er nach unten, traf den Krieger, knallte gegen eine Sprosse und flog mitten unter die Sugambrer, die die Leiter stützen. Der Krieger auf der Leiter stieß einen gurgelnden Schrei aus und fiel herunter.

„Das ist Wahnsinn!", murmelte der Krieger neben Gerolf. „Mit zwanzig Mann kann man keine Mauer stürmen!" Ein zweiter Stein kam geflogen und streckte einen weiteren Krieger nieder. Die Sugambrer sahen zögerlich auf die Leiter. Niemand schien gewillt zu sein, als nächster seinen Schädel zu riskieren.

„Wir sollten uns zurückziehen!", sagte Ranulf und packte Gerolf an der Schulter. Der schüttelte ihn ab. „Ich bin Gerolf, Sohn des Gerwin, dem Aldermann der Speersippe, Krieger der Sugambrer. Ich werde vor einem Kelten und seinen lächerlichen Steinen nicht weichen."

Er sprang zur Leiter und kletterte sie eilends hinauf. Er presste sich so eng es ging an sie und hielt den Schild zum Schutz über sich. „Werft! Werft! Werft!", schrie Ranulf unten und folgte ihm nach.

Etwas surrte von unten vorbei und dann prasselten die Speere über ihm gegen die Mauer. Mit jeder Sprosse stieg die Anspannung, jeden Moment erwartete er den Einschlag eines Steinbrockens. Er durfte nicht zögern, er durfte nicht weichen. Nicht vor diesen Hundesöhnen. Er dachte an die Zeit der großen Fehde vor einigen Sommern. Sie hatten gegen die Hirschsippe im Norden Krieg geführt, als die Eburonen von Süden in ihre Gaue eingefallen waren und die Dörfer geplündert hatten. Wenn die tenkterischen Reiter nicht gewesen wären, weiter, noch eine Sprosse, noch eine Sprosse, Gerolf mochte sich gar nicht vorstellen, was das für Folgen hätte haben können. Die Schwester seiner Mutter war damals erschlagen worden und sein Vetter Germar, war von seinen Eltern groß gezogen worden. RUMMS! Ein Stein traf den Schildrand und brachte ihn ins Schwanken. Er warf sich nach vorne und presste sich an die Leiter.

„Ihr Schweine, euch kriege ich!" Wut stieg in ihm auf. Er spähte nach oben. Er war fast oben. Er wechselte die Keule von der Schildhand in die freie Hand und zog sich mit der Schildhand die Leiter hoch. Dadurch gab er zwar die Deckung auf, aber das gab ihm die Möglichkeit den Verteidiger auf der Mauer anzugreifen. Hatte Rüdiger zumindest behauptet, als er ihm eingeschärft hatte, wie man mit einer Leiter eine Mauer erstürmt. Wieder prasselten Speere über ihm gegen den Eburonen, der aber, durch den Schild geschützt, weiter allen Würfen trotzte. Jetzt spähte er am Schild vorbei nach unten und sie sahen sich für einen Augenblick direkt in die Augen. Dann sah Gerolf, wie der Eburone eine Lanze zum Stoß erhob. Teiwaz! Hilf mir! Er schnellte förmlich die Leiter hoch und schlug mit aller Kraft in einem weiten Bogen mit der Keule zu. Er traf den Schildrand und spürte den Schlag im ganzen Arm.

Er hatte den Kelten natürlich nicht verletzt aber zum Taumeln gebracht. Der Stoß mit der Lanze ging fehl und Gerolf schlug schnell nach dem Arm. Er spürte, wie unter dem Schlag der Knochen brach. Mit einem Schrei ließ der Eburone die Lanze fallen. Jetzt galt es. Er zog sich die letzten Sprossen hoch und warf sich auf den Verteidiger. Wild hieb er dabei mit der Keule um sich. Krachend kamen sie auf der Mauer zu liegen. Gerolf ließ die Keule fahren und zerrte seinen Sax heraus. Er stieß immer wieder Richtung Halsansatz. „Immer auf Hals oder Gesicht zielen!“, hatte Rüdiger ihm eingeschärft. „Der Körper ist vielleicht durch ein Kettenhemd geschützt!“

Der Schrei wurde von Blut erstickt. Gerolf spürte, wie der Körper unter ihm krampfte und dann schlaff wurde. Einen Moment senkte er müde seinen Kopf. Ein Warnschrei über ihm ließ ihn herumfahren. Ranulf stand über ihm und schleuderte seine Keule gegen eine weitere Wache, die herangestürmt war. Gerolf raffte seine Keule auf und richtete sich auf. Mit seinem Schild fing er den Schwerthieb auf und sprang zurück, um Platz zu gewinnen. Der Kelte setzte nach, aber Ranulf rammte ihm seinen Dolch in die Seite. Noch ein Verteidiger. Gerolf wich dem Schwerthieb aus und rammte ihn dann mit der Schulter. Mit einem Schrei stürzte der Eburone die Mauer herunter und blieb unten reglos liegen. Jetzt kamen immer mehr Sugambrer die Leiter hoch und sicherten die Mauer. Unten in der Burg sammelten sich die Frauen und Kinder und begannen, sie mit Steinen zu bewerfen.

„Schildwall!“, rief Ranulf und sofort drängten sich die Sugambrer zusammen und schützten sich gegen den Beschuss.

Einige Herzschläge trotzten sie dem Beschuss, aber sie konnten hier nicht ewig hocken bleiben. Gerolf spähte zum Tor. Hatte es Rüdiger schon durchbrochen? Es sah nicht so aus.

„Da rüber!“ Er winkte zum Tor und die Männer schlichen geduckt durch die Schilde dorthin.

Würde sich ihnen jemand entgegenstellen? Die Mauer war hier nur einen Schritt breit und leichter zu verteidigen. Richtung Tor verbreiterte sie sich allerdings auf zwei bis drei Schritte. Dort war mehr Platz zum Kämpfen, wenn die Eburonen sie also aufhalten wollten, dann mussten sie es bald tun. In der Tat blockierten drei Krieger den Weg.

„Und nun?" Gerolf sah Ranulf ratsuchend an. Wenn sie sich den Eburonen im Einzelkampf stellten, wären sie dem Beschuss aus dem Hof ausgesetzt. „Eberkopf!", sagte der erfahrene Kämpfer. „Wir überrennen sie!" Die Sugambrer drängten sich dicht zusammen, die rechte Seite zum Hof hin mit Schilden geschützt. „TEIWAZ!" Sie stürmten, die Speere gefällt, auf die Eburonen zu. Gerolf spürte einen Schlag an der rechten Seite. Er hörte von hinten einen Schrei, aber alles das kümmerte ihn nicht. Seine Augen waren starr auf die Eburonen gerichtet, die den Weg blockierten. „TEIWAZ!"

Speere wurden geschleudert. Die Eburonen wichen erst einen Schritt zurück, dann noch einen und dann flohen sie die Mauer entlang. „TEIWAZ!", donnerten die Sugambrer und setzten ihnen nach.

Der erste wurde eingeholt, zu Boden geworfen und niedergetrampelt. Gerolf trat auf etwas Weiches, strauchelte, fing sich wieder und rannte weiter. Der nächste Eburone war fast eingeholt, er sah sich mit entsetztem Blick um und sprang voller Panik von der Mauer in den Hof. Der letzte ließ Schild und Schwert fallen und versuchte, schnell die Treppe hinunterzueilen. Ein Speerwurf traf ihn in den Rücken. „TEIWAZ!" Sie stürmten weiter auf das Tor zu. „Halt, halt!" Die Rufe drangen nur von Ferne an Gerolfs Ohr. Schweratmend kamen sie zum Stehen. Er sah sich erstaunt um. Das Tor stand sperrangelweit offen und Rüdigers Krieger strömten herein. Die Eburonen zogen sich zwischen die Hütten und Häuser zurück. Gerolf schluckte, als er die Masse an Menschen sah. Immer noch flogen vereinzelte Speere und Steine zu ihnen hinauf. Ein Stein schlug direkt neben Gerolfs Fuß auf. Der Kampf war noch nicht vorbei.

„Gut gemacht Gerolf!", rief Rüdiger von unten. Er wischte sich den Schweiß von der Stirn. „Besetzt auch das andere Tor und lasst niemanden heraus." Gerolf winkte zustimmend und jetzt hasteten sie den Mauerweg zurück, den sie gerade gekommen waren. Das andere Tor war geöffnet worden und wurde von einigen Kriegern bewacht. Sie flohen aber sofort in die Burg zurück, als sich die Sugambrer mit Teiwaz-Rufen näherten. Sie schlossen das Tor und keilten es fest. Es sollte von innen nicht so einfach zu öffnen sein. Dann besetzten sie die Mauer zu beiden Seiten des Tores und warteten. Gerolf war gespannt, was Rüdiger vorhatte. Mit der Besetzung der Tore und der Mauer dazwischen hatten sie alle Vorteile auf ihrer Seite. Wenn sie sich aber in das Gewirr zwischen die Hallen begaben, konnte es sich ins Gegenteil verkehren. Wenn die Eburonen keinen Ausweg mehr wussten, würden alle, die Frauen, Alten und Kinder, bis zum letzten Atemzug kämpfen und da unten waren einige Hundert versammelt.

„Es wäre besser gewesen, das Tor offen zu lassen und sie aus der Burg zu treiben!", knurrte Ranulf dem offensichtlich ein ähnlicher Gedanke gekommen war. Plötzlich dröhnte Rüdigers Stimme herüber: „Volk der Eburonen! Ist hier jemand, der ermächtig ist, mit mir zu verhandeln?"

Einen Moment herrschte Schweigen, dann drängte sich ein älterer Mann nach vorne: „Wer bist du und was willst du?"

„Ich bin Rüdiger von der Speersippe, Hunno der Syburg und spreche hier für Gerwin, den Aldermann der Speersippe!" Gerolf stimmte in das Geschrei der Männer ein, das auf diese Worte folgte. Der Name des Eburonen ging in diesem Geschrei unter. Rüdiger wartete, bis alles still war und alle ihn in der Burg hören konnten.

„Ich will, dass ihr eure Waffen niederlegt und mir die Burg übergebt!" Hohngelächter war die Antwort. „Komm runter und hol sie dir!"

„Dann könnt ihr...", Rüdiger ließ sich von dem Geschrei nicht aus der Ruhe bringen. „Dann könnt ihr alle die Burg verlassen! Alle Menschen, aber das Vieh bleibt hier."

Wütendes Geschrei beantwortete diese Forderung.

„Du redest im Fieber!", schrie der Eburone. „Du hast beide Tore, na gut, aber hier unten stehen noch über fünfzig Krieger und über hundert Jungmänner. Und unsere Frauen, einige sind Schwertfrauen, unsere Alten, die noch wissen wie man kämpft!"

„Und hier oben stehen zweihundert Krieger mit Fackeln!" Rüdiger wies in die Runde auf dieses Zeichen entzündeten die Männer um ihn herum an einem Feuer ihre Fackeln. „Und die schleudern wir in eure Hütten und brennen alles nieder! Eure Krieger, eure Jungmänner, eure

Schwertfrauen, eure Kinder und euer Vieh!" Das Geschrei war ohrenbetäubend. „Überlegt es euch!" Rüdiger rief inmitten des Getöses. „Gebt auf und ihr werdet leben. Ansonsten werdet ihr alle brennen!"

„Was passiert, wenn wir uns ergeben? Alle können gehen?"

„Alle können gehen, aber euer Vieh bleibt hier", wiederholte Rüdiger.

„Und wovon sollen wir leben?"

„Geht zu eurem Heer, das wird Vorräte haben!" Rüdiger zuckte gleichmütig mit den Achseln.

„Ja und damit schwächen wir es!", schrie der Eburone aufgebracht. „Du verurteilst uns zum Hungertod!" „Oder zur Unterwerfung!" Mehrere Eburonen waren zu dem Sprecher getreten und stritten heftig. Rüdiger gab den Männern einen Wink. Daraufhin entzündeten sie noch weitere Fackeln und verteilten sich auf der Mauer. Als die Eburonen bemerkten, was oben auf der Mauer geschah, unterbrachen sie ihren Streit und beobachteten das Vorgehen, um gleich darauf umso heftiger fortzufahren. Rüdiger unterbrach sie. „Also, was wird jetzt? Eure Zeit ist um!"

„Wir übergeben die Burg!" Der Jubel der Sugambrer wurde vom Wutgeschrei der Eburonen übertönt.

Stolz sah Gerolf zu, wie die Eburonen ihre Waffen abgaben und dann die Burg verließen. Sie machten sich zu ihren Brüdern, Männern und Vätern auf, die sich zwischen den Sieben Riesen versteckt hielten. Sie warteten auf den Vormarsch der Sugambrer in die Täler und wussten nicht, dass dieser Vormarsch nicht kommen würde. Gerwin, der Aldermann der Speersippe, hatte seine Krieger so offensichtlich bei der Syburg zusammengezogen, dass die Eburonen alle Zeit der Welt hatten, Frauen und Kinder in ihrer Burg in Sicherheit zu bringen. Die Krieger der Eburonen würden auf den Hängen der Sieben Riesen lauern und nur darauf warten, dass die Sugambrer so töricht seien, sich zwischen die Berge zu wagen. Gerwin dachte aber gar nicht daran, sondern er schickte Rüdiger mit einem Trupp Krieger über den Rhein. Dort, im Ubiergebiet würde sie niemand vermuten, umgingen sie die Eburonen, setzten in ihrem Rücken wieder über den Fluss und hatten jetzt die Burg im Handstreich genommen. Außer Ansgar, seinem Waffenträger, waren alle Männer aus Rüdigers Gau und Gerolf kannte sie kaum mit Namen. Dies würde sich aber bald ändern. Der Grund hatte rote Haare, war Rüdigers Tochter und ihm versprochen. Dass in Gerolfs Augen Telma außerdem das entzückendste Geschöpf der Welt war, machte diese Verbindung noch reizvoller. Sobald beide erwachsen waren, sollte die Hochzeit stattfinden. Gerolf hatte vor drei Sommern auf dem Thing den Eid gesprochen, aber Telma hatte noch nicht geblutet und nach der Aussage ihrer Mutter könnte es auch noch ein Jahr dauern.

„Das ist wie mit euren Stimmen!", hatte sie erklärt. „Bei dem einen ist es früher, bei dem anderen später!" Noch ein Jahr warten? Fria, stehe mir bei, flehte Gerolf, wie soll ich das den Sommer über durchstehen. Telma weilte den Sommer über in Benesbure, wo Gomatrud, Gerolfs Mutter sie unter ihre Fittiche genommen hatte. Ihr Anblick brachte sein Blut in Wallung und er hätte ihr am liebsten jetzt schon beigewohnt. Zu seinem Glück hatte Teiwaz seinem Vater eingegeben, dass dieses Jahr das Problem mit den Eburonen endgültig zu lösen sei. Die Keltenburg war die mächtigste Burg am Rhein und im direkten Angriff nicht zu bezwingen. Mit ihrer Eroberung verloren die Eburonen ihre letzte große Fluchtburg und sie waren der Speersippe jetzt auf Gedeih und Verderb ausgeliefert. Vielleicht waren sie so verrückt, sich seines Vaters Heer in der Schlacht zu stellen, aber die Männer der Speersippe würden sie hinwegfegen. Und mit der Unterwerfung der Eburonen stieg die Speersippe zur dritten großen Sippe neben der Teiwaz- und Wolfssippe auf.

ÜBER · DEN · FLUSS · UND · IN · DIE · WÄLDER

CASTRUM · UBIORUM, · ALA

Der Gang über das Forum kam ihm wie ein Meilenmarsch vor. Am liebsten hätte er sich in seiner Unterkunft verkrochen, aber er musste zu dem vorübergehenden Präfekten Florus hinüber. Jeder sah ihn an oder hinter ihm her oder lachte über ihn, da war sich Lucius sicher. Aber ihm blieb nichts anderes übrig, als stoisch mit hocherhobenem Haupt durch das Lager zu gehen. Die Wache nahm Haltung an, als er sich näherte. Dies versetzte ihn in eine leicht bessere Stimmung. Offensichtlich hatte er hier etwas bewirkt. „Zum Lagerpräfekten!", sagte er den Legionären. Die Bezeichnung Lagerpräfekt hatte sich für Florus durchgesetzt, auch wenn er streng genommen keiner war. Die Legionäre musterten ihn kurz, dann drehte einer von ihnen den Kopf und brüllte in den Gang: „Der Miles Gloriosus für den Praefecetus Castrorum!" „Du kannst durchgehen, Herr", bemerkte der andere grinsend und das „Herr" besonders betonend. In seinem Inneren war alles zu Eis erstarrt. Nur nicht die Nerven verlieren, beschwor er sich und stolzierte an ihnen vorbei. Florus nahm die Wachstafel mit seiner Bestellanforderung für Wein und andere Sonderrationen ohne Gemütsregung entgegen und erkundigte sich bei Lucius fürsorglich nach seinen ersten Eindrücken von den Barbaren. Nur zu gerne hätte Lucius geglaubt, hier auf Kameradschaft zu stoßen, aber seit wann waren Barbaren zivilisiert. Er machte einige nichtssagende Bemerkungen über die Ubier und stoppte, als er sah, was Florus mit der Wachstafel machte. Er hielt diese immer noch in der Hand und hielt sie so zur Seite, dass sie *versehentlich* über einer Öllampe hing. Als Florus bemerkte, dass Lucius auf die Tafel starrte, zog er die Hand zurück und klappte die Tafel auseinander. „Hier steht ja gar nichts Gescheites drin!", bemerkte er erstaunt und präsentierte Lucius die Tafel. Das Wachs war geschmolzen und über die Schrift gelaufen. „Der Miles Gloriosus kann also auch nicht schreiben. Schade, wenn du schon nicht reiten kannst!" Lucius hätte ihm am liebsten das selbstgefällige Grinsen aus dem Gesicht geprügelt. Er beherrschte sich aber und ritzte die Bestellung erneut in die Tafel und reichte sie Florus. Der dankte huldvoll und versprach, sie wie seinen Augapfel zu hüten. Lucius stürmte wortlos hinaus. Er rechnete nicht damit, dass seine Verpflegung jemals ankommen würde.

Wenn man die Knie gegen die vorderen Hörner des Sattels presste und sich mit dem Rücken gegen die hinteren stemmte, hatte man einen sicheren Halt. Dies hatte Lucius mittlerweile herausgefunden. Er hielt die Parma, den kleinen Rundschild der Reiter, vor sich und die Hasta unter den rechten Arm geklemmt. Jetzt galt es, die Schildhand, die zugleich den Zügel führte, ruhig zu halten. Vorsichtig berührte er Sagitta mit den Fersen. Langsam näherte er sich dem Beginn der Übungsstrecke. Er zwang sich dazu, jeden Tag die gleichen Übungen wie die jungen Ubier zu machen, auch wenn er nur drei Monate in dieser Ala Ausbilder war und danach wieder zu Fuß kämpfen würde. Ich werde nicht noch einmal zum Gespött werden!, beschwor er sich.

Auf der Übungsstrecke mussten Angriffs- und Abwehrbewegungen durchgeführt werden.

Lucius stieß mit der Hasta Richtung Pfahl, lenkte daraufhin sein Pferd in die Gegenrichtung, um mit der Parma einen imaginären Angriff abzuwehren. Jetzt ein schneller Trab, um ein neues Ziel anzuvisieren, und dann erneut wieder Attacke, Abwehr. Die Lanze wirbelte herum und er stach nach einem *Feind*, der lag oder hockte. Wieder wirbelte die Lanze und er stach nach einem *Reiter* und jetzt: „Halt!"

Gehorsam kam Sagitta zum Stehen. Lucius schob aufatmend die Hasta in die Halterung am Sattel und zog einen Wurfspeer hinter seinem Schild hervor. „Vorwärts!" Er trieb *den Schurken* wieder an. Das Pferd trabte los und er lenkte es an der *Schlachtreihe* entlang. Diese wurden von einigen Scutums gebildet, die an Strohballen lehnten. Die Herausforderung dabei war, den schmalen Bereich des Strohballens oberhalb des Schildes zu treffen und dabei dem Feind nicht zu nahe zu kommen. Es galt, zwei bis drei Speerlängen Abstand zu halten, damit man nicht in die Reichweite der Speere und Lanzen des Feindes geriet. Er schleuderte den Speer. Zu tief, der Speer prallte vom Schild ab. Nächster Wurf, zu hoch. Er stieß einen Fluch aus. Dritter Speer, wieder zu hoch. Er lenkte das Pferd um, als er das Ende der Reihe erreichte. Schlechte Ausbeute, aber in der zweiten Reihe habe ich Schaden angerichtet, verspottete er sich selbst.

Keine Zeit zum Grübeln, denn jetzt galt es, wieder die Hasta zu nehmen und sich auf die finalen Attacken vorzubereiten, er rammte die Hasta einem *feindlichen* Strohballen in die *Brust*. Der *Feind* wurde fortgeschleudert und Lucius hatte einige Mühe, die Lanze in der Hand und das Gleichgewicht auf dem Pferd zu halten. Er zog die Hasta mit einer Drehbewegung heraus und stieß jetzt das spitze Lanzenende in den *Körper* des nächsten Feindes. Wieder nutzte er die Drehbewegung, um die Lanze herauszuziehen. Jetzt kam noch einmal die Lanzenspitze zum Einsatz und dann hatte er den Übungsritt abgeschlossen. Er ritt zum Ausgangspunkt zurück und stieg schwer atmend vom Pferd. Diese Handhabung der Lanze war ganz schön kraftraubend. Der Schweiß rann ihm in Strömen über das Gesicht. Tasgetix musterte ihn hochnäsig: „Die Wendungen sind zu langsam und nicht rund genug. Außerdem sind die Stöße mit der Lanze schlecht auf die Bewegungen des Pferdes abgestimmt! Kein Remer würde so dilettantisch reiten." Lucius war zu müde und hörte sich gleichmütig die Tiraden an. Tasgetix ließ keine Gelegenheit aus, um jedem gegenüber zu betonen, wie überlegen die Remer zu Pferd waren. Auch als Lucius ihm mitgeteilt hatte, dass er die Grundausbildung der jungen Ubier, der Probati, mitmachen würde, hatte ihn der Remer von oben herab behandelt, genauso wie er auch die Ubier von oben herab behandelte, was zu ständigen Reibereien führte. Die Ubier beklagten sich grundsätzlich über einen Remer als Ausbilder: „Als ob wir nicht selber unseren Jünglingen das Kämpfen und Reiten beibringen könnten." Lucius hatte selber erlebt wie ein ubischer Decurio, der gerade noch in bester Koine die Heldentaten seiner Ahnen gepriesen hatte, plötzlich stumm wie ein Fisch wurde. Er verstand auf einmal kein Wort mehr, wenn Tasgetix die Leistung der Turma kritisierte. Es musste erst ein Dolmetscher bemüht werden, um die Mängel zu besprechen. Dies kostete alles Zeit und Nerven. Aber auch das Verhalten der Decurionen trieb Lucius an den Rand des Wahnsinns. Sie prahlten untereinander mit den Taten ihrer Ahnen und dabei sah eine Gens auf die andere herab. Sogar, dass der eigene Pagus nichts Besonderes bot, war ein Grund zum Angeben. Glaucus von den Waldsöhnen prahlte, dass ihr Pagus fast komplett mit Wald bedeckt war und sie daher das härteste Los aller Ubier trugen. Am schlimmsten war es zwischen den Flusssöhnen und den Pferdesöhnen. Die einen beriefen sich darauf, dass sie die ältesten Ubier der Civitas waren, und die anderen, dass sie die reichsten waren und außerdem das Stammesheiligtum kontrollierten. Jeder sah geringschätzig auf den anderen herab und keiner wollte hinter dem anderen zurückstehen. Sobald die erste Turma von Primus etwas bekam und wenn es nur die Essensration war, stand Hristo bei Pomponianus oder Lucius auf der Schwelle und forderte dies auch für seine Turma und seine Sippe.

„Eure Sippen sind mir scheißegal!", hätte ihm Lucius am liebsten entgegengeschleudert, aber Stolz auf die Taten der Ahnen, das war etwas, was Römer und Ubier gemeinsam hatten. Die Stimmung im Lager war gereizt und Tasgetix' großspuriges Auftreten gegenüber den Decurionen trug nicht gerade zur Entspannung bei. Pomponianus als sein Patron war auch keine Hilfe. „Du bist für die Disziplin zuständig!", wies er die Verantwortung an Lucius zurück. „Tasgetix ist aber dein Klient und sein Verhalten fällt auf dich als Patron zurück!", konterte Lucius schlagfertig. Diesem Hinweis konnte sich der Präfekt nicht entziehen. Hoffentlich bewirkt es etwas!, dachte Lucius.

Lucius führte Sagitta zum Rand des Übungsplatzes, wo Marcus Haldavoo das Pferd in Empfang nahm.

„Ich kümmere mich erst um Sagitta und komme dann gleich nach", sagte der junge Ubier und brachte das Pferd weg. Lucius stöhnte innerlich auf, während er sich auf den Weg zu seiner Baracke machte. Warum in Jupiters Namen war er auf diese blöde Idee verfallen, unbedingt den ubischen Dialekt zu lernen? Und das für eine Dienstzeit von nur drei Monaten? Worauf hatte er sich da nur eingelassen? Hatte er nicht genug zu tun? Die Ausbildung der Ubier, die nur schleppend voranging. Auch nach drei Wochen vermochten sie die Signale für Angriff und Halt nicht zu unterscheiden. Und dann diese ewigen Scherereien zwischen Ubiern und Remern. Die anderen Römer hielten ihn natürlich für verrückt. Maternus und Florus konnten partout nicht einsehen, welchen Sinn es machen sollte, die Sprache von Barbaren zu lernen, wo schließlich Rom die Welt regierte, und daher alle anderen Latein lernen mochten.

Selbst Pomponianus, der das attische Griechisch sprach, die Koine beherrschte und den remischen Dialekt verstand, konnte keinen Sinn darin erkennen, die Sprache der Germanen zu lernen. „Latein und Griechisch werden überall auf der Welt gesprochen, sie zu lernen ist sinnvoll!"

Sogar Faustus stellte ihn infrage. Soweit war es schon gekommen, dass er sich vor seinem Sklaven verantworten musste. „Warum machst du das?"

„Damit ich sie verstehe und nicht auf Dolmetscher angewiesen bin. Im Feldzug gegen die Vindeliker hatte ich mit einer Kohorte Allobroger zu tun. Ich spreche ihren Dialekt und es war sehr hilfreich, direkt mit ihnen sprechen zu können. In einem Kampf könnte es eines Tages lebenswichtig sein!"

Das leuchtete Faustus ein. Dass es einen weiteren Grund gab, behielt Lucius für sich. Er wollte nicht mehr von anderen abhängig sein. In den letzten Jahren hatte er immer wieder anderen etwas beweisen müssen. Seinem Vater, Saxum, Pertinax, Vitellius und Valens, jeder hatte auf ihn herabgesehen, weil sie mehr wussten, mehr konnten oder einfach so Gewalt über ihn hatten. Wie oft hatte er sich ausgeliefert gefühlt, weil er auf sie und ihr Wohlwollen angewiesen war. Das sollte ihm nicht wieder passieren. Es reichte ihm einfach, auf solche Schweinehunde wie Florus angewiesen zu sein, nur weil der die Versorgung leitete. Das konnte er nicht ändern. Aber im Tagesdienst wollte er von niemandem mehr abhängig sein. Nicht von Maternus, nicht von Tasgetix und erst recht nicht von dem halben Kind mit dem hochtrabenden Namen Marcus Vipsanius Haldavoo. Wenn das eben bedeutete, diese unmögliche Sprache für nur drei Monate lernen zu müssen, dann, bei Minerva, musste das so sein. Er hatte der Göttin Weihrauch geopfert und ihr ein weiteres Opfer versprochen, wenn sie ihm beim Studium half.

An manchen Tagen, so wie heute, bezweifelte er allerdings, ob sie wirklich für Weihrauchopfer empfänglich war. Wenn sie wenigstens diese starrköpfigen Germanen erleuchten würde.

„Wie wollt ihr Kriege führen und gewinnen, wenn eure Männer nicht gehorchen?", fragte Lucius und streckte sich auf der Bank vor seiner Unterkunft aus. Marcus Haldavoo hockte sich neben ihn.

„Kriege gewinnt man durch Tapferkeit und den Segen der Götter, aber nicht, weil man auf den Lärm eines Hornes hört!", verkündete er im Brustton der Überzeugung. Typische Ansicht eines Barbaren, dachte Lucius. Neben den Römern hatten die Griechen und Makedonen von dem Wert der Disziplin gewusst, aber wie sollte man das hosentragenden Wilden begreiflich machen?

„Der Segen der Götter ist eine Sache, aber die Disziplin bringt einen Krieger dazu, seinen Mut zu zügeln und ihn im richtigen Augenblick in die Waagschale zu werfen", belehrte er Marcus.

„Wenn du es sagst..." Der Ubier war in keiner Weise überzeugt, aber angesichts der Tatsache, dass die Römer auch in diesem Teil der Welt das Sagen hatten, konnte er nicht gut widersprechen.

Seufzend wandte sich Lucius den Sprachübungen zu. Er nannte Marcus eine Gruppe von Begriffen, dieser nannte ihm die germanischen Ausdrücke dafür und Lucius schrieb sie sich auf. Danach fragte Marcus ihn nach den Begriffen vom letzten Mal und Lucius versuchte, sich krampfhaft daran zu erinnern, was z.B. noch mal Pferd bedeutete. „Teiwaz!", rief er erleichtert aus, als ihm der Begriff doch noch einfiel. Marcus verzog das Gesicht, als ob er Essig getrunken hätte, und Lucius beeilte sich, das Wort richtig zu betonen. Marcus schüttelte den Kopf: „Das ist ein Gott!" Ach ja, zu dumm, das war ja der germanische Mars. Er grübelte weiter. Es war irgendetwas mit *az* am Ende. Dagaz? Nein, das war der Tag. „Ehwaz!", rief er endlich. Jetzt nickte der Junge und wollte gerade den nächsten Begriff nennen, als er erstaunt Lucius ansah, der plötzlich breit grinste. Wie sollte er auch wissen, dass Lucius gerade die Litanei in den Sinn kam, die ihn durch seine Ausbildung gebracht hatte: Alles war besser, als auf dem Hof zu arbeiten.

Lucius konnte schon an der Miene des Tribuns ablesen, dass es schlechte Nachrichten gab. Pomponianus war gerade beim Legaten gewesen und hatte Lucius sofort nach seiner Rückkehr rufen lassen. „Furnius hat Berichte erhalten, dass Sugambrer den Rhenus überschritten haben!"

Lucius verschlug es den Atem. Ein Einfall der Germanen und sie plauderten hier in aller Ruhe?

„Es ist schon Wochen her. Niemand wurde getötet, es wurde nichts geplündert. Die Barbaren sind südlich von Bonna über den Fluss gekommen, haben sich ein paar Tage in den Bergen versteckt und sind dann wieder über den Fluss zurückgekehrt!" „Merkwürdig! Ein Versuch, unsere Reaktion zu testen?" Pomponianus wiegte seinen Kopf.

„Wer weiß, was bei so einem Barbarenhäuptling im Kopf vorgeht. Eines ist sicher, sie sind verschlagen, aber ob sie so strategisch denken...?" Er ließ das im Raum stehen.

„Egal, was dahinter steckt, wir müssen auf der Hut sein! Furnius möchte regelmäßige Patrouillen am Fluss entlang!" Lucius wusste, was jetzt kommen würde. Diese Aufgabe würde nach unten durchgereicht werden. Und er sollte sich nicht irren.

„Organisiere das!" Natürlich. Los, Centurio, organisiere mal eine Patrouille entlang hundert Meilen Fluss, mit Barbaren ohne Ausbildung. Wie, du hast das noch nie gemacht? Dein Pech!

Mit einem unguten Gefühl machte sich Lucius an die Aufgabe. Er musste Patrouillen von Bonna bis zur Lupia planen. Für den Norden, die Porta und den Vastus waren die Legionen in Batavorum zuständig. Wie ging man die Sache an? Die südliche Route war leicht zu organisieren. Alle vier Tage ritt eine Turma nach Bonna, kontrollierte die Umgebung und kehrte ins Lager zurück. Die nördliche Route war die, die Lucius Kopfzerbrechen bereitete. War eine Turma ausreichend? Und welche sollte man wählen? Schließlich war diese Gegend am weitesten von den Legionslagern entfernt und damit ideal für den Einfall feindlicher Scharen geeignet. Dort, wo die Rura in den Rhenus mündete, führte auch ein Handelsweg über den Fluss. Dieser Übergang wurde Sugambrerfurt genannt, da er nicht nur von Händlern genutzt wurde.

Lucius hatte zuerst Primus' Turma bestimmt, diese Erkundung durchzuführen. Sofort war Hristo vorstellig geworden und hatte seine Teilnahme verlangt. Lucius hatte nicht übel Lust, beide Decurionen durchzuprügeln, aber sie waren nun mal römische Bürger. Mit dem Schwert hinrichten war in Ordnung, aber sie auspeitschen oder prügeln? Das ging natürlich nicht. Also entschied er, listig wie Odysseus, beide auf die Patrouille zu schicken. Damit bin ich sie los, dachte er, aber leider hatte er falsch gedacht. Pomponianus wies ihn darauf hin, dass in dieser Konstellation die Ubier sich eher bekämpfen, als Befehle voneinander annehmen würden. Notgedrungen teilte sich Lucius selbst als Kommandeur ein. Er sprach ein Gebet zu Concordia und flehte um

Beistand. Concordia war entweder gerade beschäftigt oder hatte keine Lust, Lucius zu helfen. Die Streitereien gingen schon los, als sie das Lagertor passiert hatten. Wer sollte die Vorhut übernehmen und wer die Nachhut? Da die Nachhut normalerweise den Staub zu schlucken bekam, wollte jeder seine Turma vorne sehen. Außerdem war die Vorhut die gefährlichere Aufgabe und damit ein Ehrenplatz. Lucius war die Streitereien leid und entschied, dass die 1. Turma den Vortrab bilden würde. Hristo sah beleidigt aus, fügte sich aber dem Befehl.

Auch die Straße nach Norden war in schlechtem Zustand, wie alles, was im Einzugsbereich der Gallica lag. Die Straßendecke war nicht richtig befestigt. Wenn ein Wäldchen durchquert wurde, wucherten die Bäume und Büsche in den Weg hinein. An Bächen oder Flüssen endete die Straße an der Furt. Brücken führten nicht hinüber, es wirkte fast so, als ob die Baumeister gedacht hatten: Seht doch zu, wie ihr rüberkommt! Lucius war das noch bestens von seinem Übungsmarsch nach Westen bekannt.

Als sie am Nachmittag Gelduba passierten, fragte Lucius Händler und andere Reisende, die ihnen begegneten, ob es in letzter Zeit ungewöhnliche Aktivitäten der Sugambrer gegeben habe. Niemand hatte etwas gesehen, niemand etwas gehört. Primus belehrte ihn, dass dies nicht verwunderlich war. „Es ist jetzt nicht die Zeit für eine Reisa!", belehrte ihn Primus. Als er Lucius' fragenden Blick bemerkte, fügte er hinzu. „Eine Reisa ist ein Unternehmen, das der Beutebeschaffung dient. Je mehr Reisas ein Hunno oder Aldermann durchführt, desto reicher und angesehener wird er."

Lucius lag eine spöttische Bemerkung auf der Zunge, über diesen merkwürdigen Ehrenkodex, aber er schluckte sie hinunter. Nicht ablenken lassen. „Wann ist denn die richtige Zeit dafür?", fragte er stattdessen. „Wenn die Reisa der Nahrungsbeschaffung dient, kurz vor der Ernte im Sommer. Wenn es nur um Beute geht, nach der Ernte im Sommer!"

„Und welche Zeit wäre jetzt?", frage Lucius und dachte an die Sugambrer, die über den Fluss gekommen waren. „Jetzt ist die Zeit für Kriegszüge. Nach der Saat dringt man in die Gaue des Feindes ein, verwüstet die Felder, treibt das Vieh fort und zerstört die Häuser. Schließlich drängt man ihn in seine Burg zurück und belagert ihn dort." Es war interessant von Primus die Aspekte der germanischen Kriegsführung zu hören. „Entweder die Burg ergibt sich bis zum Winter oder die Bewohner werden hungern!“ Es war also unwahrscheinlich, dass sie auf einen Raubzug treffen würden und die Sugambrer würden sicher auch nicht versuchen wollen, Gallien zu erobern. Trotzdem gab es keinen Grund, unvorsichtig zu sein, und daher gab Lucius am späten Nachmittag in der Nähe der Sugambrerfurt dem Vortrab den Befehl, ein befestigtes Lager abzustecken.

„Wir sind Krieger und Schwertträger und keine Bauern, die im Boden wühlen!“, rief Primus aufgebracht über Lucius’ Befehl. „Ihr seid Soldaten im Dienste Roms und ihr werdet den Befehlen, die man euch erteilt, Folge leisten!“ Lucius’ Stimme war schneidend geworden. Vielleicht mussten Germanen von der einen oder anderen Nützlichkeit in der römischen Ausbildung überzeugt werden, aber das bedeutete nicht, dass Lucius mit ihnen alles diskutieren würde. Trotz zeichnete sich auf Primus’ Gesicht ab. „Wozu soll dieser Befehl gut sein?“

„Über den Sinn und Zweck von Befehlen diskutiert man nicht, man führt den Befehl aus!“ Lucius’ Stimme verlor nichts von ihrer Schärfe. „Schick deine Männer los!“

„Sonst, was...? Fällst du wieder vom Pferd?“ Primus’ Stimme troff vor Hohn. In Lucius stieg Hitze auf und er spürte, wie er rot wurde. Mühsam zwang er seine Stimme zur Ruhe. „Wenn du Männern befehlen willst, lerne erst einmal selber, Befehlen zu gehorchen!“, beschied ihm Lucius. Bei Primus verpuffte diese Centurionenweisheit vollkommen. Er sah Lucius geringschätzig an. „Meine Männer folgen mir, weil ich der beste und tapferste Krieger bin und nicht, weil ich so einen lächerlichen Knüppel in der Hand habe.“ Sein Blick ruhte auf Lucius’ Vitis. „Ich kümmere mich darum, Centurio!“, schaltete sich jetzt Hristo ein, der den Wortwechsel bisher schweigend verfolgt hatte. Lucius war zuerst versucht, dieses Ansinnen abzublocken, weil er Primus seinem Willen unterwerfen wollte. Dann wurde ihm bewusst, dass die ganze Debatte in Hörweite der Männer stattgefunden hatte. Die meisten verstanden zwar kein Latein, aber sie mussten auch erkannt haben, dass hier gerade keine Saturnaliengrüße ausgetauscht worden waren. Ich bin hier alleine unter Germanen. Germanen, die eher Primus beistehen werden, als mir. Wie soll ich ihn jetzt und hier dazu zwingen? Lucius nickte Hristo zu, der daraufhin einigen Männern Anweisungen zurief. Lucius starrte schweigend geradeaus, um Primus' triumphierendes Grinsen nicht sehen zu müssen.

Der Graben war eine Mulde und der Wall ein Häufchen Erde, aber immerhin konnte man das Lager als befestigt bezeichnen. Primus sah Hristo verächtlich an und Lucius hatte das unbestimmte Gefühl, dass nicht viel fehlte, dass die beiden Turmae mit Waffen aufeinander losgehen würden. Lucius hatte gehofft, dass am nächsten Morgen, wenn die eigentliche Aufgabe anstand, die Spannungen verflogen sein würden, aber er sah sich getäuscht. Primus stand mit höhnischem Grinsen vor ihm und schlug allen Ernstes einen Übungskampf zwischen ihnen beiden vor. Lucius jubelte innerlich, er konnte diesem arroganten Bastard sein Grinsen aus dem Gesicht schlagen. Obwohl er vier oder fünf Jahre älter war, konnte Primus kaum einen echten Kampf geführt haben, da die Ubier seit Jahren in Frieden lebten. Daher würde er kein wirklicher Gegner im Zweikampf sein.

„Nun, wie sieht es aus, Centurio?", wiederholte der Decurio höhnisch seine Herausforderung. „Du willst Krieger führen, dann beweise, dass du kämpfen kannst!"

Lucius schwankte innerlich. Wenn er Primus besiegte, wie er den Optio besiegt hatte, würde es keine Schwierigkeiten mehr geben. Genau wie es bei der Centurie gewesen war. Oder doch? Was, wenn er erst jeden Decurio im Zweikampf besiegen musste? Lucius schüttelte sich. Was rede ich denn da? Seit wann muss ein Centurio sich seine Stellung im Zweikampf erkämpfen. „Ist das bei euch so üblich?", fragte er Primus geradeaus. „Jeder deiner Männer kann dich herausfordern, um deine Stellung einzunehmen?" „Natürlich nicht!" Primus schüttelte über so viel Unverstand den Kopf. „Das sind meine Gefolgsleute. Ich habe ihnen Schwert und Mantel gegeben und solange ich für sie sorge, folgen sie mir. Keiner würde mich zum Kampf fordern!"

„Warum sollte ich dann gegen dich kämpfen?", hakte Lucius nach. Jetzt sah ihn Primus zweifelnd an.

„Der alte Mann, der für die Verpflegung zuständig ist, meinte, du beweist deinen Führungsanspruch und deine Männlichkeit gerne im Zweikampf." Potitus, dieser Drecksack, hatte Primus also aufgehetzt.

„Da hat er dir etwas Falsches erzählt und er hat dir wahrscheinlich auch nicht erzählt, dass ich schon an vielen erfolgreichen Kriegszügen teilgenommen habe!"

Das unsichere Flackern in Primus' Augen bewies Lucius, dass er auf der richtigen Spur war.

„Du dachtest, du hast einen jungen Krieger vor dir, der sich aufspielt? Ich habe in den letzten drei Jahren gegen die Räter, gegen die Vindeliker und gegen die Teutonen gekämpft und zahlreiche Feinde erschlagen."

Wenn Potitus es mit der Wahrheit nicht so genau nahm, konnte Luicus auch ein wenig übertreiben. Er hob den linken Arm und ließ ihn den Armreif sehen. „Dies bekam ich als Ehrengabe dafür!"

Das überhebliche Grinsen war Primus ganz und gar vergangen.

„Was bezweckte der alte Mann mit der Lüge?"

Lucius konnte und wollte dem Ubier nicht sagen, dass Potitus ihn nur benutzt hatte, um Lucius zu schaden. Ein Centurio, der sich duellierte, war untragbar.

„Das sind so kleine Streiche, die man sich gegenseitig spielt", sagte er stattdessen.

„Also doch!", rief Primus triumphierend und zeigte auf den *Lagerwall*. „Der alte Mann meinte auch, dass du komische Anweisungen geben würdest, um uns Ubier lächerlich zu machen!"

„Eigentlich nicht", sagte Lucius lakonisch. „Und der Bau eines Lagers ist schon mal gar nicht lächerlich. Eine römische Legion baut auf dem Marsch jeden Abend ein Lager, um vor feindlichen Überfällen geschützt zu sein!" „Ich habe dir doch erklärt, dass jetzt nicht die Zeit für Reisas ist!" Primus' Tonfall bewies, dass er Lucius für sehr begriffsstutzig hielt. Lucius zeigte auf den Fluss. „Dort, ein paar Speerwürfe entfernt, sitzen die Sugambrer. Kannst du mir garantieren, dass sie nicht über den Fluss kommen? Ich will nicht mit 60 Mann ungeschützt in ihrer Nähe sein!"

Primus wirkte zuerst nachdenklich und wurde dann verlegen. Lucius überlegte, ob er dem Häuptling noch einen reinwürgen sollte, entschied sich aber dann dagegen. „Genug davon. Lass uns die Gruppen einteilen und die Gegend absuchen."

Sie schickten kleine Gruppen aus, die nach frischen Spuren suchen sollten, die auf die Anwesenheit von Sugambrern hindeuten würden. „Ich habe noch nie gehört, dass Römer Zweikämpfe austragen!", sagte Hristo unvermittelt. „Was wäre passiert, wenn du gegen Primus gekämpft hättest?" Lucius überlegte einen Moment. Er wusste selber nicht, was passieren würde, wenn er gegen einen anderen Offizier kämpfen würde, weil alleine die Vorstellung daran undenkbar war. Daher schüttelte er den Kopf.

„Ich weiß es nicht. Ich hätte nur bewiesen, dass ich zum Führen von Männern ungeeignet bin!"

„Aha, ich verstehe!", meinte der junge Ubier, aber sein Gesicht strafte ihn Lügen. Er sah sehr verwirrt aus und Lucius konnte es ihm nicht verdenken. Da er aber kein Interesse daran hatte, das Thema weiter zu erörtern, ließ er die Turmae zum Fluss aufbrechen. Sie sollten den Fluss überschreiten, um nach Spuren von sugambrischen Plünderungstrupps zu suchen. Die ubischen Kundschafter hatten berichtet, dass in dem Pagus am Fluss eine Gruppe Sugambrer lebte, die sehr verarmt war. Daher waren sie für Geschenke der Römer immer sehr empfänglich und gaben dafür schon einmal die eine oder andere Information preis. Sie würden also am nächsten Tag über den Fluss gehen und ein Dorf aufsuchen, um Nachrichten zu sammeln.

Die Terrassen, die auf beiden Seiten des Rhenus das Ufer bildeten, lösten beim Überqueren des Flusses ein ungutes Gefühl aus. Auf römischer Seite waren die Stufen ideale Plätze für Siedlungen und Castra, aber auf germanischer Seite waren sie ideal für einen Hinterhalt.

Der Gedanke, auch wenn es noch so unwahrscheinlich war, dass sich über ihm eine Streitmacht Sugambrer verstecken konnte, ließ Lucius schweißnasse Hände bekommen.

„Es ist nur eine Gruselgeschichte, dass in germanischen Wäldern hinter jedem Busch ein Germane lauert!", murmelte er ganz leise vor sich hin. Das Unbehagen blieb aber trotzdem.

Die Kundschafter verschwanden außer Sichtweite, als sie die Terrassen erklommen, um die Umgebung zu erkunden. Lucius trieb die Männer zur Eile an, um das Flusstal so schnell wie möglich wieder verlassen zu können. Sie folgten der Handelsstraße, die hier ihren Anfang nahm und nicht mehr als ein Trampelpfad war.

Die Berge über dem Tal der Rura stiegen schroff an und waren dicht bewaldet. Hoffentlich wird es nie nötig sein, hier im Kriegsfall entlangzumarschieren. Lucius schickte ein Stoßgebet zu Jupiter Stator. Die Enge bedrückte ihn, daran konnte auch je ein Contubernium, das die Spitze und beide Seiten sicherte, nichts ändern. Er erwartete jeden Moment lautes Kriegsgeschrei und eine Horde Sugambrer, die zwischen den Bäumen hervorbrach.

„Wie weit ist es bis zu dem Dorf?", fragte er Primus, der neben ihm ritt. Der sah hoch zum bewölkten Himmel, wo sich die Sonne nur schwer erahnen ließ. „Wenn die Sonne über dem Berg steht, sollten wir das Dorf erreicht haben!"

Das Dorf erwies sich als eine kleine Ansammlung dieser armseligen Stallhäuser. Primus verhandelte mit dem Häuptling des Dorfes und für einige Schwerter und Äxte erzählte dieser bereitwillig, dass sich hier in der Gegend keine Fremden aufhielten. Es war auch keine Aufforderung an die jungen Männer seines Dorfes ergangen, sich einem Kriegszug anzuschließen. Sie bedankten sich, lehnten die Einladung zur Übernachtung ab und machten sich auf den Rückweg zum Fluss. Lucius wollte noch vor Einbruch der Nacht den Fluss wieder überquert und das Lager erreicht haben. Hastig trieb er Latro an und spähte angestrengt nach links und rechts in die Büsche. „Entspann dich, Centurio!" Primus sah ihn spöttisch an. „Wir sind über fünfzig Mann stark, da wird sich keiner an dir vergreifen." Lucius warf dem Spötter einen wütenden Blick zu. „Es gibt absolut keinen Grund, in unserer Wachsamkeit nachzulassen!" Er klang selbst in seinen eigenen Ohren schrill, daher versuchte er, die Anspannung zu dämpfen. „Wenn wir den Fluss hinter uns haben, fühle ich mich wohler."

„Wolltest du nicht noch die Pfade rund um die Furt auf Spuren untersuchen?", fragte Primus. Lucius nickte und sagte nur knapp. „Morgen!" „Morgen?" Primus sah ihn erstaunt an. „Wir gehen heute über den Fluss zurück, um morgen wiederzukommen?" „Richtig! Ich will nicht in diesen Wäldern übernachten!", beschied er Primus knapp. „Es ist sehr unwahrscheinlich, dass gerade jetzt ein Kriegszug hier entlangkommt!" Primus' Grinsen wollte nicht aus seinem Gesicht weichen. Lucius schluckte die heftige Entgegnung herunter, die ihm auf der Zunge lag. „Lasst uns von hier verschwinden!" Natürlich hatte Primus recht und selbst, wenn die römischen Kundschafter direkt hier vorbeiritten, würden sie die Sugambrer nur sehen, wenn diese sich zeigten. So wie den jungen Sugambrer, der ihn geradewegs aus dem Busch anstarrte. Ein Sugambrer!!!

Gerolf war aufgeregt. Er würde die Speersippe vertreten. Nur bei der Hirschsippe, diesem Abschaum, der, wie sein Vater es ausdrückte, „für jeden die Beine breitmacht". Aber egal!

Er würde ein eigenes Schwert eintauschen. In seinen Träumen hatte er das Schwert auf einer Reisa jenseits des Rheins erbeutet. Leider kam eine Reisa zu den Ubierinseln aber nicht in Frage, da dort immer noch die römischen Soldaten lagerten. Ein gutes Schwert einzutauschen, war genauso gut und so hatten sie sich auf den Weg gen Mitternacht zur Alteburg gemacht, um dort Felle und Haare, die Erträge der letzten zwei Jahre, einzutauschen. Gerolf konnte nicht verstehen, was die Römer mit Haaren wollten, aber laut den Händlern waren sie ganz verrückt danach. Daher ließen sich die sugambrischen Frauen die Haare lang wachsen und schnitten sie sich alle paar Jahre ab.

„Hör auf Rutger und Ranulf!", hatte ihm sein Vater immer wieder eingeschärft. „Auch wenn du in Alteburg die Verhandlungen führen wirst, diese beiden führen die Männer!" Ansgar hatte sich den Fuß vertreten und daher würde ihn Ranulf, einer von Vaters Schwertträgern, begleiten.

Sie waren zwanzig Mann stark. Zehn von des Vaters Gefolgsleuten und zehn aus Rutgers Gau. Auch wenn es nur zum Tauschhandel ging, wollte man die Rechtlosen in den Wäldern nicht in Versuchung führen.

Im Gänsemarsch, einer hinter dem anderen, gingen sie den kleinen Pfad entlang, der nach einiger Zeit in einen breiten Weg mündete. Gerolf staunte, so einen Weg hatte er noch nie gesehen. Mehrere Männer konnten hier bequem nebeneinander gehen und der Boden hatte keine Löcher, sondern war festgestampft. Ranulf bemerkte seinen Blick auf den Boden und meinte: „Warte, bis du eine Römerstraße siehst. Sie bauen sie überall, wo sie hinkommen, da ihre Legionäre sich sonst nicht in die Wälder trauen!" Gerolf lachte verächtlich. Was für Memmen. Sie folgten dem Weg weiter Richtung Mitternacht als Rutger an der Spitze plötzlich anhielt. Der Späher, den sie ausgeschickt hatten, kam auf sie zugerannt. „Reiter nähern sich von dort. Sie werden bald hier sein!"

„Händler?", fragte Ranulf hoffnungsfroh und legte seine Hand an das Schwert. Der Späher schüttelte den Kopf. „Krieger! Vier oder Fünf Hände!"

„Schade!", sagte Rutger. „Da hätten wir mehr Tauschwaren gehabt. Versteckt euch. Wir lassen sie vorbei!"

Die Männer verschwanden wortlos links und rechts des Weges im Unterholz. Ranulf zog Gerolf mit und drückte ihn hinter einen Busch.

„Sei ruhig!", ermahnte er ihn, als Hufschlag erklang und lauter wurde. Die Reiter näherten sich und Ranulf spähte durch die Büsche.

„Sieh an!", flüsterte er Gerolf zu. „Sie werden von einem römischen Centurio geführt!"

Ein römischer Centurio? Was mochte das sein. Er hob vorsichtig den Kopf und starrte dem Römer direkt in die Augen. Gerolf war wie erstarrt. Der Römer zeigte auf ihn, rief seinen Männern etwas zu und spornte sie zum Angriff an. Gerolf stieß einen Schreckensschrei aus, als ihn Ranulf fluchend am Kragen packte und zu Boden riss. Ein Horn erklang und lautes Geschrei ertönte. „Weg hier!", herrschte ihn Ranulf an. Gerolf hechtete in einen Weißdorn und rollte sich unter die Zweige. Auch Ranulf verschwand im Dickicht, während hinter ihm die Pferde der Ubier durch das Gebüsch brachen. Von der anderen Seite des Weges erscholl auch das Kriegsgeschrei der Speersippe. Rutger eilt uns zur Hilfe, dachte Gerolf. Er hörte die Pferde näherkommen und krabbelte panisch durch die Büsche weiter. Schließlich wurde das Geschrei hinter ihm leiser und er verharrte einen Moment. Da packte ihn etwas. Er schrie auf, aber eine Hand verschloss ihm den Mund.

„Bist du verrückt?", funkelte ihn Ranulf wütend an. „Du brichst hier durch die Büsche wie ein wütender Eber. Wenn die Ubier nicht mit ihren Pferden so einen Lärm machen würden, hätten sie dich schon längst gehört!" Sie krochen zum Rand des Dickichts und spähten auf den Weg. Eine Reihe herrenloser Pferde lief herum und mittendrin stand der Römer, rieb sich nachdenklich den Rücken und wartete auf etwas. Vielleicht auf die Rückkehr der Ubier? Was für ein Feigling. Er hatte die Krieger in den Kampf geschickt und sich selber nicht beteiligt. „Der Centurio!“ Ranulfs Stimme klang erregt. Gerolf hörte das hastige Atmen. „Ich hole mir seine Waffen und ein paar von den Pferden. Du wartest hier und gibst mir Deckung, falls einer der Ubier kommt!“ Geduckt, den Speer stoßbereit, lief er los. Gerolf verließ eilig das Gebüsch und hielt seinen Speer wurfbereit. Obwohl sich Ranulf bemühte, leise zu sein, hatte der Römer ihn trotzdem gehört. Er fuhr herum und sah ihnen entgegen. Ranulf schleuderte seinen Speer, aber der Römer lenkte ihn mit seinem Schild beiseite. Ranulf riss sein Schwert aus der Scheide und rannte auf den Römer zu, der ebenfalls sein Schwert zog. Mit lautem Kriegsschrei griff er den Römer an, der vor Angst erstarrt dastand. Ein gewaltiger Hieb sauste auf den Römer nieder und Gerolf erwartete, dass entweder der Schild oder der Römer gespalten wurde. Aber gedankenschnell wich der Römer zur Seite und stieß mit dem Schild zu. Ranulf taumelte zur Seite. Die Klinge des Römers stieß zu, aber Ranulf schwang sein Schwert und konnte den Schlag abblocken. Hastig richtete sich Ranulf auf und attackierte den Römer erneut. Dieser fing den Hieb mit dem Schild ab und sprang einen Schritt zurück. Ranulf setzte nach und wieder wich der Römer zurück. Noch einmal griff der Erste Gefolgsmann an, da sprang der Römer plötzlich vor. Er rammte seinen Schild gegen Ranulfs Schild, der durch den Aufprall um sein Gleichgewicht kämpfen musste. Der Römer stieß erneut mit dem Schild zu und auch Ranulf schlug zu. Der Römer wich zur Seite und seine Klinge fraß sich in Ranulfs Schulter. Blut spritzte aus der Wunde und der erfahrene Krieger der Speersippe, sank röchelnd nieder. Mit einem schrillen Schrei sprang Gerolf vor, packte seinen Speer fester und rannte auf den Römer zu, der ihn ruhig erwartete. Gerolf stieß mit dem Speer nach ihm, doch der Stoß ging ins Leere, weil der Angegriffene leicht zur Seite gewichen war. Sein Schild kam herunter und die Kante traf den Speerschaft. Gerolf kreischte vor Schreck und Schmerz und der Speer wurde ihm aus der Hand geprellt. Jetzt sauste das Schwert des Römers auf ihn nieder und traf den Schild. Der Schlag ging ihm durch und durch und er taumelte zurück. Der Römer rammte ihn mit dem Schild und Gerolf fiel hintenüber. Beinahe lässig schlug er seitlich zu und der Sax, den er hastig herausgezerrt hatte, flog in hohem Bogen davon. Ängstlich starrte er in das Gesicht des Centurios und sah die mitleidlosen Augen auf sich gerichtet. Er wusste, der Römer würde ihn ohne Gnade töten. Der Römer hob sein Langschwert und, als ob die Welt sich verlangsamt hatte, sah Gerolf das Schwert herunterkommen. Jemand schrie ohne Unterbrechung und plötzlich wurde ihm gewahr, dass er es selbst war, der vor Angst wie am Spieß schrie. Verzweifelt riss er den Schild hoch. Er hörte das Splittern des Holzes, sein Kopf wurde vom Schmerz entzweigerissen und es wurde dunkel um ihn.

Lucius sah auf den jungen Barbaren herunter, der ihm gerade noch seine ganze Wut entgegengeschrien hatte und jetzt leblos mit blutüberströmtem Gesicht vor ihm lag. Er ging zu dem anderen Sugambrer hinüber, der inzwischen aufgehört hatte zu ächzen und mit leerem Blick zum Himmel starrte. Er wischte das Blut an dem Umhang des Toten ab und dachte merkwürdigerweise, dass man das Blut auf dem roten Umhang sowieso nicht sah. Seltsam, an was man so alles dachte, sagte er sich und sah sich aufatmend um. Der Wald umgab ihn drohend und schweigend. Kaum zu glauben, dass er erst vor wenigen Augenblicken den Sugambrer im Gebüsch entdeckt hatte. Die Ubier waren alle im Wald verschwunden. Diese Narren! Wütend stieß er sein Schwert in die Scheide und stapfte zu Latro hinüber. Er warf sich den Köcher mit den Wurfspeeren um und nahm die Hasta zur Hand. Was er jetzt brauchte, war ein Signalhorn. Als er den Sugambrer entdeckt und dieser den Kriegsschrei ausgestoßen hatte, gingen die Ubier mit Primus an der Spitze zum Gegenangriff über und drangen in den Wald ein. „Blas zum Sammeln!“, brüllte Lucius den Cornicen an. Der hatte zuerst in das Horn gestoßen: „Sammeln, sammeln, sammeln!“, aber als keiner darauf reagierte, jagte der Cornicen Primus hinterher. Barbaren, fluchte Lucius, kämpften ohne Sinn und Verstand.

Gespannt lauschte er in den Wald und zuckte innerlich bei jedem Knacken zusammen. Was, wenn noch mehr Sugambrer kamen? Sollte er Primus folgen? Das fehlte noch, jetzt auch noch hier im Wald herumzustolpern. Er entschied sich zu warten und bald tauchte Hristo mit seinen Männern wieder aus dem Wald auf. Sie hatten einige Sugambrer auf der rechten Seite des Weges gesehen und angegriffen. Diese hatten sich aber im Wald zerstreut und sie waren ihnen erfolglos nachgerannt. Endlich tauchte auch Primus mit seiner Turma wieder auf. Er grinste breit. „Zwei haben wir erwischt und keine eigenen Verluste!"

Er sah auf die beiden leblosen Körper. „Ihr habt auch zwei erwischt", sagte er anerkennend zu Hristo. „Ich habe zwei erwischt!", stellte Lucius mit Nachdruck klar. „Die Männer haben Schatten gejagt. Wie viele Angreifer waren es?" Alle redeten wirr durcheinander und überboten sich mit Schätzungen. Lucius hätte auf zwanzig bis dreißig Angreifer geschätzt, den Ubiern nach zu urteilen, waren es mindestens fünfzig gewesen. Er schickte einige zum Spurenlesen aus und diese kamen mit der Meldung, dass es keine zwanzig Sugambrer gewesen sein konnten. Mehrere Karren mit Bündel, in denen sich Felle und Frauenhaare befanden, deuteten darauf hin, dass sie zum Handeln hierher gekommen waren.

Lucius ließ alles aufladen und sie verließen den Ort. Unterwegs nahm er sich Primus vor.

„Signale haben ihren Sinn und wenn ich *Halt* oder *Sammeln* blasen lasse, mache ich das nicht ohne Grund!"

„Wir können nicht warten, bis du eine Besprechung abgehalten hast! Wenn wir einen Feind sehen, greifen wir ihn an!" „Dein Feind war eine Handvoll Händler!"

„Das weißt du aber vorher nicht!", trumpfte Primus auf. „Sie hätten auch in feindlicher Absicht kommen können!" „Genau!", fauchte Lucius „Und wenn sie feindliche Absichten gehabt hätten, wären auch noch mehr von ihnen gekommen und ihr hättet geradewegs in einen Hinterhalt laufen können!"

Primus zog es vor zu schweigen und trieb stattdessen sein Pferd an. „Sind wir aber nicht!", hörte ihn Lucius noch brummen. Die Anspannung wich erst von Lucius, als sie Buruncum hinter sich hatten und er wusste, dass es bis zum Lager nur noch ein halber Tagesmarsch war.

* * *

Gerolf schmeckte Blut im Mund. Sein Schädel pochte wie verrückt und als er die Augen öffnete, begann sich alles um ihn herum zu drehen. Sofort schloss er die Augen wieder und lag einfach still da. Er konnte seine Arme und Beine spüren. „Er ist wach!“, erklang eine Stimme in seiner Nähe. Hören konnte er also auch. Das war doch der Fluss, den er da rauschen hörte.

„Holt Rutger und sagt ihm, dass der Junge gezuckt hat!“

Der Junge? Ruckartig richtete er sich auf und öffnete die Augen. Ganz schlechte Idee. Sofort begannen die Bäume und Büsche um ihn herum zu tanzen und sich um ihn zu drehen. In seinem Magen rumorte es und Übelkeit stieg in ihm auf. Er fiel auf die Seite und übergab sich. Erschöpft sank er zurück, als ihm jemand ein Stück Tuch in die Hand drückte. Dankbar wischte er sich Gesicht und Hände sauber. „Helft ihm hoch!“, hörte er Rutger sagen und man zog ihn auf die Beine.

„Was ist passiert?“, fragte er matt. „Wir dachten, *du* kannst uns das sagen?“ Rutgers Stimme war scharf geworden.

„Wir wissen nur, dass die Ubier euch irgendwie entdeckt und angriffen hatten. Wir haben zur Ablenkung einige Speere geschleudert, sind dann in den Wald geflüchtet und haben uns auf Bäumen versteckt.“ Er machte eine Pause, aber da Gerolf nichts sagte, fuhr er fort.

„Die Ubier suchten alles ab, konnten uns nicht finden und verschwanden wieder. Wir warteten bis alles still war und stiegen hinunter. Auf der Straße fanden wir Ranulf tot und dich bewusstlos daneben mit diesen Kratzer am Kopf.“

Gerolf griff sich unwillkürlich an den Kopf. Als er die Stelle berührte, schoss ihm ein Schmerz durch den Kopf, als ob sein Schädel bersten würde. Blitzartig sah er wieder den Römer vor sich, der versucht hatte, ihm mit dem Schwert den Schädel zu spalten. Die Blicke der Anderen waren abwartend oder ablehnend auf ihn gerichtet. „Ranulf hatte diesen Römer angegriffen, diesen Centurio!“, erklärte er. „Und ist dabei schwer verwundet worden. Als ich ihm zu Hilfe eilen wollte, hat der Römer versucht, mir den Schädel zu spalten. Ich kann mich nur noch erinnern, dass ich irgendwie den Schild hochgerissen habe, und dann weiß ich nichts mehr!“ Rutgers Blick wurde milder. „Dein Schild muss das Schwert abgelenkt haben, sodass es dich mit der Breitseite traf. Du hast eine hässliche Platzwunde am Kopf, die heftig blutet, aber eigentlich harmlos ist. Ranulfs Wunde am Hals war tödlich gewesen. Da war nichts mehr zu machen! Warum habt ihr den Römer nicht zusammen angegriffen?" „Ranulf sagte, ich solle zurückbleiben. Er wollte den Centurio alleine angreifen. Was ist ein Centurio?" „Ein Schwertträger und ein spezieller Gefolgsmann. Ein erfahrener Krieger, so wie ein Reisiger!" Rutgers Erklärung verwirrte Gerolf. „Erfahrener Krieger? Der Römer war jünger als du."

Rutger sah zweifelnd aus. „Dann kann es kein Centurio gewesen sein!"

Er machte eine wegwerfende Handbewegung. „Wir müssen hier weg! Du bist die ganze Nacht ohne Besinnung gewesen. Lasst uns aufbrechen!", sagte er zu den Männern gewandt. Gerolf sah sich um.

„Was ist mit dem Handel? Mit den Werkzeugen?" Mit meinem Schwert, dachte er lautlos. „Sie haben uns alle Bündel gestohlen. Die Arbeit von zwei Jagden, alles weg!" Rutger war verbittert. „Neben Ranulf sind auch Utz und sein Bruder tot. Ein schwarzer Tag für die Söhne des Speeres."

Gerwin schäumte vor Wut. „Der Ertrag von zwei Jahren weg!", brüllte er. „Und diese Hurensöhne von der Hirschsippe lachen sich ins Fäustchen über uns!"

„Es waren Ubier, die uns überfallen haben!", wandte Rutger ein. „Was machen Ubier auf dem Gebiet der Hirschsippe? Wenn sie nicht mit deren Einwilligung dort waren, hätten sie euch zu Hilfe kommen müssen. Dafür werden sie bezahlen!" „Was hast du vor?", fragte Ansgar.

„Eine Reisa", antwortete Gerwin grimmig. „Wir werden uns Ersatz für die geraubten Waren holen!"

„Wer führt die Reisa an?" Ansgars Augen leuchteten begierig auf. Er hoffte er, an dem Zug teilnehmen zu können. „Rutger und Luitger!" Gerwin wies auf den Hunno. „Aber Gerolf wird ihn mit den zehn Kriegern begleiten und du wirst ab jetzt sein Erster Gefolgsmann sein und im Kampf seine rechte Seite schützen!"

* * *

CASTRUM · UBIORUM

Drusus kommt! Wie ein Lauffeuer flog diese Nachricht durch die Lager. Der Stiefsohn des Augustus war auf einer Reise nach Norden und würde in wenigen Tagen am Rhenus eintreffen. Derzeit weilte er in der Civitas der Treverer, um an einer Feierlichkeit zu Ehren seines Vaters in der Colonia teilzunehmen.

Danach würde er weiterreisen, um die Legionen im Norden zu besuchen. Lucius hatte erwartet, dass diese Nachricht die Legion beflügeln oder zumindest aus ihrer Lethargie reißen würde, aber er sah sich getäuscht. Die Aktivitäten nahmen zwar zu, waren aber nicht zu vergleichen, mit denen, die er von der Augusta gewohnt war. Natürlich wurde das Lager gefegt und einige Centurionen führten ihre Einheiten auf das Marsfeld, um zu exerzieren und die Ausrüstung zu begutachten. Dass aber ein ganzer Ruck durch die Legion ging, davon war nichts zu spüren.

Gemellus und Potitus bekamen ihre faulen Hintern einfach nicht hoch. Lucius dagegen ließ die Ala noch einmal alle Übungen reiten. Und führte auch noch einmal sein eigenes Reittraining durch.

„Das ist doch völlig überflüssig!", merkte Pomponianus an. „Unsere drei Monate sind doch ohnehin bald um. Du wirst wieder eine Centurie übernehmen und auch ich kehre zur Legion zurück!"

Aber auch von diesem berechtigten Einwand, ließ sich Lucius nicht ablenken.

Die Kohorten marschierten aus dem Lager und formierten sich in Schachbrettform. Dann folgten die Ubier aus ihren Lagern. Sie durchquerten die Furt und nahmen ihre Position ein. Eine Cohors bildete eine Plänklerlinie, um den Aufmarsch zu decken, die zweite Cohors deckte den rechten Flügel auf der Flussseite, während Pomponianus die Ala auf den linken Flügel lenkte.

Drusus' Prätorianer deuteten die Position des Feindes an, während er selbst mit seinem Stab den Aufmarsch beobachtete. Schließlich stand die Legion bereit, die Lücken zu schließen, zu schwenken, anzugreifen oder sich zurückzuziehen, ganz nach dem Belieben des Feldherrn. Meldereiter brausten los. Sie ritten zu den drei Kohorten der dritten Reihe und zur Ala. Lucius sah neugierig zu Pomponianus, der den kurzen Befehl mit einem schweigenden Nicken quittierte.

Ein helles Signal ertönte und Lucius erkannte das vertraute Signal *Schlachtreihe bilden!*

Die drei Kohorten der zweiten Reihe rückten vor und jetzt bildeten sieben Kohorten einen eisernen Wall.

Pomponianus winkte Lucius heran: „Centurio, halte die Stellung hier und decke unseren Rückzug."

Rückzug?? Lucius starrte den Tribun fassungslos an, dann salutierte er hastig: „Zu Befehl!" Er wendete sich seinen Männer zu. „Ausschwärmen!", rief er Primus und Hristo zu und trieb sein Pferd an. Die Turmae fächerten auf und 60 Mann bildeten eine Schlachtreihe, die den Blick auf den Rest der Einheit versperrte. Die übrige Ala trabte mehrere Speerwurfweiten zurück, wo sie erneut Position bezog.

Die drei Legionskohorten der dritten Reihe waren mittlerweile nach links geschwenkt und nahmen hinter der Schlachtreihe eine Hakenstellung ein. Lucius pfiff durch die Zähne. Drusus kopierte Caesars Aufstellung bei Pharsalos und er war an der Position, an der Labienus' Reiterattacke erwartet wurde. Diese würde sich auf eine Turma als Köder stürzen und dann von den drei Kohorten niedergemacht werden, bevor die Ala zum Gegenangriff überging.

Drusus hatte sich mit seinem Stab in Bewegung gesetzt und ritt zum linken Flügeln. Er winkte Pomponianus zu sich und hielt bei den drei Kohorten: „Vorwärts, zum Angriff, wir werden sie überrumpeln, ihr folgt mir im Laufschritt!"

Die Männer jubelten ihm zu. Plötzlich war Drusus neben ihm. „Grüß dich, Marcellus." Dies geschah so beiläufig, als ob sie gerade auf dem Forum und nicht auf dem Schlachtfeld wären.

„Tribun, warte, bis die Kohorten einen Rechtsschwenk machen, dann führe deine Ala an ihnen vorbei und falle dem Feind in den Rücken!" Pomponianus nickte. Irgendwo wurde ein Signal geblasen.

Vorrücken!, dachte Lucius automatisch. Die Schlachtreihe setzte sich langsam in Bewegung und rückte gegen die Prätorianer vor.

„Laufschritt!“, rief Drusus und setzte sich an die Spitze der drei Kohorten.

„DRUSUS!“, brüllten die Legionäre und stürmten los. Sie überflügelten ihre Kameraden und schwenkten nach links, um den Prätorianern in die Flanke zu fallen.

„Angriff!“, befahl jetzt Pomponianus und die Ala, die den Legionären im Schritt gefolgt war, trabte nun an. Sie umritten die Kohorten und waren dadurch im Rücken des *Feindes*.

„ATTACKE!“, brüllte Pomponianus und deutete auf den *Feind*. Auch wenn die Ubier kein Latein verstanden, war jedem einzelnen von ihnen klar, was gemeint war, und sie preschten mit Gebrüll los.

„HALT! HALT!“ Nur langsam drang das Signal in Lucius’ Unterbewusstsein. Er schreckte wie aus Trance hoch, sie waren den Prätorianern bis auf wenige Schritte nahegekommen und wenn nicht bald etwas passierte, würden sie mitten in sie hineinrasen. „UBIER!“, donnerte er und riss sein Pferd nach links. Glaucus folgte zögerlich und die erste Turma schwenkte um. „Epona, steh uns bei!“, flehte er innerlich und hoffte, dass die Ala rechtzeitig abdrehte. Hinter ihm schwoll das Geschrei an. Pferde wieherten schrill, Männer schrien. Endlich kam die Turma zum Halt. Lucius riss sein Pferd herum und blickte bang zurück. Halb erwartete er einen wilden Tumult aus Prätorianern und Ubiern zu sehen, aber alle Männer waren unversehrt. Ein Blick nach links zeigte ihm eine Wand still dastehender Legionäre. Lucius schluckte, er hatte noch nie die Front der Legion von vorne gesehen. Beeindruckend und Ehrfrucht gebietend. „Marcellus!“ Er hörte wie sein Name gerufen wurde. „Marcellus!“ Pomponianus’ Stimme drang nur langsam zu ihm durch.

„Schläfst du mit offenen Augen?“, brüllte ihn der Tribun an. Er riss sich zusammen und sein Blut rauschte nicht mehr ganz so heftig in seinen Ohren. „Verzeih, Herr!“ Er zeigte mit der Hand in die Runde. „Schlachtfeldfieber!“

„Dann werde schnell wieder gesund. Führe die Männer ins Lager zurück!“

„Centurionen!“ Gemellus starrte seine Kameraden aus trüben Augen an. „Ich gebe einen Befehl unseres Statthalters und derzeitigen Legaten an euch weiter. Morgen eine Stunde nach dem Wecken brechen wir nach Norden auf. Die ganze Legion, alles was nicht angewachsen ist, wird mitgenommen. Auch wenn wir in einem Mond wieder hier sind, trotzdem jedes Stück Ausrüstung, jeder Krümel Verpflegung, alles wird eingepackt. Wir werden hart marschieren, wie es sich für eine Legion gehört. Wir marschieren nach Vetera, das sind lächerliche 80 Meilen und wird in drei Tagen zu schaffen sein. Also bereitet die Männer vor! Wegtreten!“

Die Ala schwärmte am nächsten Morgen als erste aus, da sie die Vorhut übernehmen sollte. Die beiden Cohors der Ubier sollten den Flankenschutz zum Rhenus übernehmen. Es war zwar nicht zu erwarten, dass ein Heer der Sugambrer über den Fluss setzen würde, aber Drusus wollte kein Risiko eingehen. Schließlich hatte Marcus Lollius durch so eine Unachtsamkeit den Adler der Alaudae verloren.

Lucius hielt sich bereit und beobachtete den Auszug der Kohorten aus dem Lager. Drusus und sein Stab waren ganz in der Nähe. Merkwürdigerweise waren seine Prätorianer nicht da.

Nachdem endlich die ganze Legion aufmarschiert war, fragte Drusus mit weittragender Stimme: „Primus Pilus, ist die ganze Legion angetreten?“

Gemellus schwieg einen Moment verdutzt, bevor er etwas antwortete.

„Lauter, Primus Pilus! Ich habe dich nicht verstanden!“

„Ja, Herr, die ganze Legion ist angetreten.“

„Mit der ganzen Ausrüstung, wie ich es befohlen hatte?“

„Ja, Herr!“ Lucius hätte bei Merkur, dem Gott der Diebe, geschworen, dass dem nicht so war. Bestimmt waren Wertsachen in den Baracken versteckt oder vergraben worden, Ausrüstungsgegenstände in den Räumen zurückgeblieben oder aber Proviant zurückgelassen worden. Legionäre waren findig, wenn es darum ging, Gepäck zu erleichtern.

„Du erklärst mir also, Primus Pilus der XVIII Gallica, dass das Lager vollständig leer ist? Dass nichts von Wert in dem Lager zurückgeblieben ist?“

Gemellus, der Tropf zuckte wahrhaftig mit den Schultern. Was für ein Wicht?, dachte Lucius.

„Ja, Herr!“ Zumindest die Antwort war korrekt.

„Gut, dann gib den Befehl zum Abmarsch!“

„PERGITE!“, brüllte Gemellus und die Legion setzte sich in Bewegung.

„Trab an!“, befahl Pomponianus und auch die Reiter setzten sich in Bewegung. Was hatte Drusus mit dieser Szene beabsichtigt, fragte sich Lucius, während sie vorausritten. Sollten die Gardereiter das Lager durchsuchen, um den Primus Pilus Lügen zu strafen? Aber musste er dafür so eine Komödie aufführen. Ein vielstimmiger Schrei ließ ihn herumfahren. Der Marsch der Legion war ins Stocken geraten und viele sahen zurück. Über dem Lager stieg eine Rauchwolke auf.

„Warum halten wir, Primus Pilus?“, fragte Drusus spöttisch. „Kannst du dich von deinem trautem Heim nicht lösen? Du kannst es nach deiner Rückkehr wieder aufbauen.“ Gemellus starrte von der Rauchwolke zu Drusus und wieder zurück. „Keine Angst das Gold, das du unter deinem Bett versteckt hast, wird nur ein wenig warm, vielleicht auch schmelzen, darüber musst du dir keine Gedanken machen, um die Besitztümer deiner Männer schon. Denk schon mal über deine Erklärung nach. Und jetzt vorwärts!“

Gemellus starrte wie betäubt auf das Lager und sagte automatisch: „Pergite!“

Die Legion setzte sich wieder in Bewegung. Drusus kümmerte sich nicht weiter um die wütenden Blicke der Männer und das Geschrei, sondern trieb sein Pferd an und schloss zur Ala auf. Dort unterhielt er sich mit Pomponianus, als wäre nichts gewesen. Bald schloss Valens mit den Legionsreiterei zu ihnen auf und Drusus verabschiedete sich von dem Tribun, um sich an die Spitze der Legion zu setzen.

Valens hatte in der Gallica und bei den Prätorianern einige Centurionen aus dem Kantabrerkrieg wiedererkannt. Abends saßen diese Veteranen jetzt zusammen und tauschten Geschichten aus. Da die meisten Legionäre der Augusta noch an keinem richtigen Feldzug teilgenommen hatten, wuchs die Zuhörerschaft von Abend zu Abend.

„Titus, hast du eigentlich noch dieses komische Instrument?", fragte plötzlich einer der Prätorianer.

„Sicher!" Valens verschwand und kam kurz darauf mit einem Gegenstand zurück. Vorsichtig wickelte er den Inhalt aus. Eine eigenartig geformte Cithara kam zum Vorschein.

„Was ist das?"

„Das ist eine Testudo!" Valens strich vorsichtig über die Saiten, die leise klangen. „So haben wir diese hispanische Form der Cithara genannt!"

Vorsichtig begann er sie zu spielen, indem er verschiedene Saiten zupfte oder mit einem Muschelstück anschlug. Eine wehmütige Melodie erklang und plötzlich, Lucius blieb vor Staunen der Mund offen stehen, fing Valens an zu singen:

Was bleibt dir schon als dritter Sohn?
Als der Eintritt in die Legion.
Das Land ist klein, die Familie groß
Pack deine Sachen und dann zieh los.

Valens erhob die Stimme und sah in die Runde. Es schien sich um einen Kehrreim zu handeln, denn die Centurionen des Kantabrerkrieges stimmten mit ein.

Nimm das Handgeld, zieh weit fort.
Der Adler bleibt nie am gleichen Ort.
Wir ziehen nach Syrien, Germanien,
Weit, weit weg von Kampanien.

Valens sang die nächsten Zeilen wieder allein:

Im Süden Italiens ist es warm,
das Land ist reich, die Bauern arm.
Im Norden ist das Glück uns hold,
die Barbaren horten sehr viel Gold.

Dieses Mal sangen noch weitere Legionäre mit, die dieses Lied offensichtlich auch aus Hispanien kannten:

Nimm das Handgeld, zieh weit fort.
Der Adler bleibt nie am gleichen Ort.
Wir ziehen nach Syrien, Germanien,
Weit, weit weg von Kampanien.

Drum Mädchen zu Hause gebt gut acht,
vor allem die einst haben gelacht,
Bei der Legion machen wir unser Glück
Und mit reicher Beute kommen wir zurück.

Diesmal schien die ganze Legion mitzusingen und auch Lucius sang die Worte mit, aus denen gleichermaßen Sehnsucht und Heimweh sprachen.

Nimm das Handgeld, zieh weit fort.
Der Adler bleibt nie am gleichen Ort.
Wir ziehen nach Syrien, Germanien,
Weit, weit weg von Kampanien.

Drei Tage hatte Drusus für den Marsch nach Vetera veranschlagt, aber es wurden vier. Die Marschleistung war ungenügend und die Straße in miserablem Zustand. In Vetera hielten sie sich nicht lange auf. Nach einem Ruhetag, an dem Drusus die XVII Gallica inspizierte, marschierten nun zwei Legionen weiter nach Norden nach Batavorum, wo sie das Lager im Land der Bataver erreichten. Hier lagerte die V Alaudae und auch sie musste im Beisein des Statthalters einige Übungen absolvieren.

Zwei Tage nach der Ankunft führte Drusus ein Manöver mit allen drei Legionen durch, einen Tag später folgten Übungen für die Hilfstruppen. Lucius klopfte das Herz bis zum Hals, aber im Gegensatz zu den Legionen waren die Anforderungen an die Ubier gering. Geradeaus reiten, Linksschwenk, Rechtsschwenk und plänkeln war alles, was die Ala leisten musste, aber Pomponianus war die Anspannung trotzdem anzumerken. Laut und schrill schrie er seine Kommandos raus und der

Cornicen blies die entsprechenden Signale. Die Turmae setzten die Signale mehr oder weniger erfolgreich um, aber beim Plänkeln gerieten sie in Unordnung und mussten hastig das Feld räumen. Lucius' Hand krampfte sich im Sattel fest und er warf einen Seitenblick auf Drusus und Valens, aber die ließen keine Gemütsregung erkennen. Sie saßen wie Standbilder auf ihren Pferden vor dem Podest, welches am Rande des Marsfeldes errichtet worden war. Nur Furnius schien sich für die Bewegungen der Ala zu interessieren. Und sein Gesicht verdüsterte sich, als die Ala in Unordnung geriet und hastig in ihre Ausgangsposition zurückkehrte. Pomponianus sah ängstlich zum Statthalter hinüber, der sich mit seinem Centurio Supernumarius beriet. Valens drehte sich zu Pomponianus herum. „Lass sie anreiten, absitzen und Schlachtreihe bilden."

Pomponianus nickte und gab dem Cornicen den entsprechenden Befehl. Hell klang das Hornsignal über das Feld und die Ala trabte an. Sie ritt auf den *Feind* zu, als plötzlich die Signale *Halt* und *Absitzen* erklangen. Die Ubier gerieten durcheinander, glitten aber doch aus dem Sattel, allerdings bildeten sie keine Reihe, sondern Kolonnen. Lucius stockte das Herz, als er das sah. Was, bei Mars, machten sie da? Sechs oder sieben Kolonnen hatten sich formiert und strebten nun auf den *Feind* zu. Pomponianus starrte erst Lucius mit offenem Mund an und sah dann zu Valens hinüber. Der regte sich nicht, sondern betrachtete das Schauspiel. Da kein Gegenbefehl kam, rückten die Kolonnen auf Speerwurfweite an den *Feind* heran, warfen ihre Speere und stürmten dann los. Mit lautem Geschrei überrannten die Ubier die Markierungen, die den Feind dargestellt hatten. Drusus sagte einige Worte zu Valens und ritt dann auf die Ubier zu. Primus sah ihn kommen und bellte einige Befehle. Sofort kehrten die Germanen zu ihren Pferden zurück, schwangen sich in die Sättel und nahmen Aufstellung. Drusus ritt jetzt alleine ihre Front ab und rief ihnen Worte zu, die mit Geschrei und Jubel beantwortet wurden.

Die Szene war mit großem Pomp inszeniert worden. Auf dem Podest war Drusus umringt von den Legaten und Tribunen, davor die Prätorianer sowie die Aquilifer und die Signifer. Die Centurionen hatten vor dem Podest Aufstellung genommen und warteten auf die Ansprache des Statthalters.

„Centurionen!“ Drusus’ Stimme drang bis in die letzte Reihe und Lucius, der neben Mucius in den Reihen der Centurionen der XVIII stand, lauschte angestrengt. „Ihr seid das Rückgrat jeder Legion. Euer Mut beflügelt die Legionäre, eure Standhaftigkeit richtet die Zaghaften auf, eure Erfahrung entscheidet Schlachten!“

Drusus machte eine Pause, während ein Ruck durch die Männer ging. Auch Lucius reckte den Kopf höher. Er deutete mit einer weit ausholenden Armbewegung zum Fluss.

„Rom wird auch hier am Rhenus verteidigt. Ihr seid das Bollwerk gegen die Barbaren. Ihr seid die Männer, an deren Mut und Standfestigkeit sich die Heerscharen der Barbaren brechen sollten. SOLLTEN!“

Drusus fuhr mit erhöhter Stimme fort. „Umso trauriger war das, was ich die letzten Tage gesehen habe! Kohorten, die die Abstände nicht einhalten können. Kohorten, die sich so langsam bewegen wie ein Haufen des persischen Großkönigs.“

Er schüttelte traurig den Kopf. Lucius hielt den Atem an und sah verstohlen auf die Kameraden. Er sah Zorn, Ablehnung aber auch Betroffenheit. „Das vermag ich nicht zu glauben, dass ein Centurio seine Einheit so verkommen lässt! Könnt ihr das glauben?“

„Nein, nein!“, brüllten die Männer wütend und beschämt. „Doch, doch!“ Drusus schüttelt bekümmert den Kopf. „Wenn mein Vater Caesar Augustus oder sein Vater der Divi Julius das gesehen hätten, so könnten sie kaum glauben, dass das die gleichen Legionen sein sollen, die die Gallier, die Kantabrer, die Ägypter und die Parther niedergerungen haben. Seid ihr etwa alt geworden?“

„NEIN, NEIN, NEIN!“

„Seid ihr etwa schwach geworden?“

„NEIN, NEIN, NEIN!“

„Soll ich euch ablösen lassen?“

„NEIN, NEIN!“ Ein Tumult war ausgebrochen. Die Centurionen drängten nach vorne. Einige schüttelten wütend die Faust. Ob zum Himmel oder zum Podium, das vermochte Lucius nicht zu beurteilen. Andere hoben flehend die Arme zum Feldherren. Drusus schien gänzlich ungerührt von dem Aufruhr, den seine Worte verursacht hatten. „Ihr wollt bleiben?“

„JAAA!“

„Ihr wollt zeigen, dass ihr würdige Centurionen im Geiste eines Vorenus und eines Pullo seid?"

„JAAA!"

Auch Lucius schrie aus vollem Halse mit.

„Die Straßen, die Lebensadern unsere Nachschubs, die Wege, auf denen wir in die Schlacht marschieren, sind in fürchterlichem Zustand. Wir haben zu wenige Lager, von wo aus wir die Feinde beobachten können! Wollt ihr das mit mir ändern?"

„JA! JA!"

„Wollt ihr die Männer antreiben, ihr Bestes zu geben?"

„JA! JA!"

„Wollt ihr Tag und Nacht arbeiten, um die Aufgaben so schnell wie möglich zu erledigen?"

„JA! JA!"

„Dann, Centurionen, an die Arbeit! Die V wird einen Kanal graben, die Fossa Drusiana."

Die Centurionen jubelten, als ob es ihr größter Wunsch gewesen wäre, Kanäle zu graben. „Die XVII wird die Straßen von hier nach Vetera ausbauen. Wenn ich Straßen sage, meine ich, um genau zu sein, drei Straßen, die nebeneinander verlaufen!"

Er hob drei Finger hoch und die Männer der Gallica jubelten ihm zu.

„Die Männer der XVIII werden die Straßen von Vetera bis nach Ubiorum bauen, auch hier drei Straßen." Wieder hielt er die Finger in die Höhe. „Außerdem werdet ihr die Straßen durch Kastelle sichern!"

„DRUSUS! DRUSUS! DRUSUS!"

Auf dem Rückweg zum Lager redeten die Centurionen wild durcheinander. Mucius drängte sich zu Lucius durch. „Marcellus, wer sind Vorenus und Pullo?"

„Zwei Centurionen, die Caesar im De Bello Gallico erwähnt. Die beiden trugen einen Wettbewerb im Kampf gegen die Gallier aus."

„Wer hat gewonnen?"

„Beide! Sie retteten sich gegenseitig das Leben!"

„Aha!", versetzte Mucius und dann schwieg er eine Weile. Offensichtlich kaute er auf etwas herum.

„Du hattest recht mit den Veränderungen, ich hoffe, ich bekomme eine Möglichkeit, mich zu beweisen."

„Bestimmt." Lucius senkte die Stimme. „Du hast deine Centurie schon auf den richtigen Weg gebracht. Was meinst du, wie viele Vitis jetzt zu Bruch gehen werden, bei dem Versuch, Versäumtes nachzuholen."

„Minerva sei Dank, ich denke, du hast recht!" Jetzt strahlte der alte Centurio und sah spöttisch und mitleidig zu Lucius.

„Du wirst wahrscheinlich die schlimmste und faulste Einheit der Legion bekommen, wenn deine Zeit bei den Barbaren rum ist."

Er hat recht, dachte sich Lucius. Wenn ich in ein paar Wochen zurück zur Legion gehe, wird man mir die schlimmste Einheit aufhalsen, aber alles ist besser, als auf dem Hof zu arbeiten.

Vale Immunes und Milites Gregarii,
zieht hin in die Wüsten Syriens,
unsere römischen Adler verkümmern da
auf den Mauern von Ekbatana.
Gebt Acht und hütet euch Probati
Hart ist die Vitis des Centurios
pflegt Pugio, Cassis, Gladius, Scutum
und Pilum
Vale Milites Gregarii und Probati

Trotz des verschärften Marschtempos hatten die Männer noch Luft zum Singen. Gaius Furnius, der Legat, hatte verlangt, dass die Legion in längstens sieben Tagen wieder im Castrum Ubiorum ankommen würde und die Centurionen machten anfangs von der Vitis reichlich Gebrauch, um seine Wünsche zu unterstützen. Schon am Ende des dritten Tages war aber erkennbar, dass die Legion nicht in der Lage sein würde, das hohe Tempo durchzuhalten, und nach einem Ruhetag ging es deshalb in normalem Marschtempo weiter, nur dass ein normales Marschtempo bei der Gallica gerade mal höchstens zwölf Meilen pro Tag bedeutete. Das ließ den Legionären die Luft zum Singen.

In Gelduba, Novaesium und Durnomagus ließen sie jeweils eine Kohorte zurück, die dort ein Kohortenkastell errichten sollte. Die Lager sollten Platz für mindestens drei Kohorten und für genügend Vorräte haben.

* * *

CASTRUM · UBIORUM

Nach neun Tagen erreichten sie schließlich Castrum Ubiorum und als erstes wurde der Brandschutt weggeräumt. Die Ala ritt im Umland Patrouille. Nicht dass von den Ubiern Gefahr drohte, aber Furnius wollte auch die Hilfstruppen beschäftigt sehen. „Gemellus ist an allem schuld!"

Mit Wut im Bauch bauten die Legionäre ihre Zelte auf dem Areal nördlich des Hügels auf. Mit Wut im Bauch räumten sie den Brandschutt fort und suchten in den Trümmern nach Überresten ihrer Habseligkeiten, die sie versteckt hatten.

Lucius hatte wieder die Hastatencenturie übernommen. „Gemellus ist an allem schuld!", knirschte Caedicius vor Wut mit den Zähnen.

„Hast du viel verloren?...Publius!", der Gebrauch des Vornamens schien Lucius passend.

„Ich nicht und auch nur Wenige in der Centurie." Caedicius quälte sich ein Lächeln aufs Gesicht. „Du hast uns die Augen geöffnet und daher...!"

„Bist du schuld!", warf Caelius lachend ein.

„Wie immer!"

„Die erste Centurie war nicht so schlau gewesen..." Caedicius war ernst geworden: „Einige haben alles verloren."

„Da müsste man eine Eingabe an den Statthalter oder den Legaten machen!"

Lucius sagte das zu niemandem direkt und war daher erstaunt, als Caelius und Caedicius bitter auflachten.

„Was?"

„Die Eingabe geht über den Centurio oder den Primus Pilus. Schon vergessen?"

„Hm." In Lucius' Kopf formte sich ein Gedanke. Ich muss mal mit Pomponianus sprechen, er kann Furnius den Vorschlag direkt unterbreiten.

Das Lager wurde nicht wieder auf dem Hügel aufgebaut, sondern auf ihrem Lagerplatz nördlich des Hügels errichtet, indem die Zelte nach und nach durch Baracken ersetzt wurden. Da hier mehr Platz war, konnte das Lager großzügiger geplant werden und bot nun auch Platz für Spezialeinheiten, wie die Prätorianer oder Turmae der Hilfstruppen.

Auf dem Hügel wurden Wohnhäuser errichtet. Wie Titus Famus, die Gerüchteküche, vermeldete, würde eines der Häuser Drusus selbst beziehen.

Drusus zeigte sich großzügig und ließ im Namen seines Vaters ein Donativ verteilen, um die Legionäre zu entschädigen. Das hob die Stimmung bei den Legionären beträchtlich. Auch die Beliebtheit von Furnius stieg, da es sich schnell herumgesprochen hatte, dass er Drusus zu dem Geschenk bewogen hatte. Lucius war zufrieden, er wurde zwar nicht erwähnt, aber das hatte er auch nicht erwarten dürfen. Wenn, dann würde neben Furnius auch noch Pomponianus gerühmt werden. Für ihn war jetzt nur zu hoffen, dass er nicht die Seuchencenturie bekommen würde. Gespannt wartete er auf den Ruf, der über seine Zukunft entscheiden sollte.

Furnius thronte auf seinem Stuhl, trommelte mit seinen Fingern auf dem Oberschenkel, während er mit Valens und Gemellus sprach. Dann sah er zu Lucius hinüber und winkte ihn so hoheitsvoll heran, als sei er Augustus persönlich. „Tritt näher!" Lucius lief es bei dem emotionslosen Ton kalt den Rücken herunter. Jetzt kommt doch die Abkommandierung zur Seuchencenturie, dachte er resigniert.

„Centurio Marcellus, der Statthalter war mit der Ausbildung der Ala nicht zufrieden." Furnius gestattete sich ein verächtliches Schulterzucken. „Ich weiß nicht, was er von Hosen tragenden Barbaren erwartet hat, ich war schon überrascht, dass sie die Hornsignale unterscheiden konnten."

Was für ein Scheißkerl, Lucius hätte ihm am liebsten eine Ohrfeige versetzt, nur um eine Emotion in dem Gesicht zu erzeugen. „Aber dem Statthalter war es nicht gut genug und daher wirst du bei ihnen bleiben und weiterhin ihre Ausbildung leiten. Und um die praktische Anwendung selber zu erleben, wirst du eine Turma übernehmen. Meinen Glückwunsch, DECURIO, du kannst gehen und morgen dauerhaft dein Quartier in ihrem Lager aufschlagen."

Lucius stand wie erstarrt und musste sich sehr zusammenreißen, um den Mund nicht offenstehen zu lassen. Er sollte bei der Ala bleiben und eine Turma kommandieren? Für einen Moment hörte er nur das Blut in seinen Ohren rauschen. Ihm schwindelte, aber ein hämischer Blick von Gemellus brachte ihn wieder zurück. Nur keine Schwäche zeigen.

„Ist noch was?" Furnius Stimme war drohend geworden. Primus hatte als Präfekt der Ala eingesetzt werden sollen? Wie würde die Kommandostruktur jetzt sein?

„Wer soll die Ala kommandieren?", platzte Lucius heraus. Furnius machte eine Handbewegung als wollte er die Frage vom Tisch wischen: „Der ranghöchste Häuptling natürlich!"

Belästige mich nicht mit solchen Nichtigkeiten, sagten Ton und Blick, aber Lucius war nicht bereit zurückzuweichen. „Ein Centurio soll unter einem Barbaren dienen?", fragte Lucius ungläubig.

„Niemals!", schnappte Valens entrüstet, ehe Gemellus und Potitus auch nur den Mund aufmachen konnten. „Nicht irgendein Centurio...", begann Gemellus mit hämischen Blick auf Lucius.

„Niemals. Gar kein Centurio. Selbst wenn er taub, blind, versoffen und verhurt und zu nichts mehr nütze ist!", sagte Valens mit so viel Nachdruck, dass jedes Widerwort im Ansatz erstickt wurde.

„Aber Primus ist ein römischer Bürger!", wandte Potitus jetzt ein. „Ein Hosen tragender Wilder!"

Saturninus schaltete sich ein. „Es haben doch schon öfter Centurionen das Kommando über Hilfstruppen übernommen. Machen wir das hier auch so!"

Furnius schien diesen Gedanken ernsthaft in Betracht zu ziehen. „Wir haben so etwas schon einmal gemacht? Es ist keine Neuerung?" „Aber es wurde nur vorübergehend gemacht, nicht?" Gemellus war puterrot angelaufen. „Für eine Schlacht oder einen Feldzug, aber nie dauerhaft!"

„Man könnte es dauerhaft machen!“ Valens schien der Sache kein großes Gewicht beizumessen.

„Ich halte nichts davon, dauernd etwas zu verändern. Wenn eine Sache bewährt ist, sollte man es so lassen.“ Furnius sagte dies entschieden. „Was machen wir dann?“ Saturninus sah fragend in die Runde, bis sein Blick an Pomponianus hängen blieb. „Gaius, deine Dienstzeit als Tribun ist doch dieses Jahr zu Ende und du wolltest doch in der Belgica einen Posten haben.“ Er sah Furnius an. „Wir könnten ihn als Evocatus hierbehalten und ihn als Präfekt der Ala einsetzen!“ Pomponianus schnappte nach Luft wie ein Fisch auf dem Trockenen. „Gute Idee!“, sagte Valens und nickte mit dem Kopf. Auch Gemellus’ und Potitus’ Mienen hellten sich auf. „Das wäre aber eine unerhörte Neuerung.“ Pomponianus sah Furnius an. „So etwas hat es noch nie gegeben!“ So ein Fuchs, dachte Lucius. Furnius wird sich auf das Wort stürzen wie ein Hund auf den Knochen und richtig. „Dann sollten wir es auch nicht machen!“ Pomponianus sah aus, als ob er am liebsten einen Freudenschrei ausgestoßen hätte. „Legat, ich reise demnächst zum Statthalter zurück“, sagte Valens leichthin. „Ich kann ihm diese schwere Personalentscheidung vorlegen. Ich weiß natürlich nicht, bis wann er diese Kleinigkeit geregelt haben wird, da ihn die Vorbereitungen für den Census in Anspruch nehmen, aber ich bin sicher, dass er dir diese Bürde gerne abnehmen wird!“ Furnius zuckte zusammen und sah Valens verunsichert und wütend an. Schau an, unser Legat macht sich in die Tunica vor dem Centurio Supernumarius. „Das wird nicht nötig sein!“, schnappte Furnius erbost. „Eile mit Weile, wie der Princeps so richtig sagt. Neuerungen müssen sorgfältig bedacht werden, sonst sind sie Bestandteil des Mos Maiorum ehe wir Imperium Romanum sagen können.“ „Dann lass es uns so machen!“, schlug Valens vor. „Der Tribun wird Präfekt der Ala und wird die Aufgaben des Lagerpräfekten übernehmen. Marcellus wird die praktische Ausbildung leiten und jetzt lasst uns endlich zu wichtigen Sachen übergehen.“ Pomponianus’ Blick verriet Lucius, dass der Tribun ihn dafür verantwortlich machte, dieses Kommando aufgehalst bekommen zu haben. Das kann ja was werden, seufzte er in Gedanken.

Da faselt dieser alte Heuchler etwas davon, dass er keine Neuerungen will und setzt einen Centurio dauerhaft als Ausbilder ein, fluchte Lucius im Stillen. Das wird wieder endlose Streitereien mit Primus und Hristo und den anderen geben. Mögen die Manen dich verschlingen. Er ging zur Baustelle, um die Hastaten weiter bei der Arbeit zu beaufsichtigen. Morgen war er nicht mehr dafür zuständig, aber heute noch. Niemand sollte sagen können, dass er seine Pflichten verletzt habe. Nicht Gemellus, nicht Potitus, nicht Furnius - niemand. Seine Miene war unnahbar und so sprach ihn keiner der Männer an. Lucius stand auf der riesigen Baustelle und fühlte sich alleine.

Faustus hatte Tisch und Stuhl vor dem Zelt aufgebaut und hielt ein Getränk bereit. Lucius warf die Vitis auf den Tisch und trank einen Schluck. Ein heißer Würzwein ist bei diesem Wetter genau das richtige, dachte Lucius. Wir haben Juni und man braucht an manchen Tagen trotzdem noch einen Mantel. „Schlechte Nachrichten, Faustus!" Lucius ließ sich auf den Stuhl sinken. „Wir gehen zurück zu den Ubiern, aber ob hier oder woanders..." Er zuckte mit den Achseln. „Ja, Dominus." War das alles, was Faustus dazu zu sagen hatte? Konnte er nicht fluchen oder schimpfen? Konnte der Junge nicht ein Mal eine menschliche Regung zeigen? Ja Herr, nein Herr, war alles, was er zu hören bekam. Und wenn er schon merkte, dass sein Herr verärgert war, sollte er dann nicht zumindest auch diesen Ärger zeigen. „Du bekommst Besuch, Herr!" Er deutete auf Pomponianus, der sich näherte. „Hol die Kiste als Sitzplatz!" Faustus verschwand im Zelt und zerrte die Kiste nach draußen.

„Salve, Tribun!" Lucius war aufgestanden. „Auch etwas zum Aufwärmen?"

Pomponianus schüttelte erst den Kopf, Lucius wies beharrlich auf den Stuhl.

Der Tribun zögerte einen Moment und meinte dann: „Na gut!" Er setzte sich auf die Kiste.

„Nimm ruhig den Stuhl, Tribun!", insistierte Lucius.

„Ich sitze gut!", war die ungehaltene Antwort. Concordia steh uns bei, das wird eine gedeihliche Zusammenarbeit. Faustus reichte Pomponianus einen gefüllten Becher. Der Tribun trank nicht, sondern drehte den Becher in der Hand. „Unser Hauptaugenmerk sollte darauf ausgerichtet sein, dass die Ubier besser auf die Signale reagieren", schlug Lucius vor, um ein Gespräch in Gang zu bringen.

„Mein Hauptaugenmerk sollte eigentlich darauf liegen, in wenigen Monaten die Legion zu verlassen", sagte Pomponianus trotzig. Lucius spürte, wie sein Blut in Wallung geriet. Da benahm sich dieser Tribun wie ein kleines Kind. „Beschwer dich bei Furnius oder Drusus!" Lucius machte eine wegwerfende Handbewegung. „Centurio, du vergreifst dich im Ton!", empörte sich Pomponianus. „Ich bin Tribun und du nur Centurio!" „Auch das solltest du mit den beiden diskutieren!", sagte Lucius mit hochgezogenen Brauen und provozierte seinen Vorgesetzten direkt. „Ich habe mir den Posten bei der Ala nicht ausgesucht, muss aber zusehen dass ich das Beste daraus mache." Pomponianus zog es vor zu schweigen, daher fuhr Lucius fort. „Ich habe keine Lust, mit so einem Theater meine Zeit zu verschwenden. Wir haben Wichtigeres zu tun!" Pomponianus sah ihn gequält an. „Was weißt du schon? Meine Aufgabe wäre es gewesen, den nächsten Schritt im öffentlichen Leben zu machen. Ich hätte nächstes Jahr einer der Censusbeamten bei den Remern sein sollen, um dann den Cursus Honorum in Tibur zu beginnen." Er starrte auf den Becher, aus dem er noch keinen Schluck getrunken hatte. „Und jetzt muss ich mich um Hosen tragende Wilde kümmern! Was kann ich da schon an Dignitas für meine Familie sammeln?" Lucius zuckte mit den Schultern. „Ein Feldzug steht doch jedem Magistrat gut zu Gesicht!" „Klugschwätzer!", konstatierte der Tribun, aber ein Lächeln huschte über sein Gesicht. „Was hast du als nächstes geplant?", fragte er versöhnlicher. Lucius seufzte und trank einen tiefen Schluck. „Eine Patrouille nach Süden führen!"

Dann kam ihm ein Gedanke: „Pomponianus, es gibt doch etwas, das deine Dignitas und die deiner Familie mehrt!" Pomponianus sah ihn erstaunt an. „Die Ala hat die Grundausbildung beendet und wird jetzt eingesetzt werden, das kann unter dem Namen Ala Pomponianus sein!" Während er sprach, hellte sich das Gesicht des Tribuns auf. „Kann das sonst noch jemand aus deiner Familie von sich sagen, dass eine Einheit nach ihm benannt wurde?" „Nein!", antwortete Pomponianus strahlend.

Bevor sie nach Süden aufbrachen, bekam Lucius einen überraschenden Besuch. Paternus, der redselige Tribun, kam diesmal ohne Umschweife zur Sache. „Centurio, ich habe ein Anliegen." Paternus winkte mit einer Schriftrolle. „Einer meiner Klienten, möchte beim Census einen Vertrag pachten!" Lucius starrte ihn überrascht an. Das war nun das letzte Thema gewesen, mit dem er gerechnet hatte. Paternus verstand das Schweigen wohl als Aufforderung fortzufahren. „Er will ein Stück Straße pachten und eine Mansio errichten! Du kommst doch weit rum mit deinen Reitern." Lucius ahnte, worauf Paternus hinauswollte. „Wenn du ein profitables Stück Straße kennst oder findest, sag mir Bescheid. Mein Klient wird bestimmt dankbar sein!" „Ich hätte dich nicht für einen Publicani gehalten!", war alles, was Lucius dazu einfiel. Paternus machte ein bekümmertes Gesicht. „Die Pflichten eines Patrons, weißt du? Denen kann man sich nicht entziehen!" „Ich werde nur auf den Straßen am Fluss unterwegs sein. Die sind wegen der Sugambrer wenig profitabel!" „Naja", meinte der Tribun gedehnt., „vielleicht bist du ja auch mal woanders unterwegs. Für ein paar Denare lohnt es sich, die Augen aufzumachen!" Bot der ihm gerade Geld, damit er die Reiter woanders hinführte? Lucius starrte den Tribun an, doch der sah so treudoof zurück, dass Lucius den Gedanken wieder verwarf. Und selbst, wenn das ein Bestechungsversuch gewesen sein sollte, ist Paternus zu ungeschickt dafür.

„Ja, wenn es sich ergibt und ich etwas finde", meinte Lucius unverbindlich. „Danke!" Der Tribun strahlte ihn an. „Ich weiß, dass du mir kaum weiterhelfen kannst, aber ich schulde es meinem Klienten und manchmal..." „...ergeben sich die seltsamsten Zufälle!", vollendete Lucius den Satz. „Eben!" Paternus wandte sich zum Gehen. „Du kannst zur Zeit bestimmt einen, wenn auch finanziellen, Trost gebrauchen." Lucius lag eine harsche Erwiderung auf der Zunge, aber der Tribun kann schließlich nichts dafür. „In der Legion muss man mit Allem rechnen." „Stimmt." Paternus zauberte einen kleinen Weinschlauch hervor und legte ihn auf den Tisch, bevor er davonging. Lucius starrte ihm verblüfft nach, bevor er vorsichtig kostete. Kein Falerner, aber ein brauchbares Gesöff.

* * *

Die Vorbereitung nahm einige Zeit in Anspruch. Die Krieger für die Reisa mussten bestimmt und Vorräte bereitgestellt werden. Dies dauerte viele Tage und so war der Mond bereits wieder voll, bevor sich die 50 Krieger auf dem Thingplatz versammelt hatten und aufbrechen konnten. Sie folgten, soweit es ging, dem Hauptweg nach Mitternacht. Wenn ihnen jemand entgegenkam, verstecken sie sich im Wald. „Wir wollen keine Aufmerksamkeit erregen!", erklärte Ansgar, als sie im Wald verborgen eine Vierherde passieren ließen. „Mit dem Vieh belasten wir uns nur. Ein Händlerzug wäre ein guter Fang!" „Aber wenn wir die Händler überfallen", wagte Gerolf einzuwenden, „kommen sie nicht mehr zu uns." „Die auf dieser Straße unterwegs sind, kommen sowieso nicht zu uns. Sie mehren nur den Reichtum der Teiwaz- und Hirschsippe und die können ruhig mit uns teilen!" Gerolf war noch nicht überzeugt. „Aber wenn alle Sippen so denken, ist doch auf Dauer kein Handel möglich. Da ja Händler nicht wissen, welcher Weg sicher ist!" „Doch, wenn sie merken, dass sie hier nicht sicher sind, kommen sie zu uns oder die Hirsche zahlen uns Tribut, damit die Wege wieder sicher werden!" Ansgar lachte grimmig. Oder gehen ganz woanders hin, dachte Gerolf, aber behielt diesen Gedanken für sich. Ansgar war immerhin viel erfahrener als er.

Es vergingen wieder einige Tage, bis sie sich dem großen Handelsweg näherten. Dort suchten sie einen versteckten Lagerplatz und schickten Kundschafter aus. Sie sollten das Gebiet zwischen der Alteburg und der Ubierfurt auskundschaften. Waren Römer in der Nähe? Rechneten die Hirschleute mit einer Reisa? Die Vorräte schmolzen bedenklich zusammen, während sie auf die Rückkehr der Späher warteten. Wenn sie nicht bald zurückkamen, mussten sie den Lagerplatz wechseln. Der Fäkaliengestank wurde unerträglich und die Fliegenplage nahm überhand. Endlich kehrten die Späher zurück und ihr Bericht von einem Händlerzug ließ die Herzen der Männer höherschlagen.

„Gerolf und ich werden den Zug stoppen", erläuterte Ansgar den Plan. „Das wird die Aufmerksamkeit auf uns lenken. Ihr nehmt euch als erstes die gallischen Söldner vor!"

Die Wagen stoppten, da Ansgar und Gerolf den Weg blockiert hatten. Der Gallier, der dem Zug voranritt, fragte ihn in der Sprache des Grenzgebietes nach ihrem Ziel. „Mein Sohn und ich sind auf dem Weg nach Sonnenuntergang, weil wir uns Augustus, dem großen Herzog der Römer, anschließen wollen!", erwiderte Ansgar in der gleichen Sprache. Gerolf konnte den Zug jetzt genau betrachten. Drei Wagen, mehrere bewaffnete Gallier und ein stiernackiger Mann in diesem komischen Kleid, das die Römer trugen. Der Mann im Kleid war zur Spitze des Zuges gekommen und lachte über Ansgars Worte, bevor er antwortete. „Der Herzog Augustus ist zwar nicht am Rhenus, aber sein Vertreter wird euch gerne empfangen!" Ansgar dankte. „Du wohnst bei den Römern?", fragte Ansgar unbeholfen. „Ich bin ein Bürger Roms!", rief ihm der stiernackige Mann erbost entgegen. „Selbstverständlich bist du das!", lachte Ansgar und stieß einen schrillen Pfiff aus. Aus dem Unterholz stürzten sich die Sugambrer auf den Wagenzug. Die gallischen Wachen stießen Warnrufe aus, aber die Hälfte war in der ersten Welle schon überwältigt worden. Der stiernackige Mann riss ein Schwert aus dem Wagen und stürzte sich schreiend auf Ansgar. Gerolfs Magen zog sich zusammen. Er dachte an den Kampf zwischen Ranulf und dem Centurio. Der Centurio hatte den erfahrenen Gefolgsmann mit Leichtigkeit getötet. Dieser Römer war aber aus anderem Holz geschnitzt. Er schlug schreiend nach Ansgar, der lächelnd auswich. Gerolf packte seine Keule fester und wartete auf den richtigen Zeitpunkt, um einzugreifen. Jetzt drehte ihm der Römer den Rücken zu und blitzschnell sprang er vor und schlug zu. Krachend traf er ihn am Hinterkopf. Ächzend fiel der Römer vornüber und blieb auf dem Gesicht liegen. Ansgar lachte, hob das Schwert des Römers auf. „Hier, deine Beute!" Gerolf fing jubelnd das Schwert und hieb damit in der Luft herum. Ansgar hatte die Schwertscheide aus dem Wagen gekramt und hielt sie ihm hin. Dieses Schwert wurde nicht gegürtet, sondern umgehängt, aber das war Gerolf egal. Er hatte sein eigenes Schwert erbeutet. Die Männer durchsuchten die Wagen und man hörte Freudenrufe. Die Beute konnte sich sehen lassen: Kessel, Tuche, Äxte, Schwerter, Messer, Wollkleidung für Mann und Frau. Was für ein Reichtum. Als ob man den Schatz eines Lindwurms plündert, dachte Gerolf. Unterdessen kam der Römer zu sich und wütete gegen seine Fesseln. Luitger trat ihm in die Rippen und lachte ihn aus. „CIVIS ROMANUM SUM!“, brüllte der Römer voller Angst und Wut. „CIVIS ROMANUM SUM!“

„Ich bin ein Bürger Roms!“, übersetzte Luitger lachend und die Männer brachen in Hohngelächter aus. „Dann geben wir ihm, das, was wir den Römern auch vor Jahren schon gegeben haben!“, schrie einer und lauter Jubel war die Antwort. Sie rissen ihm die Kleider vom Leib und schleppten einen kleinen Baumstamm herbei. Immer noch schrie und brüllte der Römer, aber diese Schreie gingen in ein Kreischen über, als sie ihn mit gespreizten Armen auf den Stamm legten und ging dann in ein Gurgeln über. Die Schläge, mit denen die Nägel durch den Arm ins Holz getrieben wurden, hallten durch den Wald und Gerolf spürte, wie ihm flau im Magen wurde. Der Römer hatte die Prozedur mit geschlossenen Augen über sich ergehen lassen. Nur ein Gurgeln war von ihm zu hören gewesen. Als sie seine Arme mit Stricken zusätzlich am Baum sicherten, riss er die Augen auf und stieß einen langen, lauten Schmerzensschrei aus, der in ein Heulen überging. Die Männer waren bereit, ihn hochzuziehen und zwischen zwei Bäume zu hängen. Die gellenden Schreie hörten nicht auf. Die Schreie gingen Gerolf durch und durch. Rutger dagegen sah nur genervt aus. „Bringt ihn zum Schweigen!“ Die Männer, die ihn hielten, sahen sich an, überlegten, dann zuckte einer mit den Schultern und zog sein Messer. Wenn Gerolf gedacht hatte, der Mann könnte nicht noch lauter schreien, sah er sich getäuscht. Der Schrei, den er ausstieß, als ihm der Sugambrer das Gemächt abschnitt, war markerschütternd und ging gleich darauf in ein ersticktes Gurgeln über, als sie es ihm in den Mund rammten und seinen Mund zubanden. „Zieht ihn hoch!“ Als sie ihn in die Höhe zogen, stöhnte der Mann nochmal auf und verstummte dann. Tot oder bewusstlos, was spielte das für eine Rolle! Er war eh Futter für die Raben. Sie ließen ihn hängen und wendeten die Wagen, um sie in ein Versteck zu bringen. Die Reisa ließ sich gut an und es galt, noch mehr Beute zu machen, bevor sich ihre Anwesenheit herumsprach.

* * *

„Römische Bürger sind ermordet worden!" Die Stimme des Legaten überschlug sich vor Empörung. „Römische Bürger sind wenige Tagesreisen von hier ermordet worden. Das schreit nach Vergeltung!"

Furnius rang nach Fassung. Pomponianus, Maternus und Lucius standen schweigend vor ihm. „Was ist passiert?", unterbrach der Tribun jetzt den Empörungsschwall des Legaten. „Die Sugambrer haben diesseits und jenseits des Rhenus mehrere Händlerzüge überfallen. Die Begleiter wurden erschlagen und die Römer gekreuzigt." Lucius spürte einen Schauder. Kreuzigung war eine Strafe für Sklaven und Fremde. Römische Bürger durften durch das Schwert hingerichtet werden, aber nicht durch das Kreuz. In der Verhöhnung dieser Tatsachen wurden immer wieder Römer von Barbaren gekreuzigt. Vor einigen Jahren hatten die Sugambrer schon einmal Römer, genauer gesagt 20 Centurionen, gekreuzigt. Von diesem Aderlass hatten sich die Legionen der Belgica bis heute nicht wieder erholt. „Wie ist dein Plan, Herr?" Lucius wandte sich der praktischen Seite zu. „Wie lauten deine Befehle?" „Vergeltung natürlich!" Furnius' Gesicht war krebsrot vor Empörung. „Da römische Legionen den Rhenus nicht überqueren dürfen, sende ich die Auxilia. Ich sende zwei Cohors Gallier und eure Ala über den Fluss. Pomponianus hat das Kommando, Marcellus befehligt die Reiter, Maternus die Cohors. Seht euch vor, vielleicht sind Tenkterer dabei!" Pomponianus sah verwirrt aus. Lucius' Magen krampfte sich zusammen. Tenkterer! Daran hatte er gar nicht gedacht. Die Tenkterer waren die gefürchtetsten Reiter in diesem Teil des Imperiums wie die Clades Lolliana bewiesen hatte. „Wissen wir denn, wo die Angreifer herkamen und wohin sie sich wieder zurückgezogen haben?" Lucius wandte sich wieder der praktischen Seite des Auftrags zu. Furnius sah ihn an, als ob er gerade etwas furchtbar Dummes gesagt habe. „Glaubst du, sie haben eine Adresse hinterlassen? Ihr zerstört alle Dörfer und verwüstet alle Felder im Umkreis von zwei Tagesmärschen. Das wird den Barbaren eine Lehre sein, entweder solche Überfälle nicht mehr durchzuführen oder Römer auf ihrem Gebiet besser zu schützen!" Das klang einleuchtend. Zukünftig würden Germanen in ihrem Gebiet besser auf Römer achtgeben.

In der Abenddämmerung überschritten sie den Fluss und errichteten am anderen Ufer ein Lager. Noch vor der Dämmerung brachen sie auf. Die sugambrische Siedlung, die in unmittelbarer Nähe des Flusses lag, war ihr Ziel. Wenn sie meinten, ihre Informationen in der Vergangenheit würden sie vor der Rache Roms schützen, hatten sie sich geirrt. Während die beiden gallischen Kohorten das Dorf umstellten, rückten die Ubier weiter nach Osten vor, um vor Überraschungen zu warnen und Flüchtigen den Weg zu versperren. „Schau, Centurio!“ Pomponianus zeigte in Richtung des Dorfes. Der Himmel hatte sich durch den gewaltigen Feuerschein gerötet. Lucius' Hals war trocken. Dort hatten eben noch Männer, Frauen und Kinder friedlich geschlafen. „Vae Victis!“, bemerkte Pomponianus mit hohler Stimme.

Wie immer sich die Sugambrer verständigten, es ging schneller als ein Lauffeuer. Alle Hütten, Häuser, Dörfer fanden sie an diesem Tag leer vor. Überall waren Spuren eines hastigen Aufbruchs zu sehen. Die Bewohner hatten das Nötigste zusammengerafft und waren in die Wälder geflohen. Die Ubier plünderten die Gebäude und brannten sie nieder. Dann wurden die Felder verwüstet und die Familien so dem Hunger preisgegeben. Das Dorf, welches sie am späten Nachmittag verlassen vorfanden, wurde befestigt und zum Nachtlager bestimmt. Pomponianus, Maternus und Lucius berieten am Abend das weitere Vorgehen. Hristo und Primus waren als *Berater* hinzugezogen worden. „Müssen wir morgen mit einem Gegenschlag rechnen?“, fragte Maternus. Primus und Hristo sahen sich an, dann schüttelten sie gleichzeitig den Kopf. „Wir sind tausend Krieger. So viele Krieger können vielleicht alle Hirschgaue zusammen aufbringen, aber bis diese versammelt sind, vergehen Tage!“

Pomponianus sah erleichtert aus. „Aber mit Überfällen müssen wir rechnen!“, setzte Hristo hinzu.

„Überfälle?“, hakte Maternus nach. „Racheakte. Überfälle aus dem Hinterhalt!“ Hristo zuckte mit den Achseln, als wäre das das Normalste von der Welt. Vielleicht war es das für Germanen auch. Bei ihnen war vieles anders. Lucius musste daran denken, dass Haldavoo ihm erklärt hatte, dass die Ubier grüne Mäntel trugen, damit sie sich im Wald vor ihren Feinden, den Chatten, besser verstecken konnten. Eine eigenartige

Vorstellung für einen Soldaten seine Kleidung so zu wählen, dass man nicht gesehen werden konnte.

„Die Häuser und Felder, die wir zerstört haben, gehörten den Menschen der Hirschsippe!", sagte Primus verstimmt, als sie auf dem Rückweg zum Rhenus waren.

„Und?" Lucius war nicht sehr an internen Zusammenhängen barbarischer Stämme interessiert. Die internen Machenschaften in der Legion und die Streitigkeiten zwischen den Ubiern reichten ihm vollkommen.

„Die Hirschsippe ist nicht sehr mächtig, sie werden von den anderen Sippen bedrängt und haben sich daher auf den Handel verlegt!"

„UND?" Lucius legte mehr Nachdruck in die Stimme.

„Die Schuldigen für die Überfälle waren nicht in den Dörfern, die wir zerstört haben. Dagegen haben wir die Hirschsippe geschwächt und damit jene gestärkt, die dafür verantwortlich waren!"

„Es war im Pagus dieser Hirschsippe, also sind sie verantwortlich!", sagte Lucius entschieden.

„Sie waren nicht gegen uns!", beharrte Primus auf seinem Standpunkt.

„Sie waren aber auch nicht für uns!", stellte Lucius klar. Wer wollte sich schon auf wohlwollende Neutralität bei Barbaren verlassen. „Als Caesar die Sugambrer verpflichtet hatte, gegen die Eburonen zu kämpfen, haben diese stattdessen Aduatuca geplündert!" Lucius war mit sich zufrieden, denn das würde dem Ubier zu denken geben. Schließlich waren sie nicht erst seit gestern im Kampf gegen die Sugambrer.

„Caesar? Gaius Julius Caesar?" Lucius nickte zustimmend. „Das ist vierzig Jahre her und noch immer kämpft ihr gegen die Sugambrer. Die Usipeter und Tenkterer wurden damals auch niedergemetzelt und sind noch heute eure unversöhnlichen Feinde!"

„Unsere Feinde!", korrigierte Lucius den Ubier, um zu überspielen, dass er einen wunden Punkt getroffen hatte. Die Massakrierung der Usipeter und Tenkterer war ein Verbrechen gegen das Gastrecht und gegen die Götter gewesen und hatte im Senat extreme Reaktionen ausgelöst. Cato hatte gar die Auslieferung Caesars an die Germanen gefordert, um dem Zorn der Götter zu entgehen. War die Ermordung Caesars ein

Zeichen ihres Zorns gewesen? Lucius schauderte bei dem Gedanken und streckte den Mittelfinger aus um Unheil abzuwehren.

„Unsere Feinde, meinetwegen!“ Primus machte ein unwirsche Handbewegung. „Aber dann solltet ihr auch auf unseren Rat hören!“

Lucius sah ihn erstaunt an. Ein römischer Legat oder Statthalter sollte einen barbarischen Decurio um Rat fragen? Na gut, er war römischer Bürger, aber was für eine merkwürdige Vorstellung. Wenn er wenigstens Herzog oder König des Stammes wäre. Lucius schüttelte fassungslos den Kopf und trieb sein Pferd an, zum Zeichen, dass das Gespräch beendet war.

THING

CASTRUM · UBIORUM

Hinter Bonna stieg das Land steil an, die Berge standen bis dicht an den Fluss und eine schmale Uferstraße führte Richtung Süden nach Rigomagus. Alles war dicht bewaldet und die Pfade waren schmal. Die Ubier, die diesen Pagus bewohnten, nannten sich nicht umsonst Söhne des Waldes. Es war mit Abstand das unangenehmste Stück der ubischen Civitas, das Lucius bisher zu Gesicht bekommen hatte. Das Gebiet zwischen Rigomagus und Bonna war so dünn besiedelt, dass sich eine ganze sugambrische Armee unbemerkt in den Bergen verstecken konnte. Immerhin war vor Monaten ein sugambrischer Spähtrupp über den Fluss gekommen und hatte genau dies getan. Die Überfälle der Sugambrer hatten Furnius alarmiert, daher mussten alle gangbaren Täler sorgfältig nach Spuren abgesucht werden, die auf die Anwesenheit von Sugambrern hindeuten konnten. Wenn nachts die Feuer auf der Keltenburg entzündet wurden, schien die Burg zum Greifen nah. Lucius wusste, sie konnten nicht vorsichtig genug sein. Die ständige Alarmbereitschaft zehrte an den Nerven.

Immerhin blieben die Streitereien zwischen den Turmae aus, da sie beide der gleichen Gens, der gleichen Familie, angehörten. Die beiden Decurionen Niger und Glaucus legten eine große Gelassenheit an den Tag, sie sprachen eine leidliche Koine und waren für Barbaren angenehme Gesprächspartner. Außerdem bewiesen sie keine Empfindlichkeiten in Bezug auf ihren Namen. Sie wussten, dass die Römer sie aufgrund ihrer Haar- und Augenfarbe so riefen und sich nicht die Mühe machten, sich die ubischen Namen zu merken. „Wer weiß, wann wir das römische Bürgerrecht bekommen und tatsächlich einen römischen Namen tragen dürfen?“, lachte Glaucus. Er und Niger schienen die Beinamen als Ehrenbezeichnungen zu verstehen.

„Wir müssen jede Woche eine Patrouille nach Rigomagus senden“, überlegte sich Lucius, als sie nach zwei Wochen die Ubierberge wieder verließen. „Dann werden frische Spuren sofort entdeckt und die zeit-

und nervenaufreibende Untersuchung der Ubierberge kann entfallen." Er nahm sich vor, Pomponianus einen diesbezüglichen Vorschlag zu unterbreiten.

Der Tribun hörte sich den Bericht und die Vorschläge in Ruhe an und meinte schließlich: „Einverstanden, organisiere das. Welche Turmae willst du nehmen?" „Am liebsten nur die von Glaucus und Niger, aber ich werde mich für alle Fälle erkundigen, welche Turma wir sonst noch dorthin schicken können, ohne eine Krise auszulösen." Pomponianus schmunzelte und bot Lucius seine Unterstützung an. „Ich werde bei ihrem Häuptling nachfragen lassen, welche Sippe ihnen in ihrem Pagus genehm ist!"

Der Tribun hatte seine anfängliche Niedergeschlagenheit überwunden und ging mit Feuereifer die Ausbildung der Auxilia-Einheiten an. Er hatte Lucius von einem Gyrus, einem sogenannten Ausbildungskreis, erzählt. In diesem Kreis wurden Pferde und Reiter an Kreisbewegungen gewöhnt. Bei dem Wort „Kreisbewegungen" hatte etwas in Lucius gekribbelt, aber er konnte sich nicht erinnern. „Ich habe nach Tibur geschrieben, dass sie mir weitere Informationen schicken sollen", erzählte Pomponianus. „Mal sehen, ob wir etwas davon verwenden können!" Auch in seinem Bericht nach der kleinen Strafexpedition hatte er Lucius in den höchsten Tönen gelobt.

Bevor Lucius antworten konnte, wurden sie durch einen Boten gestört, der Lucius aufforderte, sich so bald wie möglich beim senatorischen Tribun zu melden. Lucius sah an sich herunter und stieß einen Fluch aus. Er hatte gehofft, sich umziehen und waschen zu können, aber die Floskel in der Botschaft bedeutete nichts anderes als sofort.

„Ein Ubier aus der Familie, die sich Söhne des Flusses nennt!" Saturninus wies auf den kräftigen Germanen, der neben Haldavoo am Rande des Forums stand und wartete. „Er führt Klage gegen einen der Ubier, die sich Söhne des Pferdes nennen." Dabei zeigte er auf einen anderen Germanen, der neben Primus auf der anderen Seite stand. „Laut Vertrag dürfen sie nur vor ihrem eigenen Gericht und nach ihren eigenen Bräuchen angeklagt und bestraft werden." „Aha!", war alles, was Lucius herausbrachte. „Nun können wir aber nicht zulassen, dass hier in Sichtweite eines römischen Lagers ein Verurteilter nach barbarischem Brauch gehenkt oder ertränkt wird. Die Germanen tun so etwas, habe ich gehört", fuhr der Tribun in seinen Ausführungen fort. „Ein Todesurteil müsste auf jeden Fall vom Statthalter bestätigt werden!" Lucius nickte zustimmend, wusste aber immer noch nicht, was das mit ihm zu tun haben sollte. „Eigentlich hatte ich Pomponianus hinschicken wollen, aber er meinte, du seist besser geeignet!" Was, bei Jupiters Arsch, hatte der Tribun wieder erzählt. „Er meinte, du sprichst ein paar Brocken des germanischen Dialektes und Haldavoos jüngster Sohn ist dein Calo und Dolmetscher." Er drückte ihm eine Schriftrolle in die Hand. „Das macht dich zum offiziellen Vertreter Roms in diesem Prozess!" „Ja, Herr", seufzte Lucius ergeben. Was hätte er auch anderes dazu sagen sollen.

Seit die erste römische Legion ausgehoben worden war, ach was, seit die Griechen Troja belagert hatten, gab es ein Gesetz. Unangenehme oder langweilige Aufgaben wurden so lange nach unten delegiert, bis man bei jemandem landete, der niemanden mehr zum Delegieren hatte. Saturninus winkte Haldavoo und Primus heran. Lucius sah von Saturninus auf die beiden näherkommenden Germanen und fragte: „Ist denn schon eine Klage erhoben worden?" Saturninus sah ungehalten aus: „Guter Punkt! Aber...!" Er deutete auf die Ubier. „Sie sagen, eine Klage könne nur auf der Versammlung freier Männer erhoben und auch nur dort erwidert werden!" Es hörte sich an wie auswendig gelernt. Lucius zog erstaunt die Brauen hoch. Keine vorbereitete Anklage oder Verteidigung, keine Geschworenen, sondern direkt eine Anklage und eine Verteidigung vor der Volksversammlung? Ein eigenartiger Brauch. „Worum geht's überhaupt?" „Ein Ubier hat sich an der Tochter eines anderen vergreifen wollen und einen Mann verprügelt und getötet, dcr ihr zur Hilfe kam. Danach er hat das Haus angezündet!" Saturninus war ungewöhnlich ernst geworden. Lucius pfiff durch die Zähne. Brandstiftung war nach römischem Recht ein Kapitalverbrechen. Einer Frau Gewalt antun, davon konnte man sich vielleicht noch freikaufen, aber Brandstiftung ...? Dafür kam er ans Kreuz!

„Ich soll als Beobachter bei eurem Prozess fungieren", verkündete Lucius den beiden Ubiern von oben herab, um seine Unsicherheit zu überspielen. „Ist ein solcher auf eurer Volksversammlung überhaupt zugelassen?" Auf einer römischen Volksversammlung konnten Peregrine,

Nichtrömer, zwar zuschauen, aber nicht an Abstimmungen teilnehmen. Vielleicht sahen die Germanen das strenger und ihm würde dies erspart bleiben. „Eigentlich ist das nicht üblich." Primus machte aus seinem Unwillen kein Hehl. „Aber wir haben entschieden, auf Einwände zu verzichten und einen Vertreter Roms zuzulassen", ergänzte Haldavoo gewichtig. „Aber nur während der Verhandlung. Ansonsten musst du außerhalb des Thingplatzes bleiben!" Primus sah gar nicht so aus, als ob ihm das recht wäre, aber er enthielt sich weiterer Bemerkungen. Mist, dachte Lucius im Stillen, als ob ich nicht genug zu tun habe. Moment, wer sagt denn, dass der Prozess schnell beginnen kann? Vielleicht waren vorab noch einige Zeremonien nötig. „Wann tritt die Versammlung das nächste Mal zusammen?", wollte er deswegen wissen. „Wann wird sie einberufen?" „Das kann zu jedem Vollmond passieren!", erläuterte Haldavoo. „Ich sehe, du bist schon mitten im Thema!" Saturninus klatsche erfreut in die Hände. „Dann mach weiter und erstatte mir Bericht!" „Ja, Herr", sagte Lucius abwesend. Er war mit den Gedanken noch bei dem Prozess. Die Vorbereitungen sollten einfach sein. Die beiden Parteien mussten sich auf einen gemeinsamen Termin einigen. Den Richter zu benennen, dürfte das größte Problem sein, hatte ihm der Tribun gesagt und Lucius sah es genauso. Es gab keinen vom Statthalter bestellten Richter, sondern die Familien der Ubier mussten sich auf einen einigen. Ubier und sich einigen. Das konnte Wochen dauern und hoffentlich erwartete niemand von ihm irgendwelche juristischen Beratungen. Das einzige, das sonst zu tun blieb, war, diesen oder den nächsten Vollmond auszuwählen.

Lucius öffnete den Mund, um die Frage nach den Richtern zu stellen, als Primus ihn unterbrach.

„Und wo soll der Prozess stattfinden?" Lucius war verwirrt. „Wie wo? Hier natürlich!" Er zeigte auf den Boden, womit er das Lager oder die Ubiersiedlung meinte. „Auf keinen Fall!" Haldavoo und Primus schüttelten so gleichzeitig den Kopf, als ob sie es einstudiert hätten. „Der Prozess muss auf einem Thingplatz stattfinden!", erläuterte Haldavoo und Primus nickte eifrig. Wenn sie sich in allem so einig sind, sollte das Ganze ein Spaziergang werden. Leider waren damit die Gemeinsamkeiten aber auch schon erschöpft. Das Ansinnen Haldavoos, den Thingplatz der Flusssippe zu verwenden, lehnte Primus kategorisch ab.

Haldavoo war aber ebenso wenig bereit, den Thingplatz der Pferdesippe zu verwenden. Der Streit ging hin und her und Lucius verstand bald nichts mehr. Die beiden Ubier riefen irgendwelche Gottheiten als Zeugen an, beriefen sich auf Sitten der Ahnen. Er hob die Hände. „Hört auf! Klärt das später!" Sie verstummten. „Sprechen wir über die Auswahl der Richter!" „Das bin ich natürlich!", sagte Primus entschieden. Lucius wartete auf den wütenden Protest von Haldavoo, aber zu seiner Überraschung nickte der zustimmend. „Ich werde natürlich auch über die Eidesleistung wachen." „Natürlich!", bestätigte Primus.

Was für ein merkwürdiges Verfahren ist das denn?, fragte sich Lucius.

Der Zeitpunkt? Unwichtig - in einem römischen Prozess wäre darüber schon wild gefeilscht worden. Der Richter? - Unwichtig - jeder Römer wusste, wenn man eine Klage beim falschen Richter einreichte, minderte man seine Erfolgschancen.

Der Verhandlungsort? - Das Streitthema überhaupt. Was interessierte es ihn, ob sein Fall in Basilika Julia oder Aemilia verhandelt wurde? Oder ob drinnen oder draußen?

Lucius schüttelte innerlich den Kopf, nächster Punkt. „Die Zeugen sind da?" „Zeugen?" Die beiden Ubier sahen ihn an und sannen offensichtlich über den Begriff nach. „Du meinst die Bürgen?" Bürge? Ein Bürge war doch etwas anderes, aber vielleicht war das germanische Wort ähnlich oder gleich. „Wahrscheinlich!" „Natürlich!" Beide nickten wieder gleichzeitig und Lucius nickte ebenfalls zufrieden. „Dann müssen wir nur noch einen Gerichtsplatz finden!" Als ob dies eine Aufforderung zum Streit gewesen wäre, gingen die Diskussionen zwischen den Ubiern hitzig weiter. „RUHE!", brüllte Lucius schließlich entnervt. Die beiden Häuptlinge sahen ihn erschrocken und wütend an. „Welcher Deus, Theos, Gott ist bei euch für die Rechtsprechung zuständig?" „Gott?" Primus und Haldavoo sahen sich ratlos an. „Wer wacht über die Rechtsprechung? An wen werden Gebete gerichtet? Wem ist ein heiliger Platz geweiht?" Lucius versuchte Umschreibungen für das lateinische Deus oder das griechische Theos zu finden. Diese beiden Worte schienen die Ubier nicht zu kennen. „Wir bitten um den Beistand der Matronen!", sagte Haldavoo nach einer Pause. „Sie sollen uns beistehen!", ergänzte Primus.

„Na, dann sollen sie das mal tun!" Und mir gleich auch, Lucius verlor langsam die Geduld. „Und diese Matronen haben doch bestimmt unterschiedliche Aspekte und Attribute?" Wieder diese ratlosen Gesichter. Möge euch Jupiters Blitz treffen, fluchte Lucius im Stillen. Wie kann man nur so begriffsstutzig sein. „Vacallinahaes Weihestätte ist am Fluss!", Haldavoo sagte das sehr zögerlich. „Sie ist die Schutzpatronin unserer Sippe!" „Subae ist die der unseren!", fügte Primus hinzu. „Sie soll für Futter für die Pferde sorgen und, dass das Getreide wächst!" „Und welche Matrone rufe ich auf einer Volksversammlung an, damit sie die Versammlung schützt und erleuchtet?" „Das Thing untersteht natürlich Teiwaz!" Haldavoo schüttelte über so viel Ahnungslosigkeit den Kopf. „Natürlich schützt Teiwaz das Recht!", kam es fast gleichzeitig von Primus. Natürlich! Wie konnte ich so etwas Selbstverständliches fragen, dachte Lucius resignierend. Ich sollte zu Saturninus gehen, mein Scheitern erklären und mich in mein Schwert stürzen. „Ist diesem Teiwaz auch eine Stelle heilig? Ein Tempel? Ein Teich? Ein Hain?" Lucius' Stimme überschlug sich fast, als nach jeder Frage die beiden Ubier unisono den Kopf schüttelten. Er zwang sich zur Ruhe. Jetzt nicht die Nerven verlieren, ermahnte er sich. „Ein Sumpf?", er flüchtete sich in Sarkasmus. „Nein, in den Sumpf kommen die verurteilten Verbrecher!" „Wie bitte?" „In den Sumpf kommen die verurteilten Verbrecher!", wiederholte Primus jedes Wort einzeln betonend. Er dachte offensichtlich, dass Lucius die Bemerkung nicht verstanden hatte. „Verurteilte Verbrecher werden bei euch in den Sumpf geworfen?" Lucius glaubte sich verhört zu haben. „Nur für schandbare Verbrechen natürlich", ergänzte Primus: „Um die Schande zu bedecken!" „Wenn die Strafe abschrecken soll, werden sie gehenkt", fügte Haldavoo hilfsbereit hinzu. Lucius schwirrte der Kopf, aber sein Problem mit dem Gerichtsort war noch nicht gelöst. „Man könnte...", begann Primus zögerlich, „die Kultstätte der Mahalinae nehmen!" „Mahalinae?", fragte Lucius aufgeregt. „Mahalinae!", Haldavoo sah nachdenklich vor sich hin. „Der Ort an dem unsere Vorfahren den Eid geleistet haben, als sie dieses Land in Besitz genommen haben." Und zu Lucius gewandt: „Dort haben wir den Vertrag mit den Römern beeidet!" Er sah Primus an. „Einverstanden, nehmen wir die Kultstätte der Matrona Mahalinae." Lucius hätte am liebsten die Arme zum Himmel ausgestreckt und ein lautes Dankgebet gesprochen.

* * *

THINGPLATZ

Lucius saß mit geschlossenen Augen auf dem Stein und nutzte die Wartezeit, um Schlaf nachzuholen. Im Sitzen und Stehen zu schlafen, war eine Kunst die jeder Legionär als erstes und bestes beherrschte, besser als die Handhabung von Dolabra und Gladius. Das Thing, wie die Ubier ihre Volksversammlung nannten, hatte begonnen und Haldavoo hatte ihm erklärt, dass zuerst die Jungmänner in die Reihen der Männer aufgenommen würden und dann die Lossprechung der Unfreien erfolgen würde. Danach erst würden die Rechtsstreitigkeiten verhandelt. Dieses ganze Thing war mit sehr viel Krach verbunden. Es wurde keine wohlgesetzte Rede gehalten, die man bejubeln oder niederschreien konnte. Stattdessen wurden einzelne Fragen durch Knurren, Schreie oder Waffenlärm beantwortet. Eine merkwürdige Vorstellung, bewaffnet einer Volksversammlung beizuwohnen, aber wie hatte Primus gesagt: „Waffen zu tragen, ist das Recht des freien Mannes!“ Und offensichtlich war jeder Ubier bestrebt, zu zeigen, dass er ein freier Mann war. Die Römer waren freie Männer, aber das Verbot, Waffen innerhalb des Pomeriums zu tragen, hatte in der alten Zeit so manches Gemetzel auf dem Forum verhindert.

Mittag musste vorüber sein, als er endlich gerufen wurde. „Das Thing ist für eine kurze Essenspause unterbrochen“, erklärte ihm Primus. „Danach fangen die Rechtsstreitigkeiten an!“ Lucius nickte und folgte ihm zu dem Thingplatz. Es war eine Waldlichtung wie jede andere. Die einzige besondere Markierung waren die Steine, die ihn einsäumten. Auch in diesem Kreis konnte Lucius, außer dem Weihestein in der Mitte, auf dem Opfergaben lagen, keine Besonderheiten erkennen. Barbaren eben.

Nach und nach versammelten sich die Männer wieder. Lucius bemerkte die vielen neugierigen und ablehnenden Blicke, die auf ihm ruhten. Er bemühte sich, sich nicht anmerken zu lassen, dass diese Blicke ihn nervös machten, suchte nach bekannten Gesichtern und entdeckte Glaucus. Sie begrüßten sich und Lucius versuchte, ein Gespräch in Gang zu bringen: „Wie viele versammeln sich hier? Eine Kohorte?“ „Ja, so ungefähr!“ Glaucus sah sich ebenfalls um. „Alle freien Ubier würden mehr als eine Legion ergeben, aber so ein Thing hat es zuletzt zur Zeit unserer Vorväter gegeben, als es darum ging, in dieses Land hier zu ziehen!“ „Und der Vertrag mit Rom?“ „Der wurde von den Sippenoberhäuptern beschlossen und in deren Thing besprochen!“ Primus trat jetzt in die Mitte der Männer und die Gespräche verstummten: „Wer eine Klage zu führen hat, trete vor und erkläre sich!“

Für einen Moment war es ruhig und die Männer sahen sich um.

„Ich habe eine Klage zu führen!“ Aus den Reihen der Flusssippe trat ein Mann vor, den Lucius als den Kläger erkannte.

„Wer bist du?“ „Ich bin Hunicius, Sohn des Vasso, von den Söhnen des Flusses!“, antwortete der Mann.

„Bist du ein freier Mann, Hunicius, Sohn des Vasso?“, fragte Primus.

„Ich bin ein freier Ubier!“, war Hunicius’ Antwort. „Wer ist dein Zeuge?“ Haldavoo trat vor. „Ich, Haldavoo, Sohn des Hristo!“ Primus nickte und fragte in die Runde.

„Seid ihr mit mir der Meinung, dass Hunicius, Sohn des Vasso, ein freier Ubier ist?“

Die Männer trommelten mit ihren Speeren auf die Schilde und bekundeten offensichtlich so ihre Zustimmung. Soweit, so gut, dachte Lucius. Wie in einem römischen Prozess, da musste man auch erst einmal belegen, dass man römischer Bürger war. Primus winkte Hunicius zu sich. „Dann erhebe deine Klage!“

„Meine Tochter ist vor einem Mond überfallen worden. Ich war fort und meine Familie auf dem Feld!“, sagte Hunicius laut. „Einer meiner Knechte war zu Hause und eilte ihr zu Hilfe und wurde erschlagen und dann wurde Feuer gelegt. Mein Haus brannte fast vollständig nieder. Es wurde ein Mann der Pferdesippe gesehen. Ich behaupte dieser Mann hat meinen Knecht getötet!“

Lautes Geschrei folgte dieser Anklage. Die Krieger mit dem Pferd auf dem Banner wehrten sich vehement gegen diese Anschuldigung, während die Flusskrieger Gerechtigkeit forderten. Hunicius winkte einem anderen Mann vorzutreten. Er sagte etwas zu Primus, aber in dem Geschrei der Männer konnte Lucius nichts verstehen. Primus forderte mit erhobenen Armen Ruhe ein.

„Wen hast du gesehen?“ Der Zeuge deutete auf einen der Pferdemänner.

„Simmo, tritt vor!“, forderte Primus den Mann auf. „Timavius, erzähle, was du gesehen hast!“

„Ich sah, wie sich dieser Mann heimlich an Hunicius’ Haus heranschlich und Hunicius’ Tochter packte. Er versuchte, sie ins Haus zu zerren, um ihr Gewalt anzutun. Da kam ihr der Knecht zu Hilfe und sie konnte weglaufen. Simmo war stärker als der Knecht, der ins Haus floh. Simmo folgte ihm. Kurz darauf erklang ein Todesschrei und dann brach Feuer aus!“ Timavius endete und es erhob sich lautes Geschrei. Die einen überschütteten den Angeklagten mit Verwünschungen, die anderen den Zeugen. Primus wartete, bis Ruhe eingekehrt war, und fragte dann den Angeklagten: „Simmo, du hast die Anschuldigung gehört. Was antwortest du?“ „So war es nicht!“, sagte Simmo ruhig. „Ich habe mit der Tochter in der Tat gesprochen, da ich bei ihrem Vater um eine Ehe anhalten wollte. Sie verstand es falsch und wollte weglaufen, da habe ich sie am Arm festgehalten. Das deutete wiederum der Knecht falsch und eilte ihr zu Hilfe. Löblich aber fehlgeleitet. Er schlug nach mir, aber ich wich aus, wehrte mich und brachte ihm eine Wunde bei. Er floh ins Haus, ich folgte, um ihm zu helfen, da ich ihn nicht verletzen wollte. Er hatte Angst und warf einen brennenden Scheit nach mir. Dieser traf mich an der Schulter. Ich geriet in Wut und erschlug ihn. Dieser Scheit hatte von mir unbemerkt das Haus in Brand gesteckt!“ Hohngelächter wurde nach dieser Aussage laut.

Was für eine lahme Rechtfertigung, dachte Lucius. Die Aussage des Zeugen und der Tochter sollten für einen Schuldspruch reichen!

„Ich hatte deinen Antrag bereits abgewiesen!“, brüllte Hunicius erbost. „Und meine Tochter fühlte sich von dir bedrängt!“ Primus hakte nach. „Warum wolltest du mit der Tochter reden, wenn der Vater bereits Nein gesagt hatte?“ „Man weiß doch, dass Frauen Ja meinen, wenn sie Nein sagen!“, entgegnete Simmo entschieden. „Sie sollte noch einmal mit ihrem Vater reden und ihm sagen, was sie wirklich fühlt!“ Wieder wurde der Wortwechsel von dem Geschrei der Zuschauer übertönt. Als das Geschrei abgeklungen war, fragte Primus den Zeugen Timavius: „Du hörst, dass Simmo dein Zeugnis zurückweist. Bist du bereit, deine Aussage auf deinen Eid zu nehmen?“ „Ich bin bereit!“

„Nun, dann leiste den Eid!“, forderte ihn Primus auf und wies auf den Weihestein. Haldavoo und Aper, ein weiterer Häuptling, traten hinzu und der Zeuge begann eine Eidesformel aufzusagen. Es war totenstill geworden und die Männer lauschten gespannt. Kurz vor Ende der Eidesformel geriet Timavius plötzlich ins Stocken und verhaspelte sich. Ein unterdrücktes Stöhnen ging durch die Zuschauer und Hunicius sah aus, als ob er sich auf den Mann stürzen wollte. Nachdem der den Eid zu Ende gesprochen hatte, sahen sich die Häuptlinge an. Erst schüttelte Aper den Kopf, dann Primus. Haldavoo sah trotzig aus, aber nachdem ihn die anderen beiden eine Weile angestarrt hatten, senkte er den Kopf. Lucius verstand nicht, was hier vorging, aber irgendetwas schien schiefgelaufen zu sein. Primus drehte sich zu den Männern um. „Ihr habt alle gehört, dass der Eid nicht richtig geleistet wurde.“ Murren auf der einen Seite, Waffenschlagen auf der anderen. „Die Götter haben eingegriffen und gezeigt, dass Timavius eine Falschaussage geleistet hat. Sie werden ihn für seinen Meineid strafen. Sein Zeugnis ist daher falsch und Simmos Aussage ist wahr!“

Die Flusskrieger schwiegen trotzig, während die anderen Ubier zustimmend auf die Schilde trommelten. Lucius verschlug es den Atem. WAS? Wegen eines Versprechers kam ein Brandstifter und Mörder ungeschoren davon? „Wer spricht für Simmo?“, fragte Primus und sogleich trat ein anderer Pferdekrieger vor. Jubel und Murren waren so laut, dass Lucius kaum etwas verstehen konnte: „...ist ein besonnener Krieger. Ich bin bereit, zu bezeugen, dass er nicht ohne Grund, einen Streit vom Zaun bricht! Der Tod des Knechtes war das Ergebnis eines Unfalls oder einer Selbstverteidigung.“ Primus nickte ihm zu und fragte dann: „Sind hier noch mehr Eideshelfer?“ Elf weitere Männer traten vor und boten sich an, zugunsten des Charakters des Angeklagten einen Eid zu leisten. Aper, Haldavoo und Primus tauschten Blicke aus, dann winkten sie die zwölf Männer zum Weihestein. Das ganze Verfahren nahm jetzt längere Zeit in Anspruch. Ein Eideshelfer nach dem anderen trat vor, leistet einen Eid am Weihestein und jedesmal nickten sich die drei Häuptlinge zu.

„Der Eid wird anerkannt. Jetzt werden die Aldermänner den Blutpreis bestimmen. Danach ist der Gerechtigkeit genüge getan!" Die beiden Männer kehrten in die Reihen ihrer Sippe zurück.

* * *

BENESBURE

Gerolf ließ das Beil wieder und wieder niedersausen. Klock, Klock. Die Schneide bohrte sich in das Wurzelwerk. Schweiß ran ihm in die Augen, er schüttelte den Kopf, um wieder freie Sicht zu bekommen. Missmutig blickte er dieses untaugliche Werkzeug an und stieß einen Fluch aus. Sein kleiner Bruder Gernot zuckte erschrocken zusammen und der Korb in seiner Hand zitterte.

„Was habe ich falsch gemacht?"

„Nichts, nichts!", sagte Gerolf hastig und klopfte dem Kleinen, dem Nesthäkchen, beruhigend auf die Schulter. Gerolf war dankbar für die Hilfe, da Gernot bei dem schwülen Wetter ohne zu klagen Wasser, Met, Milch und Brot holte.

Tock. Wieder schlug er nach dem Wurzelstrang. Tock. Ein schneller Blick umher. Die Männer des Dorfes arbeiteten emsig daran, die Lichtung zu roden. Tock. Da musste er mit gutem Beispiel vorangehen. Tock. Mit einem Knall zerriss der Wurzelstrang und erleichtert richtete er sich auf. Er winkte die Jünglinge mit dem Ochsen heran und rieb sich den Rücken. Das Arbeiten in gebückter Haltung schmerzte. Er warf einen Blick auf den nächsten Stumpf, der auf ihn wartete und dann warf er einen Blick auf die Schneide des Beils. „Ist was mit dem Beil nicht in Ordnung?", krächzte Gernot. Seine Stimme war noch nicht stabil, mal klang sie kratzig, mal quäkte er. „Es taugt nichts, ich wünschte ich hätte ein richtiges Beil. Eins aus richtigem Eisen." Gerolf seufzte. „Wenn ich den Eid abgelegt habe, führe ich eine Reisa gegen die Römer und besorge dir ein Beil!" Gernot sah seinen Bruder mit einer solchen Gewissheit an, dass Gerolf das Lachen unterdrücken musste. Stattdessen klopfte er seinem kleinen Bruder lächelnd auf die Schulter. Gernot schüttelte die Hand ab und verzog sein Gesicht zu einer Ich-bin-doch-kein-kleiner-

Junge-Miene. Laut sagte er nur: „Soll ich es zum Schärfen bringen?" Gerolf zögerte und sah zum Rand der Lichtung herüber. Dort standen die Mädchen des Dorfes, sofern sie nicht auf dem Feld arbeiteten und gaben Essen und Trinken aus. Er versuchte auszumachen, ob Telma, Rüdigers Tochter, unter ihnen war. Entdecken konnte er sie nicht, dafür sah er aber die kräftige Gestalt seiner Mutter. „Zieht den Stumpf heraus!", wies er die Jungen an, die den Ochsen herangeführt hatten. „Soll ich das Beil zum Schärfen bringen?", fragte Gernot noch einmal, aber Gerolf registrierte die Frage gar nicht, sondern hackte weiter voller Wut auf die Wurzelstränge des nächsten Baumstumpfs ein. Voller Wut, dass sein Vetter Germar bereits als Schwertträger mit der Wolfssippe zog und zu Reichtum und Ehre gekommen war.

TOCK!

Voller Wut, dass sein Vater erst eine Reisa gegen die Hirschsippe anordnete und dann ihn für einen Friedenschluss dahin verkaufte.

TOCK! TOCK!

Voller Wut, dass sein Vater ihn, um seine Macht zu erweitern, mit einer hässlichen Göre aus der Hirschsippe verheiraten wollte.

TOCK! TOCK! KLOPF!

Voller Wut, dass sein Vater ihn zu Hause gelassen hatte, während er selber zu einer Beratung der Hunnos aufgebrochen war.

KLOPF! KLOPF! KLOPF!

Erst jetzt wurde ihm bewusst, dass sich das Geräusch verändert hatte. Die Schneide war endgültig stumpf und er klopfte nur noch auf den Wurzeln herum. Rüdiger hatte zugestimmt, die Verlobung zu lösen. Gerolf würde Telma nicht zur Frau bekommen. Bei dem Gedanken krampfte sich alles zusammen. Er dachte an letzten Herbst, als er mit ihr auf der Keltenburg war, die jetzt von Rüdigers Kriegern besetzt war. Er hatte ihr die Stelle gezeigt, wo sie die Mauer erklommen hatten. Sie lauschte gebannt seiner Erzählung und schauderte, als er erzählte, wie der Stein ihn aus dem Gleichgewicht gebracht hatte. „Du hättest getötet werden können!", sagte sie und sah ihm tief in die Augen. Er ertrank in diesem Blick und spürte, wie es heiß in ihm aufstieg. Was tue ich nun?, dachte er und starrte sie weiter an. Sie schmiegte sich an ihn und flüsterte ihm ins Ohr. „Ich habe vor einem Monat das erste Mal geblutet!" Es dauerte einen Moment, bevor ihm die Tragweite dieser

Aussage bewusst wurde. „Wirklich?“, fragte er unbeholfen. „Ja!“, sagte sie und drängte sich an ihn.

Er sah umher. Alle Bäume auf der Bergkuppe waren im Frühjahr gefällt worden und jetzt riss man die Stümpfe heraus. Dann konnten sie noch im Herbst mit dem Bau der Burg beginnen. Die Burg würde die Macht der Sippe festigen und sie konnten weitere Felder anlegen und mehr Gerste und Hirse säen. Das wiederum bedeutete weniger Hunger und damit mehr Gefolgsleute. Für ihren Bau verantwortlich zu sein, war eine große Ehre. „Soll ich das Beil schärfen gehen?“, krächzte Gernot jetzt ein drittes Mal und riss ihn aus seinen Erinnerungen. Die Ochsen wurden angetrieben und langsam, langsam aber sicher kam der Stumpf aus dem Boden, um schließlich mit einem Knirschen ganz herauszureißen. Die Jungen atmeten erleichtert auf und führten die Ochsen weg.

Gerolf sah traurig auf seinen Bruder und reichte ihm das Beil. „Lass uns zusammen gehen!“

Stolz trug Gernot das Beil, während Gerolf die Gruppe der Mädchen überflog, die aufpassten, dass der Brei und das Brot nicht anbrannten. Jetzt entdeckte er Telmas rote Haare. Unauffällig lenkte er Gernot in ihre Richtung. Eine Gnadenfrist blieb ihm noch. Rüdiger weilte diesen Sommer als Vertreter der Speersippe im Heiligtum der Tamfana und konnte sie erst nach seiner Rückkehr im Winter verheiraten. Bis dahin verblieb ihnen beiden noch der Sommer.

Die Frauen sahen auf, als er näher kam, und ohne hinzusehen, spürte er die missbilligenden Blicke seiner Mutter. Er vermied ihren Blickkontakt. Mit seinem strahlendsten Lächeln nahm er Gernot das Beil aus der Hand und reichte es Telma: „Es ist schon wieder stumpf!“, verkündete er laut. Sie nahm das Beil entgegen und griff nach dem Wetzstein und begann das Beil zu schärfen. Er starrte sie an und wartete. „Gerolf, lass dem Mädchen die Kleider an!“, spottete eine der Mägde. Gerolf wurde feuerrot und wandte sich hastig ab. Hinter ihm gackerten die dummen Weiber. Um seine Verlegenheit zu überspielen, schnappte er sich ein Trinkhorn und sprach seine Mutter an. „Wann wird Vater wieder hier sein?“ Gomatrud beachtete die Frage nicht. „Erst eine Wurzel geschafft!“, sagte sie tadelnd. „In dem Tempo wird es Tage dauern!“

„Das Beil ist schon wieder stumpf!", rechtfertigte sich Gerolf und trank einen Schluck. Gomatrud stemmte die Hände in die Hüfte. „Als wenn du deswegen extra hier hinkommen müsstest! Du hättest Gernot schicken können! Meinst du, ich weiß nicht, was dich hier hintreibt? Das muss aufhören!" Ein lauter Ruf sorgte für willkommene Ablenkung und ersparte ihm eine Antwort. Rasch drehte er sich dem Pfad zu, der zur Burg hinaufführte, denn er bemerkte, wie ihm die Röte ins Gesicht schoss. Waren ihre heimlichen Treffen nicht unbemerkt geblieben.

Germar kommt. Der Ruf flog einige Tage später durch die Siedlung. Germar sein Vetter, der seit der Erstürmung des Bruckebergs Schwerträger war, kam, um sie zu dem großen Thing der Guten und Tapferen, der Sugambrer zu geleiten. Auf dem letzten Thing der Speersippe hatten die Männer entschieden, dieses Jahr mal wieder am großen Thing teilzunehmen. Gerolf würde das erste Mal in seinem Leben das Heiligtum der Tamfana sehen und am großen Thing der Sugambrer teilnehmen. Er fühlte sich, als würde er träumen. Auch Gernot würde mitkommen, um dort in die Reihen der Männer aufgenommen zu werden. Gerolf und Gernot sahen ehrfürchtig auf die Männer die das Zeichen des Wolfes trugen und deren Narben am Oberkörper und an den Armen bewiesen, dass sie schon einige Schlachten geschlagen hatten. Sie waren unterschiedlich bewaffnet. Einige trugen einen Köcher mit Wurfspeeren auf dem Rücken, andere hielten eine Lanze in Händen, aber alle trugen ein Schwert an ihrer Seite. Alle waren Schwerträger, Männer die von ihrem Hunno als besondere Gefolgsleute ausgewählt waren.

Germar schwang sich vom Pferd und umarmte herzlichst Gerwin und Gomatrud, die ihn nach dem Tod seiner Eltern aufgenommen hatten. Dann drückte er Gerolf so heftig, dass seine Rippen knackten. Gerolf blieb für einen Moment die Luft weg. „Gut siehst du aus. Ein staatlicher Bursche!" Gemar ging ihm durch die Haare. „Wie viele Frauenherzen hast du schon gebrochen?"

Gerolf sah bei dieser Frage unwillkürlich zu Telma. Germar grinste und knuffte ihn mit dem Ellbogen in die Rippen. Obwohl er nur zwei oder drei Sommer mehr zählte, gab sich Germar, als wäre er viele Jahre älter. „Darf ich euch Meinolf, Sohn des Melon, Altermann der Jungwölfe vorstellen!“ Er zeigte auf eine breitschultrigen Krieger in seinem Alter, der ihn um einen halben Kopf überragte. Meinolf deutete vor Gomatrud eine Verbeugung an. Gomatrud reichte Gerwin und Meinolf Brot und Salz. „Sei uns als Gast willkommen!“ Meinolf streute das Salz über das Brot und brach ein Stück ab. Während er das Stück in den Mund steckte, reichte er den Fladen an einen seiner Männer weiter, dann nahm er das Horn mit dem Met, grüßte die Umstehenden und trank auf das Wohl der Speersippe. „Wenn ihr von der Reise ausruhen möchtet, dann tretet ein!“, sagte Gerwin und wies auf die Halle. „Ich werde sofort anweisen, euch Essen und Trinken zu geben.“ Meinolf winkte ab. „Danke, die Reise war nicht beschwerlich, wir haben den kürzesten Weg durch den Drachenwald genommen!“ Ein Raunen ging durch die Menge und ehrfürchtig sahen die Kinder zu den Kriegern. Auch Gerolf lief ein Schauer über den Rücken. Der Drachenwald. In diesem großen Urwald, der sich im Osten des Speergaus erstreckte, hatte Istaevo, der Sohn des Mannus, den großen Drachen getötet. Seit dem war der Wald für seine Nachkommen verflucht. Gerolfs Blick blieb an einem der Reiter hängen. Dieser einarmige Krieger kam ihm bekannt vor. Während er noch überlegte, sah der Krieger zu ihm hinüber und lächelte bitter, während er grüßend den gesunden Arm hob. „Arnulf!“, rief er laut und Germar verstummte in seiner Beschreibung der Reise. „Ja, wir haben Arnulf zu seinem Vater zurückgebracht. Er hat tapfer gegen die Teiwazsöhne gekämpft und leider dabei einen Arm verloren!“ Gerolf konnte es kaum glauben. Das war Arnulf, mit dem er aufgewachsen war? Er hatte sich nach seiner Speerweihe vor drei Wintern Germar angeschlossen. Verlegen hielt er seinen rechten Arm, der kurz unterhalb des Ellbogens in einem schwarz vernarbten Stumpf endete. „Wir bringen ihn zu seinem Vater zurück und nicht mit leeren Händen!“ Germar deutete auf einen der Karren. „Das ist sein Beuteanteil!“

Gerwin sah nur flüchtig hin und merkte an: „Ranulf, sein Vater, ist von den Römern erschlagen worden!“ Germar schwieg bestürzt und Arnulf sah teilnahmslos vor sich hin. Einen Moment herrschte verlegenes Schweigen, dann wandte sich Gomatrud der praktischen Seite zu. „Das Haus seines Vaters steht ihm selbstverständlich zur Verfügung. Gerolf begleite ihn!“ Sie wies zwei Knechte an, den Karren zu ziehen, und Gerolf half Arnulf mit seinem Bündel. Er war aufgeregt und verlegen. Gerne hätte er den Freund mit Fragen bestürmt, aber da Arnulf schweigend neben ihm herging, sagte auch er nichts. „Wie ist mein Vater gestorben?" „Wir sind im Gau der Hirschsippe von Römern und Ubiern überfallen worden. Dein Vater hat einen Centurio angegriffen und ist von ihm getötet worden!" Arnulf schwieg. „Meine Schwestern sind verheiratet." Dies war eine Feststellung. „Ja, beide im letzten Jahr. Mit Gefolgsleuten meines Vaters!" „Hast du schon deinen ersten Feind getötet?" In die Stimme des Freundes war etwas Wärme zurückgekehrt. „Ja, ich habe meinen ersten Feind getötet. Als wir die Keltenburg gestürmt haben." Gerolf war voller Stolz. „Hast du schon an einer Reisa teilgenommen?", war Arnulfs nächste Frage. Für einen Sugambrer war die Anzahl der Reisa, der Beutezüge, an denen er teilgenommen hatte, sehr wichtig. Nur diese brachten einem Haus und einer Sippe Reichtum und nur, wer an mehreren teilgenommen hatte, wurde ein Reisiger genannt. „Nur eine gegen die Hirschsippe, als Vergeltung für den Überfall." Arnulf verzog das Gesicht und Gerolf fuhr klagend fort. „So schnell werde ich kein Reisiger. Die Götter sind mir nicht gewogen, dabei habe ich Teiwaz, Donar und Freya reichlich Opfer gebracht!" „Die Wege der Götter sind unbestimmt und wir Sterblichen können ihren Ratschluss nur selten verstehen!" Arnulf hob seinen Armstumpf. „Wie hast du mich vor drei Jahren beneidet und die Götter beschworen, als meine Stimme über Nacht zu der eines Mannes wurde und ich deinem Vetter folgen konnte!" Gerolf erinnerte sich an die Wut und die Tränen, als sein Freund und Spielgefährte von Kindesbeinen an plötzlich zum Mann erklärt wurde und ihn zurückließ. „Würdest du jetzt mit mir tauschen?" Erneut hob er den Arm und präsentierte den Stumpf: „Nein!" Gerolf versagte die Stimme und sie gingen den Rest des Weges wieder schweigend. Sie erreichten das Haus und Gerolf wies die Mägde an, den Beutekarren abzuladen und die Kessel, Werkzeuge, Felle im Haus zu verteilen. Arnulf sah sich um. „Es ist schön, wieder zu Hause zu sein! Wie ist mein Bruder gestorben? Der Bote hatte nichts dazu gesagt!" „Ein Fieber. Er war den ganzen Winter krank und dann plötzlich im Frühjahr starb er. Teiwaz hat es gewollt!"

„So, wie das mit meinem Arm?", fragte Arnulf sarkastisch und deutete auf den Stumpf. „Du hast tapfer gekämpft und Beute gemacht. Du bist ein Reisiger, ein geehrter Krieger!", begehrte Gerolf auf. „Wofür?", fragte Arnulf bitter. „Ich habe diese Beute in den letzten Jahren gemacht. Der Zug war für Melon erfolgreich, nicht für mich." Wieder hielt er den Armstumpf in die Höhe. Gerolf schluckte. „Was ist eigentlich passiert?" Arnulf setzte sich auf eine der Bänke und streckte die Füße von sich. „Eine Tagesreise von der Syburg entfernt, hatte die Teiwazsippe ein großes Salzlager. Das hat Melon ihnen abnehmen wollen!" Er machte eine Pause und trank einen Schluck Bier. „Wir zogen heimlich den Hellweg entlang, um sie zu überraschen. Die letzten Kämpfe gegen sie waren sehr erfolgreich. Und auch dieses Mal dachten wir, einige Höfe überraschen zu können, aber wir fanden nichts."

Gerolf schluckte aufgeregt. „Sie warteten auf uns vor der Saline und lieferten uns einen erbitterten Kampf. Ich war bei Meinolf und seinen Jungwölfen und wir umgingen sie und fielen ihnen in die Flanke. Die Schlacht war gewonnen, Melon besitzt jetzt die Salzquellen am Hellweg und ich habe meinen Arm verloren!"

* * *

CASTRUM · NOVAESIUM

Novaesium lag an einer Furt über die Novesia, von der der Ort seinen Namen hatte. Direkt an der Via Agrippa gelegen und die Sugambrerfurt in unmittelbarer Nähe war das Lager von großer strategischer Bedeutung. Der Platz ist gut gewählt, dachte Lucius fachmännisch, als sie mit der Ala eintrafen. An zwei Seiten ein Fluss, an der dritten ein Sumpf, so konnte das Lager leicht verteidigt werden. Das Lager war in vier gleich große Viertel eingeteilt. Die 5. Kohorte der Gallica belegte ein Viertel, die 2. Cohors Batavorum und die Ala Pomponianus je ein weiteres. Auf dem letzten Viertel sollten Getreidespeicher entstehen, um die Vorräte einzulagern. Der Lagerwall bestand einfach nur aus dem Aushub und den Pila Muralia. Es gab weder Türme noch wenigstens befestigte Tore und auch keine Quartiere für die Legionskohorten. Rechneten die Centurionen der Kohorte mit einem baldigen Rückruf ins Hauptlager? Wenn ja, würden sie eine böse Überraschung erleben. Die 3. Kohorte, die die Ala begleitet hatte, war nicht als Ablösung, sondern als Ergänzung gedacht. Die Baracken für die Ala standen schon und waren ein gänzlich anderes Konstrukt, als Lucius es kannte. An die Wohnräume der Reiter waren Stallungen angeschlossen. Ein Teil der Ersatzpferde graste außerhalb des Lagers auf einer Koppel. Der größte Teil war auf der Ubierinsel zurückgeblieben. Sie waren dort leichter zu halten. Wenn sich hier eine ähnlich gute Stelle finden würde, könnten sie die Pferde immer noch nachholen.

Er sah sich in seinem Quartier um. Wie hatte Faustus den Raum eingerichtet? Er sollte jetzt langsam Übung haben, immerhin bezog er jetzt zum dritten Mal in einem Jahr ein neues Quartier. Vor dem Bücherregal blieb er stehen und sah sich seine kleine Büchersammlung voller Stolz an. Alles hier in dem Raum gehört mir, alles habe ich mir selbst erarbeitet, erkämpft und verdient. Trotzdem war da ein Gefühl der Bitterkeit. Es fühlte sich an, als sei er abgeschoben worden. Er suchte seinen Weinvorrat und schenkte sich einen von den besseren Tropfen ein.

Wieder einmal fange ich von vorne an, dachte Lucius und hätte am liebsten den Becher gegen die Wand geworfen. Bin ich der Sisyphos der Legion? Jedes Mal kurz vor dem Gipfel werde ich wieder heruntergeworfen. Immer wieder muss ich mich beweisen und immer wieder wirft man mir mein Alter und meine Unerfahrenheit vor. Selbst so versoffene Hurenböcke wie Gemellus und Potitus können auf mich herabsehen!

Er rieb den Armreif am linken Handgelenk. Seine erste Auszeichnung. Er riss ein Stück Brot ab und wollte es in den Mund stecken. Nachdenklich sah er auf das Brot, dann tunkte er es in den Wein und mit einem kurzen Gebet legte er es auf den Hausaltar. „Hör auf, dich in Selbstmitleid zu baden!“, schalt er sich selber. „Du trägst erst seit drei Jahren Sagum und Vitis. Das Recht, auf andere herabzusehen, muss du dir erst verdienen.“

Er seufzte, trank noch einen Schluck und wanderte umher. Am Bücherregal blieb er stehen und sah mit Stolz auf die Rollen. Alles meins!, dachte er, aber an irgendetwas, versuchte er sich zu erinnern. Minerva inspiriere mich, dachte er und trank noch einen Schluck. Ein wohliges Gefühl der Beschwipstheit breitete sich in ihm aus. Wenn es auch keine Inspiration war, so war es doch ein gutes Gefühl. Ich werde mal zur Kohorte rübergehen und Mucius begrüßen, mal sehen wie der Säufer sich gemacht hat. In einem Teil des Lagers herrschte Ausgelassenheit. Es wurde gelacht und geklatscht, als ob man dort ein Stück aufführt. Lucius lenkte seine Schritte dorthin.

Ein junger Legionär hatte einen Schemel auf einen Tisch gestellt und thronte darauf unter dem Jubel der Legionäre. Mit einer selbstgefälligen Gestik und Mimik, als wäre er Augustus, Agrippa und der göttliche Julius in einer Person. Die Männer brüllten vor Lachen und auch Lucius musste unwillkürlich grinsen. Der Junge war der geborene Schauspieler. Jetzt setzte er sich einen Topf auf dem Kopf, der den Helm eines Centurios darstellen sollte. Lucius erkannte augenblicklich, was da aufgeführt wurde, und sein Grinsen gefror. Der Junge schwang einen Stab, der eine Hasta darstellen sollte und stach damit wild in der Luft herum. Plötzlich erstarrte er in der Bewegung und schwankte erst nach links und dann nach rechts, hing einen Augenblick in der Luft, zeigte einen blöden Gesichtsausdruck und fiel dann herab. Die Männer hielten sich die Bäuche vor Lachen und einige rollten gar auf dem Boden. Der Darsteller richtete sich mühsam auf, setzte sich den Topf mit dem quergestellten Busch auf und zeigte eine unendlich hoheitsvoller Miene, während er sich dabei den verlängerten Rücken rieb. Mit einer schwungvollen Verbeugung vor seinem Publikum beendete er dann seine Vorstellung und sah zufrieden in die Runde: „Das war die einmalige Aufführung des Miles Gloriosus apud Rhenus!“, verkündete der Junge und erstarrte vor Schreck als sein Blick auf Lucius fiel. Lucius stand da mit verschränkten Armen und sah ihn steinern an.

Die Gespräche verstummten um sie herum und alle traten unwillkürlich einen Schritt zurück.

Lucius stand nun dem *Schauspieler* gegenüber und schwang dabei seine Vitis so, dass ein pfeifendes Surren die Stille durchzog. Der junge Legionär war totenbleich geworden und hatte Haltung angenommen. Ängstlich huschte sein Blick von links nach rechts, als ob er einen Ausgang oder Hilfe suchte. Einige Legionäre machten eine Bewegung, als ob sie sich schützend vor ihn stellen wollten, aber erstarrten sofort wieder, als Lucius sie durchdringend ansah. In der Menge registrierte Lucius auch Caelius, der seinem Blick auswich.

„Name?“, schnarrte Lucius, als er dem Darsteller Auge in Auge gegenüberstand.

„Was geht dich sein Name an?“, lallte eine Stimme und ein älterer Legionär drängte sich nach vorne. „Kannst nicht reiten, willst aber Männer befehlen?“ Die schwere Sprechweise ließ einen Verdacht aufkommen, der von der Weinfahne sofort bestätigt wurde. Der Mann hatte bereits tief in die Amphore geschaut. „Willste was von einem meiner Männer, musste erst an mir vorbei!“, nuschelte er. Er war offensichtlich einer der Immunes der Centurie. „Wir haben einen richtigen Centurio, keinen Miles Gloriosus.“ Lucius ließ seinen Blick demonstrativ über die Männer schweifen. „An dir vorbeizukommen wäre eine leichte Übung. Besonders in deinem Zustand!“ Er stieß ihm blitzschnell die Faust gegen die Schulter und der Legionär plumpste auf seinen Allerwertesten. „Dein Einsatz für deine Männer und das Lob für deinen Centurio würde weit mehr Eindruck hinterlassen, wenn er auch entsprechend handeln würde.“ Er zeigte auf die Zelte. „Zelte und keine Baracken? Wie lange seid ihr schon hier. Wochen? Und ihr habt noch keinen besseren Schutz vor dem germanischen Regen? Es weiß doch jedes Kind, dass es in Germanien fast nur regnet und ihr Männer wohnt noch in diesen Hütten?“ Der Mann glotzte ihn blöde an, während sich um ihn herum zustimmendes Gemurmel erhob. Caedicius tauchte plötzlich auf, zog den Betrunkenen auf die Füße und schob ihn zu seinen Kameraden zurück, die ihn eiligst aus dem Sichtfeld brachten. Lucius wandte sich wieder dem Legionär zu. „Wir waren bei deinem Namen stehen geblieben, Miles!“ Schweiß perlte auf der Stirn des Angesprochenen und er würgte ein „Quinuts“ hervor. Der restliche Name war ein unverständliches Gemurmel. „Nun Quintus, kommen wir zu deiner Aufführung!“ Lucius drehte sich um und ging zu dem Pferdekonstrukt hinüber und stellte den Schemel auf den Tisch.

„In deiner Aufführung waren einige Fehler drin und die möchte ich richtig stellen.“ Der Junge schluckte und Angst und Panik waren in seinem Gesicht gut zu lesen. Lucius starrte die Centurionenhelmimitation an. Hastig riss Quintus sie vom Kopf und warf sie auf den Boden. „Also, erstens bin ich nicht nach rechts vom Pferd gefallen, sondern nach links.“ Er deutete mit der Vitis auf die entsprechende Stelle. „Als nächstes habe ich nicht die Nase im Dreck gehabt, sondern lag wie ein

Käfer auf dem Rücken." Er legte den Kopf in den Nacken und ruderte ein wenig mit dem Armen. Die Männer begannen zu grinsen, nur Quintus stand noch vollkommen angespannt da und Schweiß lief über sein Gesicht. „Sonst macht das Reiben an meinem Arsch auch keinen Sinn!" Er rieb sich demonstrativ seinen Hintern und die Männer johlten. „Aber dein größter Fehler kam zum Schluss. Du hast dich über einen Centurio lustig gemacht!" Die Männer verstummten schlagartig. „Und für diese selbstmörderische Leistung willst du nur Beifall?", fragte er laut und nahm seinen Helm ab. Er warf einige Asse hinein und hielt den Helm dem nächsten Legionär hin. Der schaute verdutzt in den Helm und sah dann Lucius an. Einen Augenblick später dämmerte es ihm. Er kramte ein As heraus und warf es ebenfalls in den Helm und gab diesen weiter. Die Männer jubelten und pfiffen vor Begeisterung, während der Helm die Runde machte. „Jetzt, in Mars' Namen, entspann dich endlich Quintus, sonst bist du so verkrampft, dass du heute Nacht im Stehen schlafen musst." Quintus atmete erleichtert aus, sah Lucius aber noch immer unsicher an. „Ach ja, ich würde den Miles Gloriosus nicht nur einmal aufführen. Wenn ihr in das Castrum Ubiorum zurückkehrt, kannst du mit der Aufführung dort viel Geld verdienen!" Die Männer lachten und die Spannung verflog endgültig. Endlich kam der Helm zu Lucius zurück. Er hob die Kasserolle auf und drückte sie Quintus in die Hand. „Festhalten!" Der Junge griff zu und dann ergoss sich ein Strom von Assen aus dem Helm in den Topf. „Schönen Abend noch!" Lucius setzte den Helm auf und grüßte mit der Vitis in die Runde. Die Männer jubelten ihm zu, während er Richtung Forum zurückging.

Lucius kratzte mit seinem Stilus die wichtigsten Punkte, die er zu erledigen hatte, in eine Tafel. Es musste die Versorgung geplant werden, Dienstpläne mussten erstellt werden, er musste sich überlegen, wie er die Ubier zum Plänkeln bringen würde. Welche Waffen würden sie dafür brauchen? Welche Reitermanöver wären dafür geeignet? Er musste auch noch mit Tasgetix sprechen, vielleicht kannte er entsprechende Übungen? Was war mit der Gerste für die Pferde? Weizen für die Männer hatten sie, aber Gerste? Die Liste wurde immer länger. Vielleicht sollte ich Essen und Trinken hinzufügen, dachte er und schlafen? Dem Schlafen wird gewöhnlich zu viel Bedeutung beigemessen, dachte er höhnisch. Lösen wir also zunächst das erste Problem. Wieder fiel sein Blick auf das Bücherregal und wieder stellte sich das Gefühl ein, eine gute Idee vergessen zu haben. Jetzt reichte es. Jedes Mal beim Anblick seiner Bücher kam dieses Gefühl auf, aber er konnte es nicht greifen. Entschlossen stand er auf. Es war an der Zeit, der Sache auf den Grund zu gehen. Er trat an das Regal und holte jede Buchrolle heraus, zog sie auf und sah hinein. Caesar und Munda? Nein! Caesar und Pharsalos auch nicht, vielleicht Livius und das Gefecht am Ticinius? Nein, ebenfalls nicht. Jetzt blieb nur noch diese kleine Rolle, die ihm sein Vater geschenkt hatte. Er warf einen Blick auf den Text. Das kantabrische Manöver. „Hüte dich Probatus, hart ist die Vitis des Centurios!", sang er und stoppte abrupt. Faustus starrte ihn aus dem Vorraum erstaunt an. Lucius aber grinste sich eins. Er legte die Rolle zurück ins Regal und nahm seine Liste. Zuerst musste er wegen der Gerste und anderer Dinge mit Pomponianus sprechen.

Das Ergebnis des Gesprächs war ein Ausflug zum Castrum Ubiorum. Aber auch dort gab es keine Gerste und es war auch keine mit dem nächsten Schiff zu erwarten. Potitus machte sich eine Notiz und versprach, dran zu denken, aber Lucius wettete ein faules Ei gegen einen Denar, dass die Notiz verrotten würde und so musste er notgedrungen bei Häuptling Haldavoo vorstellig werden. Der Ubier hörte sich seine Sorgen an und zuckte dann entschuldigend mit den Schultern, sie würden ihre Gerste bei den Treverern holen, da sie selber nicht genug hatten. Also machten sie sich an einem verregneten Tag auf, nach Augusta Treverorum zu reiten, um dort nach ihrem Pferdefutter zu suchen. Der Monat hatte sich von einer ungewöhnlich unfreundlichen Seite gezeigt und Lucius wollte die Reise einfach so schnell wie möglich hinter sich bringen. Primus pfiff fröhlich und warf von Zeit zu Zeit Lucius einen Seitenblick zu. Er hatte aber keine Lust, jetzt mit dem Ubier zu plaudern. „Ihr Römer seid schon ein merkwürdiges Volk!", unterbrach der Herzog schließlich das Schweigen. „Es ist herrliches Wetter, du sitzt auf einem guten Pferd und trotzdem siehst du so trübe aus, als ob du gerade eine Schlacht verloren hättest!"

„Herrliches Wetter?", fluchte Lucius. „Zwei Wochen war schönster Sonnenschein, jetzt pünktlich zum Aufbruch Regen, nichts als Regen.

Und nächste Woche werden wir wahrscheinlich am Pferd festfrieren." „Das ist doch schönes Wetter!", lachte Primus. „Wenn der April Spektakel macht, gibt's Korn und Heu in voller Pracht! Sagen die Weisen!" „Etwas weniger Spektakel wäre mir lieber!", knurrte Lucius ungehalten. „Außerdem haben wir Juli!" Eine Windböe hatte ihm den Regen in den Nacken geblasen und jetzt rannen kalte Tropfen den Rücken herunter. Ihn schüttelte es und alle Härchen auf seiner Haut stellten sich auf. „Verfluchter Wind! Haben deine Weisen dafür auch einen Spruch parat!" „Natürlich!" Primus' gute Laune war nicht zu bremsen. „Bläst der Mai mit beiden Backen, gibt's genug zu jäten und zu ..." „...zu kacken!", ergänzte Lucius trocken und zog sich den Mantel fester um die Schultern. „Mai wäre schön, dann stünde Sommer bevor, so droht Winter! Ein harter vielleicht." „Das steht nicht zu befürchten!" Primus' Grinsen wurde immer breiter. „Ist Oktober warm und fein, kommt ein scharfer Winter hinterdrein. Ist er aber nass und kühl, mild der Winter werden will!" „Ach halts Maul!" „Warum so mürrisch, Centurio?" Primus ließ nicht locker, obwohl ihn Lucius mit einem unwilligen Blick bedachte. „Die eigenen Krieger zu versorgen, ist doch eine ehrenhafte Aufgabe?" „Sag mir das auf dem Rückweg nochmal!", beschied er dem Ubier und wandte sich dem Signifer zu. „Ist es soweit?" Auf dessen Nicken befahl er dem Cornicen das Signal *Absitzen!* Lucius wartete, bis das Signal ertönte, dann rutschte er aus dem Sattel und nahm den Schurken beim Zügel. Wenn keine Handpferde mitgeführt wurden, musste regelmäßig ein Fußmarsch eingelegt werden, um die Tiere zu schonen. Primus wartete, bis alle abgesessen waren, bevor er Lucius die nächste Frage stellte. „Wir sind gerade drei mal zehn Männer, denen kannst du doch Befehle zurufen. Da musst du doch nicht auf dem Signalhorn blasen. Das lockt doch nur Feinde an!" Mars, hilf mir, flehte er stumm, aber ich soll die Barbaren an die Disziplin Roms gewöhnen. „Wenn das Signal *Absitzen* für 500 geblasen wird, wäre es schlecht wenn eine Turma absitzt und die dahinter losgaloppiert." Primus lachte lauthals. „Nach Icorigium steigt das Land an!", erläuterte Lucius. „Wir sollten die Gehpausen verlängern!" Primus nickte noch immer lachend.

Der Wald rückte näher an die Straße, wie Lucius mit Unbehagen feststellte. Die Mindestbreite von einem Actus, von 120 Fuß, war mit Sicherheit nicht eingehalten worden. Sie war kaum belebt, kein Vergleich zu den Straßen im Süden. Nur gelegentlich begegnete man einem Händler oder einem Stammesmann. Erst hinter Icorigium, nachdem man die Civitas der Treverer erreicht hatte, wurde die Straße belebter und sie war auch in besserem Zustand. Die Abstände der Bäume entsprachen denen einer römischen Heerstraße und einen Tagesritt vor Augusta Treverorum wich der Wald schließlich ganz zurück und machte bebautem Land Platz. Zahlreiche keltische Höfe und Villae Rusticae lagen bunt gemischt am Wegesrand. Primus schnalzte mit der Zunge, als er die zahlreichen Felder sah. „Ein reiches Land", sagte er mit begehrlichem Blick. „Römische Provinz!", konterte Lucius mit Nachdruck. „Du solltest nicht auf dumme Gedanken kommen!" Primus sah ihn beleidigt an. „Ich dachte an mein Stück Land, das ich nach den Jahren treuer Dienste bekommen werde!" Lucius errötete, bei Germanen dachte er immer sofort an Plünderungen. „Das müssen unsere Wagen sein!" Er zeigte auf ein Areal vor der Stadt, wo eine Reihe Ochsenkarren vor einigen Getreidespeichern stand.

„Nur zwanzig Wagen?", fragte Lucius aufgebracht. „Wie weit kommt eine Ala mit zwanzig Wagen Gerste?" Der Verwalter zuckte bedauernd mit den Schultern. „Das Jahr ist hart, viele Truppen sind wegen den Vorbereitungen für den Census unterwegs. Mehr ist bisher nicht angekommen. In einer Woche, spätestens in einem Monat sieht es anders aus." Lucius hätte ihm am liebsten mit kräftigen Ohrfeigen sein falsches Grinsen aus dem Gesicht geschlagen. „Mach dein Zeichen hier unten!" Der Verwalter deutete auf das Ende des Papyrus. „Mei... mein Zeichen?", fragte Lucius verwundert. „Rede ich zu schnell für dich, Centurio?", fragte der Verwalter fürsorglich. „Ich brauche dein Zeichen oder kannst du etwa schreiben?" Er sah Lucius treuherzig an. Rumms! Lucius schmetterte seine Vitis auf den Tisch. Der Verwalter zuckte zurück, hielt ihm aber weiterhin die Feder hin. Lucius starrte ihm in die Augen, der Blick des Verwalters flackerte. Er riss ihm die Feder aus der Hand und kritzelte seine Unterschrift unter das Dokument. „Lass aufladen!", fauchte er. „Aufladen?", fragte der Fette gedehnt. Lucius nahm seine Vitis vom Tisch und tippte dem Gegenüber auf die Schulter. „Übertreibe es nicht! Wir wollen morgen aufbrechen!" Lucius kochte vor Wut. 5 Tage hatten sie gebraucht, um hierher zu gelangen, zurück würde es fast zwei Wochen dauern. Und die Ration, die sie mitbrachten? Sie reichte der Ala gerade für eine Woche. Er schüttelte den Kopf über diese Zeitverschwendung. Immerhin hatte er seine Bestellung für Sonderverpflegung und die offizielle Proviantanforderung abgegeben und hoffte, dass bei den Schiffsladungen demnächst auch Gerste dabei sein würde. Primus verlor auf dem Rückweg auch bald seine gute Laune. Mehr als 8 Meilen pro Tag waren mit den Karren nicht zu schaffen und daher gingen die Ubier meistens zu Fuß und mussten dabei noch aufpassen, nicht in die Scheiße zu treten. Abends wurden die Karren im Kreis aufgestellt und bildeten so eine Wagenburg. Jeden Abend versammelten sich die Ubier und Primus führte eine Zeremonie durch, um die Götter um Beistand zu bitten. Der Olymp der Ubier sah merkwürdig aus, neben Teiwaz, ihrem Kriegsgott, schienen Frauen dort die Hauptrolle zu spielen. Zeus hätte seine Freude gehabt. Diese weiblichen Wesen waren keine richtigen Gottheiten, die gab es außerdem. Es schien sich um eine Mischung aus Penaten und Laren zu handeln, die aber nur einzeln an einem Ort vorkamen, wie der Genius Loci, der örtliche Schutzgeist. Der ubische Begriff war schlicht nicht zu übersetzen, daher nannten die Römer sie Matronen, nach dem lateinischen Wort für die Herrin des Hauses.

* * *

HEILIGTUM · DER · TAMFANA

Gerolf sah zu, wie sein Vater die Plätze zuwies, wo sie die Hütten aufschlagen sollten. Er selbst ging auf eine Gruppe Männer zu, die gerade dabei war, Hütten aus Flechtwerk zu errichten. Einige der Männer standen müßig beieinander und tauschten Kampf- und Jagdgeschichten aus. Gerwin begrüßte sie einzeln, machte sich aber nicht die Mühe, seinem Sohn zu erklären, um wen es sich bei dem Betreffenden handelte.

Ein vierschrötiger Mann baute sich vor Gerwin auf und stemmte beide Arme in die Hüften.

„Gerwin!“ Die Stimme des Mannes klang wie ein Donnergrollen.

Gerolf sah, dass dem Fremden das Haar lang herunterhing. Es musste ein Mann der Tenkterer sein, da nur deren Männer ihr Haar nicht zu einem Knoten hochbanden.

„Makromer!" Gerwin breitete mit einem Lachen die Arme aus und die beiden Männer fielen sich um den Hals und klopften sich begeistert gegenseitig auf den Rücken.

„Lange ist es her, du alter Viehdieb!", brüllte Gerwin begeistert. „Seit dem Thing vor drei Sommern!", bestätigte Makromer grinsend. „Das sind meine anderen Söhne, Gerolf und Gernot. Gernot soll auf diesem Thing zum Krieger werden!", stellte Gerwin sie vor. Makromers Pranke schoss vor und schüttelte und zerrte an Gerolfs Hand. „Das ist Germar mein Neffe! Und das ist Makromer, der Aldermann der Tenkterer", stellte ihn Gerwin vor. „Ist das Vieh fett und sind die Frauen fruchtbar?"

„Natürlich!", grinste Makromer breit. „Aber umgekehrt wäre es mir lieber!" Sie lachten. „Was gibt's Neues? Wie geht es Cincibilius? Schwingt er immer noch den Schmiedehammer?"

Makromers Lächeln erlosch. „Er ist letzten Winter gestorben. Voccio wurde zum Velent gewählt und es ist wie jedes Mal, wenn es einen neuen Velent gibt. Er wird aufmüpfig. Er will nicht begreifen, dass es nur die Tenkterer sind, die die Freiheit seines Tales sichern und dass er ohne unseren Schutz von den anderen Sugambrern oder den Chatten überrannt würde!" „Manche Menschen müssen zu ihrem Glück gezwungen werden", meinte Gerwin grimmig. „Er wird sich schon noch fügen. Bisher hat sich noch jeder Velent gefügt." Makromer zuckte mit den Schultern. „Ich muss aber noch was anderes mit dir besprechen!" „Geh zu Luitger und hilf beim Hüttenbau!", wies Gerwin seinen Sohn an und Gerolf wandte sich um. Makromer packte Gerwin am Arm und zog ihn weg. „Was machen die Tenkterer auf dem Thing der Sugambrer?" Gerolf sah Germar empört an. „Die Tenkterer folgen dem Herzog der Sugambrer, daher besucht der Aldermann der Tenkterer das Heiligtum der Tamfana, wenn das Thing stattfindet", erklärte Germar. „Warum folgen sie dem Herzog?", fragte Gernot neugierig.

„Wir Sugambrer haben die Tenkterer und Usipeter bei uns aufgenommen, seit sie vor 50 Jahren von den Römern niedergemetzelt wurden. Daher folgen sie uns im Krieg!" Germar reckte sich. „Ich geh dann mal zu unserem Lager herüber, wir sehen uns später!"

Der Hain der Tamfana sah genau so aus, wie Gerolf ihn sich vorgestellt hatte und war doch völlig anders. Er schluckte aufgeregt und befeuchtete mit seiner Zunge seine Lippen. Mit seinen Händen betastete er den Sitz seines Mantels, einen Handgriff, den er schon wenige Augenblicke später unbewusst wiederholte. Er bemerkte plötzlich, dass er stehengeblieben war und sich umsah.

Mächtige Eichen, die seit Anbeginn der Zeit hier standen, eine geweihte Quelle aus der klarstes Wasser sprudelte. Jedes Heiligtum, jeder Thingplatz in den Gauen der Sugambrer sah so aus und doch auch nicht. Das Gras war kurz geschnitten, die Steine an der Quelle und die Opfersteine waren vom Moos befreit. Die Anwesenheit der Göttin war allgegenwärtig, wie die Quelle bewies. Solange sie sprudelte, war Tamfana anwesend. Überwältigt von der Aura dieses Ortes, blieb Gerolf stehen und sprach ein Gebet.

Langsam senkte sich die Dämmerung über das Lager und Gernot wurde unruhig, weil sein Vater nicht auftauchte. „Wir müssen ihn suchen!“, sagte er zu Gerolf. „Das Thing fängt doch gleich an!“

„Nein?“ Gerolf dachte lächelnd an sein erstes Thing, wo er auch diese ungeduldige Frage gestellt hatte. Gernot fing verdutzt mit Hilfe seiner Finger an nachzuzählen. „Das Thing sollte am dritten Tag vor der Tag-und-Nachtgleiche...! Doch heute soll das Thing beginnen!“, sagte er bestimmt. „Es sind noch nicht alle Sippen mit allen Männern da. Es ist schließlich ein Thing freier Männer und die kommen, wann es ihnen gefällt!“ Gerolf sprang auf „Komm mit, wir gehen zu Meinolf und den Jungwölfen!“

Meinolf hatte zu einer Feier eingeladen und die Männer der unterschiedlichsten Sippen waren dem Ruf gefolgt. Der Met und das Bier flossen in Strömen und es wurde gelacht, gesungen und gestritten. Gerolf versuchte, mit großen Augen den Gesprächen zu folgen, während er den köstlichen Met probierte. Er fuhr zusammen, als sich plötzlich Meinolf zwischen sie setzte und ihnen zuprostete.

„Auf dich Gernot! Auf diesem Thing wirst du ein Mann!“ Sie tranken und Meinolf setzte boshaft hinzu. „Zumindest, was das Recht betrifft, Schild und Speer zu tragen! Das hilft dir aber nicht, deinen Speer zu benutzen!“ Gernot schoss das Blut ins Gesicht und Gerolf verschluckte sich fast vor Lachen. Meinolf beugte sich zu ihm herüber und grinste verschwörerisch: „Du hast was mit der Rothaarigen? So, wie sie dich angehimmelt hat, wartet sie doch darauf, deinen Speer zu empfangen." Gerolf hüstelte und starrte zu Boden. Das war mal, dachte er wehmütig. „Verzeih!" Meinolf war plötzlich ernst geworden: „Ich sollte dich nicht wie ein Kind behandeln. Ich habe gesehen, dass auch sie dir gefällt, aber angesichts der Tatsache, dass dein Vater dich mit der Tochter eines Aldermann verheiraten will, war meine Bemerkung wohl nicht angebracht." Gerolf sah ihn mit großen Augen an. „Ich weiß nicht, was Vater da in den Sinn gekommen ist!", knurrte Germar. „Aber, wenn Gerolf Glück hat, ist die Hirschsippe bis dahin Geschichte!" „Ach so, nein, ich dachte nicht an die!", Meinolf sah sich um und senkte die Stimme. „Soweit ich weiß, versucht Makromer, der Aldermann der Tenkterer, eine seiner Töchter an den Mann zu bringen." Gerolf schluckte und sah Meinolf entgeistert an. Wie bitte? Was sagte er da? Vater kann doch nicht so über mich verfügen, dachte er geschockt. Sag was, sag was, sonst hält er dich für einen einfältigen Tropf. „Sind sie hübsch?" Freya stehe mir bei, flehte er. Die beinahe dümmste aller Fragen, kommt mir über die Lippen. Am liebsten wäre er fortgelaufen.

„Hübsch sind sie schon!" Das kam so gedehnt, dass einen das *Aber* schon förmlich ansprang. „Beide sind reife Frauen, sie haben bestimmt schon 25 Sommer gesehen!" „WAS?", Gerolf sprang auf. „Außerdem sind sie Witwen und haben schon Kinder!" Alle starrten ihn an und verlegen ließ er sich wieder ins Gras plumpsen. „Das wird er doch nicht tun?" Seine Stimme war eine Mischung aus Flehen und Klagen. „Dein Vater ist ein Aldermann! Er muss tun, was er für das Beste für die Sippe erachtet!"

„Aber mit so alten Frauen verheiraten?"

„Kopf hoch!" Meinolf klopfte ihm auf die Schulter. „Das ist nur Gerede. Makromer bietet seine Töchtern jedem an!" Meinolf grinste jetzt spöttisch. „Er ist eben mit vielen Töchtern und keinen Söhnen gesegnet!" Über den Scherz konnte Gerolf nur gequält lächeln. „Vielleicht solltest du diesen Sommer mit deinem Vetter ziehen!" Meinolf erhob sich ächzend. „Dann siehst du was von der Welt. Wir haben dort jenseits der Lippe fruchtbaren Acker und fettes Vieh. Und wenn du aus ähnlichem Holz geschnitzt bist, wie dein Bruder, können wir dich brauchen. Unsere Nachbarn sind sehr neidisch!" Gerolf kippte den Rest des Mets auf einmal herunter. Ein verlockender Gedanke.

Als er am Mittag des nächsten Tages aufwachte, schwor er, sich nie wieder zu betrinken. Sein Schädel hämmerte, als ob Donar mit seinem Hammer Ungeheuer bekämpfte, und er hatte einen widerlichen Geschmack im Mund. Er spuckte angeekelt aus und trank hastig Wasser, in der Hoffnung, den Geschmack loszuwerden. Er kroch aus der Hütte und richtete sich auf. Sofort begann sich alles um ihn herum zu drehen und er musste sich an der Hütte abstützen. Sein Magen fühlte sich gar nicht gut an. Er ging mit unsicheren Beinen zum nächsten Gebüsch und verrichtete dort seine Notdurft. Auf dem Rückweg grummelte es hörbar in seinem Magen und Gerolf entschied, dass er etwas zu essen brauchte. Er holte sich etwas Brot und Käse aus der Hütte und ließ sich unter einem Baum nieder.

„Hier werde ich erst einmal nicht wieder aufstehen!", dachte er sich entschieden. Er beobachtete einige Männer, die sich die Zeit mit dem Würfelspiel vertrieben. Gerolf sah, wie einer der Männer die ganze Zeit verlor. Es wäre doch zu komisch, wenn sich der arme Tropf da, gleich selbst als Einsatz bringen würde und dann in Knechtschaft geht. Kommt als freier Mann zum Thing und geht als Unfreier! Die Ankunft seines Vaters riss ihn aus seinen Gedanken. Der sprach kurz mit den Männern, die daraufhin murrend die Würfel wegpackten. Gerwin sah sich suchend um, entdeckte Gerolf und winkte ihn herbei. Mühsam rappelte sich Gerolf auf und ging mit unsicheren Beinen zu seinem Vater herüber, als plötzlich ein Horn geblasen wurde, in das sofort andere einfielen. Alle Bewegung erstarb und die Gespräche der Männer verstummten. Für einen Moment war kein Laut zu hören und dann wurden zum zweiten Mal die Hörner geblasen. Es kam Bewegung in die Männer. Sie hoben ihre Waffen auf und einige, die sie nicht dabei hatten, rannten zu den Hütten, um sie zu holen. Gernot trat an die Seite seines Vaters und sah dem Treiben erstaunt zu. Jetzt ertönten die Hörner zum dritten Mal. „Jetzt beginnt das Thing!", erklärte Gerwin und die Männer setzten sich in Bewegung und strömten zum Thingplatz, der von einem Zaun aus Haselnussstecken umgeben war. „Jetzt werde ich ein Mann!", sagte Gernot aufgeregt und gesellte sich zu den anderen Jungmännern, die ebenfalls unter die Krieger aufgenommen werden sollten.

Melon trat in die Mitte des Thingplatzes und sagte: „Männer der Guten und Tapferen. Wir haben uns, wie es Brauch ist, auf dem Thingplatz versammelt, um die Angelegenheit des Stammes zu regeln, Recht zu sprechen und die Jungmänner in die Reihen der Krieger aufzunehmen! Seid ihr bereit?"

Die Krieger erklärten ihre Zustimmung, indem sie mit ihren Speeren auf die Schilde trommelten. „Dann möge Teiwaz über dieses Thing wachen und alle, die daran teilnehmen!", rief er unter dem Beifall der Krieger. „Die Hunnos mögen vortreten und für ihre Gefolgschaft sprechen!", forderte er mit einem Blick in die Runde auf. Gerolf sah mit angehaltenem Atem zu, als Rutger, Luitger, Rüdiger und die anderen Hunnos des Speergaus vortraten. „Präsentiert die Jungmänner!"

„Begehrst du im Namen von Tamfana und Istaevo die Gunst, in die Reihen der Sugambrer aufgenommen zu werden?", fragte Melon jeden einzelnen. Gerolf erinnerte sich daran, wie es bei ihm gewesen war. Mit klopfendem Herzen hatte er dagestanden und gemeint, dass jeder das Pochen seines Herzens hätte hören müssen und nun stand sein kleiner Bruder da. „Ja, ich begehre aufgenommen zu werden!", sagte Gernot fest. Gerolf lauschte gespannt auf die Stimme. Klang sie nicht noch gebrochen? Nicht mehr die Stimme eines Kindes, aber auch noch nicht die Stimme eines Mannes.

„Sag die Worte!", dröhnte Melons Stimme. Gernot räusperte sich „Jetzt bin ich ein freier Mann der Guten und Tapferen!" „Nochmal!" „Jetzt bin ich ein freier Mann der Guten und Tapferen!" Gernot schmetterte es und Gerolf flehte im Stillen zu Teiwaz. „Und jetzt alles!" Gernot hatte es fast geschafft. „Ich Gernot, Sohn des Gerwin von der Speersippe, bin jetzt ein freier Mann der Guten und Tapferen!" Melon sah in die Runde und fragte: „Ist hier jemand, der einen Grund vorbringen kann, warum dieser Jüngling nicht Speer und Schild tragen sollte?" Gerolf sah angespannt in die Runde, aber niemand rührte sich. „Dann gebt eure Zustimmung kund!", forderte Melon das Thing auf und die Männer trommelten mit ihren Waffen die Zustimmung. „Die Götter haben dich gehört und sind der Meinung, dass du das Recht hast, Waffen zu tragen und am Thing der freien Männer teilzunehmen!"

Die Krieger trommelten wieder auf ihre Schilde. Gerolf war es bei seinem Thing so vorgekommen, als habe er niemals ein schöneres Geräusch gehört. Wie im Traum war es ihm vorgekommen, als ihm sein Vater Schild und Speer aushändigte. Wie im Traum war es ihm vorgekommen, als er unter die anderen Krieger getreten war, die ihm und den anderen Jungmännern auf die Schultern klopften.

Mit der Freisprechung der Unfreien, endete der erste Thingtag.

Am nächsten Morgen wurde über Weide- und Grenzstreitigkeiten entschieden, bevor dann zum Mittagessen die Bier- und Metfässer bereitgestellt wurden. Gernot sah mit großen Augen zu, wie die Krieger eifrig tranken. Gerolf lächelte, so hatte er bei seinem ersten Thing auch gestaunt, und hielt seinem Bruder ein Trinkhorn hin. „Jetzt werden politische Angelegenheiten diskutiert und, damit jeder offen seine Meinung sagt, wird vorher getrunken. Das löst die Zunge!"

„Du meinst das Thing trifft besoffen wichtige Entscheidungen?" Jetzt war Gernot erst recht verstört. Gerolf lachte.

„Nein, die Entscheidungen fallen morgen, heute wird nur diskutiert!"

„Auf dem letzten ungebotenen Thing, hatte Melon, unser Herzog, vorgeschlagen, dass wir gegen die Chatten oder die Cherusker ziehen!" Guntram, Aldermann der Rabensippe, Herr der Beilburg, ergriff als erster das Wort. „Wir sollten sie unterwerfen und unter den Tribut der Freien und Tapferen zwingen!" Gerolf schrie begeistert mit den Anderen mit. „Das klingt alles gut und schön. Aber die Stämme werden wir nicht in einem Sommer unterwerfen. Es würde ein langer Krieg und der bedeutet viel Elend in unseren Gauen." Guntram sah in die Runde, ob zustimmendes Nicken zu erkennen war. „Machen wir jedoch nur eine Reisa gegen sie, werden sie sich rächen und uns ihrerseits überfallen. Gegen wen werden sie ziehen? Nicht gegen die Wölfe, die sind zu stark und mächtig." Er sah sich im Kreis um und zeigte auf Berold, den Aldermann der Bärensippe. „Gegen die Bärensippe werden sie ziehen oder gegen die Rabensippe!" Er schlug sich auf die Brust. „Der Boden in unseren Gauen ist hart und karg und unsere Ernten sind gering. Daher gelten wir als schwach." Die Bärenkrieger murrten, sie mochten nicht als schwach gelten. „Auch wenn wir jeden Angriff zurückschlagen werden, weil ein Sugambrer mit drei Feinden fertig wird", er wurde von lautem Jubel unterbrochen, „holen wir uns den Krieg doch nur unnötig in unsere Gaue. Daher...", er musste die Stimme erheben, um das Geschrei zu übertönen, „daher lehne ich einen Krieg gegen die Chatten oder Cherusker ab!" Er ging zu den Kriegern zurück, die rhythmisch mit den Speeren auf die Schilde trommelten.

Meinolf brüllte dazwischen. „Wir werden eure Gaue zu schützen wissen, wenn sich die Cherusker über die Berge wagen sollten!" Berold schüttelte den Kopf und hob die Arme zum Zeichen, dass er sprechen wollte. „Wir schützen unsere Gaue selber, holen aber nicht unnötigerweise den Krieg zu uns! Wir sollten nicht über die Berge ziehen, sondern über den Fluss gehen." Die Männer schnappten überrascht nach Luft. „Lasst uns eine Reisa über den Rhein machen. Die Gallier sind reich und ihre Länder fruchtbar. Dort werden wir reiche Beute machen. Die Gallier sind Feiglinge, sie werden nicht über den Fluss kommen!" „Sie nicht, aber die römischen Legionen!", warf Melon ein. „Sie stehen am Rhein, bereit, in unser Land einzufallen." „Unsinn, das haben die Römer das letzte Mal zur Zeit unserer Großeltern getan. Damals als sie den großen Krieg in Gallien führten, hatten sie viele Legionen hier. Und trotzdem sind sie nur bei den Ubiern gewesen und die sind jetzt ihre Schoßhunde." Berold sah Melon an. „Du bist unser Herzog. Führe uns über den Fluss!"

„Ich habe bei Teiwaz und Tamfana geschworen, nicht mehr über den Fluss zu gehen, wie du genau weißt!", entgegnete Melon verärgert.

Agilmar von der Teiwazsippe ergriff das Wort: „Dann sollen uns deine Söhne Meinolf und Ringolf führen. Sie haben keinen Eid geleistet. Berold hat recht. Jenseits des Flusses erwarten uns größere Reichtümer! Lasst uns über den Fluss gehen, sobald die Gelegenheit günstig ist." Jubel brandete bei den Männern auf.

Gerwin suchte am Abend das Lager der Wolfssippe auf. Melon beriet sich mit seinen Hunnos sowie seinen Söhnen Meinolf und Ringolf. Auch Markomer, der Tenkterer, war gekommen. „Sollen sie doch in die Unterwelt fahren!", fluchte Gerwin, als er zu Melon trat. „Diese

Narren treiben uns in einen Krieg mit Rom." Gerolf hielt den Atem an. Er hatte seinen Vater noch nie so aufgebracht gesehen. „Das ist doch die Absicht!" Melon blieb ruhig. „Sie wollen uns in den Krieg treiben und wir Wölfe sollen als die Schuldigen dastehen." „Berold und Guntram sind zu dumm für sowas!", sagte Gerwin verächtlich. „Aber Agilmar nicht!" Meinolf nickte gewichtig. „Er steckt dahinter. Er hat den anderen eingeredet, dass wir sie beherrschen wollen und dass wir uns im Kampf gegen die Römer aufreiben sollen!" „Ihr wollt sie doch auch beherrschen!", warf Makromer trocken ein. Melon grinste. „Besser wir als die Chatten oder die Römer! Aber seit Agilmar die Salinen an uns verloren hat, sinnt er auf Rache und er will uns schwächen." „Kann ihm das gelingen?", fragte Gerolf atemlos. „Sind die Wolfs- und die Speersippe nicht zusammen am mächtigsten?" „Du vergisst die Tenkterer!", grollte Makromer.

„Kein Bündnis der anderen Sippen ist uns gewachsen!", bestätigte Melon. „Daher will er uns ja in den Kampf mit den Römern treiben!" „Und was machen wir jetzt?", fragte Gerwin grimmig. „Das Thing wird entscheiden, dass Meinolf eine Reisa über den Rhein anführen soll!" „Das ist sicher!" Melon nickte zustimmend und lächelte verschwörerisch. „Wir werden aber diesmal nicht den Fluss bei den Usipetern überqueren, sondern bei der Ubierfurt. Wenn die Römer zurückschlagen trifft ihr Zorn die Teiwazsippe. Dann kann Agilmar die Suppe auslöffeln die er uns eingebrockt hat."

Die Männer lachten grimmig. „Wir werden außerdem verlangen, dass jede Sippe 500 Krieger mit Vorräten stellt. Dann kommt niemand auf dumme Gedanken!" „Das wird aber eine große Reisa!", gab Germar zu bedenken. „Wenn alle Sippen Beute haben wollen, brauchen wir so viele Krieger!" Meinolf lachte und schlug Gerolf auf die Schulter. „Dann kommst du ja doch zu einem Zug mit deinem Vetter!" Die Runde löste sich auf und alle gingen in ihre Lager zurück. Melon hielt Gerwin und Gerolf zurück. „Ihr müsst in eurem Gau bleiben und Agilmar im Auge behalten! Wenn Agilmar meint, er könne ungestraft gegen uns intrigieren, hat er sich getäuscht. Wir werden seinem Tal der Kelten einen Besuch abstatten, wenn er Verrat übt!" Gerwin nickte zustimmend. „Gerolf wird die Männer der Speersippe führen. Ich gebe ihm Rutger und Ansgar als Schwertträger an die Seite!"

Am nächsten Tag entschied das Thing so, wie Melon es vorhergesagt hatte. „So sei es entschieden. Wir werden Kundschafter über den Fluss schicken. Sie sollen uns sagen, wann und wo sich eine günstige Gelegenheit bietet!"

...DASS • ALLE • WELT • • GESCHÄTZT • WÜRDE •

BENESBURE

Die Arbeiten an der Burg waren weit vorangeschritten. Die Palisaden und Wehrgänge waren zur Hälfte fertiggestellt. Im nächsten Jahr würde die Benesburg fertiggestellt sein. Gerolf verschattete seine Augen, um besser sehen zu können. Einer, zwei, drei Karren schoben sich nacheinander, begleitet von einer Gruppe Menschen, aus dem Schatten der Bäume auf ihrem Weg Richtung Dorf. „Mallobaudes kommt!", rief er seiner Mutter zu. Mallobaudes, der Chamave, ein Händler der jedes Jahr zweimal vorbeikam, wurde schon erwartet. Die Sugambrer legten die Werkzeuge beiseite und eilten den Berg hinunter ins Dorf. Sie erreichten das Dorf zeitgleich mit Mallobaudes, der sich mit seinem gewinnenden Lächeln an Gomatrud wandte: „Herrin der Speersippe, du wirst von Jahr zu Jahr schöner und liebreizender!" „Dummkopf!", antwortete sie und errötete. Verlegen strich sie sich über die Haare und zupfte an ihrem Gewand. „Gerwin! Ich grüße dich und rufe den Segen der Götter auf dich herab!" „Ich danke dir!", erwiderte Gerwin und reichte Mallobaudes das Trinkhorn. „Trink das und sei willkommen!" Der Händler nahm einen tiefen Schluck und gab das Horn zurück. Dann nahm er ein Stück Brot von der Platte bestreute es mit Salz und biss hinein. Gerwin tat es ihm nach und einen Moment herrschte Schweigen. Dann schwang sich Mallobaudes auf einen der Wagen und rief mit seiner klaren Stimme in die Runde: „Freie Männer und Frauen der Speersippe tretet näher und seht meine Waren, lauscht meinen Nachrichten und wartet auf meine Botschaften!" Seine Begleiter, stämmige Krieger, zogen die Plane weg und gaben den Blick auf die Wagen frei. Gerolf konnte Felle, Waffen, eiserne Kessel, Flaschen und Amphoren sehen. Die Dorfbewohnter drängten sich näher, um begierig die Waren zu begutachten. „Hast du meine Axt?" „Was ist mit Wein?" „Bist du an der Syburg gewesen?" „Wie geht es meinem Vetter in Arbalo?" „Ist unser Kessel dabei?" Alle riefen durcheinander, wenn das so weiterging, würde heute nicht mehr gearbeitet werden. Gerolf drängte sich verärgert durch die Menge. Mallobaudes sah seine finstere Miene und hob beide Hände, um zu zeigen, dass er zu sprechen wünschte. Die Rufe verstummten. „Ich würde gerne eure Fragen beantworten und euch sofort eure Bestellungen ausliefern!", sagte er und zeigte dann auf Gerolf. „Wenn ich aber Gerolfs gestrengen Blick richtig deute, verpasst ihr euer Tagwerk, wenn ihr weiter bei mir steht. Daher schlage ich vor, wir setzen uns heute Abend zum Essen nieder und ich überbringe euch die Nachrichten und morgen biete ich die Waren feil!" Enttäuscht kehrten die Frauen und Männer an die Arbeit zurück. Gerwin zeigte auf das Haus: „Wir müssen etwas mit dir besprechen. Tritt ein!"

* * *

OPPIDUM · UBIORUM

„Wer immer in Mogontiacum für die Versorgung zuständig ist, ist von einem anderen Geist beseelt als Gemellus und Potitus", schrieb Lucius zufrieden in dem Brief an Quintus. Pünktlich jede Woche legte ein Versorgungsschiff im Oppidum Ubiorum, wie die Ubiersiedlung mittlerweile genannt wurde, an. Neben der Verpflegung kamen auch Handwerker, die sich im Süden des Oppidums im Bereich des Baches niederließen. Sie errichteten dort das Handwerkerdorf, von dem Appius erzählt hatte. Die Bäume auf der südlichen Insel wurden gefällt und stattdessen entstanden Werften und Docks für den Bau von Schiffen. Appius war mit seiner Familie in Augusta, wie die Hauptstadt der Treverer kurz genannt wurde, um dort den Winter zu verbringen und hatte es vorgezogen, dort zu überwintern. Schade. Appius war das Jahr über kreuz und quer durch Belgica gereist und hatte versucht, Handwerker anzuwerben. Gallier, Belger, ehemalige Legionäre, die sich auf ihren Höfen langweilten. „Nächstes Jahr", schrieb er, „wird er sich mit Frau und Kind im Oppidum niederlassen." Lucius hatte ihm über Haldavoo eine Parzelle für ein Haus gesichert. Der Aldermann war ihm gerne gefällig gewesen und konnte es sich leisten. Das Oppidum wuchs und wuchs, die Grundstückspreise stiegen und der Reichtum der Sippe vermehrte sich. Dies steigerte die Spannung zwischen den Sippen noch weiter und machte auch vor der Ala nicht halt. Lucius beobachtete diese Entwicklung mit Sorge und zermarterte sich das Hirn nach einer Lösung. Die fand ausgerechnet Paternus. Der Tribun war immer noch auf der Suche nach Hilfe für seinen Klienten für die ausgeschriebenen Pachtverträge. Auch die Pferde- und Flusssippe hatten den Erwerb einer Pacht ins Auge gefasst. Soweit Lucius Marcus Haldavoos Ausführungen folgen konnte, waren die Gebühren im Laufe des Jahres beträchtlich angestiegen und Paternus' Suche nach einem Patron brachte die beiden Ubiersippen auf die Idee sich zusammenzuschließen. Mit dessen Hilfe gründeten sie ein Konsortium, um die Straßen in ihrem Pagus zu pachten. Eine einfache und elegante Lösung, dachte Lucius verblüfft. Wer wusste besser als die Ubier darüber Bescheid, wo in ihrem Land gute Stellen für die Mansio waren. Die Anspannung zwischen den beiden Sippen verflog und gemeinsam arbeiteten die Aldermänner und Hunnos an der Umsetzung des Plans. Dass dieser affektierte Schnösel in der Lage war, so eine politisch bedeutsame und wirtschaftliche Transaktion einzufädeln, war unglaublich. Lucius schüttelte den Kopf. Manchen Menschen fällt der Erfolg auch einfach in den Schoß.

„Die Lex Julia Legionis legt fest, dass die Dienstzeit eines Primus Pilus auf ein Jahr begrenzt ist!", las Valens vor. „Danach wird er Lagerpräfekt! Auf die frei werdende Position des Primus Ordines rückt der dienstälteste Princeps Prior nach! Nur, wenn mehrere Centurionen das gleiche Dienstalter haben, wird nach Verdienst entschieden!" „Und wie soll das werden, wenn die Dienstzeit die Rolle spielt und nicht mehr der Verdienst!", brüllte der Princeps Prior Publius laut. „So brauche ich von heute an mindestens noch sechs Jahre, um überhaupt Primus Ordines zu werden! Und dann noch weitere fünf Jahre, um Primus Pilus, das heißt frühestens in elf oder zwölf Jahren, wenn es nicht mehr nach Verdienst geht!" „Wenn es nach Verdienst geht, wirst du es an den griechischen Kalenden!", warf Mucius trocken ein und brüllendes Gelächter war die Folge. Publius zog es vor, sich schweigend zu setzen. „Was bleibt aber noch, wenn man nur ein Jahr Primus Pilus und Praefectus Castrorum bleibt?", warf Quintus ein. „Wo bleiben die Gelegenheiten, für den Ruhestand vorzusorgen?"

„Wer sagt denn, dass auch der Posten des Praefectus Castrorum jedes Jahr wechselt?", warf Valens ein. „Na, das ist doch klar, wenn es jedes Jahr einen neuen Primus Pilus gibt!" Quintus sagte das so, als ob Valens angezweifelt hätte, dass eins und eins zwei ergebe. „Nicht unbedingt!" Lucius hatte nicht vorgehabt, sich zu Wort zu melden, aber irgendwie hielt es ihn nicht mehr zurück. „Der Miles Gloriosus meldet sich zu Wort!", sagte Quintus gehässig. „Na, dann erleuchte uns mit deiner Weisheit!" „Wie viele Castra gibt es alleine im Bereich der Gallica?", fragte Lucius und sah in die Runde. „Das ist hier das Lager der Ubier, da ist Bonna, Novaesium und Gelduba!" „Alles Auxilialager!", schrie einer.

„Richtig und alle sind für einen längeren Aufenthalt geplant, um die Sugambrer in Schach zu halten und alle brauchen einen Präfekten. Und wenn jede Legion am Rhenus vier oder fünf weitere Lager errichtet oder errichtet hat, dann sind das dreißig Castra." „Die alle einen Präfekten brauchen!", setzte Mucius hinzu. Die Centurionen wurden nachdenklich. „Wir dürfen also für die Auxilia die Drecksarbeit machen", knurrte Publius unzufrieden. Sie haben auch immer was zu jammern, dachte Lucius. Manchmal sind Centurionen wie Waschweiber.

Marcus Cornelius Plautus grüßt seinen Bruder Lucius,

ein gutes Jahr liegt hinter uns. Die Ernten waren gut, die Menschen haben Arbeit, aber das Interessanteste für dich vorweg: Auch wenn du es höchstwahrscheinlich schon weißt, dein Sold wurde erhöht, herzlichen Glückwunsch. Außerdem wurde die Dienstzeit der Legionäre und auch der Prätorianer neu geregelt. 16 Jahre muss ein Legionär, 12 Jahre ein Prätorianer dienen. Es werden auch eine Reihe von Senatoren unter 40 zu Tribunen ernannt.

Augustus war kaum wieder in Rom, da beschloss der Senat, zu Ehren seiner Rückkehr einige besondere Auszeichnungen. Es sollte ein Altar errichtet werden und alle Bittsteller bei Augustus sollten Immunität bekommen. Der Princeps war erbost und hatte beide Ehrungen beredt abgelehnt. Wobei beredt der falsche Ausdruck ist. Da er viel zu heiser zum Sprechen war, hat er seine Rede aufgeschrieben und einen Quästor beauftragt, sie vorzulesen. Dann hat er sich öffentlich gezeigt und als erstes einmal alle gerügt. Tiberius, weil er Gaius Caesar bei der Feier an seine Seite gesetzt hat, der sei noch zu jung für solche Ehren. Der Platz neben dem Konsul sei ein Ehrenplatz, schimpfte der alte Heuchler. Und dann rügte er das Volk, weil es diese Ehrenbezeugung an Gaius Caesar auch noch bejubelt hat. Rom ist Republik und deswegen werden Söhne, Enkel oder Neffen nicht wie Thronfolger bejubelt.

Als einer seiner ersten Handlungen hat Augustus ein Theater zum Gedenken an Marcellus eingeweiht. Damit hat Rom gleich zwei neue Theater. Denn auch Cornelius Balbus hat kurz vor der Rückkehr des Augustus sein Theater eingeweiht. An sich sollten beide Theater gleichzeitig eingeweiht werden, aber Balbus fürchtete, vom Princeps in den Schatten gestellt zu werden, und verlegte seine Eröffnung vor. Aber Augustus ist eben ein Liebling der Götter und Vater Tiber schickte ein Hochwasser. Dadurch fielen die ersten Vorstellungen regelrecht ins Wasser, da das Balbus Theater nur noch per Boot zu erreichen war. Bald tauchten die ersten Spottgedichte und Inschriften an den Häusern auf, die Balbus verspotteten und bei der Einweihung des Marcellus-Theaters schien natürlich die Sonne und alles gelang bestens.

Auch die trojanischen Reiterspiele mit den Söhnen der Patrizier waren ein voller Erfolg. Gaius Caesar nahm auch teil und Agrippa, gerade aus dem Osten zurückgekehrt, verfolgte voller Stolz den Auftritt seines Sohnes. Er blieb nur kurz in der Stadt, da die Pannonier wieder einmal unruhig sind. Ein Einfall nach Illyrien kann nicht ausgeschlossen werden. Daher musste Agrippa wieder einmal sein Schwert umhängen und in die Schlacht ziehen. Vorher wurde seine Tribunicia Potestas für weitere fünf Jahr verlängert. Niemand zweifelt daran, dass er oder einer seiner Söhne Augustus nachfolgen werden. Auch, dass seine beiden Schwiegersöhne Tiberius und Varus gemeinsam Konsuln sind, unterstreicht seine Ausnahmestellung.

Iullus Antonius der Prätor Urbanus hat an Augustus' Geburtstag Gladiatoren- und Tierkämpfe ausgerichtet. Endlich konnten die Römer mal wieder nach Herzenslust feiern. Das Jahr der Konsuln Tiberius und Varus wird als ein gutes in die Annalen eingehen.

Vale
Marcus

* * *

„Desweiteren sind, um den Census zu unterstützen, die V Alaudae und die XVII Gallica zu verlegen. Die Gallica geht in die Civitas der Treverer und die Alaudae in die Civitas der Remer. Die XVIII Gallica bleibt in der Civitas der Ubier." Furnius rollte den Befehl zusammen. „So, soweit die Befehle des Statthalters für die Legionen. Die Alae werden die Prokuratoren unterstützen! Das heißt, jeder Beamter wird von einer Turma begleitet. Der ganze Census soll mit einem Lustrum am 1. August in Lugdunum seinen Abschluss finden!" Saturninus hob die Hand. „Warum sollen nicht Legionäre die Prokuratoren begleiten?" „Richtig!" Silanus nickte heftig mit dem Kopf. „Eine Centurie oder Kohorte macht mehr Eindruck." „Falls es wirklich zu Unruhen kommt, brauchen wir die Legionen zusammen." Furnius beendete den Centurionenappell mit einer unwirschen Handbewegung. „Über Befehle wird nicht diskutiert. Geht zu euren Centurien zurück und bereitet euch vor, in ein paar Tagen abzumarschieren. Pomponianus und Marcellus ihr bleibt noch!"

Das Forum leerte sich und die Centurionen warfen schiefe Blicke auf Lucius. Beneideten sie ihn um die bevorstehenden Sonderaufgaben oder amüsierten sie sich, dass er den Steuereintreiber spielen musste? Er konnte es an ihren Mienen nicht ablesen. Furnius winkte ihnen und sie folgten ihm in die Principa. Dort wartete ein romanisierter Gallier. „Prokurator, das sind Gaius Pomponianus, Tribun und verantwortlicher Präfekt für die Ala Ubiorum und Centurio Marcellus, Ausbilder bei der gleichen." Furnius sah Pomponianus an. „Das ist Gaius Julius Licinius, der verantwortliche Prokurator für den Census in der nördlichen Belgica. Er wird euch die bevorstehende Aufgabe erläutern." Der Prokurator ergriff das Wort. „Mein Aufgabengebiet umfasst alle Censusaufgaben nördlich der Matrona bis zur Sequana. Mir unterstehen weitere Quästoren und Schreiber, die einzelnen Stämmen zugeteilt werden. Wir starten mit dem Census in Durocortorum und in Ubiorum." Er leierte diese Ansage herunter, als hätte er dies schon hundertmal gesagt. Wahrscheinlich war dem auch so. „Als Hilfstruppen nehmen wir in diesen Pagi die Remer und die Ubier, da das Auftauchen anderer Einheiten ein Verstoß gegen den Vertrag wäre und zu Scherereien führen könnte." „Genug geschwätzt, komm zum Punkt!" Furnius wirkte sichtlich gelangweilt. Licinius hob entschuldigend die Hand. „Wir gehen von Ubiorum über drei Straßen vor und steuern die Hauptorte der Pagi an. Jeder Quästor wird von zwei bis drei Turmae begleitet. Die erste Gruppe geht nach Norden bis nach Batavorum, die zweite gen Westen bis nach Durocortorum und die dritte nach Süden nach Treverorum." Er machte eine Pause. „Die Civitas der Treverer ist der heikelste Teil des Census, daher werde ich die dritte Gruppe persönlich begleiten." Furnius sah Pomponianus und Lucius an. „Du, Präfekt, wirst die Einteilung der Turmae von Ubiorum aus überwachen. Centurio, du wirst die Gruppen begleiten und dich überzeugen, dass die Turmae ihre Aufgabe erfüllen."

„Das ist Tolbiacum? Der Hauptort des Pagus?" Licinius starrte erstaunt auf die einfache Ansammlung von Häusern. Lucius sah fragend zu Hristo. Der nickte zustimmend und deutete auf einen großen Hof am Rande der Siedlung. „Das ist das Haus von Freisatto, Sohn des Atto. Seine Frau Haldania ist die Schwester von Haldavoo, Aldermann der Pferdesippe." Die drei Actuaria, die Schreiber, sahen Hristo so verblüfft an, als ob die Sprache, die er gesprochen hatte, kein Latein gewesen wäre. „Was redet er da?", zischelten sie. Licinius dagegen schienen die Erläuterungen nicht zu verwirren. Er hat sich auf die komplizierten Verhältnisse bei den Germanen vorbereitet, dachte Lucius beeindruckt.

Ihre Anwesenheit war natürlich bemerkt worden, denn als sie sich dem Hof näherten, erwarteten sie die Bewohner bereits am Tor. Ein vierschrötiger Mann stand breitbeinig vor dem Tor und stützte sich auf sein Langschwert. Dies musste Freisatto sein. „Schau dir mal diesen Hünen an!", raunte einer der Schreiber „Es stimmt also. Die Germanen sind Riesen. Lucius warf ihm einen Seitenblick zu. Der Herr Schreiber war aber etwas überängstlich und das trübte seinen Blick. Freisatto war kein Riese. Soweit Lucius das aus einigen Metern Entfernung beurteilen konnte, war er sogar etwas kleiner als er selbst, dafür aber breiter. Licinius schwang sich von seinem Pferd und hob die Rechte zum Gruß. „Ich bin Gaius Julius Licinius, Prokurator des Princeps Imperator Augustus und Legat des Legatus pro Praetore Augustii Nero Claudius Drusus. Wir sind hier, um den Census durchzuführen!" „Ich bin Freisatto, Sohn des Atto, Aldermann der Schwertsippe und heiße euch willkommen." Er musterte die große Gruppe. „Wie lange wird dieser Census dauern?" „Einige Tage!", verkündete Licinius. „Bis zum nächsten Markttag."

„Markt?", fragte Freisatto verblüfft. „Wir halten hier keinen Markt." Licinius war nicht minder verblüfft. „Keinen Markt? Wie erwerbt ihr Güter? Essen, Waffen?" „Wenn jemand etwas braucht, einen Tisch zum Beispiel, dann baut er ihn sich selber und wenn er ein Messer braucht, kommt er hier zum Schmied und tauscht eins ein!" „Äh, ja gut, also der nächste Markttag ist in fünf Tagen. Schicke Boten zu deinen Klienten und bestelle ihnen, dass sie in fünf Tagen hier sein sollen." „Ihr wollt fünf Tage bleiben?" Dies war mehr eine Feststellung als eine Frage und der Aldermann schien zu überlegen.

„Ist das ein Problem für dich?", fragte Licinius mit einem Unterton der signalisierte, dass er besser kein Problem damit haben sollte. „Wir haben nicht genug Raum für so viele Gäste!", sagte Freisatto frei heraus. „Aber dahinten ist ein alter Hof, der aufgeben wurde, da die Felder nicht genug Ertrag bringen. Dort könnt ihr lagern!" „Siehst du, Titus, deine Zweifel gegenüber den Germanen sind unbegründet!" Der Titus genannte Schreiber senkte reumütig den Kopf. „Da ihre Gesetzte der Gastfreundschaft sehr streng sind, fühle ich mich jetzt sicher!" Hristo hatte die letzten Worte gehört. „Wir sind keine Gäste!" Titus verschluckte sich fast an seinem Weinschlauch. „Was? Wieso wir haben Brot und Salz bekommen und wohnen im Dorf." „Brot und Salz waren hier nur ein Willkommensgruß, kein Zeichen der Gastfreundschaft. Wir wohnen alleine und haben keinen Gastgeber und wollen fünf Tage bleiben." Die Schreiber erbleichten und tuschelten aufgeregt. Lucius folgte Hristo neugierig „Wie ist das gemeint?" „Die Gastfreundschaft gilt nur, wenn du Gast in einem Haus bist, das jemanden gehört, also auch einen Hausherren hat. Die Hütten sind verlassen, also gibt es keinen Gastgeber und daher sind wir auch keine richtigen Gäste, die auf Tod und Leben verteidigt werden!" Lucius hatte gehört, dass die Germanen ein rigides Gastrecht hatten, das den Gastgeber verpflichtete, auf Tod und Leben für den Gast einzustehen. Aber er hatte nicht gewusst, dass es solche Hintertüren gab. „Und die fünf Tage?"

„Ein Gast ist wie ein Fisch. Nach drei Tagen fängt er an zu stinken, sagt das Sprichwort!", erläuterte Hristo. „Daher würde ein Gast, ein Reisender auch am dritten Tag aufbrechen!" „Was macht ihr im Winter?", hakte Lucius nach. „Wenn man eingeschneit ist?" „Dann wechselt man nach drei Tagen den Gastgeber!"

Die Szenerie, wie die Tische aufgebaut waren, hatte etwas von einer Theatervorführung. Lucius stand, als Miles Gloriosus, neben der Imago des Princeps Wache. Die Schreiber Titus, Publius und Gaius saßen, in Togae gekleidet auf ihren curulischen Stühlen. Sulla empfängt die Parther, spottete Lucius im Stillen, während er starr geradeaus sah. Die Schreiber berieten sich leise, dann nickten sie endlich Hristo zu, der als Dolmetscher fungierte und den ersten Ubier aufrief. Dieser trat an den ersten Tisch.

„Ich bin Asio, Sohn des Secundus!" Titus, der Schreiber, machte eine Notiz. „Gut, ich stelle dir jetzt einige Fragen und du antwortest wahrheitsgemäß. Denk dran, dass du einen Eid leisten musst und die Götter werden dich bestrafen, wenn du falsch schwörst!" Asio sah wie alle anderen versammelten Ubier verdrossen aus. Der Zorn der Götter oder des Augustus schien ihnen gleichgültig zu sein. Aber während der Tage, die sie von zu Hause fort waren, blieb die Arbeit liegen. Der Schreiber schien den Unmut nicht zu bemerken. Er rollte ein Pergament auf und sagte: „Fangen wir an!" Er tauchte die Feder in die Tinte. „Nenne Civitas, Pagus, Fundus und Nachbarn deiner Agri!" Titus sah den Ubier gespannt und schreibbereit an. Asio sah aber weiter auf Hristo, der ihm die Aufforderung übersetzt hatte. Hristo schien ihm die lateinischen Begriffe zu erläutern. „Civitas Ubiorum, Gau des Freisatto, ein Grundstück. Fundus, was soll das sein?", dolmetschte Hristo. „Na, wie heißt das Grundstück, das er besitzt!" „Hof des Asio natürlich!" „Natürlich!", äffte ihn der Schreiber nach und machte eine Notiz. „Und wer sind die Nachbarn? Warte er soll es hier auf der Skizze einzeichnen und markieren." Hristo schob dem Ubier die Skizze hin. Der sah erstaunt auf das Pergament und kratzte sich am Kopf. Nach einigem Hin und Her, trug er etwas auf der Karte ein und schob sie wieder zurück. Titus nickte und fragte weiter: „Wie viele Iugera hat das Grundstück?" Wieder geriet die Erhebung ins Stocken, da die Antwort zwei Morgen für den Schreiber unbefriedigend war. „Morgen ist eine Tageszeit. Lern erst einmal unsere Sprache richtig!" Der Schreiber behandelte Hristo sehr abschätzig. „Ich bin Marcus Vipsanius Hristo, römischer Bürger,

Decurio der Ala Ubiorum und Sohn von Marcus Vipsanius Haldavoo, Aldermann der Pferdesippe, du Tintenklecker. Behandle mich nicht so arrogant, sonst bekommst du deine Tinte zu trinken!" Titus wurde kreidebleich und rückte auf seinem Stuhl soweit weg von Hristo, wie es möglich war, ohne herunterzufallen. Lucius schaltete sich ein. „Können wir weitermachen?" Hristo warf ihm einen Blick zu, dann nahm er Haltung an und wandte sich im geänderten Tonfall wieder dem Schreiber zu. „Morgen ist bei uns eine Größenangabe für ein Feld! Das Gebiet, das du an einem Morgen umpflügen kannst!" Titus sah ratlos aus. „Ich weiß nicht, was man an einem Morgen umpflügen kann. Hängt das nicht auch vom Boden ab!" Lucius grinste in sich hinein. So einfach, wie die Herren Schreiber es sich gedacht hatten, war der Census also nicht. Er sah sich um. An allen Tischen wurde erregt diskutiert und wahrscheinlich hatten sie alle die gleichen Probleme. „Schwierigkeiten?" Licinius war von seinem Podium heruntergekommen und gesellte sich zu ihnen. Alle drei Schreiber sprudelten gleichzeitig los und in der Tat hingen alle gerade am gleichen Problem. Was war ein Morgen umgerechnet in Iugera? Es folgte eine Szene, wie Plautus sie nicht besser hätte schreiben können. Drei Schreiber, zwei Dolmetscher, ein Prokurator und ein Aldermann versuchten in einem Wirrwarr aus Latein, Koine und dem ubischen Dialekt das Problem zu lösen. Lucius war froh, dass er nur unter der Standarte stehen musste und das römische Imperium zu repräsentieren hatte. Ein öder, aber ein einfacher Job. „Ruhe!", brüllte Licinius schließlich entnervt. „Wie viele Schritte hat ein Morgen ungefähr!" „Vier- bis fünftausend!", war die Antwort. „Ein Iugerum hat ungefähr die Hälfte!", sagte Gaius, der Schreiber. „Dann ist ein Morgen, ein Heredium!", ergänzte Publius mit einem Seufzer der Erleichterung. „Also zwei Heredium hat dein Land!", nahm Titus das Gespräch mit Asio wieder auf. „Wirst du es in den nächsten Jahren erweitern?" Asio schilderte umfangreich die geplanten Rodungsmaßnahmen, die seinen Grundbesitz verdoppeln würden. Der Schreiber notierte sich die Angaben und fuhr dann mit seiner Befragung fort: „Wie viele Weinstöcke und Olivenhaine hast du?"

Da hat wohl einer das falsche Formular gegriffen, dachte Lucius und musste aufpassen, dass er nicht loslachte. „Ich glaube, das kann ich beantworten, ohne zu dolmetschen!", sagte Hristo auch sichtlich belustigt. „Keine!" „Nichts da!", fuhr Titus auf. „Der Census ist eine wichtige und heilige Handlung, die mit einem Lustrum beendet wird. Alle Fragen müssen gestellt und richtig beantwortet werden, sonst zürnen die Götter!" Also bekam er die gewünschte Antwort von Asio. Ebenfalls ein Nein auf die Frage nach Wiesen, Wäldern und Weiden, da diese Gemeinschaftseigentum waren oder vom Alderman verwaltet wurden. Dann wurde nach Fischteichen und Anlegestellen gefragt, was Asio wieder mit Nein beantwortete, wobei er mittlerweile deutlich genervt wirkte. Für ihn war das wohl eine riesengroße Zeitverschwendung und Lucius konnte es ihm nicht ganz verübeln. Zu Hause wartete Arbeit und er musste die Anzahl seiner Fischteiche benennen. War er Hortensius oder Lucullus? Nein, auch Bergwerke habe er keine. Ja, Unfreie schon, vier an der Zahl und sie waren für die Kühe und Schweine und für die Felder zuständig. Besondere Fähigkeiten? Zwei waren schlecht im Würfeln, daher waren sie ja auch unfrei. Wollte der Schreiber jetzt noch die Anzahl der Häuser und des Viehs wissen, fragte Asio über Hristo mit der Stimme eines Mannes, dessen Geduld endgültig erschöpft war. Nein, Titus schüttelte den Kopf, das interessiere ihn gar nicht. Diese Antwort verblüffte Asio so, dass der Trotz aus seinem Gesicht verschwand. Titus machte die Urkunde fertig und übertrug die Angaben in zwei weitere. Dann verglich er die drei Urkunden und schob sie Asio hin. „Mache dein Zeichen hier und hier und hier. Eine Urkunde nehmen wir mit. Eine bleibt hier in Tolbiacum im Tabularium, im Archiv, und eine ist für dich!" Das Tabularium stellte Hristo bei der Übersetzung wieder vor Probleme, nach einigem Hin und Her einigte man sich auf Freisatto, der Aldermann. Na der wird sich freuen, dachte sich Lucius, wenn jeder in seinem Stallhaus die Urkunden aufbewahren wollte. Aber auch die Urkunde für Asio selber warf Probleme auf. Wo sollte er so ein Dokument aufbewahren? Lucius konnte es verstehen, germanische Häuser waren denkbar ungeeignet zur Aufbewahrung von Schriftstücken. „Habt ihr keinen Tempel?", fragte Titus indigniert. Nein, hatten sie nicht. Zumindest nicht, was ein Römer unter einem Tempel verstehen würde. Hristo schlug schließlich das Matronenheiligtum im Oppidum Ubiorum vor. Also beschloss man, die Urkunden zu sammeln und auf dem Rückweg am Matronenaltar zu deponieren. Titus gab diese Information an die anderen Schreiber weiter, die sogleich zustimmten. Sie hatten wohl alle das gleiche Problem mit dem Papierkram gehabt. Das würde das Matronenheiligtum enorm aufwerten, dachte Lucius und pfiff anerkennend durch die Zähne. Hristo hatte gerade die kleine Ubiersiedlung enorm aufgewertet. Die Anwesenheit der Legion und des Handwerkerdorfes hatten der Sippe zu Geld und Ansehen verholfen, aber die Legion würde nicht dauerhaft hier lagern, zwei Jahre waren schon eine sehr lange Zeit und die Zukunft des Handwerkerdorfes? Alle redeten bereits von dem Germanenfeldzug im Süden und von der Stadt, die dort gebaut werden sollte. Dann würden viele Handwerker dorthin abwandern. Ein zentrales Heiligtum, das war etwas von Dauer.

„Die jungen Männer gehen zu den Adlern oder wandern in die größeren Siedlungen ab!" Die Verbitterung in Freisattos Stimme war unverkennbar. „Bald wird unsere Siedlung nur noch aus alten Frauen und Männern bestehen! Und die vielen Gäste, die wir neuerdings haben, fressen uns die Haare vom Kopf." Hristo hob entschuldigend die Hand. „Du brauchst weitere Einnahmequellen!"

„Du hast gut reden!" Freisatto zeigte in die Umgebung. „Welche Einnahmequelle kann ich hier erschließen?" „Eine Raststation!" Lucius sprach den Gedanken aus, der ihm schon vor Tagen gekommen war. Der Ubier sah ihn erstaunt an. „Die Lage an der Römerstraße, einen Tagesmarsch vom Rhenus entfernt, ist ideal dafür", erläuterte Lucius. „Du sagst doch selber, dass viele Gäste, also Reisende, hier vorbeikommen." Er deutete auf die verlassenen Höfe. „Baut dort eine Raststation mit Ställen und Übernachtungsmöglichkeiten und lasst euch für eure Gastfreundschaft bezahlen!"

„Wir sollen den Wunsch der Götter nach Gastfreundschaft mit Füßen treten und dafür Geld verlangen!" Freisatto wirkte tödlich beleidigt und seine Hand ruhte in der Tat auf dem Messer. „Nein!" Lucius war immerhin auf diesen Einwand vorbereitet gewesen. „Ihr sollt nicht von armen, verirrten Reisenden, die auf euch angewiesen sind, Geld verlangen, sondern von Händlern, Geschäftsreisenden und Soldaten, die hier Station machen." Freisatto sah Hristo an, der überrascht nickte. Lucius fuhr fort. „Ihr könnt sie doch gar nicht alle, in euren Hütten beherbergen, sondern gebt ihnen wie uns die leeren Gebäude. Damit sind sie doch nach euren Gesetzen gar keine Gäste, die euch die Götter zu versorgen auferlegt haben!" Hristo nickte wieder. „Er hat recht! Arme und Mittellose werden weiterhin von dir umsonst verpflegt, aber die Reichen und Wohlhabenden können doch ruhig eine Gegenleistung für Obdach und Schutz bezahlen." Freisattos Gesicht nahm wieder die normale Gesichtsfarbe an. „Am Fluss liegt der Hof Marcomagus. Dort wäre doch auch ein guter Platz für eine Raststation!", wandte er sich der praktischen Seite zu. „Richtig!" Lucius wurde gewahr, dass Licinius ungeduldig winkte. „Die Götter mögen deine Schritte lenken und viel Glück bei deinem Beginnen! Hristo kann dir helfen!" Hristo bestätigte das und sie bestiegen ihre Pferde. „Wir werden allen Sippen diesen Vorschlag machen", sagte Hristo laut. „Dann kontrollieren wir die Straßen in unseren Gauen und kein zweifelhafter Geschäftsmann aus Lugdunum!" „Richtig!" Lucius war zufrieden. Wenn die Sippen gleichgestellt wurden und sich die Einnahmen teilten, entfielen bald auch die restlichen Streitereien in der Ala. Hoffentlich!

Sie ritten nach Norden und machten als nächstes in Gelduba Station. Durch die Erfahrungen aus Tolbiacum ging die Aufnahme der Informationen schneller vonstatten. Auch in Aduatuca verlief der Census reibungslos. Licinius lenkte sein Pferd an Lucius' Seite. „Faszinierend und beängstigend, zu wissen, dass hier vor 50 Jahren eineinhalb Legionen zugrunde gegangen sind und wir heute friedlich mit 60 Reitern das Tal passieren können!" „Ja!" Mehr wusste Lucius darauf nicht zu sagen. „Und auch, dass ein Streifzug der Sugambrer zu einem Überfall auf ein römisches Lager geführt hatte!" Licinius sah sich um. „Und jetzt, eine Generation später, herrscht hier tiefster Friede." „Aber die Sugambrer machen immer noch weite Vorstöße über den Rhenus", wandte Lucius ein. „Seltsam, dass sie es so selten getan haben in den letzten fünfzig Jahren. Immerhin waren unsere Legionen mit anderen Dingen beschäftigt!" „Germanen streiten sich doch am liebsten mit Germanen!" Licinius wirkte belustigt. „Dagegen gehen wir Gallier geradezu brüderlich mit ihnen um. Ihre innere Zwietracht ist bei uns sprichwörtlich." „Welches ist dein Stamm!", fragte Lucius neugierig. „Treverer!" Licinius' Antwort fiel so knapp wie nur möglich aus. Er trieb sein Pferd an und setzte sich wieder an die Spitze. Offensichtlich war ihm seine Herkunft ein wunder Punkt. Auch bei den Sunukern gab es nur wenige Schwierigkeiten, wie auch in den anderen Pagi der Ubier. Aber als sie nach Tungorum kamen, dem Hauptort der Tungerer, gestaltete sich der Census schwieriger. Für Licinius lag eine Nachricht vor. Bei den belgischen Stämmen sorgte der Census für Unruhe. Die Tatsache, dass sie Steuern oder Abgaben zahlen sollten, erboste sie nicht, das war der Lauf der Welt, der eine siegte und der andere zahlte. Dass aber die Häuptlinge und Stammesführer am 1. August am Festtag des Lug in Lugdunum der Einweihung des Altars der Roma beiwohnen sollten, sorgte für große Unruhe. Den germanischen Tungerern war es egal, ob „Lug, der Einäugige, mit dem Speer und seinen Raben, dem Wolf und dem Blitz weicht!“, wie Venatorix meinte. Aber, dass Ubier in ihrer Civitas waren, sorgte für Verstimmung. Die Tungerer hielten regelmäßig einen Markt ab und so konnten hier die Vorladungen auf die nächsten beiden Markttage terminiert werden. Lucius lagerte mit den beiden Turmae außerhalb der Stadt und sah zu, dass die Ubier und Tungerer keine Berührungspunkte hatten, um die angespannte Situation nicht noch zu verschärfen.

„Du wolltest deine Männer außerhalb der Stadt lassen!“, schnauzte Licinius Lucius wütend an.

Lucius ließ die Proviantliste sinken, die er gerade studiert hatte: „Wovon redest du, Prokurator?“

„Von deinen Ubiern, die ich eben im Oppidum gesehen habe!“ Lucius sprang alarmiert auf. „Hristo! Glaucus!“ Die Decurionen schlenderten vom Wachfeuer herüber. „Centurio?“ „Wie vielen Männer habt ihr die Erlaubnis gegeben, in die Stadt zu gehen?“ „Keinen!“ Hristo sah ihn erstaunt an. „Deine Anweisungen waren eindeutig.“ Glaucus schüttelte nur den Kopf und radebrechte: „Nein!“ „Ich habe sie mit eigenen Augen gesehen!“, schnaubte der Prokurator, ehe Lucius etwas sagen konnte. „Finde heraus, ob jemand in unserer Turma abwesend ist!“, herrschte Lucius den Decurio an, der schlaftrunken zu den Zelten der Männer stolperte. Hristo blieb stehen und verschränkte die Arme. „Aus meiner Turma sind die Männer nicht!“ Glaucus kehrte zurück und meldete, alle Männer seiner Turma seien anwesend. „Bleibt also nur deine!“ Licinius schnauzte wütend Hristo an. „Unmöglich!“, beharrte der. „Du musst dich irren!“ „Ich weiß, was ich gesehen habe. Der Haarknoten ist zu auffällig!“ „Haarknoten?“ Hristo und Lucius sahen sich alarmiert an.

„Ubier tragen keine Haarknoten, Tungerer auch nicht!“ Der Hunno fummelte zum Beweis an seinen Haaren herum, die lang hinten herunterhingen. „Wie viele waren es?“ Lucius sah den Prokurator fragend an, während er nach seinem Schwert griff. „Eine Handvoll!“ Licinius wirkte verwirrt. „Wer trägt die Haare so?“

Unwillkürlich dachte Lucius an den Kampf gegen die Toutonen vor zwei Jahren. Toutonen? So weit im Norden? „Es müssen Sugambrer sein“, erklärte Hristo. „Die Ubier tragen die Haare lang und offen. Die Sugambrer haben sie auch zum Knoten hoch gebunden, aber nur die Freien. Die Unfreien tragen sie kurz. Wie ihr Römer!“, erklärte er mit spöttischen Seitenblick. „Was machen Sugambrer so weit diesseits des Flusses?“ Waren fünf Sugambrer ein Grund zur Sorge? Für Hristo nicht. „Jäger, Leibwächter für Händler, es gibt viele Gründe!“ „Ich werde die Umgebung absuchen lassen!“, entschied Lucius. „Schick Kundschafter aus. Wir müssen wissen, ob noch weitere in der Nähe sind! Ich werde mir die Sugambrer einmal ansehen.“

Gerolf schwirrte der Kopf. Der Ort der Tungerer war riesig. So viele Gebäude, so viele Menschen. Germar schien das nicht weiter zu bemerken. Er musterte die Einwohner und schnalzte mit der Zunge: „Denen scheint es richtig gut zu gehen. Sie sehen gut genährt aus. Die Kleidung der Leute hier zeigt ihren Wohlstand!“ Mallobaudes riss sie aus den Gedanken: „Könnt ihr mal mit anfassen?“ Mühsam wuchteten sie den Wagen an die Seite. Der Hof, in dem sie Quartier machten, war vollgestellt mit Wagen und Karren der Händler, die wegen des Marktes gekommen waren. „Ich sehe mal nach, ob noch ein Zimmer frei ist!“, verkündete Mallobaudes und verschwand mit seinen beiden Gehilfen in dem Haus, das der Händler als Taverne bezeichnet hatte. Was immer eine Taverne war, sie war laut. Ein einziges Stimmengewirr drang nach draußen. Rufen, Schreien, Lachen, Kreischen von Frauen, Grölen von Betrunkenen - Gerolf graute es bei dem Gedanken, dort drin übernachten zu müssen. „Warum schlafen wir nicht im Wagen?“, fragte er seinen Vetter. Germar grinste schief. „Das werden wir sowieso tun! Immerhin sind wir die Wächter!“ Gerolf nickte gewichtig. Mallobaudes hatten sie erzählt, dass Gerolf auch etwas von der römischen Welt sehen sollte. Die Idee fand der Händler großartig und war gerne bereit, die beiden als Wachen mitzunehmen. Dass Germar nur einer von den Kundschaftern war, die Melon und Meinolf über den Rhein geschickt hatten, brauchte der Händler schließlich nicht zu wissen. „Wer seid ihr? Was macht ihr hier?", herrschte sie eine Stimme aus Richtung der Toreinfahrt an. Sie fuhren erschrocken herum und Germars Hand glitt zum Schwertgriff. Zwei Römer und ein Ubier standen dort und starrten sie an. Der eine Römer trug diesen merkwürdigen Helm, der ihn als Centurio auswies. „Wir sind Wachen, die von Mallobaudes, dem Händler, angeheuert wurden!", sagte Germar zu dem Ubier. „Sugambrer?" Germar starrte den Römer überrascht an. „Ja!" Der Centurio sprach ihre Sprache? Gerolf überlief ein eiskalter Schauer und er griff nach dem Wagen. Diese Augen. Das waren die Augen des Römers, der ihm fast den Schädel gespalten hatte. „Welche Sippe?" „Speersippe!" Die Fragen und Antworten drangen aus weiter Ferne zu ihm. „Alleine hier? Oder noch andere in Umgebung?" „Alleine!" „Werden suchen. Besser sagen, wenn noch mehr!"

„Wir sind alleine!", sagte Germar noch einmal mit Nachdruck. „Werden sehen, werden suchen, wenn finden, dann Feind!" Die gebrochenen Sätze des Römers mochten lustig klingen, die Botschaft dahinter war es nicht. Gerolf war erleichtert, als der Römer ins Haus ging, um mit Mallobaudes zu reden. Aber erst, als er wieder herauskam und mit seinen Begleitern den Hof verließ, verlangsamte sich Gerolfs Herzschlag wieder. Germar lächelte ihn verschmitzt an. Ihm schien das Katz-und-Maus-Spiel Spaß gemacht zu haben.

Es waren keine weiteren Sugambrer in der Nähe und der Händler zog nach dem Markt weiter. Wie geplant, erreichten nach dem Markt Flavius und Rufus mit ihren Turmae das Oppidum, um Lucius abzulösen. Es wurde auch Zeit. Ihre Pferde machten einen müden Eindruck und so war Lucius froh, sich auf den Rückweg machen zu können. Den Pferden waren die Anstrengungen anzumerken, sie ließen die Köpfe hängen und ihre Schritte waren unsicher. Licinius war mit dem Verlauf des Census zufrieden. Bisher verlief alles störungsfrei.

Im Castrum Novaesium, das eigentlich bis auf ein paar Wachen verlassen sein sollte, war zu ihrer Überraschung der Rest der Ala vollständig anwesend. Pomponianus begrüßte Lucius mit einer Schimpfkanonade.

Lucius hatte Mühe, aus dem Wortschwall, das Wichtigste herauszuhören. Furnius hatte sich überlegt, die Ala sollte die Grenze im Auge behalten und im Fall der Fälle Auxiliaeinheiten bei den Ubiern ausheben. „Barbaren, schlecht ausgebildet, Provokation!“, verstand Lucius auch noch. „Lass mich doch erst einmal Sagitta versorgen und mich waschen“, stöhnte Lucius. „Und essen muss ich auch etwas! Ich gebe Faustus ein paar Anweisungen und dann bin ich für dich da!“ „Faustus!“ Pomponianus Stimme war wie Donnergrollen. Jupiter hilf, was mochte der Junge angestellt haben. Aber der Dienst ging vor. Er drehte sich zu Hristo und Glaucus um: „Lasst die Männer wegtreten! Sie sollen ihre Pferde versorgen und morgen ist Zeugdienst.“ Sie grüßten und gaben den Männern ihre Befehle. „Was hat mein Sklave angestellt?“, fragte Lucius seufzend den Tribun. Was konnte ein 16-Jähriger in einem Lager schon für Dummheiten machen? Etwas stehlen? Dann sollte ihm Merkur besser gnädig sein, er wäre es nicht! „Er hat eine Sklavin geschwängert!“ Lucius starrte den Tribun an. „Wie bitte?“ „Er hat eine Sklavin geschwängert. Du weißt, was das heißt?“ Pomponianus grinste ihn an und rieb zwei Finger aneinander. Lucius stöhnte laut auf, als er die Bewegung des Geldzählens erkannte. „Wie viel?“ „Das musst du Paternus fragen!“ „Was, bei Jupiters Gemächt, hat Paternus damit zu tun?“ Lucius’ Geduld war erschöpft. „Es ist seine Sklavin! Glaubst du, wenn es meine wäre, würde ich hier so ruhig sitzen?“ Pomponianus’ Augen funkelten. „Ich hätte dir deinen Sklaven in kleinen Stücken serviert.“ Lucius war nur noch müde. Er wollte nur noch in seine Unterkunft und schlafen. „Ich bin einfach müde. Wenn es keine Umstände macht, erzähl in ganzen Sätzen!“ „Irgendwann Anfang des Jahres muss dein Faustus das junge Ding beglückt haben. Paternus stellte es fest, nachdem du fort warst. Er kam zu mir und teilte mir mit, was geschehen war, und dass er eine Regelung erwartet, wenn du zurück bist.“ Pomponianus zeigte eine versiegelte Wachstafel. „Hier ist seine Foprderung! Verhandelt wird nicht, waren seine Worte. Bezahle oder wir sehen uns vor Gericht!, soll ich dir unbedingt ausrichten!“ „Ich kümmere mich darum!“, fauchte Lucius und riss dem Tribun die Tafel aus der Hand. „Ich bin nur der Bote!“ Pomponianus breitete die Arme aus. „Sei heute Abend mein Gast! Dann können wir uns gegenseitig bemitleiden!“ Lucius machte eine unbestimmte Handbewegung und eilte in seine Unterkunft.

Er riss die Tür auf, warf die Waffen in den Vorraum und stürmte weiter in die Wohnstube. Unheil verkündend stand er da, aber Faustus schien die Gefahrensignale nicht zu erkennen. Ungeduldig trat er auf ihn zu. „Gut, dass du da bist, Herr. Du musst dich unbedingt, mit dem Tribun Paternus in...!"

Der Schlag riss ihn von den Füßen. Faustus flog rücklings über den Stuhl und landete mit lautem Gepolter auf dem Boden. Lucius ging um den Tisch herum. Mit der Vitis klopfte er dabei in seine offene Handfläche. Faustus lag benommen da und starrte entsetzt zu ihm herauf. „Kannst du nicht besser darauf achten, wo du deinen Schwanz reinsteckst?" Lucius stand nun über ihm. „Ausgerechnet eine Tribunensklavin schwängern?" Faustus wimmerte nur. Die Stelle unter dem Auge wo Lucius ihn getroffen hatte, war sofort geschwollen. „Was werde ich jetzt für Scherereien haben, um den Schadenersatz zu bezahlen." „Ich gebe dir Geld!", stieß Faustus unter Stöhnen hervor. „Kein Stipendium mehr für mich, wenn du sie und das Kind kaufst!" „Ich soll sie und das Kind kaufen?" Lucius lachte bitter. „Paternus wird das Kind wahrscheinlich aussetzen und das Mädchen? Warum soll er es verkaufen? Sie ist jung und hübsch?" Faustus nickte mit glühenden Wangen. „Dann wird er eine andere Verwendung für sie haben und nicht an einer Familienzusammenführung für Sklaven interessiert sein." Der Junge sah ihn ungläubig an. „Die Winternächte am Rhenus sind lang und dunkel." Er zog den Jungen hoch und stieß ihn auf den Stuhl. Dann drehte er den Kopf ins Licht und tastete die Stelle ab. „Gebrochen ist nichts. Es wird ein paar Tage geschwollen sein und in den verschiedensten Farben schillern. Dann sieht wenigstens jeder, dass du bestraft wurdest."

Faustus nickte ergeben. „Kannst du nicht den Tribun fragen, ob er dir Flora und das Kind verkauft?"

Lucius schenkte sich Wein ein und trank einen Schluck. Er war so entsetzlich müde. „Warum sollte ich das tun? Dein Abenteuer kostet mich schon genug Geld!" Er hielt die Wachstafel hoch. „Paternus hat mir bestimmt eine saftige Rechnung geschickt." „Wofür eine Rechnung, wenn er Flora nicht verkaufen will?" „Für die Beschädigung seines Eigentums durch mein Eigentum, weil das Mädchen durch die Schwangerschaft Monate lang nicht arbeiten kann!" Er trank noch einen tiefen

Zug. „Also warum sollte ich es tun?" „Weil die Winternächte am Rhenus so lang und einsam sind!", sagte Faustus trotzig. Auch das noch. Jetzt soll ich für Unterhaltung und Abwechslung bei meinem Sklaven sorgen. Hält er sich für Tiro?

* * *

LUGDUNUM

Drusus sah Lucius Aponius, dem Magister Officiorum, sofort an, dass er schlechte Nachrichten brachte. „Was ist?", seufzte er ergeben. Was war ein Statthalter schon mehr, als jemand, bei dem man schlechte Nachrichten abliefern und Entscheidungen einfordern konnte.

„Nach dem Beginn des Census ist es zu Unruhen in den Drei Provinzen gekommen", berichtete Aponius knapp. „In Caesarodunum, Augustodunum und Lutetia Parisiorum sind die Prokuratoren und Quästoren mit Steinen beworfen worden. Auch in Tullum und Samarobriva ist es zu Überbegriffen gekommen! Aus der Aquitania liegen noch keine Berichte vor." Das kann nicht wahr sein!, dachte Drusus fassungslos. „Ein Aufstand in Gallien? In ganz Gallien?", fragte er tonlos. „Jupiter Stator stehe uns bei!" „Nein, nein!", beschwichtigte Aponius. „Kein Aufstand! Noch nicht! Aber wenn die Unruhen sich ausweiten, kann das leicht in einen Aufstand umschlagen!" „Warum?" Das war alles, was Drusus gerade einfiel: „Warum, in Hercules Namen, jetzt?" „Wer weiß, was in den Barbaren vorgeht!", zuckte Aponius mit den Schultern. „Wir müssen auf jeden Fall die Legionen mobilisieren!" Drusus war endlich wieder in der Lage, einen Gedanken zu fassen. „Die VIII Augusta soll sofort nach Portus Itius, die V Alaudae und XVII Gallica nach Durocortorum und die XVIII Gallica nach Augusta Treverorum aufbrechen!" „Warum glaubst du, dass ausgerechnet bei den Menapiern, Remern und Treverern Aufstände ausbrechen?", fragte Aponius erstaunt. „Die Berichte deuten nicht drauf hin!" Drusus machte eine Handbewegung, als wollte der die Worte vom Tisch fegen. „Wir dürfen keine Zeit verlieren. Ich will sie sozusagen griffbereit haben. Außerdem können sie bei den Remern und Treverern Hilfstruppen ausheben, wenn wir welche brauchen!“ Er trommelte mit den Fingern auf dem Tisch. „Ich muss nachdenken. Ruf den Stab zusammen!“ Aponius nickte und rauschte hinaus. Drusus zog eine Karte aus dem Regal und entrollte sie auf dem Tisch. „Ich kann über 8 Legionen verfügen, wenn ich sie schnell und entschlossen einsetze, kann ich jeden Aufstand niederschlagen!“, murmelte er halblaut. „Aber, müssen wir überhaupt eine militärische Lösung finden? Vielleicht gibt es ja andere Mittel, der Unruhen Herr zu werden!“ Er ließ sich auf seinen Stuhl sinken und starrte einen Punkt an der Wand an. Plötzlich schrak er zusammen, als ein Schreiber hereinplatzte. „Herr, ein Eilbote von deinem Bruder!“, meldete er. Drusus sprang auf. Er wartete seit Tagen mit Schmerzen auf Tiberius’ Ankunft und nun kam ein Brief? Das konnte nichts Gutes bedeuten! „Na, wo trödelt mein Bruder rum?“, fragte er den Boten und versuchte, seine Unruhe zu überspielen. Am liebsten hätte er ihm die Wachstafel sofort aus der Hand gerissen. Der Bote antwortete nicht, sondern starrte steinern geradeaus, während er ihm die Tafel entgegenstreckte. Hastig erbrach Drusus das Siegel und klappte die Tafeln auseinander. Murmelnd las er die ersten Worte und sein Herzschlag setzte aus. Das konnte nicht sein. Er starrte fassungslos auf das Schreiben.

Gruß an Drusus,

ich schreibe in Eile, denn Marcus Agrippa ist tot! Nachdem bei seiner Ankunft sich die Illyrer und Pannonier sofort unterworfen hatten, kehrte er nach Italien zurück. Aber er muss sich ein Fieber eingefangen haben, denn er erreichte schwer krank Kampanien. Augustus eilte sofort zu ihm, traf ihn aber nicht mehr lebend an. Ich kann daher nicht zu dir kommen, sondern muss bis zum Begräbnis hier in Rom bleiben. Ich reise sobald ich kann.

Dein Bruder Tiberius

„Was ist passiert?“, fragte er den Boten tonlos. „Agrippa reiste nach Illyrien, weil es dort zu Unruhen gekommen war!“, begann der Bote und starrte immer noch in die Ferne. „Kaum dort angekommen, unterwarfen sich die Barbaren wieder. Agrippa konnte also direkt wieder umkehren, aber er hatte sich mit einem tödlichen Fieber infiziert. Er kam nur noch bis Kampanien. Von dort schickte er einen Boten nach

Rom. Augustus reiste sofort zu ihm, aber es war zu spät!" Der Bote machte eine Pause, dann sah er Drusus an und senkte die Stimme. „Das steht alles in dem Brief." Drusus hielt die Tafel hoch. „Red schon, Mann!" „Es gab böse Vorzeichen vor Agrippas' Abreise!" Die Stimme des Boten war in ein Flüstern übergegangen und er sah sich links und rechts um. „Die Villen der Konsuln in den Albanderbergen sind vom Blitz getroffen worden und die Hütte des Romulus ist abgebrannt!"

Drusus lief ein Schauer über den Rücken. Instinktiv spreizte er den Mittelfinger ab um das Böse abzuwehren. Verhalte dich nicht wie ein altes Weib, schalt er sich. Er schlug mit der flachen Hand auf den Tisch und sprang auf. „Genug!", sagte er bestimmt. „Lass dir eine Unterkunft zuweisen, bade und schlafe erst einmal!" Er rief den Schreiber herein, der sich um den Boten kümmern sollte. Dann machte er sich auf, um sich mit seinen Legaten zu beraten. Ich werde einfach alle Vertreter der Stämme nach Lugdunum zum Landtag einladen, dachte Drusus. Wer nicht kommt, stellt sich damit offen gegen Rom und das wird niemand wagen.

Lucius besserte gerade einen Sattelgurt aus, als er Pomponianus aus seiner Unterkunft stürmen sah.

„Komm sofort mit!" „Was ist los?" Lucius legte den Sattel beiseite. „Paternus ist gekommen und hat wichtige Befehle!" „Worum geht es?" „Später." Es war etwas in Pomponianus' Stimme, das ihm weitere Fragen verbot. Seufzend stand Lucius auf und gab Faustus die Anweisung, den Sattel zu verstauen. „Redest du mit Paternus?", fragte Faustus, als sie im Haus waren. „Beeil dich!" Lucius hatte nun wirklich andere Sorgen.

„Marcus Agrippa ist tot!" sagte Pomponianus auf dem Weg zum Forum. Lucius glaubte seinen Ohren nicht zu trauen. Marcus Agrippa, tot? Der beste Freund des Augustus und zweiter Mann im Staat? Der Sieger von Actium, Naucholos und Alexandria? Sie legten den Rest des Weges schweigend zurück. Die Centurionen der beiden Kohorten standen schweigend da. Sie waren bis ins Mark getroffen. „Am Tage von Agrippas Tod sind Eulenschwärme durch Rom geflogen und ein schwarzer Hund ist in seine Thermen eingedrungen", sagte einer der Centurionen der 5. Kohorte tonlos. Die Männer schüttelten die Köpfe. „Das sind böse Omen", antwortete ein anderer Centurio der 5. „Alle

Legionen, die unter Agrippa gedient hatten, müssen vorsichtig sein." Dann redeten alle durcheinander. „Das Lustrum ist nicht ordentlich durchgeführt worden." „Die Equirra ist auch nicht richtig gefeiert worden." „Der Census steht unter einem bösen Stern!" Lucius war auch erschüttert, aber wie sich eine Gruppe Centurionen vor seinen Augen in ein Häuflein zitternder Weiber verwandelte, war unglaublich. Ausgerechnet Paternus ergriff jetzt das Wort. „Es gibt allgemein keine guten Nachrichten! Je weiter der Census fortschreitet, desto mehr stoßen wir auf Unwillen. Aus allen Teilen der Drei Gallien, gibt es Berichte von Übergriffen." Lucius hätte diesen Idioten am liebsten erwürgt. Verbreite doch noch mehr Unruhe! „Wir müssen etwas tun!", meldete sich Pomponianus zu Wort. „Wir sollten als erstes ein privates Opfer zu Agrippas Gedenken bringen! Aber dann müssen wir uns vorbereiten! Was ist, wenn die Gallier glauben, nach Agrippas Tod übermütig werden zu können?" Die Centurionen sahen sich an. „Die Gallier sollten sehr vorsichtig sein! Wenn sie frech werden, hacken wir ihnen wieder die Hände ab!", knurrte Mucius. Paternus sah in den Bericht. „Drusus will offensichtlich kein Risiko eingehen. Er hat begonnen die Legionen zu verschieben. Die beiden Legionen von Mogontiacum nach Lugdunum und die XVIII Gallica schickt er nach Norden zu den Atrebaten." Paternus zeigte auf Lucius. „Marcellus, du wirst mit sechs Turmae den Norden aufklären. Reite bis Batavorum und berichte, was du dort siehst. Gaius, du sollst mit dem Rest der Ala nach Aduatuca aufbrechen und die Tungerer im Auge behalten!" Lucius sah erstaunt, wie Pomponianus zustimmend nickte. Er war doch viel erfahrener als Paternus und ließ sich von ihm rumkommandieren. Jetzt drehte der sich zu den Centurionen um. „Ihr solltet Novaesium weiter befestigen und die Ballisten und Katapulte zusammenbauen. Ihr könnt vom Lager aus die Furt unter Beschuss nehmen." Lucius wunderte sich noch mehr, als die Centurionen zustimmend nickten. Paternus war noch nicht fertig.

„Ich werde Haldavoo auffordern, für alle Fälle zwei weitere Cohors aufzustellen. Man kann nie wissen." Wer bist du und was hast du mit Paternus gemacht?, dachte Lucius und starrte den Tribun an, als ob er ihn noch nie gesehen hätte. „Welche Turmae willst du?" Die Frage von Pomponianus hatte er fast überhört. „Primus, Rufus, Hristo, Flavius, Glaucus und Niger!", sagte er nach kurzem Überlegen. „Dann los!"

Pomponianus klatschte in die Hände. „Pass auf dich auf, Marcellus! Die ersten in der Schlacht, die letzten im Lager!“ „Du auch, Präfekt!“

* * *

VASTUS

Lucius hatte sich nach Einbruch der Nacht, in seinem Zelt ausgestreckt, als er von Rufus geweckt wurde. „Was ist Decurio?“, brummte er ungehalten und kroch aus dem Zelt. Statt einer Antwort deutete der Ubier nach Norden. Der Himmel leuchtete irgendwie. Lucius war mit einem Schlag hellwach. „Wann hat das begonnen?“ Rufus zuckte mit den Schultern. „Die Wache meinte, zu Beginn der Dämmerung, aber sehen konnte man es erst, nachdem es richtig dunkel geworden war. Weißt du, was das ist?“ Lucius dachte zurück an den Feldzug gegen die Vindeliker, wo er Ähnliches gesehen hatte. „So leuchtet ein Legionslager!“, erklärte er dem Ubier. „Vor uns ist eine Legion?“, fragte der verwundert. „Ich dachte, die sind alle abmarschiert!“ „Ja, das dachte ich auch!“, brummte Lucius halblaut. „Aber es kommt genau aus Richtung Vetera!“„Was machen wir?“ Rufus sah ihn fragend an. „Wir löschen unsere Lichter, schlafen und sehen morgen nach, was da los ist!“, entschied Lucius. „Und verdoppelt die Wachen!“ Er konnte sich genauso gut wieder hinlegen; bis zur Morgendämmerung würde es noch sechs Stunden dauern und er musste frisch sein. Er kroch in sein Zelt und versuchte, Schlaf zu finden. Unruhig wälzte er sich hin und her und stand schließlich lange vor dem Morgengrauen auf. Das Leuchten war verschwunden. Es war, laut Wache, kurz zuvor erloschen. Er weckte Flavius und befahl ihm, Kundschafter auszuschicken, sobald es die Lichtverhältnisse zuließen. Ungeduldig rannte er auf und ab und wartete auf die Rückkehr der Kundschafter.

Vetera war verlassen, aber die Spuren deuteten auf eine große Anzahl Krieger oder Soldaten hin. Flavius zeigte Lucius die Spuren. „Hier sind die Abdrücke von genagelten Sandalen. Das waren Legionäre, die vor Wochen oder Monaten hier war. Auf dem Gras erkennst du nichts mehr, nur in Ufernähe im Lehm.“ Lucius begutachtete die Spur. „Das hier sind aber gänzlich andere Spuren." Flavius hob seinen Fuß und hielt Lucius seine Schuhe unter die Nase. „Das sind Spuren von solchen Schuhen!" „Germanen?"

„Sugambrer!" Flavius sprach aus, was Lucius insgeheim seit letzter Nacht befürchtet hatte. Das Gebiet wurde nicht umsonst Porta genannt. „Wie viele?" Flavius schüttelte den Kopf. „Noch nicht zu erkennen. Mindestens eine halbe Legion!" Zwei- bis dreitausend Mann und keine Legion weit und breit. „Verdammt!", fluchte er laut. Die Männer sahen ihn an. Was tun?, fragten ihre Blicke. Barbaren waren in eine römische Provinz eingedrungen, was gab es da für eine andere Antwort als hinterherzusetzen.

Die Turmae brachen auf, sobald Lucius Boten ausgeschickt hatte. Nach Ubiorum, nach Aduatuca, nach Batavorum und nach Tungorum. Eine kurze Notiz nur. *Sugambrer haben den Rhenus überschritten. Mindestens halbe Legionsstärke. Marschrichtung West. Wir folgen!*

„REITER!", brüllte einer Späher und ein heller Alarmruf aus der Trompete zerschnitt die Luft. Vor ihnen tauchte eine Gruppe Reiter auf und wurde schnell größer. „Flavius, Rufus, ihr reitet rechts vorbei und attackiert sie mit den Wurfspeeren, Hristo, Niger und Primus springen außerhalb der Reichweite der Speere von den Pferden und bilden einen Schildwall. Glaucus du bleibst mit deiner Turma aufgesessen in Reserve!" Lucius sprudelte hastig seine Befehle raus. Hundertmal seit heute morgen hatte er sich überlegt, wie er bei einem Feindkontakt vorgehen sollte und bei einem Kontakt mit Reitern schien ihm dieses Vorgehen am geeignetsten. „Wir wissen doch gar nicht, ob das Feinde sind!", maulte Glaucus. Wahrscheinlich wollte er nicht die Nachhut bilden. „Scheißegal!", fauchte Lucius, dem der Sinn nicht nach einem Wortwechsel stand. Ach, eine Sache gab es noch. Er rang nach Worten. „Sollte ich ausfallen, übernimmt Primus!" Die Reiter hielten rasch auf sie zu. Gallier oder Germanen, das war die Frage? Die braunen Umhänge gaben keinen Hinweis darauf. Die Köpfe sahen merkwürdig unförmig aus. Haarknoten! „Sugambrer!", sagte jemand. Ansonsten herrschte angespannte Erwartung. „Jetzt!" 50 Mann sprangen von den Pferden und je zwei pro Contubernium nahmen die Zügel der Pferde der Kameraden und hielten sie. 40 Mann bildeten eine Schildmauer und hielten die Speere wurfbereit. Zwei Turmae ritten nach rechts und versuchten, dem Feind die Flanke abzugewinnen. Die Sugambrer erkannten die Falle und wendeten sofort ihre Pferde. Rufus attackierte daraufhin mit seinen Reitern die Sugambrer direkt, um sie nicht entkommen zu lassen. Verdammt, einen kräfteraubenden Kampf hatte Lucius nicht liefern wollen. Zu spät. „Glaucus, los!" Er schrie dem Decurio den Befehl zu. Der Ubier nickte und seine Turma folgte den anderen beiden. „Aufgesessen!", brüllte Lucius und die Männer saßen auf, um den Feind frontal zu attackieren. „Keiner darf entkommen!", schrie er Niger zu, als er sich auf Latro schwang, und sie jagten den Flüchtenden nach. Die Sugambrer hatten wertvolle Zeit verloren, als sie sich erst gegen Rufus' und dann gegen Glaucus' Turma verteidigt hatten. Flavius packte sie von der einen Seite und Niger von der anderen. Die Reihen brachen auseinander und die Sugambrer flohen einzeln. Lucius schwang seinen Gladius waagerecht und zielte auf den Nacken. Es knirschte, als das Schwert die Wirbel zerschmetterte. Der Sugambrer fiel vornüber vom Pferd und verschwand im Staub.

„Wie viele Verluste?", fragte Lucius in die Runde. „Einer tot, zwei verwundet!" „Zwanzig Sugambrer haben wir niedergemacht!", berichtete Rufus stolz. Großartige Leistung, 140 Ubier machen zwanzig Sugambrer nieder, dachte Lucius sarkastisch. Davon werden unsere Enkel noch schwärmen. „Wahrscheinlich ein Spähtrupp, der Ausschau nach Verfolgern halten sollte!", mutmaßte Hristo in die Runde. „Wahrscheinlich!", stimmte Lucius zu. Er sah in die Gesichter der Decurionen. Wie jung sie sind. Wenn ich mit Centurionen zusammen bin, bin ich mit weitem Abstand der Jüngste. Und jetzt? Jetzt sind wir alle im gleichen Alter, aber außer mir hat keiner richtige Kriegserfahrung und alle sahen ihn an und warteten auf eine Entscheidung. Die war einfach. „Wir müssen so schnell wie möglich hier weg!" „Wohin?" Die Antwort war schon schwerer. Es war eine logische Frage, dachte Lucius: Wohin? Um zu erfahren, wohin die Sugambrer wollten, sollte es genügen, ihnen zu folgen. Um aber andere zu warnen und zu informieren, mussten sie vor das feindliche Heer. Also mussten sie es überholen. Nördlich oder südlich? Lucius sah in die Gesichter. Sie warteten auf seine Entscheidung. „Zurück ins Lager", sagte Glaucus plötzlich. „Ist doch klar!" „So klar auch nicht", entgegnete Hristo. „Natürlich! Das Heer vor uns ist riesig. Also ziehen wir uns zurück und richten uns zur Verteidigung ein!" „Unsere Aufgabe ist es, auch feindlichen Heeren zu folgen, bis die Legionen da sind!", erinnerte Rufus. „Folgen?" Niger deutete auf die Leichen. „Da werden auch tenkterische Reiter sein, nicht nur Sugambrer. Die reißen uns in Stücke." Er machte ein Zeichen gegen den bösen Blick. „Trotzdem müssen wir ihnen folgen!", sagte Lucius entschieden. „Wir müssen die Provinz verteidigen! Und wir werden sie sogar überholen!" „Sie überholen?" Fünf fassungslose Decurionen sahen ihn an. Ja, überholen, dachte Lucius. Nur wo? Er versuchte, einen klaren Gedanken zu fassen. Eigentlich wäre es die richtige Wahl, die Sugambrer im Süden zu überholen, damit sie Kontakt mit Pomponianus oder den Legionen aufnehmen konnten. Im Norden dagegen war nichts und niemand, der sie unterstützen konnte. Andererseits würden im Süden die Sugambrer am ehesten Feinde vermuten, was bedeutet, dass dort die meisten Spähtrupps lauern würden. „Wir umreiten die Sugambrer südlich!" Lucius verkündete die Entscheidung. „Wir schicken Boten nach Süden und melden, wo die Sugambrer die Mosa voraussichtlich überschreiten werden. Wir überqueren den Fluss weiter stromaufwärts und umgehen sie!" „Südlich? Du meinst gen Mittag?" Glaucus starrte ihn an, als ob er den Verstand verloren hätte. „Schlimm genug, dass wir ihnen folgen, aber das Heer gen Mittag zu umgehen, ist doch Selbstmord!" Er holte tief Luft. „Das ist doch die Richtung in die sich die Sugambrer wenden werden. Damit stehen wir doch genau in ihrem Weg!" „Richtig!", bestätigte Lucius mit Nachdruck. „Und damit genau da, wo wir als Aufklärer stehen sollten!" „Wahnsinn!", murmelte Niger leise. „Wahnsinn!" Die Blicke, die sich die Decurionen zuwarfen, sprachen Bände. Der Gedanke, sich einer feindlichen Armee zu nähern und diese gar zu umgehen, war nicht das, was die Ubier erwartet hatten.

Gerolf fühlte sich berauscht und unbesiegbar. Ein Heer von 5.000 Sugambrern, Usipetern und Tenkterern wälzte sich durch Gallien. Wer sollte diese Streitmacht aufhalten? Baidorix, Melons Bruder und Herzog der Usipeter, führte 2.000 Mann in Richtung der Gaue der Tungerer, Luitbald von der Teiwazsippe marschierte gen Sonnenuntergang, Meinolf, Gerolf und die Tenkterer überquerten die Ubierfurt und zogen in einem weiten Bogen gen Mittag in die Gaue der Ubier. „Wir werden die Gaue der Ubier plündern!", erklärte Meinolf. „Uns stehen nur die Ubier gegenüber. Keine Legionen weit und breit!"

„REITER!", den Ruf hatte Lucius gefürchtet, seit sie die Mosa überquert hatten. Einen halben Tag hatte es gedauert, bis sie die Sugambrer wiedergefunden hatten. Sie waren ins Gebiet der Menapier und Tungerer eingefallen und verwüsteten die Felder, stahlen die Ernte und brannten die Höfe nieder. Die Marschrichtung war von West auf Südwest geschwenkt, daher war jeden Augenblick mit einem Zusammenstoß zu rechnen. Lucius sah zahlreiche Rauchsäulen am nördlichen Himmel aufsteigen und stellte sich die Panik der Bewohner von Tungorum vor, wenn sie erfuhren, dass 3.000 Germanen nur eine Tagesreise entfernt vor ihrer Tür standen. Die Turmae der Ala Pomponianus hatten südöstlich des Heerhaufens Position bezogen und Lucius schickte regelmäßig Boten nach Tungorum und Ubiorum. Er konnte keinen seiner Reiter mehr nehmen, da er seine Truppe sonst zu sehr geschwächt hätte. Daher rekrutierte er seine Boten aus den fliehenden Belgen, Tungerern und Ubiern. Dabei erwiesen sich die mangelnden Ortskenntnisse allerdings als Hinderungsgrund. Viele der Tungerer waren bisher nicht weiter als bis Tungorum oder Bagacum gekommen. Sie hatten keine Ahnung, wie sie Batavorum oder Ubiorum finden sollten. Daher musste er Boten nach Tungorum schicken und Venatorix sollte sich um die Nachrichten an den Statthalter und die anderen Orte kümmern.

Die Flüchtlinge berichteten von hundert mal tausend germanischen Kriegern. Lucius schwindelte der Kopf von den Berichten. Wenn man diesen Glauben schenken würde, wären die Kimbern und Teutonen und alle anderen Germanen in Belgica eingefallen und 100.000 Krieger standen an der Mosa. Der Hinweis, dass im Vastus niemals 100.000 Krieger Platz hatten, konnte die Flüchtlinge nicht zur Besinnung bringen. Dann waren es eben 80.000 Germanen und das Ende der Welt stand bevor.

Lucius bemerkte, wie sich die Unruhe und Anspannung auf seine Männer übertrug. Er musste in jeder Besprechung darauf verweisen, dass die Decurionen beruhigend auf die Männer einwirken sollten. Aber auch die Decurionen waren nervlich angeschlagen. Seit sie den Spähtrupp niedergemacht hatten, waren sie auf keinen Feind mehr gestoßen. Aber die Erwartung, jeden Moment auf einen Feind zu treffen, zehrte sie auf. Primus, Rufus und Hristo brannten darauf, auf Sugambrer zu treffen, Niger und Glaucus wirkten eher so, als ob sie auf diese Erfahrung verzichten konnten. Flavius wirkte hin- und hergerissen. Lucius fühlte sich zeitweise unter der Bürde der Verantwortung erdrückt. Er musste Niger und Glaucus aufmuntern, Rufus bremsen und einen Kundschafterdienst organisieren. Es fühlte sich so an, als ob das ganze Schicksal der Provinz auf seinen Schultern lastete.

„REITER!" Lucius riss Latro so heftig zur Seite, dass er bockte. Es dauerte einen Moment, bis Lucius den Wallach beruhigt hatte, und dann suchte er die Gegend hinter sich ab. Da näherte sich eine Kolonne Reiter. Er folgte mit seinem Blick der Reihe, die kein Ende zu nehmen schien. „Wir ziehen uns zurück!", rief er und gab dem Cornicen den entsprechenden Befehl. Der blies sein Horn und laut schallte der Ruf. Sie schwenkten nach links, um nicht zwischen dem Heer der Sugambrer und der Reitertruppe hinter ihnen eingeschlossen zu werden. Wie von einem Echo erklang plötzlich ein Trompetensignal zu ihm herüber, das wie Sammeln klang. Konnte diese Truppe römische Kavallerie sein? „Flavius, lass dich zurückfallen und finde heraus, wer das ist!" Lucius deutete auf die Reiterkolonne. „Wenn es Freunde sind, blase zum Sammeln!" Lucius ließ die Turmae passieren und beobachtete gespannt, wie Flavius auf die anrückenden Reiter vorrückte. Plötzlich klang das Signal zum Sammeln herüber. „Freunde!" Ein Seufzer der Erleichterung ging durch die Reihen und sie hielten an, um auf die Freunde zu warten. Zu Lucius' Freude und Überraschung entpuppte sich die andere Truppe als Rest der Ala Pomponianus unter dem Befehl des Präfekten. „Marcellus, schön dich gesund wiederzusehen!", lachte Pomponianus. „Bei all den Germanen hier um uns herum!" Lucius erwiderte die herzliche Umarmung und kam dann rasch zur Sache: „Wie ist die Lage, wo sind die Legionen?" „Sie haben sich bei Bagacum gesammelt und folgen der Mosa nach Osten!"

„Wie viele?", wollte Lucius wissen. „Die XVII und die XVIII Gallica!" Lucius hätte beinahe aufgestöhnt, ausgerechnet die beiden mit der geringsten Schlagkraft, trotzdem sollten 6.000 Legionäre mit 3.000 Germanen fertig werden. „Wir wissen nur, dass die Sugambrer westlich von uns sind und nach Südwesten ziehen. Ihre genaue Zahl konnten wir noch nicht feststellen!", erklärte Lucius. „Das werden wir schon, Centurio, bleib entspannt." Pomponianus' Augen leuchteten in freudiger Erwartung. „Aber es ist ein weiterer größerer Trupp Sugambrer über die Sugambrerfurt gekommen. Wir haben sie dort zwei Tagesmärsche nach Norden ausgemacht!", berichtete Pomponianus. Lucius sah sich alarmiert um. Sie hatten einen größeren Trupp Feinde in ihrem Rücken? „Wir werden daher den Fluss wieder überqueren und uns nach Novaesium zurückziehen. Paternus hat dort die Kohorten zusammengezogen und folgt uns. Er hat eine Legionskohorte und zwei frisch ausgehobene Cohors der Ubier!"

„Sollen wir die Civitas den Barbaren zum Plündern preisgeben?"

„Wir dürfen nicht riskieren, von der Furt abgeschnitten werden!"

„Verstärkt mit den Kohorten werden wir die Sugambrer zurückschlagen!"

„Das ist Aufgabe der Legionen, nicht unsere!"

„Cunctator, wo ist deine Virtus?"

Lucius kam sich vor wie in einem bösen Traum. Da standen die beiden Tribune voreinander, zeichneten sich nur als dunkle Schatten gegen die Morgendämmerung ab und stritten, umgeben von den Centurionen in Hörweite der Legionäre, wie kleine Kinder, lautstark über die richtige Taktik. War es so zwischen Cotta und Sabinus oder zwischen Caepio und Maximus gewesen? „Ich möchte nicht riskieren, dass wir von der Furt und vom Castrum abgeschnitten werden!", wiederholte Paternus eigensinnig. Er schien den Rückzug ins Castrum Ubiorum für die einzig mögliche Lösung zu halten. Pomponianus war gänzlich anderer Meinung: „Dort im Norden sind 1.000 Sugambrer. Wir haben fast 2.000 Krieger. Sollen wir trotz deutlicher Überlegenheit vor den Barbaren davonlaufen?"

Mucius, flehte Lucius im Stillen, sag etwas! Du bist der Pilus Prior, auf dich werden - nein müssen - sie hören. Aber Mucius verfolgte nur wie versteinert dieses bizarre Schauspiel. „Silentium! Habt ihr den Verstand verloren?", brüllte Lucius schließlich und trat zwischen die beiden. „Ihr führt euch auf wie Sabinus und Cotta!" Paternus und Pomponianus liefen rot vor Empörung an, aber ehe sie etwas sagen konnten, fuhr Lucius sie an: „Haltet den Mund! Wollt ihr mit eurem Zank die Götter beleidigen? Wie viele böse Omen braucht es vor einer Schlacht?" Diese Worte schienen den Bann zu brechen, der auf den Centurionen lag. Sie bekundeten lautstark ihre Zustimmung. Die beiden Tribune verschränkten die Arme und sahen verstockt drein. Schließlich seufzte Pomponianus ergeben und hob die Arme zum Himmel. „Ich wollte die Disciplina nicht beleidigen. Du bist der Legionstribun, entscheide du!"

Paternus nickte ruckartig. „Wir ziehen uns zur Furt zurück!" Ein Seufzen ging durch die Reihen der Männer: endlich eine Entscheidung!

Die Versammlung löste sich auf und Centurionen beeilten sich, ihre Männer marschbereit zu machen. Paternus warf Lucius einen Blick zu unter dem er fror. „Darüber sprechen wir noch, Decurio!“

* * *

SUGAMBRER

„Die Ubier ziehen sich an die Erft zurück! Umgehen wir sie und stoßen gen Mittag vor oder folgen wir ihnen auf dem Weg zur Furt und vernichten sie?“ Meinolf hatte den Rat einberufen. Gerolfs Augen leuchteten bei der Vorstellung, den Ubiern eine Schlacht zu liefern und er hätte am liebsten diesem Vorschlag zugestimmt, aber es gehörte sich nicht, sich als jüngstes Mitglied im Rat als Erster zu Wort zu melden. Nach einer kurzen Stille sprach Luitger: „Wissen wir, wie viele Ubier jenseits der Erft stehen? Wenn wir weiter gen Mittag ziehen, laufen wir vielleicht in eine Falle. Ich bin dafür, ihnen zu folgen und sie in ihrem Lager zu vernichten.“ „Germar?“ Meinolf sah den Angesprochenen auffordernd an. „Vorbeistoßen und plündern! Die Beute sollten wir uns nicht entgehen lassen! Lassen wir die Ubier doch in ihrem Lager verrotten“, sagte der mit leuchtenden Augen.“ Meinolf sah Rickimer, den Tenkterer, an. Der wiegte sein Haupt. „Ich lasse ungern Feinde in meinem Rücken. Wenn wir vorbeistoßen, werden wir vielleicht abgeschnitten. Allerdings sind meine Reiter bei einer Erstürmung eines Lagers nicht von Nutzen. Ich bin dafür, ich umgehe sie und schneide sie von der Furt ab. Ihr rückt nach und sie werden zwischen uns zerrieben!“ Die Hunnos jubelten über diesen Vorschlag. „Einverstanden.“ Meinolf klopfte Rickimer auf die Schulter. „Wolfram, du greifst sie mit deinen Reitern an. Lass ihnen keine Ruhe auf ihrem Rückzug, vielleicht kannst du ihn verlangsamen. Die Tenkterer umgehen sie und versuchen, so schnell wie möglich die Furt zu erreichen!“

* * *

Die Reiter tauchten gegen Mittag auf. Zuerst ein kleiner Trupp, der sie aus sicherer Entfernung beobachtete. Lucius, der die Nachhut führte, bestimmte Glaucus' Turma dazu, die Germanen im Auge zu behalten. „Soll ich einen Nachtrab der Nachhut bilden?", fragte Glaucus verwirrt.

„Nein", sagte Lucius entschieden. „Du sollst sie im Auge behalten und wenn sie näherkommen, verjagen. Die Nachhut kann nicht bei jedem Manöver in Kampfstellung gehen!"

Es blieb aber nicht bei dem kleinen Trupp. Bald folgten dem kleineren Trupp, größere und eine Gruppe Tenkterer versuchte, sie zu überholen, und war dabei nicht einmal drei Speerwurfweiten entfernt. Wann immer die Ubier auf sie zuhielten, zogen sich die Sugambrer zurück. Lucius beobachtete die Stimmung der Männer mit Sorge. Da sie sich nicht wehren konnten, schlug ihnen die permanente Bedrohung aufs Gemüt. Daher trieb er sie an, damit sie sich so schnell wie möglich zurückzogen. Gegen Mittag ritten die Angreifer einen großen Angriff. Auf den Alarmruf hin wendete die Nachhut geschlossen, um sich den Sugambrern zu stellen. Diese formierten sich zwar, blieben aber auf Abstand. Kaum wollten die Ubier den Kohorten folgen, verkürzten die Tenkterer den Abstand wieder auf Angriffsdistanz. „So wird das nichts!", fluchte Lucius. „Hristo, Rufus startet einen Scheinangriff und zieht euch dann zurück. Wir reiten inzwischen weiter. Glaucus und Niger, haltet euch zur Unterstützung bereit!" Hristos und Rufus' Turmae ritten zum Angriff. Dieses Mal wichen die Sugambrer nicht zurück, sondern stellten sich. Dabei versuchten sie, die Ubier zu überflügeln. Wurfspeere flogen hin und her, ehe die Ubier hastig ihre Pferde wendeten und zurückwichen. Die Tenkterer setzten nach und Glaucus' und Nigers Turmae mussten den bedrängten Ubiern zu Hilfe eilen. Lucius schickte auch noch Flavius' Turma ins Gefecht. Nach einem kurzen Scharmützel zogen sich die Sugambrer zurück. Jetzt mussten sie erst die Toten und Verwundeten bergen. Das kostete wieder kostbare Zeit. Wenn wir nur ein Manöver hätten, bei dem wir den Feind attackieren und uns trotzdem zurückziehen können!, dachte Lucius. Endlich ging es weiter. Sie versuchten, zu dem Rest aufzuschließen. „Da kommen sie wieder!“, meinte Panucius, der Signifer, und Lucius drehte sich um. Die Sugambrer ritten im schrägen Winkel an. Was wird das?, fragte sich Lucius und sah verwundert auf die lange Reihe der feindlichen Reiter. Die Sugambrer schwenkten nach links ab und ritten an den Ubiern vorbei und deckten sie dabei mit Wurfspeeren ein. Schließlich wendete Glaucus' Turma und versuchte, die Angreifer abzudrängen. Sofort schlossen die Germanen auf und versuchten ihrerseits, die Turma einzukreisen. Lucius ließ die Nachhut halten, um dem Angriff zu begegnen. Die Sugambrer schleuderten ihre Wurfspeere, wendeten ihre Pferde und zogen sich zurück. „Jetzt reichts! Rufus, Hristo, Niger, Glaucus! Setzt ihnen nach!“ Die Genannten stießen ihre Speere gen Himmel und jagten mit ihren Turmae den Sugambrern nach, die sich sofort zurückzogen. Lucius ließ zum Sammeln blasen und sie zogen sich mit Einbruch der Dämmerung ins Lager zurück.

„Morgen Abend müssten wir die Furt erreichen!“, erklärte Paternus im Nachtlager. Pomponianus sah Lucius an. „Ich werde morgen mit der Hälfte der Ala losreiten, um die Furt zu sichern. Primus wird die Nachhut bilden und du wirst die rechte Flanke sichern!“, wies er Lucius an. „Du bekommst dafür die Turmae von Hristo und Glaucus! Sei vorsichtig, auch dort wurden Reiter gemeldet.“

Die Kohorten brachen früh auf und zogen im Eilmarsch auf Novaesium zu. Lucius ließ zwei Contubernia ausschwärmen, um die Umgebung zur Rechten abzusuchen. Aber in den Gebüschen und Wäldchen entlang des Weges fanden sich keine Spuren eines Feindes. Dichte Staubwolken am Ende der Kolonne zeigten, dass das Geplänkel an der Nachhut weiterging, nur bei ihnen war nichts zu finden. Was hatten die Späher Paternus und Pomponianus erzählt? Gegen Mittag ließ ihn Glaucus holen. „Wir haben die Spuren des Feindes entdeckt.“ Er zeigte nach Osten auf den Wald. „Dort im Schatten der Bäume sind sie gestern nach Novaesium gezogen. 300 Reiter mindestens.“ Gestern? 300 Reiter? Wie ein Blitz traf ihn die Erkenntnis. Die Sugambrer versuchten, vor ihnen an der Furt zu sein und Pomponianus hatte nur 200 Reiter bei sich. Glaucus war noch nicht fertig, sondern präsentierte ein dunkles, schwarzes Stück Stoff. „Es sind Tenkterer. Sie tragen schwarze Mäntel!“ „Verdammte Sch..!“, brach es aus Lucius heraus. Er starrte auf diesen

Fetzen. Was sollte er tun? Ich bin Centurio, kein verdammter Stratege. „Ich reite zu Paternus. Du übernimmst hier das Kommando! Späher sollen den Spuren folgen“, sagte er zu Hristo gewandt, riss Latro herum und jagte auf die Staubwolke zu, unter der sich die Kolonne der Cohors befand. „Vor uns befinden sich 300 germanische Reiter.“ Paternus fluchte. „Sie werden versuchen, uns von der Furt abzuschneiden. 300 sagst du? Dann sind sie Pomponianus überlegen. Nimm deine beiden Turmae und folge ihnen sofort. Ich stelle Fußtruppen als Flankenschutz ab.“ „Kann ich die Calones mitnehmen?“ „Warum?“, fragte Paternus erstaunt. „Das erhöht unsere Zahl!“ „Meinetwegen!“ Kurz darauf jagte er mit 50 Calones nach Süden. Latro hatte einen schweren, unsicheren Schritt, trotzdem versuchten sie, das Letzte aus den Pferden herauszuholen. Als sie Hristo und Glaucus erreichten, verloren sie nicht viel Zeit, sondern ritten sofort weiter. Diesmal nur im scharfen Trab. Sie würden die Pferde im Kampf noch brauchen. Es gab eine Hoffnung, dass sie die Tenkterer einholen konnten, da diese im Bogen auf die Furt zuhielten und sie diesen Bogen abschneiden konnten. „Der Präfekt wird schon vorsichtig sein“, meinte Hirsto beruhigend. „Hoffentlich!“, knurrte Lucius und trieb sein Pferd an.

„Wie in einem Buch!“, dachte Lucius, als sie das Ende des Waldes erreichten. Wie immer waren seine Nerven im Wald zum Zerreißen gespannt gewesen. Was er vor sich sah, war aber auch nicht gerade geeignet, seine Nerven zu schonen. Pomponianus und seine Männer standen den Tenkterern gegenüber. Pomponianus hatte die Männer absitzen lassen. Die vier Turmae der Speerträger bildeten das Zentrum. Ein dichter Wall Speere reckte sich den Tenkterern entgegen. Je zwei Turmae der Schwertträger sicherten deren Flanke. Lucius konnte das Signum erkennen und bildete sich ein, die Gestalt des Präfekten daneben zu sehen. Für weitere Beobachtungen blieb ihm keine Zeit, da die Tenkterer bereits ihren Angriff ritten. In einem weiten Bogen kamen sie heran, passierten die Schlachtreihe, warfen ihre Speere und ritten wieder davon. Das Hohngeschrei der Ubier bewies, dass kaum Schaden angerichtet worden war. Wie lange noch? Lucius rief Hristo, Glaucus und Marcus Haldavoo zu sich.

„Marcus Haldavoo, du übernimmst den Befehl über die Calones!“

Er warf ihm seine Vitis zu und Marcus starrte ihn verdutzt an, als wäre er eine Schlange. „Errichte dort hinten ein Lager. Gräben, Palisaden, alles was dazugehört. Errichtet zuerst den Teil, der auf der Seite des Feindes liegt. Haltet Schilde und Speere bereit, falls Tenkterer euch angreifen. Hristo und Glaucus, wir geben ihnen Deckung, bis sie diesen Baum passiert haben." Lucius zeigte auf einen Baum neben der rechten Flanke von Pomponianus' Stellung. Verstanden?" Alle nickten und Haldavoo sah die Vitis jetzt so ehrfürchtig an, als ob sie aus Gold sei. „Gut, noch etwas: Glaucus, deine Turma folgt mir. Los geht's!" Lucius ritt zu Glaucus' Turma hinüber und radebrechte in schlechtem ubischem Dialekt. „Ihr seid meine Leibwächter in Schlacht. Folgt mir überall hin." Er zeigte auf die Tenkterer. „Ich möchte nicht alleine gegen die Tenkterer reiten." Die Männer lachten rau und setzten sich in Bewegung.

Ihre Ankunft war nicht unbemerkt geblieben und ein Trupp Tenkterer kam auf sie zu. „Haldavoo ab!", brüllte Lucius und zeigte mit seiner Hasta auf den Punkt, wo das Lager errichtet werden sollte. Marcus Haldavoo winkte mit der Vitis zurück und die Calones jagten los. „Wir halten sie auf, Männer!", brüllte Lucius und die Ubier schwenkten auf den Feind zu, der schnell näherkam. „Verwende und vertraue im Kampf auf die gelernten Dinge!" Pertinax' Stimme war so deutlich zu verstehen, als spräche der Gladiator neben ihm und wäre nicht nur in seinem Kopf. Er holte tief Luft, zu Fuß hätte er sich wohler gefühlt. Latro fiel in einen müden Trab. Am liebsten hätte Lucius auf das Tier eingeschlagen, damit es sich beeilte, aber er wusste, es hatte keinen Zweck. Einen Legionär würde er auch nicht müde in die Schlacht prügeln. Diese gegenseitige Reiterattacke gehörte zu den ungewöhnlichsten Dingen, die Lucius bei der Legion erlebt hatte. Zwei Einheiten trabten auf einander zu, Wurfspeere wurden geworfen und ritten dann mit angelegten Lanzen aneinander vorbei. Sie hieben und stießen nach den Gegnern und plötzlich waren sie weg. Lucius wendete Latro und erwartete, Dutzende von Toten und Verwundeten zu erblicken. Aber nur wenige Gefallene lagen an der Stelle, wo sich die beiden Turmae passiert hatten. Wenn man Lucius gefragt hätte, was ihm in den letzten Herzschlägen vor dem Zusammenprall durch den Kopf gegangen war, wäre die Antwort gewesen: Nichts. Trotzdem konnte er sich später an Einzelheiten erinnern und sogar an einzelne Gedanken. Er konnte sich an das Banner mit dem Pferdekopf erinnern, daran, dass er gedacht hatte, dass es sich bei dem Contubernium um eine Art Leibwache handeln musste. Er wusste noch, dass er gedacht hatte: Gab es Befehle, die er geben sollte? Ein Manöver, welches er befehlen sollte? Lucius fiel keins ein, er schwenkte seine Lanze auf einen der Tenkterer und stieß zu. Der Lanzenstoß wurde mit dem Schild abgeblockt und Lucius merkte wie die Lanze blockiert war. Spannung baute sich auf und der Druck auf ihn nahm zu. Er presste die Knie gegen den Höcker, um seinen Sitz zu behalten aber der Schwung der Pferde verstärkte den Druck. Er riss an der Lanze, um sie frei zu bekommen, aber der Tenkterer blockierte sie. Mit einem hässlichen Geräusch zersplitterte die Lanze. Lucius schleuderte die unbrauchbare Lanze zu Boden und zog zwei Wurfspeere aus dem Köcher. Dann spornte er Latro an, da die Tenkterer wendeten und sich zu einer erneuten Attacke bereit machten. Die Tenkterer flogen heran und er schleuderte den ersten Speer direkt gefolgt von dem zweiten und wie in Trance kam sein Schwert aus der Scheide. Er lenkte einen Lanzenstoß mit seinem Parma nach oben ab und hörte das Pfeifen der Spitze als sie an seinem Ohr vorbeipfiff. Im Vorbeireiten hieb er mit dem Schwert auf den ungeschützten Rücken des Germanen. Ungeschützt? Klirrend prallte sein Gladius von dem schwarzen Kurzmantel ab. Er warf einen hastigen Blick über die Schulter zurück und sah irgendetwas auf dem Rücken des Germanen blinken. Ein Kettenhemd? Keine Zeit zum Nachdenken, die Tenkterer waren nun wieder vor Pomponianus' Männern. Diese hatten zwar einige Speerwürfe über sich ergehen lassen müssen, aber die Stellung war nicht ernsthaft in Gefahr gewesen. Jetzt zogen sich die Tenkterer zurück, um sich neu zu formieren. Lucius versuchte, die Feinde zu schätzen, es waren keine 300 Reiter, vielleicht die Hälfte.

Aber, was war das denn jetzt? Wehte da tatsächlich der Befehl *Angriff* herüber? Hatte Pomponianus den Verstand verloren? „Was, bei Dis Paters schwarzem Arsch, macht der da?" Als Glaucus ihn verstört ansah, wurde Lucius bewusst, dass er den letzten Satz laut herausgebrüllt hatte. Die Ubier rückten vor und wie Lucius erwartet hatte, ballten sich die Ubier beim Befehl *Vorrücken* hinter ihren Decurionen zusammen. Statt einer geschlossenen Schlachtreihe die drei Mann tief war, rückten einige kleine Häuflein vor. Die Tenkterer ließen sich diese Einladung nicht entgehen und stürzten sich auf den Feind. Sie brachen in die Reihen ein und, wenn es den Decurionen nicht gelang, Schildwälle zu bilden, würden alle überrannt werden.

„Mir nach!“ Lucius trieb sein müdes Pferd an und umritt die Ubier. Es war ein wildes Durcheinander, einige der Tenkterer hatten die Reihen komplett durchbrochen und hielten auf die Pferde zu, die von einigen Ubiern hinter der Stellung bewacht wurden. „Hristo!“, brüllte Lucius und deutete auf die Pferde. Hristo winkte zurück, er hatte also verstanden und seine Turma hielt sogleich auf die Tenkterer zu, die gerade die Wachen bei den Pferden niederstreckten und begannen, die Tiere wegzutreiben. Lucius konnte keinen Blick mehr darauf verwenden, sondern hielt auf die Mitte der Formation zu, wo das Signum in der Luft schwankte. Es wimmelte überall von Tenkterern, die überrascht waren, hinter der ubischen Schlachtreihe von Reitern erwartet zu werden. Diese Überraschung galt es zu nutzen und sie gingen sofort zum Angriff über. Dreißig Reiter krachten mitten in die feindliche Formation und sprengten sie auseinander. Lucius hieb und schlug wie rasend um sich. Alles schrie und tobte um ihn herum, als ob Tausende sich ein Gefecht lieferten. Schläge abzuwehren und auszuteilen, war jetzt für ihn eins. Eben hatte er noch einen Speerstoß abgeblockt und im nächsten Moment rammte er seinen Gladius in den Hals eines Mannes. Lucius sah die Standarte zum Greifen nah vor sich, aber der Träger war nicht Panucius sondern ein bärtiger Fremder. Ein Fremder mit schwarzem Mantel. Mit einem Wutschrei stieß Lucius Latro die Fersen in die Seite und der Wallach machte einen müden Satz. Es reichte aber, um in die Reichweite des Tenkterers zu gelangen. Lucius schlug zu, aber der Germane drehte in dem Moment den Kopf. Die Spitze des Gladius schlitzte sein Gesicht auf. Mit einem Schrei fuhr sich der Mann mit beiden Händen ins Gesicht und ließ die Standarte fallen. Sie verschwand im Staub. Ein Ubier schwang sich gedankenschnell aus dem Sattel und hob sie auf. „Zu mir!“, donnerte Lucius und versuchte gleichzeitig, zu dem Ubier zu gelangen. „Ala Pomponianus, zu mir!“ Ein Signalhorn wurde geblasen und vergrößerte das Wirrwarr der Geräusche und dann waren die Tenkterer weg.

Lucius sah sich aufatmend um. Die Tenkterer hatten sich einige Speerwurflängen zurückgezogen und formierten sich neu. Um Lucius herum lagen Dutzende von toten und sterbenden Germanen: Ubier wie Tenkterer.

Wir müssen etwas tun! Wir müssen irgendetwas tun!, hämmerte es in seinem Schädel. Aber was? Er atmete tief durch. Einer von Pomponianus' Decurionen kam auf ihn zu und wollte Anweisungen von ihm. Es dauerte einen Moment, bis Lucius Rufus erkannte. Jetzt hielt auch Hristo neben ihm. „Was tun wir, Marcellus? Die kommen bestimmt wieder!" Lucius hätte am liebsten losgebrüllt, man solle ihn erst einmal einen klaren Gedanken fassen lassen, aber er musste sich beherrschen. Langsam ließ er sich aus dem Sattel gleiten. Nur nicht die Nerven verlieren, wenn die Tenkterer sahen, dass bei ihnen Chaos herrschte, würden sie sofort wieder angreifen. Also durfte sie es nicht sehen. Das war ein Anfang. „Hristo und Glaucus, Sichtschutz bilden." Lucius winkte in Richtung des Feindes. Die beiden sahen ihn erstaunt an, immerhin gab es keinen Aufmarsch zu verschleiern, aber sie gehorchten, Jupiter sei Dank, sofort. Sie bildeten eine lange Reihe und versperrten den Tenkterern so den Blick. Hirsto hatte einige Pferde retten können, das war gut. Überall lagen Tote und Verwundete und ein neuer Angriff konnte jeden Moment erfolgen. „Rufus, sammelt alle unverwundeten Männer und bildet dort vor dem Lager eine Schlachtreihe!" Er zeigte auf die Stelle, wo die Calones verbissen arbeiteten. „Alle?", fragte Rufus irritiert. „Egal ob Speer- oder Schwertträger und von welcher Sippe?" „Ja, verdammt! Alle und zwar plötzlich!", herrschte ihn Lucius an. „Flavius!" Er winkte den Decurio zu sich. „Du nimmst die nur leicht Verwundeten und birgst mit ihnen die Schwerverwundeten. Bring sie dort zum Lager." Flavius grüßte und machte sich an die Arbeit. Lucius wandte sich mit einem Aufseufzen dem jungen Ubier zu, der das Signum geborgen hatte. „Wie heißt du?" „Reburrus!", meldete der junge Ubier. „Reburrus, du hast das Signum gerettet und wirst es auch weiterhin tragen!" Der junge Ubier warf sich in die Brust. Wo war der Präfekt? Lucius wurde langsam bewusst, dass er Pomponianus nicht mehr gesehen hatte, seit sein Befehl die Reihen geöffnet hatte. „Folge mir!", sagte er zu Reburrus und marschierte in die Richtung, wo der Präfekt gestanden hatte. Longus baute sich vor ihm auf. „Ich muss protestieren, Centurio!" Lucius sah den Decurio der Sunuker an, als sei er eine Erscheinung. „Was willst du? Protestieren?" Lucius' Stimme war gefährlich ruhig geworden, aber

Longus achtete nicht darauf. „Ein Decurio der Pferdesippe hat meine Schwertträger seinem Befehl unterstellt und behauptet, das sei auf deinen Befehl hin geschehen." Lucius starrte den Mann fassungslos an. Das passierte doch nicht gerade wirklich. Das musste ein böser Traum sein. Ein Alarmsignal in seinem Rücken ließ Lucius' Antwort im Halse stecken bleiben. Hinter ihnen waren wieder Tenkterer aufgetaucht und hielten auf das Lager zu, genauer gesagt das, was vom Lager bisher fertiggestellt war.

„RUFUS!", brüllte Lucius, raffte eine Lanze vom Boden auf und schwang sich auf Latro. „Los, sammele ein paar Männer und folge mir!" Longus zuckte zusammen und eilte auf die abgestellten Pferde zu. „SUNUKER, ZU MIR!" Rufus schwärmte mit einigen Männern in das halberrichtete Lager, um die Calones zu schützen. Lucius schwenkte seine Hasta und zeigte auf die Reiter, während er sein Pferd antrieb. Longus' Männer antworteten mit Gebrüll und sie stürzten sich auf den Feind. Trompetensignale ertönten aus dem Wald. Römische Trompeten. Verstärkung traf ein. Die Tenkterer wandten sich eilig zur Flucht. „Ihnen nach!", schrie Lucius mit sich überschlagender Stimme. Sie holten die ersten Flüchtlinge ein. Lucius stieß einem die Lanze in den Rücken. Während der Barbar vornüberfiel galt es, sie mit einer eleganten Drehbewegung aus dem Rücken herauszuziehen. Dabei durfte er weder die Geschwindigkeit verlieren, noch die Lanze. Hm, das hatte gerade so geklappt. Man sollte doch die Lanze andersherum greifen, wenn man Reiter angriff. Eiligst griff er um und nun ruhte die Lanze nicht mehr auf dem Unterarm sondern schwebte stoßbereit über dem Tenkterer. Wie ein Falke, bevor er zuschlug. Die Lanze stieß zu und traf die Schulter. Der Getroffene schrie auf und bäumte sich im Sattel auf und stürzte vornüber vom Pferd. Latro trabte weiter und Lucius musste nichts weiter tun, als die Hasta festzuhalten. Durch die Vorwärtsbewegung schnitt die Lanzenspitze eine klaffende Wunde und wurde dann elegant aus dem todgeweihten Körper gezogen. „Viel besser!" Lucius suchte zufrieden das nächste Ziel. Die schwarzen Mäntel entfernten sich rasch.

„Sammeln! Sammeln!", rief er laut und der Cornice, der nicht von seiner Seite gewichen war, blies das Signal.

Lucius atmete tief durch. Die Furt war gesichert.

Pomponianus erschlagen, zweihundert Reiter tot oder verwundet, das Signum fast in Feindeshand gefallen. Der erste Einsatz der Ala Pomponianus war ein Desaster. Da konnte ihm Reburrus noch so grinsend das Signum präsentieren und Paternus ihn noch so sehr loben, dass er die Furt und damit den Rückzug gesichert hatte. Lucius fühlte etwas anderes. Er war für die Ausbildung verantwortlich gewesen. Natürlich gab es Gründe, gute Gründe, aber würden Furnius und Drusus diese gelten lassen?

Fünf Monate waren zu wenig Zeit gewesen, um aus Barbaren disziplinierte Kämpfer zu machen. Die bessere Bewaffnung der Tenkterer, Pomponianus' falscher Angriffsbefehl ..., alles plausible Erklärungen für das Desaster, aber würde man wirklich diese Gründe akzeptieren? Doch wohl eher nicht. Pomponianus' Familie würde es nicht zulassen, dass sein Andenken beschmutzt wurde. Furnius würde die Verantwortung für die schlechte Bewaffnung von sich weisen und Drusus würde kaum sagen: Die Idee mit der verkürzten Ausbildung stammt von mir, daher mea Culpa. Nein, man würde das alles nach unten durchreichen und damit würde es am Ende bei ihm landen. Als jüngstem Centurio würde ihm auch kein Primus Pilus oder Centurio Supernumarius beispringen.

„Die Hauptmacht des Feindes nähert sich von Norden!", berichtete Paternus. „Angeblich 1.000 Mann stark. Wir werden sie hier erwarten. Marcellus, die Ala wird sie auskundschaften." Lucius nickte. „Das ist nur ein zweiter Hastatencenturio!", ereiferte sich Secundus, der Lucius' Hastatencenturie übernommen hatte. „Ihm willst du eine Aufgabe anvertrauen, von der unser aller Leben abhängt? Er ist noch grün hinter den Ohren. Weiß er überhaupt, wie man ein Schwert hält?" Beifallsheischend sah er in die Runde, aber niemand stimmte ihm bei. Mucius und andere Centurionen der 3. Kohorte sahen ihn steinern an. „Für dich würde es reichen!" Das Grinsen war wie weggewischt, als sich alle Centurionen gleichzeitig umdrehten. Normalerweise hielten Optionen den Mund, wenn sie bei einer Besprechung anwesend waren. Caedicius sah zwar aus, als ob ihn kein Wässerchen trüben könnte, blickte aber den Centurionen so fest in die Augen, dass sie aussahen, als wollten sie sich alle auf einmal auf ihn stürzen. Die anderen Optionen rückten langsam von ihm ab. „Er hat wahrscheinlich auch mehr Erfahrung im Kampf gegen Germanen als du!“ Caedicius, halte den Mund!, hätte Lucius am liebsten gerufen. Du redest dich um Kopf und Kragen. „Wo er recht hat, hat er recht!“, warf Mucius grinsend ein. Paternus, der amüsiert zugehört hatte, fand es an der Zeit, zum Thema zurückzukehren. „Organisiere deine Einheit neu, Marcellus.“

Er beendete die Besprechung. Nur Mucius und Caedicius blieben zurück. „Wenn es eine Auszeichnung für Tapferkeit vor dem Freund geben würde, wärest du ein heißer Anwärter!“, gluckste Mucius. „Was ist denn in dich gefahren?“, wollte Lucius wissen. Es war wohltuend, dass einmal jemand für ihn in die Bresche sprang, aber nicht für so eine Nichtigkeit. „Optio ad Spem, Centurionenanwärter, wirst du so schnell nicht mehr werden.“ „Unter dem Schwanzlutscher sowieso nicht.“ Caedicius spuckte angewidert aus. „Frischgebackener Centurio und will seine Stellung sichern. Daher beißt er alle raus, die in etwa sein Dienstalter und seine Erfahrung haben.“ Mucius zuckte mit den Schultern, als wollte er sagen: das Übliche halt. Caedicius sah es: „Mehr als sonst. Alle Immunes wurden überprüft und die Hälfte schiebt wieder regulären Dienst. Ich muss jede Entscheidung von ihm absegnen lassen und bei der Ausbildung gibt es nur seine Methoden, nur seinen Weg! Ich muss ihn da kopieren und wehe, wenn nicht.“ „Wo bleibt da der Spaß, Optio zu sein!“, klagte Mucius. „Wenn ich einen Optio brauche, fordere ich dich an!“, versprach Lucius und klopfte ihm mitfühlend auf die Schulter. Caedicius machte sich seufzend auf den Weg zu seiner Centurie. „Schade, dass die Germanen keine Bogenschützen haben! Nie ist ein verirrter Pfeil da, wenn man mal einen braucht.“

„Marcellus halte uns die Barbaren vom Leib!“, hatte Lucius noch Paternus’ Stimme im Ohr. Leichter gesagt, als getan, dachte Lucius bei dem Anblick der zusammengeschrumpften Ala. Gerade die Speerturmae, die Turmae, die nur mit Schild und Speer bewaffnet waren, hatten die meisten Ausfälle zu beklagen. Nicht alle waren tot. Als Lucius nach dem Gefecht die kläglichen Reste des Zentrums gesehen hatte, fragte er Rufus: „Wo sind die übrigen?“ „Auf dem Weg nach Castrum Ubiorum!“, hatte der Decurio trocken erwidert. Mit den Speerturmae brauchte Lucius also nicht mehr zu planen. Sie waren den Tenkterern hoffnungslos unterlegen und demoralisiert. Er begann, die Turmae zusammenzulegen und mit Schwerträgern aufzufüllen. Dies sorgte natürlich wieder für böses Blut. „Das sind meine Gefolgsleute!“, tobten die Decurionen, die es betraf. „Ich bin ... Sohn des ... Hunno der So-und-so-Sippe! Meine Männer werden nicht...!“ Lucius war müde und es leid, sich diese Streitereien anzuhören. Besonders wenig interessierte ihn, welcher Sippe welche Ehre gebührte. „Du tust das, was Rom von dir verlangt!“, hätte er am liebsten dem einen oder anderen an den Kopf geworfen. Er würde die Decurionen damit zum Schweigen bringen, aber er lief vielleicht Gefahr, damit die Turmae zu spalten. Dieses Gefolgschaftszeug, das germanische Klientelwesen - darin waren sie zu tief verwurzelt. „Es gilt, eine feindliche Invasion abzuwehren!“, appellierte er deshalb an ihre Vernunft. „Da müssen bestimmte Entscheidungen getroffen werden, die auch gegen die althergebrachte Ordnung verstoßen!“ „Auch dann nicht!“, ereiferte sich ein rotbärtiger Ubier. „Wenn wir die althergebrachten Wege verlassen, verlieren wir die Huld der Götter.“ Die Huld der Götter! Lucius seufzte: Wieder so ein verquerer germanischer Begriff. Die Huld der Götter? Moment, da war doch was. „Im Gegenteil! Ihr demonstriert Einigkeit. Einige Einheiten sind im letzten Gefecht geschlagen worden“, sagte er mit Nachdruck. „Was ist, wenn eure dezimierten Einheiten geschlagen werden und eure Männer zu der Überzeugung kommen, dass euch das Heil abhanden gekommen ist?“ Die Ubier erschraken ob dieser Überlegung. Das Heil abhanden gekommen? Wenn das der Fall wäre, würden ihre Männer sie erst recht verlassen. „So folgen eure Männer für einen Kampf einem anderen Decurio und kehren danach wieder zu eurer Einheit zurück!“ Grummelnd fügten sie sich.

Der Rückzug nach Novaesium hatte der Ala frische Pferde beschert und so ritten sechs aufgefüllte Turmae, auf frischen Pferden sitzende Ubier, den Eindringlingen entgegen.

Dabei trafen sie wieder auf die Tenkterer, die nicht gewillt waren, die Ubier näher an die Hauptstreitmacht heranzulassen. Lucius sah die Reiter schnell näherkommen. „Achtung! Linie bilden!“, rief er seinen Männern zu und sie nahmen Aufstellung.

„In Reihe, in Reihe!“, brüllte Primus und drängte die Männer, die sich instinktiv wieder zu einem Haufen zusammenballten, auseinander.

Sie formierten sich zu zwei Linien, die mehr oder weniger geschlossen waren. Als die Tenkterer herangekommen waren, flogen Speere in die Reihen der Ubier, doch die meisten blieben in den Schilden stecken. Lucius erwartete, dass sie nun kehrt machen würden, aber zu seiner Überraschung taten sie das nicht, sondern hielten weiter auf sie zu. „Reihen schließen, Reihen schließen!“, brüllte er. Sollten die Barbaren wirklich so dumm sein, eine geschlossene Formation anzugreifen? Lucius schwenkte seine Lanze nach vorne und machte sich auf einen Aufprall gefasst. Aber drei Speerlängen entfernt, sprangen die Tenkterer plötzlich von ihren Pferden und kamen in vollem Lauf angerannt. Unruhe breitete sich unter den Ubiern aus. Jetzt waren die Tenkterer heran und brachen in die Reihen ein. Legionäre hätten dem Aufprall wahrscheinlich standgehalten, aber Auxilia? Sofort bildeten sich überall unübersichtliche Knäuel aus Kämpfern. Eine zweite Reihe der Tenkterer kam schnell näher. Lucius schleuderte seine Lanze und riss danach sein Schwert heraus.

Vor ihm kam einer der Angreifer taumelnd hoch und schlug mit seinem Schwert nach ihm. Lucius blockte den Schlag ab und hieb nach dem Halsansatz. Der Schild des Tenkterers kam hoch und blockte, schnell nachgesetzt und mit der Parma zugestoßen. Der Germane kam ins Taumeln und noch ein Stoß und dann ein Hieb. Sterbend sackte der Tenkterer zu Boden. Kleines Schild, großes Schwert. Die Balance fühlte sich komisch an. Nicht dran denken. Hieb und Hieb und Stoß mit dem Schild. Sie drängten die Tenkterer zurück und die gestürzten Ubier rappelten sich wieder auf. Die Tenkterer zogen sich zurück, ihre Pferdehalter brachten die Pferde und sie schwangen sich darauf. Diesmal kamen sie nicht wieder. Sie folgten ihnen den ganzen Nachmittag. Irgendwann musste doch die Hauptmacht des Feindes auftauchen. Am späten Nachmittag fanden sie die Spuren des Feindes, aber er hatte kehrtgemacht. Was war passiert? Was hatte die Sugambrer und Tenkterer zum Rückzug bewogen? Lucius und seine Decurionen waren ratlos. Als sie in das Lager zurückkehrten, erfuhren sie es. Eine Legion war im Anmarsch und nur noch einen halben Tagesmarsch entfernt.

Wie oft hatte er jetzt die Geschichte erzählt? Bestimmt hundert Mal. Er war hundemüde und ihm platzte fast der Schädel. Während er sich um die Männer und die Pferde kümmerte, kam Valens und forderte ihn auf, jeden Schritt, den er seit Vetera unternommen hatte, zu erzählen. Dann hatte er jede Entscheidung mit Dutzenden Nachfragen hinterfragt. Sein Hals war ausgetrocknet und er hätte für sein Leben gerne gebadet. Aber jetzt musste er sich erst noch um sein Pferd kümmern. Während er dabei war, Latro mit Wasser zu überschütten und ihn zu füttern, erschien Paternus wie aus dem Ei gepellt. Offensichtlich hatte der Tribun schon Zeit für ein Bad gehabt.

„Folge mir!", war alles, was er sagte. Lucius sah ihn an und schüttelte den Kopf und widmete sich wieder seinem Pferd. Dieser janusköpfige Tribun konnte ruhig warten. Paternus wippte ungeduldig mit dem Fuß, sagte aber weiter kein Wort. Endlich schickte sich Lucius an, ihm zu folgen. Der schlug rasch den Weg zum Forum ein und steuerte dort auf das Zelt des Feldherrn zu. Lucius sah an sich herunter. In diesem Aufzug würde er also vor den Statthalter treten.

Drusus stand vor einer Art Vorhang und betrachtete das Muster. Lepidus und Furnius, die Legaten der XVII und XVIII Gallica, saßen auf ihren Stühlen und machten ein Gesicht, als ob der Wein, den sie gerade tranken, reiner Essig sei. Valens stand mit undefenierbarem Gesichtsausdruck neben dem Eingang und Paternus gesellte sich zu ihm. Keiner der Primi Pili war anwesend, nur auf einer Cline lag ein kräftiger, dunkelhaariger Mann um die Dreißig, den Lucius noch nie gesehen hatte. „Was weißt du über das Land jenseits des Rhenus, Centurio?" Drusus wandte den Blick nicht von dem Vorhang und, als Lucius diesen genauer betrachtete, erkannte er, dass es sich um eine Karte handelte. „Nur das, was man sich so erzählt!" „Und über die Germanen selber?"

„Furchtlose, wilde Kämpfer, die sich blind auf alles stürzen und keine Taktik kennen!" „Glaubst du das?" „Nein, Herr! Nicht nach dem, was ich erlebt habe!" Lepidus schnaufte verächtlich. Drusus ignorierte dies. „Erklär das!" „Die Sugambrer und Tenkterer waren gut geführt. Die Angriffe auf die Furt waren kein wilder Ansturm, sondern ein Abtasten unserer Schwachstellen." Lucius war so müde, dass er sich am liebsten auf den Boden gesetzt hätte. „Als sie erkannten, dass sie uns nur mit großen Verlusten überwältigen könnten und sie merkten, dass Verstärkung im Anmarsch war, zogen sie sich zurück!" Drusus war immer noch der Karte zugewandt.

„Das hat mir der Tribun auch so berichtet!" Drusus trank einen

Schluck Wein und drehte sich nun um. Seine grauen Augen musterten Lucius von Kopf bis Fuß. Er nickte zu Valens hin.

„Mein Centurio Supernumarius berichtete mir, dass die Ubier trotz zahlenmäßiger Überlegenheit besiegt wurden. Dein Eingreifen hat zwar das Blatt gewendet, aber 250 Ubier wurden von 200 Tenkterern besiegt. Worauf führst du das zurück." „Die Waffen!", krächzte Lucius und trank einen tiefen Schluck. „Die Tenkterer sind besser bewaffnet!"

„Unsinn!", schaltete sich Furnius ein. „Die Ubier waren einfach schlecht ausgebildet und jetzt willst du davon ablenken. Das berichten jedenfalls mein Primus Pilus und mein Praefectus Castrorum." „Berechtigter Einwand!" Drusus' Lächeln war verschwunden. „Oder wie siehst du das?" „Meinetwegen Statthalter, dann bin ich eben schuld!" Lucius war einfach zu müde, um sich zu verteidigen. „Dann lass sie von Gemellus und Potitus ausbilden und alles wird gut. Aber bitte stellt meine Einheit dann soweit wie möglich von denen weg auf." Lepidus und Furnius rissen Augen und Mund auf und es verschlug ihnen vor Empörung die Sprache. Valens kämpfte im Hintergrund mit dem Lachen. Der dunkelhaarige Besucher legte nicht soviel Zurückhaltung an den Tag. Er prustete vor Lachen laut los und klopfte sich mit der Hand auf den Schenkel. Drusus sah ihn mit einem säuerlichen Grinsen an. „Iullus, beherrsche dich!" „Ach komm, Drusus!", entgegnete der Iullus genannte. „Der Junge hat es euch gut gegeben!" „Der Junge ist Centurio einer römischen Legion und kein Possenreißer!" Iullus? Ein interessanter Name. Lucius hatte nur von einem Iullus gehört, der in diesen Kreisen verkehrte. Iullus Antonius, der Sohn des Triumvir Marcus Antonius. Nicht ablenken lassen, mahnte er sich. „Die Tenkterer", sagte Lucius in den Raum hinein, „sind mit Wurfspeeren, Lanzen und Schwertern bewaffnet. Geschützt durch Schild, Helm und einen Kettenmantel." Er versuchte, die schmerzenden Beine zu ignorieren, während alle ihn ansahen. „Einige Ubier haben Speere und einige haben Schwerter. Keine Helme und zum Schutz Schilde, aber keine Kettenhemden!" „Und wie erklärst du den Tod des Tribuns?", schrie Furnius und sprang auf. „Von den eigenen Leuten beim Angriff im Stich gelassen! Worauf führst du den völligen Zusammenbruch der Disziplin zurück, die den Kommandeur beim Angriff ungeschützt ließ?" „Die Germanen...", Lucius versuchte, seine Gedanken zu ordnen und nicht auf seine schmerzenden

Beine zu hören: „Die Germanen folgen den Anführern und sie versammeln sich beim Angriff hinter ihnen und um sie. Das hat der Tribun vergessen und stand deswegen ungeschützt da!" „Hm!" Drusus wippte mit dem Fuß. Er nahm eine Schriftrolle vom Tisch. „Was schlägst du vor? Sie zu belohnen?" Drusus' Stimme war hart geworden. „Nein, auszurüsten!" Lucius holte tief Luft und präsentierte dann die Idee, die er schon seit einem Jahr im Kopf hatte. „Die Ubier haben Speere und Schilde und ein paar haben Schwerter. Schwerter von ihrem Häuptling zu bekommen, ist für sie das Höchste und macht sie zu seinem Gefolgsmann auf Leben und Tod."

Drusus sah interessiert drein und Lucius vermied es, Valens ins Gesicht zu sehen. Der alte Centurio würde den Gedanken an ein Belohnungssystem für Pflichterfüllung nicht gutheißen. „Fahr fort!" „Die Einheiten bekommen Aufgaben, die sie lernen müssen. Am Ende steht ein Manöver und jeder, der die Übungen erfolgreich abschließt, bekommt seine Ausrüstung vom Legaten oder Statthalter im Namen des Princeps!" „Welche Ausrüstung?" „Parma, Gladius und Helm!" „Warum nicht auch Kettenhemd?", fragte Lepidus lauernd. „Warum nicht auch das?!" Lucius nahm die Herausforderung an. „Das erhöht die Lernbereitschaft und die Schlagkraft!" „Eine unerhörte Neuerung!", bellte Furnius dazwischen. Drusus sah Valens an: „Die keltischen Hilfstruppen sind schon so ausgerüstet?"

„Mit eigenen Waffen, aber warum sollen wir die Germanen nicht auch besser bewaffnen?", fragte der Centurio. Drusus sah einen Moment zu Boden. „Nun gut. Also Folgendes: Das Versagen der Einheiten wird auf die fehlende Disziplin der Barbaren zurückgeführt. Es fehlt ihnen eben die Standhaftigkeit der Legionäre. Pomponianus hat Heldenhaftes geleistet, um die Furt zu sichern. Die Ala wird nach ihm benannt. Vielleicht sollten wir dir noch eine Torque verleihen? Um die Geschichte glaubhaft zu machen?" Lucius schluckte und sah zu Valens hin. Dessen Gesicht war zu Stein erstarrt. „Nein, nein!", krächzte er. „Nicht?" Drusus gluckste. „Ich vergesse wegen deines Alters immer, dass du Centurio bist. Jeder andere Offizier hätte die Auszeichnung sofort angenommen, aber nein, ihr Centurionen seid ja zu stolz! Dann bliebe dir noch die Rolle des Sündenbocks!" Alle sahen ihn an, als würden sie auf seine Antwort warten. „Nun, Centurio? Was machen wir mit dir?" Drusus sah ihn erwartungsvoll an. War die Frage ernst gemeint?

„Herr?", antwortete Lucius einfach und hob die Stimme am Ende so, dass es wie eine Frage klang.

„Nun, der Einsatz der Einheit war ein Fiasko und kein Ruhmesblatt für die römische Legion. Normalerweise ist jemand verantwortlich dafür und, da ich den Tribun gerade eben zum Helden erklärt habe, bleibst nur du übrig!" Lucius schluckte schwer. Das war genau das, was er befürchtet hatte. „Ja, Herr!"

„Ja, Herr?" Drusus zog die Augenbrauen hoch. „Eine Standardantwort, wie ich sie von jedem Trottel und Bauernburschen, ob Centurio oder Miles Gregarius, bekommen hätte. Wie ich gehört habe, bist du aber kein Trottel, also lass dir etwas Besseres einfallen!" „Ich weiß nicht, was ich sagen soll, Herr!", antwortete Lucius beklommen. „Es wurden Fehler gemacht, die zu Verlusten geführt haben. Und wenn Pomponianus ein Held ist, muss der Fehler bei mir liegen, so wie du es sagst!" Sollte er mit den höchsten Männern der Provinz streiten? Pomponianus war der Held, also war seine Rolle die des Versagers. Drusus sah ihn durchdringend an. „Du würdest die Schuld für ihn auf dich nehmen?", fragte Lepidus in einem überrascht klingenden Tonfall. „Wir wissen alle, dass dich nur eine Teilschuld trifft, wir sind ja schließlich keine Bauernburschen!" „Für ihn?", Lucius sah den Legaten zum ersten Mal klar und hob die Vitis. „Die ist das Zeichen eines Centurios. Er ist für die Ausbildung und die Disziplin seiner Einheit verantwortlich und, wenn diese zusammenbricht, ist er verantwortlich. Kein Teilzeitoffizier!"

Der Statthalter drehte sich zu Valens um und lächelte schief. „Du hattest recht, Centurio. Ihr seid alle verrückt!" Drusus drehte sich wieder um und musterte Lucius so eindringlich, als wollte er sich jedes Detail einprägen. Schließlich klatschte er in die Hände und alle zuckten zusammen. „Wir haben noch vier bis sechs Wochen Zeit für einen Feldzug. Ich werde mit drei Legionen den Fluss überschreiten und nach Osten marschieren. Du wirst mit den Alae der Ubier nach Ubiorum zurückkehren und weiter die Ausbildung der Ala Pomponianus leiten. Als Stellvertreter des Präfekten, sobald wir einen neuen ernannt haben." In Lucius' Kopf schwirrte es. „Lepidus, nimm deine Legion und teste den neuen Kanal zum Mare Barbaricum! Wir müssen mehr über die

Nachbarn der Sugambrer wissen. Das Land hat keinen Weg und Steg. Wir müssen wissen, wie wir bei Bedarf Nachschub ins Land bekommen! Ich habe nicht vor, mit den Sugambrern meine Zeit zu verschwenden. Bis nächstes Jahr soll das Problem gelöst sein. Ich habe vor, die die am Rhenus liegenden Pagi zu unterwerfen und damit einen Puffer zu bilden! Furnius, du gehst mit deiner Legion beim Castrum Ubiorum über den Rhenus und sicherst das gegenüberliegende Ufer." Er deutete auf die Wandkarte. „Unser eigentliches Ziel liegt im Süden, aber wenn wir im Norden intervenieren, will ich wissen, was uns da erwartet. Dazu haben wir nur Zeit, solange die Legionen im Norden sind!" Drusus sah Lucius an. „Du siehst, wir brauchen die Alae nächstes Jahr voll einsatzbereit. Enttäusche mich nicht, Centurio." „Niemals, Herr!" Lucius straffte sich, stellte den Becher auf den Tisch. Die Müdigkeit schien verflogen. „Was die Waffen betrifft...", sagte Drusus und drehte sich zu Paternus um: „Wir führen den neuen Gladius umgehend bei der XVIII Gallica ein. Du wirst den Legionären die Schwerter abkaufen, die abbezahlt sind. Dann haben wir genug Schwerter für die Auxilia. Ihr könnt gehen!"

Sie verließen gemeinsam das Zelt. Was für einen neuen Gladius? Lucius geriet ins Stolpern, als sich Paternus abrupt ihm zuwandte. „Centurio, da ist noch die Sache mit deinem Sklaven!" „Tribun!", stöhnte Lucius auf. „Hat das nicht Zeit." „Nein!", sagte der Tribun entschieden. „Ich möchte eine Klärung. Sofort!" Die Stimme war schneidend geworden. Mit lauerndem Blick fügte er hinzu: „Ich kann auch sofort eine Klage beim Statthalter einreichen!" Er deutete mit dem Kopf über die Schulter. Lucius nickte ergeben und sackte leicht zusammen. Die Müdigkeit war wieder da. Am liebsten hätte er sich hier auf den Boden gesetzt. Paternus hielt ihm eine Schriftrolle hin. „Was ist das?" „Ein Kaufvertrag!" Paternus winkte ungeduldig. „Meinst du, ich will eine junge, hübsche Sklavin mit Kind im Haus? Jeder wird sich das Maul zerreißen und sagen, dass es mein Kind sei!" „Das wird man bei mir auch!" „Ja, aber das ist dann dein Problem. Außerdem musst du das Kind ja nicht behalten!" „Du auch nicht!" „Meinst du ich will noch eine Sklavin im Bett...", Paternus verlor die Geduld, „...die für einen Sklaven die Beine breit gemacht hat? Den Preis habe ich dir mitteilen lassen." Lucius dachte an die Tafel, die ihm Pomponianus gegeben hatte und die noch ungeöffnet in seiner Truhe lag. Er gab sich geschlagen und griff nach der Schriftrolle. Paternus klopfte ihm auf die Schulter. „Der Preis ist angemessen! Ich schicke sie dir nachher rüber." „Ist gut!" Nur noch weg. Nur noch schlafen. „Baden solltest du aber auch mal!" Paternus rümpfte missfällig die Nase.

Das Hochgefühl war verschwunden. Stattdessen kamen ihm Zweifel. Sollte die Ernennung des Präfekten wirklich eine Ehre sein? Vielleicht wollte man ihn auf diese Weise aus dem Weg räumen?

Er sollte die germanischen Alae ausbilden? Er sollte dafür verantwortlich sein, was diese nächstes Jahr auf dem Feldzug leisten würden? Er, ein 2. Hastatencenturio, bekam eine Aufgabe, von der das Schicksal der Legion, des Feldzuges, des Heeres abhängen könnte? HALT!, schrie er sich selber zu. Wenn du weiter so denkst, fühlst du dich noch für das Schicksal des ganzen Imperiums verantwortlich. Ganz schön hochmütig für einen kleinen Centurio.

„Gaius Pomponianus hat die Ala im besten römischen Geist geführt. Sein Einsatz gegen die Barbaren war heldenhaft und er hat sein Leben geopfert, um den Rückzug seiner Einheit zu sichern! Daher werden wir seine Einheit, für die er sein Leben geopfert hat, ab sofort ihm zu Ehren Ala Pomponianus nennen."

Drusus ließ den Blick über die Legionäre schweifen. „Die Barbaren waren so erschüttert über den Heldenmut, auf den sie trafen, dass sie es nicht darauf ankommen lassen wollten, einer ganzen Legion gegenüberzutreten! Sie flohen feige über den Rhenus zurück und verkrochen sich in ihren Wäldern!" Drusus riss beide Arme hoch und streckte sie in Himmel. „Mars sei mein Zeuge, das wird ihnen nichts nutzen. Sollen sie sich in das letzte Loch verkriechen, Mars sei mein Zeuge, wir werden sie verfolgen und bestrafen, damit sie nie wieder einen Fuß auf römisches Gebiet setzten!"

Jubel brach los. „Drusus, Drusus, Drusus!", skandierten die Männer. „Wir rasten zwei Tage, dann brechen wir auf und werden den Speer des Krieges nach Germanien tragen!"

* * *

Lucius betrat suchend das große Lagerhaus. Wie sich das Handwerkerdorf und ganz Ubiorum in diesen zwei Jahren verändert hatte. Appius kam aus einem der Gänge. Sie fielen sich um den Hals und Appius beglückwünschte ihn zu seiner Beförderung. „Deine Möbel stehen da hinten!“ Er führte ihn durch einen der Gänge. Lucius musterte erstaunt die runden Bögen, die in unterschiedlichen Größen im Regal lagen. Auf der linken Seite waren diese Bögen alle mit einer II gekennzeichnet, auf der rechten mit einer III. „Was bedeutet das?“ „Was denn, es gibt etwas über römische Geschichte, was Lucius, der Lesende, nicht weiß?“, feixte Appius. „Offensichtlich!“ „Du kennst die Geschichte mit dem karthagischen Schiff?“ „Dem karthagischen Schiff? Was für ein karthagisches Schiff?“, fragte Lucius.

„Die Geschichte aus dem ersten punischen Krieg, als wir ein gestrandetes Schiff nachgebaut und damit die Seeherrschaft errungen haben?“ „Ach *die* Geschichte, klar kenne ich sie!“

„Hier sind deine Möbel!“ Appius wies mit großer Geste, auf die Ecke. Vorsichtig strich Lucius über den Tisch und erfühlte die Maserung. Gute Arbeit, nicht so wie bei der Legion zusammengeschustert. Auch die Truhe war ein Schmuckstück. Er hob den Deckel und bückte sich, um sie näher zu untersuchen. „Und jetzt sag schon: Was hat das mit dem Schiff auf sich?“ „Schiff? Ach ja, also, hast du dich mal gefragt, was an dem Schiff so besonders war? Warum konnten wir erst mit diesem Schiff die Seeherrschaft erringen?“ Lucius klappte den Deckel zu und setzte sich auf den Stuhl. „Es wird wohl besser gebaut gewesen sein und für unsere Schiffe Modell gestanden haben!“ Der Stuhl war solide und bequem.

„Beinahe!“ Appius stellte das Bücherregal auf den Tisch. „Es war die Bauart!“ Er wies auf das Regal. Die karthagischen Bauteile waren alle genormt und durchnummeriert. Dadurch waren sie in der Lage, sehr schnell, sehr viele, sehr gute Schiffe zu bauen und, nachdem wir das entdeckt hatten, wir auch.“

Lucius begutachtete noch einmal genauer den Inhalt des Regals. „Das sind also Schiffsbauteile?“ „Ja! Für kleine und große Flussschiffe! Gefallen dir die Möbel?“ „Sie sind fantastisch!“ Lucius legte den Arm um seinen Freund. „Schickst du sie mir nach Novaesium?" „Natürlich! Kommst du heute Abend zur Cena vorbei?" Lucius machte ein unglückliches Gesicht. „Ich muss schauen, ob mein Dienstplan es zulässt!" „Komm vorbei, wenn du Zeit hast, wir heißen dich immer willkommen!"

Lucius Justinius Marcellus
2. Princepscenturio der XVIII Gallica
vorübergehend Präfekt der Ala Pomponianus
An...

Lucius sah voller Stolz auf den Kopf des Briefes. 2. Princepscenturio! Und temporärer Präfekt. Die erste Beförderung nach vier Jahren. Die ersten Schritte nach oben. In dem Tempo würde er in, er überschlug es im Kopf, na sagen wir zwanzig Jahren Primus Ordines werden und dann in weiteren zwanzig Jahren Primus Pilus. Das ist doch ein Klacks, lachte er in sich hinein. Noch einmal überflog er den Brief, den er nach einer Beratung mit Primus und Hristo aufgesetzt hatte. Unter den Brief hatte Valens ein paar Worte gekritzelt, doch das Acceptum von Drusus und sein Siegel stachen hervor.

Er musste noch seine Vorräte sichten, da er mit der Ala einige Wochen auf der anderen Flussseite bleiben würde. Er musste auch noch bestimmen, welche Turma als erste den Fluss überqueren sollte.

Wenn er das den Ubiern überließ, würden sie tagelang am Anfang der Schiffsbrücke stehen und streiten, welche Sippe das Recht hätte, als erste hinüberzugehen. Es musste entweder Hristos oder Primus' Turma sein. Da konnten die anderen Sippen zwar murren, aber gegen die Auctoritas der Fluss- und Pferdesippe würden sie nicht aufbegehren. Es klopfte an der Tür und Caedicius trat ein.

„Optio Caedicius meldet sich zum Dienst!" Das Gesicht war undefenierbar. Lucius fühlte sich unsicher, er hatte mit Dankbarkeit oder Freude gerechnet. Aber Caedicius sah ihn ausdruckslos an.

„Äh, ja, gut..." Lucius suchte nach Worten. „Ich freue mich, dass du hier bist." Um ihn zu unterstützen hatte man ihm einen Optio zugewiesen und er hatte Caedicius angefordert. Er suchte nach einer Wachstafel und kratzte ein paar Zeilen hinein. „Hier ist eine Anweisung für ein Pferd!" Caedicius nahm sie in die Hand und sah dann auf Lucius. „In der Legion haben mich viele ausgelacht!" Caedicius drehte die Tafel hin und her. „Gemellus hat mich höhnisch angesehen und gesagt, dann eben kein Optio ad Spem." „Optio ad Spem? Sie wollten dich zum Centurioanwärter befördern?" Lucius verschlug es die Sprache. Hatte er Caedicius etwa die Möglichkeit versaut, Centurio zu werden?

„Das habe ich ihm keinen Augenblick geglaubt!" Caedicius lachte und warf die Tafel in die Luft.

„Danke, Marcellus, für die Möglichkeit!" Lucius fiel ein ganzer Kaukasus vom Herzen und sagte: „Gern geschehen!" Es sagte es so dahin, als ob er nie Zweifel dran gehabt hätte. Caedicius ging hinaus und drehte sich auf der Türschwelle noch einmal um: „Ach, Marcellus, kannst du mir reiten beibringen?" Lucius blieb sprachlos zurück. Daran hatte er ja gar nicht gedacht. Ich brauche einen größeren Kopf, dachte Lucius, um all die Gedanken speichern zu können. Er kramte in seinem Vorratsbeutel herum und fand schließlich noch ein paar Brotreste. Stirnrunzelnd sah er den trockenen Kanten an. Hatte er Faustus nicht gesagt, dass er neues Brot backen sollte oder hatte er es nur vorgehabt? Wo steckte der Bursche überhaupt? Wahrscheinlich bei seiner Fausta. Lucius hatte ihr aus einer Laune heraus diesen Namen gegeben. Er steckte die Brotreste in den Mund und begann, darauf herumzukauen. Dann suchte er nach dem Getreidebeutel, schütte einen Teil in die Schüssel und stellte diese neben den Mahlstein. Da hatte Faustus direkt etwas zu tun, wenn er wiederkam. Er sichtete die weiteren Vorräte, um zu prüfen, was er nachkaufen musste. Hm, Speck war noch da, Käse wäre gut und die Äpfel sahen sehr verschrumpelt aus. Noch eine Sache, um die sich der Junge morgen kümmern konnte.

Paternus hatte keine Mühe, den Legionären ihre alten Gladii abzukaufen, da sie schließlich die neuen auch bezahlen mussten. Bald hatte er eine stattliche Sammlung von Schwertern zusammen, die jetzt an die Ubier gehen würde, sobald sie ihre Aufgaben erfüllt hätten. Die Centurionen hatten nur viel mehr Mühe, den Legionären zu erklären, warum sie einen neuen Gladius verwenden sollten, der noch dazu kürzer war als der alte. Auf dem Forum herrschte ein mittlerer Aufruhr, als die Kohorten eine nach der anderen die neuen Schwerter ausprobierten.

Die Centurionen mussten heftige Debatten führen und in der Legion herrschte allgemeine Unzufriedenheit. Von den Primi Ordines war natürlich in dieser Situation nichts zu sehen und zu hören.

„Miles Gloriosus, du weißt natürlich auch nicht, warum der neue Gladius besser als der alte sein soll, nicht wahr?" Gemellus hatte zugesehen, wie Lucius die eingesammelten Schwerter untersuchte. „Doch natürlich!" Lucius hatte zwar nur mit einem Ohr zugehört, aber etwas in Gemellus' Stimme hatte ihn dazu verleitet, sofort zu widersprechen. „SILENTIUM!", brüllte Gemellus und es kehrte überraschend Ruhe ein. „Hört auf zu schimpfen, nicht wahr?! Der neue Gladius hat natürlich seine Vorteile, darum gibt es ihn, nicht wahr?!" Das Manipel sah den Primus Pilus erwartungsvoll an. „Die Gründe sind so simpel, dass unser Centurio Marcellus sie euch erläutern wird. Auf, Miles Gloriosus, erleuchte uns mit deinem Wissen, nicht wahr?!" Unvermittelt sah Lucius alle Blicke auf sich gerichtet. Schweinehund, dachte er erbost, du hast wie immer keine Ahnung und willst mich bloßstellen. „Das übernehme ich, wenns recht ist!", verkündete Valens aus dem Hintergrund und ergriff einen Gladius von jedem Typ und trat zwischen die Männer. „Stell dich dahin, Marcellus. Ihr anderen formiert euch zum Viereck!" Die Männer bildeten bereitwillig ein Viereck und sahen gespannt zu. Valens nahm zuerst den langen Gladius.

„Wenn ihr mit einem normalen Gladius schlagen müsst, zielt ihr normalerweise nach dem Halsansatz, weil der Rest geschützt ist!" Valens deutete den Schlag an den Hals des Legionärs an. „Die Germanen haben aber keinen Körperschutz, was bedeutet, dass ihr sie auch woanders verwunden könnt!" Er deutete einen Stoß auf die Brust an. „Dabei könnt ihr aber von den Rippen abprallen!" Jetzt nahm er den neuen Gladius in die rechte Hand. „Mit dem kürzeren Gladius schlagt ihr nicht nach dem Schlüsselbein, sondern zieht die Hand nach unten durch!" Er zog die Faust nach unten, wodurch der Gladius senkrecht nach oben zeigte. „Damit schlitzt ihr den Barbaren von der Schulter bis zum Bauch auf! Er wird viel Blut verlieren und keine Gefahr mehr sein!" „AHHH!" Ein vielstimmiger Laut der Erkenntnis hallte über den Platz. „Aber warum ist er so breit?", rief einer der Männer. „Dadurch ist er doch viel schwerer!" Lucius hatte den neuen Gladius in der Hand gehabt. Er fand nicht, dass er schwerer war, als der andere, da er ja kürzer war. Aber wenn die Männer der Meinung waren, der neue Gladius sei schwerer, dann war er das auch. Valens zog die Augenbrauen zusammen, sonst ließ er sich keine Überraschung anmerken. „Das ist doch klar. Die Knochen der Germanen sind doch wie allgemein bekannt, dicker als die von Galliern. Mit einem schweren Gladius könnt ihr die Knochen besser durchschlagen!“, fabulierte Valens und deutete den Schlag nach der Schulter an. Die Männer waren aber immer noch nicht zufrieden. „Aber die Germanen haben eine größere Reichweite, warum dann ein kurzes Schwert?“ „Viele Germanen haben lange Speere. Daher müssen wir näher ran und die Speere blockieren. Im dichten Gedränge ist der kurze Gladius zum Stoßen besser geeignet!“

Die meisten Männer sahen zufrieden drein, aber nicht alle schienen restlos überzeugt zu sein. „Der Gladius Germanicus ist eure Geheimwaffe gegen die Germanen!“ Valens sah nun Gemellus an. „Die Centurionen sollten auch mit dem neuen Gladius üben. Das kann in Kämpfen untereinander erfolgen!“

* * *

BENESBURE

Gerolf hüpfte das Herz im Leibe, als die Häuser und Höfe von Benesbure in Sicht kamen. Sie hatten die Reisa nach Gallien beendet. Die Bewohner würden ihnen zujubeln und die jungen Mädchen würden ihn bewundernd anhimmeln. Und Telma? Vielleicht würde ihr Vater ihn jetzt mit anderen Augen sehen. Die Hochzeit mit der Hirschsippe kam ja nicht mehr infrage. Was man so hörte, waren die Römer an der Lippe über den Rhein gegangen und diese Feiglinge hatten sofort den Schwanz eingezogen und waren zu Kreuze gekrochen. So einem Feigling würde der Hunno der Syburg seine Tochter nicht zur Frau geben. Sie hatten bei der Syburg mit den anderen Sippen gefeiert. „Das ist die bislang größte Reisa der Sugambrer gewesen“, sagten die Alten. „Davon wird man noch in hundert Jahren erzählen!“ Als die Römer Anstalten machten, über den Rhein zu kommen, hatte Melon die Krieger nach Hause geschickt.

„Wir lassen den Vorstoß der Römer ins Leere laufen. Der Winter ist nicht mehr weit. Kehrt heim in eure Dörfer und lasst euch als Helden feiern.“ Er hatte jetzt an zwei Reisas teilgenommen, bald würde er ein Reisiger sein. Die Beute war nicht so üppig wie gehofft, da sie unter den zahlreichen Kriegern aufgeteilt werden musste.

* * *

CASTRUM · NOVAESIUM

Im Lager waren kaum Fortschritte zu erkennen. Die beiden Centurionen, deren Manipel die Baustelle bevölkerte, waren neu in der Gallica. Titus Famus vermeldete, dass sie aus dem Osten gekommen seien. „Wie lange braucht das Manipel noch, um diesen lächerlichen Zaun zu errichten?“, fragte Lucius die beiden ungeduldig. Sie sahen erst ihn an und dann sich gegenseitig. Paternus hatte ihn auf einen Übungskreis hingewiesen, den er im Osten kennengelernt hatte. Dieser *Gyrus* eignete sich sehr gut, um Pferden Kreisbewegungen wie beim kantabrischen Manöver beizubringen. „Ich habe ja schon gehört, dass bei euch Baumaffen komische Sitten herrschen, aber das hier Kinder schon Centurio spielen dürfen...“, sagte der eine Centurio und schüttelte gespielt traurig den Kopf. „Und dann dürfen diese Kinder auch noch Männern dreiste Fragen stellen!“ Der andere Centurio klopfte ihm gutmütig auf die Schulter. „Er ist doch auch noch stellvertretender Präfekt, unser süßer Protegé!“ Er sah seinen Optio an. „Hast du doch berichtet? Präfekt einer Ala!“ Der Optio nickte knapp mit ausdruckslosem Gesicht. In Lucius stieg kalte Wut hoch. Hatten die alteingesessenen Principales hinter seinem Rücken wieder gewühlt. Wann würde das endlich ein Ende haben. Mit erzwungener Ruhe konterte er: „Wenn zwei Steigungsbefreite die Aufgabe nicht zuwege bringen, dann müssen die Kinder eben helfen!“ Die Legionäre arbeiteten weiter, aber ein breites Grinsen war auf ihre Gesichter getreten. Die *Steigungsbefreiten* mussten das auch mitbekommen haben, denn das Grinsen war ihnen vergangen. „Pass mal auf, Kleiner! Da wo wir herkommen, ist Centurio ein Männerberuf. Also geh schön mit deinen Pferden spielen und lass uns unsere Arbeit machen!" „Wie seid ihr denn zu den Beinschienen gekommen? Ist es ein Saturnaliengeschenk gewesen?" Lucius war kurz davor, die Beherrschung zu verlieren. Der Baulärm verstummte und alle sahen gespannt auf die drei Centurionen. Der erste Sprecher griff nach seinem Schwert. Als sich sein Optio einmischte.

„Doch kein offener Streit vor dem Manipel!" „Wie unser neuer Primus Pilus, Titus Valens, angeordnet hat, sollen auch Centurionen regelmäßig mit dem neuen Gladius trainieren." Dies kam von dem anderen Optio. „Wie wäre es mit einem Übungskampf auf dem Marsfeld?" „Und wie wäre es dabei mit einer Wette?", das war wieder der erste Optio. „Der Gyrus muss bis Ende der Woche fertig sein und der Verlierer zahlt den Wein für die Männer, wenn sie es bis Ende der Woche schaffen." Die beiden Piluscenturionen sahen sich an. „Eine Wette mit dem, das ist, wie kleinen Kindern die Nüsse wegzunehmen!", meinte der eine. Der andere nickte zustimmend und ergänzte: „Einverstanden! Kampf mit Schwert und Scutum und der Verlierer zahlt Ende der Woche Wein für die ganze Einheit!"

„Wenn der Gyrus bis dahin fertig ist!" Lucius nahm den Vorschlag des Optio dankbar auf. „Wenn er fertig ist", bestätigte der 1. Piluscenturio. „Habt ihr gehört Männer, es gibt Wein auf seine Kosten, wenn ihr bis Ende der Woche fertig seid!" Die Männer jubelten. Der 2. Piluscenturio machte eine einladende Handbewegung: „Dann los Süßer, mach dich auf den Weg zum Marsfeld!"

„Geht vor!", beschied ihnen Lucius. „Ich muss meiner Einheit noch ein paar Befehle zukommen lassen." Seine beiden Gegner setzten sich in Bewegung. „Ich ramm dir den Gladius so tief in den Arsch, dass er an deiner Zunge wieder rauskommt!", raunte ihm der Centurio zu, als er eng an ihm vorbeiging.

Ihm war es egal, der Gyrus würde fertig werden und die Ausbildung der Ubier konnte weitergehen. Lucius sah Caedicius an, der die ganze Zeit feixend danebenstand. „Beaufsichtige du die Übungen! Das Bilden der Kampfformation nach dem Absitzen muss noch schneller gehen." Caedicius grüßte.

„Marcellus!" Einer der Optionen sah ihn an. Lucius musterte ihn kalt. „Was?" „Wir haben Wetten auf dich stehen und wollen kein Geld verlieren!", meinte der Optio leichthin und deutete mit dem Daumen in Richtung Marsfeld. Der andere Optio nickte heftig. Lucius sah sie verblüfft an. Diese Hurensöhne. „Davon will ich meinen Anteil!", sagte er fordernd. „1 von 10?", bot der Optio.

„5 von 10!", forderte Lucius. „3 von 10?" Lucius überlegte kurz. „Einverstanden!" Sie machten sich auf den Weg zum Marsfeld.

All dies war besser, als auf dem Hof zu arbeiten!

ENDE

GLOSSAR

Inhalt:

Datierungen, Kalender und Daten
Geld
Hierarchien im Imperium
Hierarchien in der Legion
Längenmaße
Zahlen
Fachbegriffe von A - Z

1. Datierungen

Der römische Monat hatte nur drei Fixtage. Die Kalenden bezeichneten den ersten Tag eines Monats, die Nonen den fünften oder sechsten Tag, und die Iden den vierzehnten oder fünfzehnten Tag. Ob die Nonen und Iden auf den einen oder anderen Tag fielen, hing von der jeweiligen Monatslänge ab. Alle anderen Tage richteten sich nach diesen drei Fixpunkten aus. Bei Zeitangaben wurde immer rückwärts gerechnet, zum Beispiel „am Tag vor den Nonen, vier Tage vor den Kalenden".
Der römische Jahresbeginn war ursprünglich der erste März, daher auch die Bezeichnung von September bis Dezember als siebter bis zehnter Monat. 153 v. Chr. wurde der Jahresbeginn auf den ersten Januar verlegt. Die Monate Quintilis und Sextilis wurden später zu Ehren Caesars und Augustus' in Juli und August umbenannt. Obwohl die Umbenennung des sechsten Monats in August erst 8 v. Chr. erfolgte, wird in diesem Buch der Lesbarkeit wegen und zum besseren Verständnis von August gesprochen.

2. Geld

As (Bronze)	4 Asse	1 Sesterz
Sesterz (Messing)	4 Sesterzen	1 Denar
Denar (Silber)	25 Denare	1 Aureus
Aureus (Gold)		

3. Hierarchie im Imperium

Imperator (Kaiser)
Konsul

1. Rom
   - Prätor Urbanus
   - Duovir der *Colonia*
2. Provinz
   - *Legatus Augusti pro Praetore*: Beauftragter des Kaisers, der ihm direkt unterstellte Provinzen verwaltet. Dies sind (bis auf Africa) alle Provinzen, in denen Legionen stehen.
   - Prokonsul: vom Senat bestellter Statthalter der übrigen Provinzen

4. Hierarchie in einer Legion

Legat
senatorischer Tribun (ritterliche Tribune)
Lagerpräfekt
Primipilus
Centurionen der 1. Kohorte: *Primi ordines*
Centurionen der 2. – 10. Kohorte: *Optio ad spem*, Signifer, Optio
Miles Gregarius (einfacher Legionssoldat, Legionär in der heutigen Bezeichnung)

5. Hierarchie in einer Kohorte

In einer Kohorte gibt es sechs Centurien. Die Manipel, eine alte taktische Formation, wurden durch die Kohorte als taktische Einheit abgelöst. In den Rangstufen der Centurionen haben sich die Manipel-Bezeichnungen erhalten. In der Rangfolge der Manipel waren in ihrer Wichtigkeit die Pili (Triarier) vor den Principes und diese wiederum vor den Hastaten. Der erste Centurio (*prior*) eines Manipels stand über dem zweiten Centurio (*posterior*) des Manipels. Daraus ergibt sich folgende Rangordnung:

Pilus prior Triariermanipel
Pilus posterior

Principes prior	Principesmanipel
Principes posterior	
Hastatus prior	Hastatenmanipel
Hastatus posterior	

Da die Kohorte eine rein taktische Formation ist und keine administrative, hat sie keinen eigenen Kommandeur. Sie wird vom *Pilus prior* oder auch einem der Tribune kommandiert.

6. Längenmaße

Fuß		0,3 m
Doppelschritt	5 Fuß	1,50 m
Stadium	125 Doppelschritte	185 m
Meile	1.000 Doppelschritte	1,5 km

7. Zahlen

Es ist unzweifelhaft, dass Legionäre kleine Zahleneinheiten kannten. Dies war nötig, um Sold und Ausgaben nachzurechnen.

Inwieweit römische Legionäre große Zahlen wie etwa für Truppenstärken anwenden oder gar Rechenoperationen durchführen konnten, ist nicht überliefert. Auch früher wurden mit Sicherheit die Finger als Hilfsmittel beim Zählen benutzt, doch werden sich die Legionäre beim Zählen größerer Mengen an den ihnen bekannten Zahlengrößen orientiert haben.

Die hier in der Geschichte vorkommenden Zählhilfen orientieren sich an den Mannschaftsstärken römischer Einheiten:

Contubernium	(Zeltgemeinschaft)	8
Turma	(Reiterschwadron)	24
Centurie	(Kleinste Kampfeinheit)	80
Kohorte	(Größere Kampfeinheit)	500-600
Legion	(Selbstständiger Armeekörper)	5.000- 6.000

8. Fachbegriffe A bis Z

Ala (lat. „Flügel“) ursprünglich der aus den Truppen der Bundesgenossen gebildete Flügel des römischen Heeres; seit Cäsar nur noch Reitertruppen (Alae); in der Kaiserzeit aus fünfhundert oder tausend Reitern der Hilfstruppen bestehende Einheit

Aldermann, Eldermann bei den Germanen gewählter Anführer einer Gemeinschaft. Später hanseatischer Titel. Der englische Titel Earl leitet sich davon ab. Hier: die Bezeichnung für Sippenoberhaupt; siehe auch Hunno. Das Amt war nicht vererbbar, häufig wurde aber der Sohn eines verstorbenen Aldermanns zum Nachfolger gewählt.

Aquila Adler, siehe Feldzeichen

Aquilifer Adlerträger der Legion

Auxilia aus Nicht-Römern gebildete Kohorten oder Hilfstruppen, die von römischen Offizieren befehligt wurden, siehe auch *Foederati*

Auxiliarkohorte Hilfstruppen wurden ausschließlich in Kohorten eingesetzt, sie wurden von einem Präfekten kommandiert

Balliste siehe Geschütze

Benificiarier Straßenpolizei, Unteroffiziere, die für Sicherheit auf den Straßen sorgen sollten

Bulla Amulett, das von Kindern getragen wurde, um sie zu schützen; wurde mit dem Anlegen der Toga der Männer abgelegt

Castrum (Mehrzahl Castra) römisches Militärlager. Bis zur Zeit von Augustus gab es noch keine Standlager für Legionen. Eine Legion blieb nur vorübergehend an einem Platz und wechselte dann den Standort. Daher waren die Lager sogenannte Holz-Erde-Lager.

Census (lat. „Schätzung“) Der Census ist eine Volkszählung als Grundlage für die Besteuerung und der militärischen Aushebung. Da in republikanischer Zeit jeder Bürger seine Waffen selbst bezahlen musste, gab der Census Auskunft über die Anzahl der wehrfähigen Männer. Anlässlich eines Census’ mussten Senatoren und Ritter ihr diesem Stand entsprechendes Vermögen nachweisen. Auch über die Aufnahme in eine andere Vermögensklasse wurde anlässlich des Census' entschieden. Eine reichsweite Volkszählung fand nie statt. Die in der Weihnachtsgeschichte erwähnte Schätzung war ein Provinz-Census in Judäa.

Centurie kleinste Einheit der römischen Legion, achtzig Soldaten, geführt von einem Centurio; eine Legion hat sechzig Centurien

Centurio Berufsoffizier, hat sich traditionell aus dem Mannschaftsrang hochgedient. Seit Augustus können Eques sofort als Centurio beginnen. Befehlshaber einer Centurie, eines Manipels oder einer Kohorte. Eine Legion hat sechzig Centurionen. Ein Centurio wird nach heutigen Begriffen mal mit einem Hauptmann, mal mit einem Feldwebel gleichgesetzt. Das liegt daran, dass die Aufgaben eines Centurios denen eines Unteroffiziers entsprachen, er aber auf der anderen Seite eine Centurie oder Kompanie führte und daher als Offizier zu sehen ist. Allerdings greift die Bezeichnung „Hauptmann" ebenfalls zu kurz, da der Primus Pilus von seiner Stellung als Höchster der Legion oder des Regiments die Stellung eines Oberst, Oberstleutnants oder Majors hat.

Cingulum *(hier: Cingulum Militare)* Kriegsgürtel, an dem Kriegsgürtel konnte der Soldat erkannt werden, wenn er ohne Waffen (z.B. innerhalb Roms) unterwegs war.

Colonia Kolonie, Militärsiedlung der Römer mit römischem Bürgerrecht, in republikanischer Zeit zuerst außerhalb Latiums, später außerhalb Italiens angelegt, diente der militärischen Sicherung des Landes und der Romanisierung seiner Bevölkerung. Meistens wurden Bauern, besitzlose Bürger und Veteranen angesiedelt. Die C. war rechtlich selbstständig, d. h. für sie galten die gleichen Gesetze wie für die Stadt Rom und sie besaß ähnliche administrative Einrichtungen wie die Stadt Rom, da sie als deren Ableger galt. Seit Cäsar und in der Kaiserzeit wurden zahlreiche C. in den Provinzen angelegt, wo der politisch-kulturelle und wirtschaftliche Einfluss der Römer nachhaltige Spuren hinterließ (z. B. Köln).

Contubernium Zeltgemeinschaft, acht Legionäre teilten sich ein Zelt

Decemviri Gremium aus zehn für eine bestimmte Aufgabe gewählten und mit Sondervollmachten ausgestatteten Beamten; unter Augustus Vorsitzende in den Gerichtsausschüssen

Decurio Befehlshaber einer Turma

Duovir oberster Beamter in städtischen Gemeinden; römischer Bürger mit einjähriger Amtsdauer, zuständig für Verwaltung, niedere Gerichtsbarkeit

Eques Ritter, zweiter Stand nach den Senatoren; Söhne von Senatoren gehörten dem Ritterstand an. Für den Ritterstand war ein Vermögen von mindestens 400.000 Sesterzen vorgeschrieben. Eine Aufnahme in den Senat war nicht immer möglich oder erwünscht, da Senatoren keine Geschäfte betreiben durften. Daher kamen die reichen Geschäftsleute aus dem Ritterstand. In der Kaiserzeit wurden wichtige Vertrauensstellungen mit Rittern besetzt (Statthalter von Ägypten, Prätorianerpräfekt).

Feldzeichen (lat. Signum) Den Römern waren die F. heilig, ihr Verlust galt als Schande. In der Frühzeit des römischen Heeres wurden einfache, auf Lanzen aufgesteckte Heubüschel und metallene Zeichen benutzt, später dienten Tierbilder, wie Wolf, Minotaurus, Pferd, Eber und Adler, als F. Marius führte den Adler (aquila; Adlerträger = Aquilifer) als alleiniges F. der Legion ein. Dieser bestand in der Zeit der Republik aus Silber, in der Kaiserzeit aus Gold.
Daneben gab es als F. der Reitertruppen und der kleineren Einheiten des Fußvolkes (der Manipel) das Vexillum, eine Feldstandarte, vom Vexillarius oder Signifer getragen. Es bestand aus einem viereckigen Stück Tuch und war am Querholz einer Stange befestigt. Die aus purpurrotem Tuch hergestellte Kommandostandarte des Feldherrn wurde vor dem Abmarsch aus dem Lager auf dem Prätorium gehisst, im Seekrieg auf dem Mast des Admiralsschiffes.

Foederati aus angeworbenen Verbündeten bestehende Einheiten, die von eigenen Befehlshabern kommandiert und nicht nach römischem Vorbild organisiert wurden

Garum eine Würzsauce

Gau (Pagus), Deutung des Wortes unklar. Es gibt zwei verschiedene Interpretationen: Hier wird Variante zwei zugrunde gelegt.

1. Der freie Raum zwischen Siedlungen
2. Der besiedelte Raum

Geschütze Katapulte (Torsionsgeschütze) und Ballisten (Onager) waren die von den Römern benutzten Geschütze. Das Katapult war wie eine riesige Armbrust für das Abschießen von Kugeln und Pfeilen gedacht. Die Ballisten hatten eine Wurfschlinge und schleuderten Steine, Kugeln oder Krüge (mit brennbarem Inhalt) bis zu 300 m weit.

Hunno eigentliche Bezeichnung siehe Aldermann. Hier: Herr über ein Dorf oder einen Gau.

Iden Monatsmitte

Immunis Soldat für Sonderaufgaben, vom Routinedienst befreit

Janitor Torwächter eines römischen Hauses

Kalenden Monatsanfang

Katapult Torsionsgeschütz, siehe Geschütze

Kohorte Legionskohorte, vierhundert bis fünfhundert Legionäre, in sechs Centurien eingeteilt. Die K. hat keinen eigenen Kommandeur, sondern der Centurio der ersten Centurie ist im Einsatz für die ganze Kohorte verantwortlich, es sei denn, ein Tribun übernimmt das Kommando

Konsul höchster Magistrat der römischen Republik, das Jahr wurde nach dem jeweiligen K. benannt. In der Kaiserzeit bald nur noch Ehrenamt

Konsular ehemaliger Konsul

Lagerpräfekt (*Praefectus Castrorum*) ehemaliger Primus Pilus, dritthöchster Offizier der Legion, für alle Versorgungsaufgaben der Legion zuständig

Legat 1. Befehlshaber einer Legion (*Legatus Legionis*), aus dem Senatorenstand; 2. Statthalter einer kaiserlichen Provinz (*Legatus Augusti pro Paetore*), aus dem Ritter- oder Senatorenstand

Legion größter römischer Kampfverband, schwere Infanterie, bestehend aus römischen Bürgern, unterteilt in zehn Kohorten, viertausend bis fünftausend Mann stark

Nonen fünfter oder sechster Tag des Monats

Manipel alte, republikanische taktische Bezeichnung, ein Manipel besteht aus zwei Centurien

Miles (Gregarius) gemeiner Soldat der römischen Legion (Legionär ist eine moderne Bezeichnung)

Optio Stellvertreter des Centurio, wird heute häufig dem Rang eines Leutnants gleichgesetzt; vom Aufgabengebiet einem Unteroffizier entsprechend

Paenula Kapuzenmantel, wegen bequemer Trageweise beliebteres Obergewand als die Toga

Pagus (Gau) Untereinheit eines Tribus (Wahlbezirk siehe dort). Der Begriff wurde von den Römern für die Gebiete der Germanen und Helvetier verwendet.

Präfekt Titel hoher ritterlicher und senatorischer Offiziere und Verwaltungsbeamter in der römischen Kaiserzeit
1. Befehlshaber militärischer Einheiten: *Praefectus Castrorum* (Kommandant eines Legionslagers), *Praefectus Classis* (Flottenkommandeur), *Praefectus Alae* bzw. *Cohortis* (Befehlshaber einer Ala bzw. Kohorte)
2. ritterliche Verwaltungsbeamte: *Praefectus Aegypti* (Statthalter Ägyptens), *Praefectus Praetorio* (Prätorianerpräfekt), *Praefectus Vigilum* (Feuerwehrkommandant von Rom), *Praefectus Annonae* (Leiter der Getreideverwaltung)
3. senatorische Verwaltungsbeamte: *Praefectus Aerarii Saturni* bzw. *Militaris* (hoher Finanzbeamter), *Praefectus Urbi* (Stadtpräfekt, Inhaber der Polizeigewalt und Vertreter der Gerichtsbarkeit in Rom)

Prätor für die Gerichtsbarkeit zuständiger Verwaltungsbeamter, *Praetor Urbanus* (Stadtpräfekt von Rom), veröffentlicht jährlich die Rechtsgrundsätze

Primus Pilus erster Speer, der ranghöchste Centurio einer Legion

Primi Ordines die Centurionen der 1. Kohorte und damit die ranghöchsten der Legion; sie überragten die anderen Centurionen an *Dignitas* und *Auctoritas* und bekamen einen höheren Sold

Principa (Stabsgebäude) Die Principa war eine Ansammlung von Gebäuden z.B. Fahnenheiligtum und die Kasse der Einheit im Zentrum des Lagers neben dem Prätorium. Im Laufe der Zeit bildete die Principa das Zentrum des Lagers

Principalis Unteroffizier, dazu gehören der Optio, der Signifer und der Tesserarius

Publicani, Staatspächter für öffentliche Aufträge. Staatliche Aufgaben wurden an Privatleute bzw. private Gesellschaften (*Societas Publicanorum)* versteigert

Puls Getreidebrei, eines der Hauptnahrungsmittel der Römer

Reisa (althochdeutsch) Aufbruch, Zug, Fahrt, aber auch Kriegszug. Das Wort Reise leitet sich hiervon ab. Hier im Roman steht der Begriff für germanischen Raub- und Beutezug

Reisiger, Teilnehmer an einer Reisa, einem Kriegszug

Quatroviri vier Beamte, die für eine bestimmte Aufgabe gewählt wurden, z. B. Aufsicht über die Straßen

Sagum Soldatenmantel

Signifer Feldzeichenträger

Signum siehe Feldzeichen

Terra Sigillata das Meissner Porzellan der Antike, hochwertiges, rot gefärbtes Geschirr; der Name „Terra Sigillata" stammt aus dem 18. Jahrhundert und ist nicht römischen Ursprungs

Tribus alle römische Bürger mussten in einem der vier städtischen oder 31 ländlichen Tribus registriert sein. Die Tribus bildeten eine der drei Volksversammlungen (Comitia Populi Tributa). In ihr wurden die curulischen Ädilen und der Quästoren gewählt.

Triumviri drei Beamte, die für eine bestimmte Aufgabe gewählt wurden, z. B. die *Triumviri Capitales* oder *Monetales,* die für die niedere Jurisdiktion in Rom zuständig bzw. Münzmeister waren. Bekannt wurden das erste Triumvirat (Caesar, Pompeius und Crassus) und das zweite Triumvirat (Octavian, Antonius und Lepidus). Das erste entstand aus einer rein informellen Absprache zwischen den Triumviri und war ohne rechtliche Grundlage, dem zweiten Triumvirat lag ein Gesetz zugrunde, wonach die drei Männer beauftragt waren, die Ordnung wiederherzustellen. Sie errichteten eine Terrorherrschaft und liquidierten ihre Feinde, zu denen auch Cicero zählte.

Toga mantelähnliches Obergewand aus Wolle, das nur von männlichen Römern getragen werden durfte. Seit der frühen Kaiserzeit wurde die T. mehr und mehr zum Amts-, Fest- und Hofkleid und im Alltag durch das bequemere Pallium ersetzt. Daher erließ Augustus Gesetze, in denen das Tragen der T. zu bestimmten Anlässen vorgeschrieben war.
T. Pura („rein", ohne Purpurstreifen): die Bekleidung der Nichtbeamten und Jugendlichen
T. Virilis: die einfarbige, vom 16. Lebensjahr an getragene T. der Männer
T. Praetexta: die mit einem Purpursaum besetzte T. der Beamten, Priester und frei geborenen Kinder
T. Pulla: die dunkle T. der Trauernden.
T. Picta: die purpurne, mit goldenen Palmen bestickte T. der Triumphatoren, später der Kaiser
T. Candida: die leuchtend weiße T. der Bewerber um ein Staatsamt; von daher abgeleitet Kandidat

Tribun, Militärtribun *(hier: Tribunus Militaris)* eine Legion hatte sechs Tribune, d. h. adlige Offiziere zur besonderen Verwendung:
Tribunus Laticlavius (Tribun mit breitem Purpursaum), ranghöchster Tribun, Stellvertreter des Legaten, aus dem Senatorenstand, Dienstzeit drei Jahre, danach zivile Karriere (*cursus honorum*)
Tribunus Angusticlavius (Tribun mit schmalen Purpursaum), Tribun aus dem Ritterstand, jede Legion hatte fünf *Tribuni Angusticlavii*, Dienstzeit drei Jahre

Tunica römisches Unterkleid, das dem griechischen Chiton vergleichbar von Männern und Frauen getragen wurde. Im Haus wurde die Tunica knielang getragen, außerhalb wurde sie gerafft und mit einem Gürtel befestigt. Die Tunica des Eques hatte einen violetten, die Tunica des Senators einen roten Streifen als Standeszeichen.
Bei den Soldaten wurde unterschieden zwischen einer weißen Tunica

(einfacher Soldat) und einer roten (Centurio und höhere Offiziere) sowie einer hellblauen (Marinesoldat) und einer dunkelblauen (Marineoffizier).

Turma Untereinheit der Ala, Schwadron, 32 Mann

Vexillum Standarte, siehe Feldzeichen

Vigintiviri *Collegium* von einfachen Richtern und Beamten, die mit Verwaltungsaufgaben betraut waren, bestehend aus den *Triumviri capitales*, den *Triumviri monetales*, den *Decemviri Litibus Iudicandis* (Richter), *Quatroviri Viarum* (Straßenaufsicht)

Centurio Lucius Marcellus–Serie, Band 1

Klaus Pollmann
Centurio der XIX Legion
Historischer Roman

390 Seiten, Boschur
ISBN 978-3-936536-46-1
19.80 EURO

Es erging ein Gebot des Kaisers Augustus wonach die Söhne von Rittern Centurio werden können.
Der junge Römer Lucius sieht sich durch dieses Gebot am Ziel seiner Träume und Wünsche, kann er doch in die Fußstapfen seines Vaters treten und im Dienste des Imperiums Karriere machen ... Er gelangt in die 19. Legion, deren Kommandeur kein geringerer als Quinctilius Varus ist, der später mit dieser Legion im Kampf gegen die Cherusker so legendär untergeht.
Klaus Pollmanns Roman ist von bestechender historischer Genauigkeit; die exakten Darstellungen sind das Ergebnis seines jahrelangen Studiums der römischen Alltagskultur.

Auch als E-Book erhältlich